인류의 눈물을 닦아주는
평화의 어머니

인류의 눈물을 닦아주는
평화의 어머니

1판 1쇄 발행 2020. 2. 4.
1판 56쇄 발행 2020. 11. 25.

지은이 한학자

발행인 고세규
발행처 김영사
등록 1979년 5월 17일(제406-2003-036호)
주소 경기도 파주시 문발로 197(문발동) 우편번호 10881
전화 마케팅부 031)955-3100, 편집부 031)955-3200 | 팩스 031)955-3111

값은 뒤표지에 있습니다.
ISBN 978-89-349-8851-9 03810

홈페이지 www.gimmyoung.com 블로그 blog.naver.com/gybook
페이스북 facebook.com/gybooks 이메일 bestbook@gimmyoung.com

좋은 독자가 좋은 책을 만듭니다.
김영사는 독자 여러분의 의견에 항상 귀 기울이고 있습니다.

인류의 눈물을 닦아주는
평화의 어머니

한학자 총재 자서전

김영사

머리말

아프리카 대륙 적도에 위치한 나라 상투메프린시페를 방문해 신(神) 국가 축복의 오랜 숙제를 끝내고, 잠시 쉬기 위해 세이셸이라는 작은 섬나라를 방문했습니다.

"처얼썩 처얼썩-, 스르륵-"

에메랄드 빛깔의 푸른 바다에서 인사하는 듯 떠밀려 오는 새하얀 파도를 맞으며 해변을 거닐었습니다. 발가락 틈새로 묻어나는 뽀얀 모래가 따사롭고 부드러웠습니다. 청명한 하늘과 때마침 불어오는 시원한 바람, 그리고 내 뒤를 감싸는 따사로운 햇살, 참으로 평화로운 순간이었습니다. 인간의 손때가 묻지 않은 태초의 모습을 그대로 간직한 광경을 마주했습니다. 문득 값없이 우리들에게 이러한 축복을 주신 하나님을 떠올렸습니다.

하나님은 당신의 자녀로 지으신 인간에게 아무것도 바라지 않으신 채 이 자연만물을 선사해 주시고 함께 평화로운 삶을 살기를 바라셨습니다. 만약 단 하나의 소원이 있었다면, 그것은 하나님께서 우리들의 부모가 되시는 것입니다.

그러나 인간 시조의 타락으로 하나님은 가장 사랑했던 당신의 자녀도, 당신의 만물도 모두 잃어버렸습니다. 흔히 자식을 잃으면 가슴에 묻는다고 합니다. 어느 한순간 자신의 목숨과도 바꿀 수 없는 사랑하는 자식을 잃었다면, 부모로서 그보다 고통스런 일은 없을 것입니다.

하나님 역시 당신의 자녀인 인류를 잃어버리고 마치 실성한 사람처럼 봉두난발(蓬頭亂髮)한 채 역사를 헤쳐 나오셨습니다. 그래서 기쁨과 영광의 하나님이 아니라 슬픔과 절망, 한(恨)의 하나님이 되셨습니다. 그러나 인류의 참부모이시기에 하나님은 잃어버린 당신의 자녀를 포기할 수 없습니다. 사랑의 하나님이기에 잃어버린 당신의 자녀를 찾아 다시금 당신 품에 품으셔야 합니다. 그리고 태초에 꿈꾸셨던 평화 이상을 이루셔야 합니다.

하나님의 소원은 인류의 참부모가 되어 '하나님 아래 인류 한가족'의 이상을 실현하는 것이었습니다. '하나님 아버지'만이 아닌 '하나님 어머니', 다시 말해 하나님이 '하늘부모님'이 되시어 개인, 종족, 민족, 국가, 세계가 하나님을 부모로 모시는 신(神)개인, 신(神)종족, 신(神)민족, 신(神)국가, 신(神)세계가 되게 하시는 것이었습니다.

그러나 인류 시조의 타락으로 이러한 하늘부모님의 창조 이상은 연장되었고, 하늘부모님으로서의 위상이 아닌 하나님의 남성격인 하늘

아버지의 위상을 중심으로 한 남성 중심의 역사가 전개되었습니다. 서양문명의 근간을 형성한 헬레니즘과 헤브라이즘은 모두 철저하게 남성을 중심한 역사였습니다.

따라서 하나님의 여성격인 하늘 어머니의 위상은 은폐되었고, 하나님은 하늘부모님이 되지 못하셨습니다. 서양에서 촉발된 페미니스트 운동이 남성 지배에 항거하는 단순한 혁명적 운동으로 전락하게 된 이유도 이러한 하나님의 존재론적 위상과 관련되어 있습니다.

이러한 연유에서 나는 그동안 본연의 하늘부모님의 위상을 되찾아 드리기 위해, 귀가 있어도 듣지 못하고 눈이 있어도 보지 못하는 이들을 위해, 동에서 서로 남에서 북으로 지구 곳곳을 다니며 하늘 섭리의 진실을 알리는 데 모든 것을 투입했습니다.

모래 폭풍이 불어와 한 치 앞도 보지 못하는 사막 한가운데에서 작은 바늘 하나를 찾는 간절하고 절박한 심정으로 하늘 섭리의 진실을 알리고 또 알렸습니다. 진실을 이해하지 못해 반대하고 비난하는 자녀들을 가슴으로 끌어안고 미친 듯이 세상을 품고 또 품으러 다녔습니다. 참사랑을 가슴에 품었기에 비난과 핍박, 반대와 멸시의 상처는 내 가슴 어디에도 없습니다.

작년 한 해만 해도 지구를 몇 바퀴나 돌며 나를 필요로 하는 곳이면 오지도 상관 않고 어디든 달려갔습니다. 입안이 헐고, 다리가 붓고, 서 있을 수조차 없는 어려움이 있었지만 나는 쉴 수 없었습니다. 왜냐하면 이 길을 걷기로 결심한 뒤로 아무리 뜻이 힘들어도 내 당대에 이러한 불행의 역사를 매듭짓겠다는 하나님과의 약속을 지키기 위해서였습니다.

그렇게 세상의 낮고 구석진 곳들을 미친 듯이 다니다 보니 사람들이 나를 '평화의 어머니'로 부르기 시작했습니다. 국가의 정상들이, 종단의 수장들이 국가와 종단의 벽을 넘어 나를 평화의 어머니라 부르며 따르기 시작했습니다.

나에게는 피부색이 다르지만 평화의 이름으로 모자의 인연을 맺은 많은 아들과 딸들이 있습니다. 피부색이 검은 아들도 피부색이 흰 딸도 있습니다. 그리고 무슬림 종단의 수장인 아들도, 대형 기독교 종단의 수장인 딸도 있습니다. 그리고 내게는 수많은 국가의 정상인 아들들도 있습니다. 모두가 평화의 이름으로 맺어진 모자의 인연이었습니다.

그들은 하나같이 나를 '평화의 어머니'로 증거하며 자신의 나라에, 자신의 종단에 항구적인 평화를 위한 축복을 내게 부탁했습니다. 그럴 때면 나는 언제나 '하늘부모님'을 말합니다. 그리고 '하늘 아버지' 이름 아래 은폐되었던 '하늘 어머니'를 '독생녀'라는 나의 또 다른 이명(異名)을 통해 얘기합니다.

부모 없이 형제간의 평화는 있을 수 없습니다. 왜냐하면 부모는 형제의 중심이기 때문입니다. 인류의 부모이신 하나님 없이 이 세상의 참다운 평화는 있을 수 없습니다. 그렇기에 나는 이 일을 위해 지금까지 살아왔습니다.

하늘 섭리의 마지막 한때, 하나님께서는 여성인 어머니를 중심으로 섭리를 전개해 가고 계십니다. 그리고 그 어머니를 중심에 놓은 섭리는 지금 태평양 문명으로 결실을 맺고 있습니다. 인류의 문명사는 나일강, 티그리스강, 유프라테스강 등을 중심으로 발달한 '하천문명'에서 그리스와 이탈리아를 중심으로 한 '지중해 문명'으로 발전했습니다. 그리고 이 '지중해 문명'은 다시 영국과 미국을 중심으로 한 '대서양 문명'으로 옮겨갔습니다. 그리고 '대서양 문명'은 마지막 '태평양 문명'으로 결실을 맺고 있습니다.

그 중심에 독생녀가 탄생한 대한민국이 있습니다. 그렇기에 대한민국은 하늘의 축복을 받은 나라요, 한민족은 하늘의 선택을 받은 민족입니다. 이것은 하늘의 천명(天命)이요 천비(天秘)입니다. 그렇기에 태평양 문명은 과거 기독교에 뿌리를 두고 있지만 빼앗고 정복하는 문명으로 전락한 대서양 문명권과 같은 이기적 문명이 아닙니다. '위하여 사는' 참사랑에 기반한 이타적 문명권을 만들고 안착시켜야 합니다. 그것이 하나님의 마지막 소원입니다. 나는 남아 있는 내 삶을 온전히 하나님의 이 소원을 이루기 위해 바칠 것입니다.

이 책은 이러한 내 삶의 일단을 담고 있습니다. '독생녀'의 이름으로 하나님을 부모로 모시기 위해 살아온 내 삶을 진솔하게 돌아보며 처음으로 솔직한 내 삶의 이야기를 이 책에 담았습니다. 그럼에도 책에 다 담을 수 없는 이야기는 다음 기회에 전해드릴 수 있기를 희망합니다.

이 책이 갈무리되는 지금, 유독 한 분이 그립습니다. 부부의 인연을 맺고 일생을 함께 하나님의 뜻을 전하기 위해 살다 8년 전 하늘나라로 성화하신 나의 사랑하는 부군 문선명 총재입니다. 이 책이 세상에 나오는 것을 보았다면 누구보다 기뻐했을 그분의 눈빛이 오늘 유독 내

가슴에 울림이 되어 남아 있습니다. 뜻을 위해 함께한 우리의 삶이 이 책을 통해 세상에 진실되게 알려지기를 소원합니다.

　끝으로 이 책이 나오기까지 많은 정성을 쏟아준 김영사 고세규 사장과 출판사 관계자 모두에게 진심을 담아 감사의 뜻을 표합니다. 그리고 나의 손과 발이 되어 이 책을 위해 구슬땀을 흘려 준 천정궁 세계본부의 책임자와 관계자들에게도 고마움을 전합니다.

청평 효정천원에서

한 학자

머리말

차례

1장

내가 바라는
평생의 소원

그날, 독립 만세를 외쳤던 한 여인

그날은 절기상 봄으로 접어든 3월의 첫날이었지만, 새벽이면 찬 서리가 내릴 정도로 아직 추위가 남아 있었습니다. 이른 아침 내내 평안도 안주(安州)의 하늘은 희미한 안개로 뒤덮였습니다. 옷깃을 서늘하게 파고드는 차가운 봄바람이 일렁일렁 불어올 때 한 여인이 새벽 일찍이 부엌으로 나가 아침밥을 지었습니다. 장작불을 때서 식구들이 먹을 밥을 지어 놓고, 찬장 깊숙이에서 무명 헝겊으로 싼 무언가를 조심스레 꺼냈습니다.

부엌 문틈 사이로 아침 햇살이 한 줄기 비쳤습니다. 무명 헝겊을 풀자 하얀 천 위에 그려진 파랗고 빨간 동그라미가 살며시 모습을 드러냈습니다. 활짝 펼치니 그 동그라미의 모습이 비로소 완전해졌습니다. 그것은 꿈에서조차 한 번도 잊지 못한 태극기였습니다. 슬픈 마음과 함께 벅찬 감정이 밀려왔습니다. 다시 돌돌 말아 무명 헝겊으로 감싼

다음 찬장에 넣었습니다.

남편이 새벽 들일을 마치고 돌아오자 여인은 딸아이를 안고 함께 아침밥을 먹었습니다. 그리고 부엌과 안방, 토방과 마당을 정결하게 청소했습니다. 정오가 조금 지나자 평온한 마음으로 집을 나섰습니다. 등에는 여섯 살 딸을 업고, 가슴에는 태극기를 품었습니다. 안주 시장까지 가려면 마을 사이로 뻗은 좁고 비뚤비뚤한 자갈길을 걸어야 했습니다. 그 길을 지나자 큰길이 나왔습니다. 어떤 농부는 소를 끌고, 어떤 청년은 지게를 지고, 또 어떤 여인은 보따리를 이고…… 많은 사람들이 앞서거니 뒤서거니 시장으로 향했습니다.

여인은 시장 한가운데 채소 노점 앞에서 멈췄습니다. 그곳은 시장에서 목이 좋아 사람들이 가장 많이 모이는 곳이었습니다. 등에 업은 딸이 어렴풋이 잠에서 깨어났습니다. 여인은 고개를 돌려 사랑스러운 딸을 그윽이 바라보았습니다. 그리고 미소를 지었습니다. 딸에게 그 미소는 세상에서 가장 아름다운 미소였습니다.

그 순간, 함성이 터졌습니다.

"대한 독립 만세!"

그 외침이 끝나기도 전에 여인은 품에서 태극기를 꺼냈습니다. 그리고 세차게 흔들면서 온 힘을 다해 외쳤습니다.

"대한 독립 만세!"

그것이 신호탄이 되어 사람들이 일제히 품에서 태극기를 꺼내 흔들었습니다. 사방에서 '대한 독립 만세' 함성이 봇물처럼 터져 나왔습니다. 여인은 그 누구보다 크게 외쳤습니다. 갑작스러운 만세 소리와 태극기 물결에 미처 알지 못했던 사람들은 당황했고, 뒷걸음치다 슬며시 사라지는 사람도 있었습니다. 그러나 대한의 사람이라면 누구든 만세 대열에 동참했습니다.

여인은 그날을 얼마나 기다렸는지 모릅니다. 며칠 전부터 밤을 새워 가며 떨리는 손길로 어린 딸과 함께 태극기를 만들었습니다. 호롱불 아래에서 딸에게 우리 민족이 어떠한 민족이며, 왜 독립 만세 운동을 해야 하는지도 들려주었습니다. 딸은 엄마의 이야기를 들으면서 그 의미를 다 안다는 듯 고개를 끄덕였습니다. 그리고 지금 엄마의 등에서 만세 소리를 들었습니다. 흰옷을 입은 대한의 사람들이 자신의 목숨도 돌보지 않고 침략자 일본에 저항하는 순수한 정의를 보았습니다. 그 정의는 순수할 뿐만 아니라 한민족이 길이 간직해야 할 아름다운 비폭력과 평화의 상징이었습니다.

곧 날카로운 호루라기 소리가 귓전을 때렸습니다. 일본 순사들이 손에 몽둥이와 장총을 들고 시장에 난입했습니다. 무자비하게 휘둘러 대는 몽둥이에 맞은 사람들이 이곳저곳에서 피를 흘리며 쓰러졌습니다. 일본 순사들은 남녀를 가리지 않았습니다. 여인은 딸의 생명을 지키기 위해 눈물을 머금고 물러날 수밖에 없었습니다. 마음속에는 의기가 충천했으나 피 흘리는 희생은 하나님이 원하시는 바가 아니라는 것을 알고 있었습니다. 하나님은 사랑과 평화를 원하셨습니다.

여인은 지금은 때가 아니라는 것도 잘 알고 있었습니다. 훗날 우주의 어머니 독생녀가 태어나 사랑과 평화의 참다운 어머니가 되어 한반도와 아시아, 세계를 진정한 평화로 넘치게 할 것이라 믿었습니다. 그를 위해 잠시의 굴욕은 참아야 했습니다. 여인의 믿음처럼 '대한 독립 만세'가 울려 퍼지고 24년 후 이 땅에 하늘 섭리에 따라, 민족을 넘어 인류의 횃불로 독생녀가 태어났습니다.

나의 고향 안주는 본래 애국의 혼이 살아 숨 쉬는 곳이며 일찍이 기독교가 전래된 지역입니다. 3·1 독립 만세 운동 당시 서울과 더불어 안주에서도 독립선언서 낭독과 함께 만세 시위가 일어났습니다.

조원모 외할머니의 독립 만세 운동은 계속되었습니다. 외할머니와 어머니에 이어 나도 함께했습니다. 1919년 외할머니가 독립 만세를 외치고 24년 후 내가 태어났습니다. 그리고 내가 세 살이 되던 1945년 8·15광복을 맞았습니다. 이번에는 외할머니가 나를 업고 다시 거리로 나섰습니다. 손에는 태극기를 들고 해방된 기쁨에 겨워 목청이 터져라 만세를 불렀습니다.

이렇게 소용돌이치는 역사의 중심에 하늘은 '우주의 어머니' '평화의 어머니'를 이 땅에 보내셨습니다. 기미년 독립 만세 운동에 뛰어들었던 그 여인, 조원모 외할머니로부터 시작되어 절대믿음을 지닌 홍순애 어머니, 그리고 나에 이르기까지 3대 외동으로 이어진 가문을 선택하셨습니다. 다시 오시는 주님을 맞이하기 위해 온갖 어려움을 극복하고 준비해 왔을 뿐만 아니라, 나라를 사랑하는 마음이 이어진 집안이었습니다. 잃어버린 인류를 찾기 위해 하늘이 특별히 찾아 세운 가문을 통해 하나님의 독생녀인 나는 핍박받는 한반도 땅에 왔습니다. 그리고 그 후 100년, 하늘이 예비하신 평화의 어머니 독생녀의 인류 구원을 향한 섭리의 발자취는 온 지구촌에 펼쳐지고 있습니다.

"엄마, 고마워요! 엄마, 잘 부탁해!"

달아 달아 밝은 달아 이태백이 놀던 달아

저기 저기 저 달 속에 계수나무 박혔으니

옥도끼로 찍어 내어 금도끼로 다듬어서

초가삼간 집을 짓고 양친 부모 모셔다가

천년만년 살고 지고 천년만년 살고 지고

한편으로는 애달프면서도 한편으로는 울림과 깨우침을 주는 노래입니다. 어머니 아버지를 모셔다가 천년만년 살겠다는 구절은 효의 도리를 다하고 싶다는 바람을 담고 있습니다. 하나님을 잃고 천애고아로 살아가는 우리는 모든 것을 다 잃는다 하여도 하나님과 본향을 찾아가야 합니다. 화려한 구중궁궐이 아닌 오막살이 초가삼간일지라도 그리운 부모를 모실 수 있다면 그보다 더 행복한 삶은 없을 것입니다.

인간을 비롯해 만물은 태양을 좋아합니다. 태양이 있어야만 생명체가 탄생하고 만물이 번성합니다. 그런데 달은 느낌이 다릅니다. 태양이 화려함이라면 달은 고요함입니다. 집을 떠난 사람은 태양을 바라보며 고향을 그리워하기보다는 달빛 아래에서 고향을 떠올리고 부모를 그리워합니다. 나는 남편과 달에 대한 많은 추억을 간직하고 있습니다. 추석이나 정월대보름에는 많은 식구와 함께 달맞이를 하곤 했습니다. 그러나 우리 부부는 달을 보며 마냥 상념에 젖어 있을 수는 없었습니다.

"이 일을 끝내고……."

남편은 늘 그렇게 말했습니다. 남편뿐만 아니라 나 역시 그러하였습니다.

"이 일을 끝내고, 한가해지면 그때 조금 쉴 수 있겠지요."

급한 이 일을 끝내고 나면 조금이라도 쉴 틈이 있겠거니 생각했습니다. 그러나 그런 여유로운 시간은 주어지지 않았습니다. 100년 전 외할머니가 나라를 되찾기 위해 독립 만세를 외쳤던 것을 생각하면서 나는 인류를 구원하고 평화로운 세상을 만들기 위해 일평생 젊음과 정열을 남김없이 불태웠습니다. 비폭력과 평화를 부르짖은 3·1운동의 숭고한 정신을 이어받아, 나는 늘 평화를 모든 일의 앞자리에 놓았습니다. 항상 시간이 부족하다는 마음으로 살면서 누구도 상상할 수 없는 많은 일을 했습니다. 나에게 주어진 일에 최선을 다하며 일구월심(日久月深) 한마음과 한뜻으로 오직 '위하는 삶'을 살아왔습니다.

그러다 보니 육신이 살아가는 데 꼭 필요한 휴식을 한 번도 누려 본 적이 없습니다. 밥을 먹거나 잠자는 일도 잊고 지낼 때가 많았지만, 몸이 아픈 것도 마치 사치인 것처럼 여겨졌습니다. 남편 문선명 총재는 워낙 튼튼한 체질로 태어났기에, 건강에 조금이라도 관심을 기울였더라면 좋은 세상을 만들기 위해 좀 더 많은 시간 일할 수 있었으련만, 하늘의 뜻 앞에서는 자신을 조금도 돌보지 않은 탓에 돌이킬 수 없을 만큼 건강을 해쳤습니다. 성화(聖和)하기 전 4~5년 동안은 마치 하루를 천년처럼 바쁘게 살았습니다.

특히 외국을 다닐 때 남북보다 동서를 횡단하는 것이 건강에는 더욱 좋지 않습니다. 게다가 나이를 생각하면 장거리 여행은 하지 않았어야 했습니다. 군이 해외에 나가야 한다면 2~3년에 한 번 정도 외유를 해야 했음에도 성화하기 1년 전 90세를 훌쩍 넘긴 연세에도 여덟 차례 넘게 미국을 왕래했습니다. 자신의 건강을 전혀 돌보지 않고 오로지 하나님과 인류를 위해 일했습니다.

교회 식구들은 물론 청년들에게 인내심과 고난을 극복할 수 있는 정신을 길러 주기 위해 거친 바다에서 며칠 동안 밤을 새우는 일이 자주 있었습니다. 훈독회(訓讀會)를 할 때면 들려주고 싶은 말씀이 너무 많아 열 시간을 넘기는 일도 허다했습니다. 다른 급한 일이 있음에도 불구하고 무리를 하여 급히 거문도와 여수를 다녀오다가 급기야는 감기가 들었습니다.

즉각 병원에 갔어야 했지만 "이 일을 끝내고 가자"며 차일피일 미뤘습니다. 마지못해 병원에 들러 진료를 받았을 때는 이미 건강이 무척 쇠약해진 상태였습니다. 2012년 여름 잠시 입원했지만 병원에서 검진을 끝내자마자 어서 퇴원하자고 막무가내였습니다. 조금 더 계셔야 한다고 만류했지만 누구의 말도 듣지 않았습니다.

"아직 할 일이 많은데 병원에서 시간만 보내면 어떡하나!"

오히려 입원을 권유하는 사람들을 나무랐습니다. 어쩔 수 없이 퇴원을 했습니다. 그해 8월 12일이었습니다.

집으로 돌아와 문득 말씀했습니다.

"내가 오늘은 엄마하고 겸상을 하고 싶다."

그 말을 들은 우리 식구들은 참으로 의아했습니다. 항상 내가 옆에 앉아 함께 식사를 했기 때문이었습니다. 그날 늦은 아침상을 앞에 두고 남편은 숟가락을 들 생각은 하지 않고 내 얼굴만 빤히 바라보았습니다. 아마 마음속에 아내 얼굴을 새기는 것 같았습니다. 나는 미소를 지으며 남편 손에 숟가락을 쥐여 주고 반찬을 올렸습니다.

"이 나물이 맛있으니 천천히 드세요."

8월 13일은 유독 태양 빛이 강했습니다. 문 총재는 한 키가 넘는 커다란 산소통을 대동하고 따가운 햇빛을 받으며 청평호수와 청심중고등학교를 시작으로 천원단지를 두루 둘러보았습니다. 그리고 천정궁으로 돌아와 녹음기를 가져오라고 했습니다. 녹음기를 손에 들고 10여 분 동안 깊은 생각에 잠겼다가 띄엄띄엄 말씀을 녹음했습니다.

"다 이루었다, 다 이루었다! 모든 것을 하늘 앞에 돌려드리겠다. 완성, 완결, 완료하셨다."

결국 이 기도는 참아버지의 마지막 기도였습니다. 이날 기도 내용은 당신이 지나온 한 생애를 종결짓는 자리에서 타락의 역사를 초월해 인류 본연의 에덴동산으로 돌아가고 부모님만 따라오면 천국으로 향할 수 있다는 말씀이었습니다. 또한 자신의 종족을 인도하는 사명으로 나라를 복귀하겠다는 선포였습니다. 알파요 오메가이자 시작과 끝이 모두 함축된 기도이자 말씀이었습니다.

그러고는 잠시 가쁜 숨을 몰아쉬고 내 손을 꼭 잡았습니다.

"엄마, 고마워요! 엄마, 잘 부탁해!"

힘겨워하면서도 "너무 미안하고 정말 고맙다"고 연이어 말했습니다. 나는 손을 더욱 굳게 잡으며 다정한 말과 눈빛으로 안심시켜 주었습니다.

"아무 걱정 하지 마세요."

2012년 9월 3일, 문선명 총재는 93세를 일기로 하나님 품에 안겼습니다. 그리고 천성산 기슭 본향원에 잠들었습니다. 나는 자주 천성산 위로 떠오르는 달을 보며 깊은 생각에 잠깁니다. "옥도끼로 찍어 내어 금도끼로 다듬어서, 초가삼간 집을 짓고 양친 부모 모셔다가, 천년만년 살고 지고 천년만년 살고 지고……" 그 소망을 한없이 되뇌어 봅니다.

산길에서 만난 들꽃의 미소

"비가 몹시 내려서 길이 질척거릴 텐데요, 오늘 하루는 쉬시지요."

권하는 사람은 나의 안위를 먼저 염려합니다. 가을이 되면 폭풍이 몰아치고, 겨울이 되면 함박눈이 쏟아져 쉬어야 할 이유와 핑계는 참으로 많습니다. 그래도 나는 새벽이면 집을 나서 산에 올랐습니다. 청평 천성산 자락에는 남편의 묘소가 있습니다.

남편이 성화한 후 나는 아침저녁으로 상식을 올리고, 남편이 잠든 본향원을 오르내리며 마음속으로 남편과 수많은 이야기를 나눴습니다. 남편의 생각이 내 생각이 되었고, 내 생각이 남편의 생각이 되었습니다. 시묘(侍墓) 정성을 지낸 후 1970년대 남편이 걸었던 미국 5,600킬로미터를 횡단했고, 스위스 알프스산맥의 12개 봉우리에 올라 기도와 명상을 하며 남편과 영적으로 더욱 가까이 교감을 했습니다. 나는 남편과 전 세계 식구들에게 약속했습니다.

"초창기 교회로 돌아가 신령과 진리로서 교회를 부흥시키겠습니다."

언제나 가고 싶고 머물고 싶은 보금자리, 따스한 어머니의 품과 같은 교회가 나의 꿈입니다. 그 꿈은 문선명 총재가 꾸었던 꿈이기도 합니다. 남편과 나는 한평생 무수히 많은 일을 겪었고, 나만이 간직한 사연은 그보다 더 많습니다. 나는 지금까지 그래 왔던 것보다 더 하나님과 인류를 위하여 헌신하겠다고 결심했습니다. 그날 이후 한시도 쉬어 본 적이 없습니다.

작은 오솔길 양편에는 허리 높이의 휘어진 소나무들이 있고, 그 아래에는 들꽃들이 무리 지어 피어 있습니다. 겨울에는 꽃들이 자취를 감췄다가 봄이 되면 경쟁이라도 하듯 여기저기에서 피어납니다. 나는 오르던 발걸음을 멈추고 허리를 숙여 들풀들과 꽃들을 가만히 들여다봅니다. 보아 주는 사람이 없어도 밝아 오는 아침 햇살을 받아 무척이나 아름답게 자태를 뽐냅니다. 그 아름다움에 취해 꽃들을 쓰다듬어 주고는 다시 오솔길을 걸어 오릅니다. 발걸음이 힘들기는 해도 내 마음은 들꽃처럼 평화롭습니다.

이윽고 묘소에 당도하면 잔디에 섞여 혹 풀이 돋아나지는 않았는지, 산짐승들이 파헤치지는 않았는지 찬찬히 살핍니다. 묘의 잔디는 시간이 흐를수록 더 푸르러지고 있습니다. 묘 앞에 앉아 나 홀로 기도를 올립니다. 세상 모든 사람이 들꽃처럼 아름답기를 바라고, 소나무처럼 굳은 심정을 지니기를 바라고, 묘의 잔디처럼 늘 푸르게 살아가기를 간구합니다.

내려오는 길에 들풀들과 소나무들에게 인사를 건넵니다.

"자연의 친구들아, 내일 또 만나자꾸나."

천천히 내려오는 오솔길은 어제와 똑같은 길이지만 날씨는 매일 변합니다. 햇볕이 따스한 날, 바람이 부는 날, 갑작스레 천둥 번개가 치고 장대비가 쏟아지는 날, 함박눈이 하늘을 회색빛으로 뒤덮은 날…… 그럼에도 나는 문 총재가 성화한 2012년 9월 이래 3년 1,095일 동안 한 번도 시묘를 거르지 않았습니다. 우리의 예례 전통에서 시묘는 돌아가신 부모에게 돌려드리는 효성입니다. 부모의 묘 서쪽에 여막을 짓고 눈이 오나 비가 오나, 제대로 먹지도 입지도 못한 채 땅에 묻힌 부모와 3년을 함께 삽니다. 그 3년은 아들딸이 태어나 부모의 온전한 보살핌과 사랑 없이는 살아남을 수 없는 시간과 같습니다. 그러니 시묘는 말하자면 보은의 시간입니다.

그러나 세상에는 부모의 은혜를 잊고 살아가는 사람들이 너무나 많습니다. 자신의 친부모에게조차 그럴진대 참부모가 인류의 아픔과 슬픔을 탕감해 주기 위해 눈물의 기도를 올리고 있다는 사실을 어떻게 알겠습니까? 이 땅에 현현하신 참부모가 누구인지, 어떤 희생의 삶을 살아왔는지 알지 못한 채 여전히 무관하게 살아가고 있습니다. 그 청맹과니와 같은 삶을 깨우쳐 주기 위해 아내인 내가 온 인류를 대신해 3년 동안 하루도 빠짐없이 시묘 정성을 드렸습니다.

그 시묘 정성이 끝난 2015년에 나는 세계 인류를 위해 큰 선물을 준비했습니다. 역사 이래 가장 의미 깊은 선학평화상(鮮鶴平和賞)이 오랜 준비 끝에 출범했습니다.

험한 세상의 다리가 되어

하늘은 흐릿했습니다. 내일 날씨가 어떨지 궁금했습니다.

"아침에 소나기가 내리겠다고 하네요, 구름도 많고."

어쩌면 그럴 것이다 싶어 빙긋 미소를 지었습니다. 통일교회 행사에는 비가 내리는 날이 많았습니다. 40년 전 미국 뉴욕의 양키스타디움 대회를 할 때는 돌풍을 동반한 소나기가 쏟아졌습니다. 잠실에서 36만 쌍 국제 합동결혼식과 세계평화여성연합 창립대회를 개최한 날에도 종일 장대비가 내렸습니다. 그러나 나는 그 비를 감사의 선물로 받았습니다.

2015년 8월 28일에도 비가 내렸습니다. 마지막 여름비가 촉촉이 내리던 날, 세계 이곳저곳에서 많은 손님이 서울로 찾아왔습니다. 그리고 비는 잠시 멈췄습니다. 손님들을 반갑게 맞이하라는 하늘의 배려였습니다.

지구촌 곳곳에서 사람들이 먼 길을 마다하지 않고 찾아온 이유는 '평화'였습니다. 사람들은 누구나 평화를 원합니다. 그러나 평화는 그렇게 쉽게 주어지지 않습니다. 만일 평화가 시골길의 돌멩이나 산의 나무처럼 흔했다면 인류 역사에 그토록 참혹한 전쟁이나 대립은 한 번도 없었을 것입니다. 평화는 수많은 사람들의 땀과 눈물, 때로는 피를 요구합니다. 바로 그 때문에 우리가 그토록 갈망하면서도 여간해서는 누리기 어렵습니다.

진정한 평화를 누리기 위해서는 내가 먼저 참다운 사랑을 베풀되, 그에 대한 보답을 바라서는 안 됩니다. 그것은 내가, 우리 부부가 평생 걸어온 길이었습니다. 그 길에서 내가 이미 성화하신 남편 문 총재와 인류를 위해 선물로 준비한 것이 '선학평화상'입니다. 첫 번째 시상식이 열리는 날, 비를 맞으며 온 사람들은 마치 뜻밖의 선물을 받은 어린아이처럼 쉽게 흥분을 가라앉히지 못했습니다. 호기심 많은 사람들은 눈을 동그랗게 뜨고 옆 사람과 이야기를 나눴습니다.

"사람들이 다양하게도 모였네요. 지구상에 인종이 이렇게나 많았던가요?"

"저 옷은 어느 나라 전통의상일까요?"

언어가 다양한 것처럼 이 세상에는 인종도 다양합니다. 그들이 모인 시상식장은 온갖 언어가 뒤섞여 마치 인종과 언어의 박람회장 같았습니다. 나를 처음 본 사람들은 과연 한학자가 누구인가 궁금해 고개를 길게 빼고 단상에 앉은 나를 살펴보았습니다. 큰 기대를 갖고 바라보았으나 내가 입은 옷이 자신이 입은 옷보다 더 좋을 것이 없고, 단지 평범한 어머니와 같은 모습이라는 생각이 들었는지 고개를 갸웃하기도 했습니다. 그러면서도 그 눈길에는 인류를 위해 준비한 큰 선물에 대한 고마움이 가득 담겨 있었습니다.

나는 수년 전 선학평화상을 마련하면서 그 근본 뿌리가 무엇이어야 하는지 사람들이 잊지 않도록 했습니다.

"평화의 범위를 미래로까지 넓혀야 합니다. 비록 우리가 만나지 못한다 해도 우리 후손들이 행복한 삶을 꾸려 나가도록 해야 합니다."

미래를 위한 평화가 무엇인지, 열띤 토론과 논란 끝에 그 의미와 방향이 정해졌습니다. 진정한 평화는 단순히 종교와 인종, 나라 사이에서 벌어지는 갈등을 끝내는 것만이 아닙니다. 우리를 더욱 힘들게 하는 것 중에는 무분별한 환경 파괴와 준비되지 않은 미래에 대한 두려움도 있습니다. 그럼에도 기존의 평화상들은 현세대의 문제 해결에만 매달려 있습니다. 현재의 문제를 풀어 가면서 행복한 미래를 만들어 가는 것이 우리가 지금 해야 할 일입니다. 그 뜻을 안고 선학평화상은 험한 세상의 다리가 되기 위해 첫발을 내디뎠습니다.

'바다'는 보물창고, 첫 번째 선학평화상

인류 역사에는 어느 시대에나 큰 아픔이 있습니다. 가장 가슴 아픈 시대는 바로 지난 20세기입니다. 지구촌 곳곳에서 크고 작은 전쟁이 끊임없이 벌어져 선량한 사람들이 헤아릴 수 없을 만큼 생명을 잃었습니다. 일제강점기에 태어나 제2차 세계대전과 한국전쟁을 겪은 나는 그 처참함을 아직도 잊지 않고 있습니다.

그러나 진짜 이유를 알 수 없는, 미명으로 포장된 전쟁들이 아직도 계속되고 있습니다. 잔인한 전쟁과 테러 못지않게 심각한 문제들도 여전히 우리를 괴롭히고 있습니다. 다행히 우리에게는 뿌리 깊은 도덕심이 있고, 지혜가 있습니다. 자연을 보존할 수 있는 방법도 있습니다. 그중 하나가 아직 오염되지 않은 바다입니다. 지구의 70퍼센트를 덮고 있는 바다는 막대한 자원을 품고 있어 인류의 난제를 해결할 수 있는 보물창고입니다. 일찍이 나는 바다의 중요성을 여러 차례 강조했으며 활용 방법도 다양하게 제시했습니다.

그 뜻에 따라 선학평화상의 첫 주제를 '바다'로 정하고 엄격한 심사를 거쳐 의로운 일꾼들을 선정했습니다. 인도의 굽타(M. Vijay Gupta) 박사와 남태평양의 작은 섬나라 키리바시의 아노테 통(Anote Tong) 대통령이었습니다.

굽타 박사는 식량 부족 문제를 극복하기 위한 방법으로 물고기 양식 기술을 개발해 '청색혁명'을 이끈 과학자입니다. 동남아시아와 아프리카의 가난한 나라에 기술을 널리 보급해 빈곤한 사람들이 굶주리지 않게 하는 데 큰 힘을 보탰습니다. 아노테 통 대통령은 국제사회에 바다 생태계의 중요성을 설파하는 글로벌 리더입니다. 안타깝게도 키리바시는 30년 이내에 삶의 터전인 영토 전체가 수몰될 심각하고 절박한 위기에 처해 있음에도 세계에서 가장 큰 해양공원을 만들어 해양생태계 보호에 앞장섰습니다. 두 사람은 일찍이 우리 부부가 기술 평준화를 제창하고, 물고기를 어분(魚粉)으로 만들어 많은 사람이 식량으로 사용함으로써 굶주림에서 벗어나게 했던 것과 똑같은 일을 했습니다.

식량 문제와 함께 환경 문제는 우리 부부가 오랫동안 인류 구원과 평화세계를 위해 추구해 온 과제였습니다. 단순한 이론적 탐구와 운동을 넘어, 반세기 넘게 남미에서 이상세계를 세우기 위해 온갖 정성을 쏟았습니다.

일찍이 문 총재와 나는 심각한 마음으로 우리나라와 정반대 위치인 남미의 파라과이와 브라질 판타날에서 직접 시골 농부와 어부가 되어, 인류의 미래 식량 문제를 해결하기 위해 뜨거운 뙤약볕 아래 점심도 거르며 일을 했습니다. 흘러내리는 땀방울을 연신 손으로 훔치며 고민했던 순간들이 지금도 기억에 생생합니다.

지난 60년 동안 지구촌 곳곳에서 인류를 위해 많은 일을 했음에도 내 이름을 드러낸 적은 없었습니다. 사람들의 행복을 위해서라면 내가 가진 것을 다 주고서도 돌아서면 까마득히 잊는 것이 나의 천성입니다. 그것은 내가 참어머니이자 평화의 어머니로서 어렵고 힘든 이웃의 눈물을 닦아 주고, 평생 인류를 구원하고 하나님의 한을 해원하려 노력해 온 독생녀이기 때문입니다.

뿌리 뽑힌 채 유랑하는 사람들

"교육자라기보다 우리 옆집 아주머니 같은데……."

검은 히잡을 쓴 사키나 야쿠비(Sakena Yacoobi) 박사를 보고 누군가 말합니다. 그녀는 키가 크지 않고 통통합니다. 얼굴에는 험난한 세월을 겪어 온 주름살이 자리 잡고 있습니다. 시상식장이 아니라면 중동의 어느 골목에서 마주칠 법한 평범한 중년 여자로만 보입니다.

"그 옆의 남자는 박사가 아니라 꼭 회사 세일즈맨 같아."

키가 큰 지노 스트라다(Gino Strada) 박사 역시 유럽에서 흔히 마주치는 평범한 중년 아저씨로만 여겨집니다. 그러나 두 사람의 내면에는 강인한 힘이 있다는 것을 나는 알고 있었습니다.

겨울의 끝자락은 추위가 제법 매섭습니다. 그러다가도 입춘이 되면 언제 그랬냐는 듯 매서움은 저만치 물러가고 대지를 감싸 안는 따뜻함이 찾아옵니다. 2017년 입춘을 하루 앞둔 2월 3일에 나는 무척 바쁜 하루를 보냈습니다. 전 세계에서 몰려온 수많은 손님들을 맞이하기 위해서였습니다. 80여 나라에서 온 그들은 피부색도 다르고, 언어도 다르고, 종교도 달랐습니다. 그럼에도 즐거운 마음으로 생전 처음 보는 옆 사람과 인사를 나누며 금세 친구가 되었습니다.

하지만 세상에는 친구도 없고 하루 끼니조차 잇지 못하는 사람들이 여전히 많습니다. 정다운 고향에서 아무런 죄 없이 쫓겨났기 때문입니다. 전쟁의 참화를 피해 고향을 떠난 사람들의 삶은 비참하기 그지없습니다. 나는 인간다운 삶이 파괴되는 것을 막고 난민의 아픔을 해결하기 위해 전 세계인이 참여할 것을 호소했습니다. 또 의인들을 찾아내 격려를 아끼지 않았습니다.

두 번째 선학평화상 수상자인 이탈리아의 지노 스트라다 박사는 25년 동안 중동과 아프리카에서 생명이 위태로운 난민 800만 명 이상에게 의료 구호를 펼친 인도주의자입니다. 아프가니스탄의 사키나 야쿠비 박사는 '아프간 교육의 어머니'로 불리는 교육자입니다. 아프가니스탄 난민촌에서 20년 넘게 난민과 실향민들의 재정착을 위해 일했습니다. 생명의 위협을 무릅쓰면서 가르쳐, 비록 오늘은 고달프지만 내일은 희망이 있다는 믿음을 심어주었습니다. 그녀는 나에게 또박또박 써서 보낸 편지에 깊은 감사의 마음을 담았습니다.

선학평화상은 노벨평화상에 비할 정도로 정말 훌륭합니다. (중략) 제 인생은 항상 위험에 처해 있습니다. 아침에 일어나면 저녁까지 살아 있을지 알 수 없습니다. 그런데 이 상을 수상함으로써 그간의 제 노력이 인정받게 되었습니다. 한학자 총재님이 저의 노고를 인정해 주었다는 사실이 저에게는 정말 큰 의미입니다. (중략) 한국은 전쟁을 겪었음에도 의지와 지혜를 통해 짧은 기간에 많은 것을 성취했습니다. 아프가니스탄이 한국을 롤모델로 삼아 발전하기를 희망합니다.

그녀는 하루의 삶마저 장담할 수 없는 위험에 처해 있으면서도 여전히 여성과 어린이들을 위해 일하고 있습니다.

우리가 집에서 편안하게 따뜻한 밥 한 끼를 먹고 있을 때, 많은 사람이 고향에서 뿌리 뽑힌 채 쫓겨나 유랑하고 있습니다. 자신의 집에서 쫓겨난 고통과 서러움은 삶을 송두리째 흔들어 놓습니다. 그 안타까운 비극을 우리 시대에 반드시 끝내야 합니다.

아프리카의 눈물을 닦아 주는 날

제자들이 예수님께 기도하는 법을 가르쳐 달라고 부탁했을 때, 예수님의 첫 응답은 명료했습니다.

"오늘 저희에게 일용할 양식을 주십시오."

그 기도를 가르쳐 준 지 벌써 2천 년이 흘렀으나 아직도 굶주림에서 벗어나지 못한 사람은 우리가 생각하는 것보다 훨씬 많습니다. 특히 아프리카는 인류 문명의 발상지임에도 그곳에서 살아가는 사람들의 삶의 목표는 오로지 '먹는 것'일 정도로 열악하기만 합니다. 인간의 기본적인 권리가 무시되는가 하면 기초 교육을 받을 기회도 막혀 있는 사람들이 많습니다.

나는 아프리카에 갈 때마다 그 숙제를 풀기 위해 많은 일을 했습니다. 마침 선학평화상위원회가 2019년 세 번째 의제로 '아프리카의 인권과 개발'을 표방했을 때 숙제 하나가 해결되었다는 마음에 매우 반가웠습니다.

아프리카개발은행(AFDB)의 아킨우미 아데시나(Akinwumi Adesina) 총재와 여성인권운동가 와리스 디리(Waris Dirie)는 내가 늘 생각해 온 '실천의 의인'이었습니다.

나이지리아의 가난한 농가에서 태어난 아데시나 박사는 어려서부터 '어떻게 하면 농업을 부흥시킬 수 있을까?'를 고민하며 장래에 풍요로운 아프리카를 만들겠다는 꿈을 키웠습니다. 미국 퍼듀대학에서 공부한 뒤 아프리카로 돌아가 30년 동안 농업 혁신을 이끌어 수억 명이 굶주림에서 벗어날 수 있게 해주었습니다. 2019년 2월 선학평화상을 받기 위해 한국을 처음 방문한 그는 세상을 더 나은 곳으로 만들기 위해서는 아직도 해야 할 일이 많다고 말했습니다.

"세상에 음식을 제공하고 기아와 영양실조를 없애는 일보다 더 중요한 것은 없습니다. 굶주림은 인류의 폐단의 흔적입니다. 흰색, 검은색, 분홍색, 황색 그 어떤 피부색의 사람도 굶주려서는 안 됩니다. 그것이 바로 선학평화상의 상금 50만 달러 전액을 월드헝거파이터스(World Hunger Fighters) 재단을 위해 쓰려는 이유입니다."

그의 꿈은 일찍이 내가 주창하고 호소했던 평화의 한 방법이자 실천이었습니다. 나는 그가 언제까지나 뜻을 굽히지 않고 참된 일을 계속할 수 있도록 격려했습니다.

또 한 명의 수상자인 와리스 디리는 여자로서 헤쳐 나오기 어려운 길을 극복해 온 의지의 아프리카 여성입니다. 그녀는 소말리아 유목민의 딸로 태어나 다섯 살 때 할례를 당하고 내전과 굶주림, 탄압 속에서 어린 시절을 보냈습니다. 그러나 꿈이 많았던 그녀는 미래를 향해 도

전했고 마침내 세계적인 슈퍼모델이 되었습니다.

1997년 아프리카 여성 수억 명을 대표해 할례 경험을 고백하면서 그녀의 인생이 바뀌었습니다. 인권운동가로서 눈부신 활동을 시작했고, 유엔의 '할례 근절을 위한 인권 홍보대사'로 임명되어 아프리카 15개 나라에서 여성 할례 금지를 명시한 〈마푸토 의정서〉의 비준을 이끌어 냈습니다. 또한 2012년 유엔이 여성 할례를 전면 금지하는 결의안을 상정해 만장일치로 통과될 수 있도록 큰 역할을 했습니다. 여기에 그치지 않고 의사들과 힘을 합쳐 프랑스, 독일, 스웨덴, 네덜란드에 '사막의 꽃 센터'를 만들어 할례 여성을 치료하고 있습니다. 나아가 아프리카 여러 곳에서 여성 자립을 돕는 교육기관을 운영합니다.

아프리카 몇몇 곳에서 자행되는 여성 할례는 종교나 민족 고유의 전통이 아닌, 단지 폭력적 관습에 불과합니다. 10대 소녀들의 외부 성기의 일부 혹은 대부분을 제거하는 이 악습은 여성을 억압하는 수단일 뿐만 아니라 생명까지도 위협합니다. 그럼에도 3천 년 이상 지속돼 온 나쁜 관습을 없애기 위해 와리스 디리는 자신의 모든 것을 바쳤고, 세계는 그 헌신에 동참했습니다. 그 길이 얼마나 험난했을지는 굳이 말하지 않아도 능히 알 수 있습니다.

"나의 목표는 아프리카의 여성을 돕는 것입니다. 나는 여성이 강인해지는 것을 보고 싶습니다. 아프리카에서 여성은 일상적인 생활을 책임지고 있습니다. 각 나라에서, 특히 경제적 측면에서 중심적인 역할을 감당합니다. 그런 아프리카의 여성이 어린 나이에 생긴 마음의 상처를 안고 평생 심리적 불구자로 살아가게 내버려 두는 것이 연약한 여성에게 얼마나 커다란 폭력인지 깨달아야 합니다."

아프리카는 오늘도 뜨거운 햇빛이 내리쬡니다. 그곳에서 살아가는 사람들은 지극히 선량합니다. 가족을 사랑하고 이웃을 존중하며 자연과 더불어 살아갑니다. 그러나 도시 문명이 밀려오면서 삶이 고달파졌습니다. 그들이 흘리는 눈물을 닦아 주어야 할 사람은 바로 우리 모두입니다.

이제 선학평화상은 새로운 세기를 향한 아름다운 그림을 그려 가고 있습니다. 우리는 분명 한가족입니다. 얼굴과 피부색이 다르고, 말이 다른 것은 아무런 문제가 되지 않습니다. 선학평화상은 미래로 가는 여정에서 단단한 징검다리가 되고 있습니다. 지구촌 어디에서나 참된 마음으로 땀 흘리는 의로운 사람들의 참된 친구입니다. 선학평화상이 뿌린 평화의 씨앗은 지구라는 마을에서 가장 큰 열매를 맺는 평화의 아름드리나무로 자랄 것입니다.

2장

나는 독생녀로서
이 땅에 왔습니다

뿌리 깊은 나무 바람에 흔들리지 않고

눈을 살포시 감으면 옥수수밭을 휘감아 나가는 거친 바람소리가 들립니다. 광야를 달리는 수천 마리의 말발굽 소리를 떠올리게 합니다. 그 소리는 대륙을 힘차게 달렸던 고구려 무사들의 웅혼한 기백과도 같습니다.

가만히 귀를 기울이면 또 다른 정겨운 소리도 들려옵니다.

"소쩍, 소쩍……."

깊은 산중턱의 높은 나뭇가지에 둥지를 튼 소쩍새 울음소리가 아련히 들립니다. 여름밤, 어머니 손을 잡고 잠을 청할 때 들려오던 소쩍새 울음은 지금도 내 귓가에 맴돌고 있습니다.

나의 고향 평안남도 안주의 아름다운 풍광과 정겨운 소리들은 벌써 70여 년이 흘렀음에도 내 마음속에 오롯이 자리 잡고 있습니다. 꼭 가고 싶은 정든 고향입니다. 언젠가는 내가 돌아가야 할 본향 땅입니다.

내가 태어날 때 아버지 한승운(韓承運) 선생께서는 태몽이라기보다는 몽시(夢示)를 받으셨습니다. 푸른 소나무숲이 아주 울창한 가운데 맑고 아름다운 햇살이 비치면서 두 마리 학이 정답게 어울리는 모습이었습니다. 그래서 내 이름을 '학자(鶴子)'라고 지었습니다.

나는 청주 한씨이고, 본관은 충청북도 청주입니다. 충청(忠淸)은 '마음의 중심이 맑다'는 뜻이며, 청주(淸州)는 '맑은 고을'이라는 의미입니다. 강이나 바다의 물이 맑으면 물고기뿐만 아니라 바닥까지 훤히 들여다보이는 것처럼, 그 고을에 살던 나의 선조들은 마음이 맑고 겸손했습니다. 청주 한씨의 한(韓)은 여러 뜻을 지니고 있습니다. '하나〔一〕'는 하나님을 상징하고, '크다〔大〕'는 우주만물을 품에 안으며, '가득하다〔滿〕'는 충만함을 뜻합니다.

청주 한씨의 시조는 고려 개국공신의 한 사람인 한란(韓蘭)입니다. 청주 방서동 마을에 무농정(務農亭)을 짓고 넓은 땅을 개척해 사람들이 농사를 지을 수 있게 했습니다. 후삼국이 쟁란을 벌일 때 왕건이 후백제의 견훤을 정벌하기 위해 청주를 지나갔습니다. 한란은 왕건을 맞아 10만 병졸을 배불리 먹이고 함께 전쟁터로 나가 큰 공을 세웠습니다. 그 공으로 고려의 개국벽상공신(開國壁上功臣)에 올라 그 이름을 길이 떨쳤습니다. 그로부터 33대가 지나 내가 태어났습니다.

예수님은 33세에 십자가에 못 박혀 돌아가셨습니다. 33년 생애 동안 인류를 구원하려 하셨으나, 그가 누구인지 알지 못하는 무지한 이스라엘 민족에 의해 결국은 십자가에 못 박히셨습니다. 그러나 예수님은 "다시 오마" 재림을 약속하셨습니다. 그날 십자가에 매달린 사람은 세 명이었습니다. 예수님은 오른편, 왼편 강도와 함께 십자가에 달리

셨을 때 오른편 강도에게 '너는 나와 함께 낙원에 이르리라' 언약하고 승천하셨습니다. 3이라는 숫자는 하늘과 땅 그리고 우리 사람을 의미하는 천리 법도의 완성이자 완결을 뜻합니다.

우리 민족은 별자리를 연구해서 하늘의 운세를 풀던 슬기로운 동이(東夷) 민족이었습니다. 기원전부터 찬란한 농경문화를 일군 민족으로, 하늘을 숭상하며 평화를 사랑하는 선민이었습니다. 한민족인 동이족이 한(韓)씨 왕국을 세웠습니다. 역사적으로 고조선 이전에 한씨가 살았다는 기록이 나옵니다. 이를 신화로 폄하하는 의견이 없지는 않으나 단군신화에는 한민족을 천손 민족으로 택한 하나님의 깊은 뜻이 담겨 있습니다. 또한 우리 민족은 배달 민족이기도 합니다. 배달(倍達)은 밝은 나라, 환한 나라, 하늘을 숭상하는 우리 민족을 말합니다.

그런데 한민족이 걸어온 5천 년 역사를 헤아려 보면 누군들 가슴 아프지 않을 수 없습니다. 선천적으로 평화를 사랑하는 착한 민족임에도 끊임없이 외민족의 침입을 받았습니다. 그때마다 한민족은 들풀처럼 짓밟히고, 매서운 추위에 나목(裸木)처럼 헐벗기도 했지만, 그 뿌리는 결코 잃지 않았습니다. 슬기와 끈기로 외세의 침입을 물리쳤으며, 자랑스러운 한민족의 나라를 굳건히 지켜 왔습니다.

하나님이 왜 우리 선한 민족을 그토록 큰 시련과 아픔을 통해 연단하셨는지 생각해 보지 않을 수 없습니다. 그것은 한민족에게 커다란 사명을 맡기기 위해서였습니다. 성경에도 그런 역사가 나옵니다. 하나님은 노아, 아브라함 등 중심인물을 세워 섭리를 이끌어 오시면서 이스라엘 민족을 선민으로 택해 예수님을 보내셨습니다. 그러나 이스라엘 민족은 예수님을 십자가에 못 박혀 돌아가시게 하는 어리석음을 범했습니다.

　2천 년이 흐른 후 하늘은 한민족을 택해 독생자와 독생녀를 보내셨습니다. 이는 하나님의 사랑을 가장 먼저 받을 수 있는 유일한 남성과 유일한 여성을 말합니다. 한반도에서 독생자와 독생녀를 탄생시켜 세계를 구원하고 인류를 사랑으로 이끌어 나가게 하는 것이 하나님의 뜻이었습니다. 한민족이 길고 처절한 고난과 고통으로 벌거벗은 나목이 되었을지언정 죽은 고목(枯木)이 되지 않았던 까닭은 우리 민족에게 주어진 숭고한 사명이 있었기 때문입니다. 한민족은 하늘이 선택한 참다운 선민입니다.

암탉이 병아리를 품은 듯 정겨운 동네

　내가 태어나기 한참 전부터 지구는 아름다운 별이 아니라 신음하는 별이었습니다. 세계는 서로 죽고 죽이는 싸움터였고, 인간이 인간을 착취하는 불평등의 시대였습니다. 어느 곳이든 지극한 혼란과 어두움으로 희망의 빛이 보이지 않았습니다.

　우리 한반도는 1905년 을사늑약 이후 1945년 광복을 맞이할 때까지 40년 가까이 암울한 일제강점기를 거치면서 말로 다 할 수 없는 참혹한 고초를 겪었습니다.

　그 처절한 억압의 시기인 1943년 2월 10일, 음력으로는 1월 6일 새벽, 나는 평안남도 안주에서 태어났습니다. 지금은 안주시 칠성동(七星洞)으로 이름이 바뀐 '안주읍 신의리(新義里) 26번지'를 지금도 또렷이 기억하고 있습니다. 내 고향 마을은 그렇게 깊은 시골은 아니었습니다. 마치 암탉이 날개 아래 병아리를 품은 듯 따뜻하고 정겨운 동네였습니다. 초가집이 대부분이었는데 내가 태어난 집은 마루가 넓은 기와집이었습니다.

집 뒤로는 밤나무와 소나무가 우거진 아늑한 야산이 있었습니다. 철마다 예쁜 꽃들이 때맞춰 피어나고 갖가지 새소리가 합창처럼 들려왔습니다. 봄기운이 따사로울 때 집집마다 울타리 사이로 노란 개나리가 환하게 미소 짓고, 뒷산에는 진달래가 무리를 이루어 붉게 피어났습니다. 마을 앞으로 작은 개울이 흘렀는데 물이 꽁꽁 어는 한겨울을 빼고는 언제나 졸졸졸 정겨운 소리가 들렸습니다. 나는 그 물소리를 새소리와 함께 자연의 합창으로 여기며 자랐습니다. 지금도 아득히 떠올리면, 눈시울이 촉촉해질 만큼 포근한 정감을 안겨 주는 어머니의 품속과 같은 고향입니다.

뒤뜰에는 옥수수를 촘촘히 심은 작은 밭이 있었습니다. 늦여름이면 옥수수가 잘 익어서 껍질이 터지고 길고 가느다란 수염들 사이로 반들반들하고 노란 이들을 드러냈습니다.

햇살 따사로운 오후에 어머니는 알차게 영근 옥수수를 삶아서 대나무 바구니에 담아 마루에 내놓고 이웃들을 불렀습니다. 그러면 이웃집에서 사람들이 하나둘 사립문 안으로 들어와 마루에 둥그렇게 둘러앉아 옥수수를 나눠 먹었습니다. 동네 사람들은 고마운 마음으로 오후의 허기를 달랬지만 표정은 그리 밝지 못했습니다. 지금 생각해 보면, 다들 살림살이가 넉넉지 못했고, 일제의 착취가 너무 심해 몸과 마음이 피폐해졌기 때문이었습니다.

나도 그 틈에 끼어 자그마한 옥수수 하나를 애써 뜯어 먹으려 했습니다. 그러나 제대로 될 리 없었습니다. 그럴 때면 어머니는 살며시 웃으며 노란 알맹이들을 손수 뜯어 내 입안에 넣어 주셨습니다. 그 달콤한 옥수수 알맹이가 입안에서 이리저리 굴러다니던 기억이 마치 어제일 같습니다.

달래강 전설, 하늘의 섭리 잉태하고

✳

"엄마, 평안도가 무슨 뜻이에요?"

호기심 가득했던 나는 궁금증이 일면 어머니에게 쪼르르 달려가 무엇이든 물었습니다. 그때마다 어머니는 친절하게 알려 주었습니다.

"평안도는 평양과 안주에서 한 자씩 따 지은 이름이란다."

"왜 한 자씩 땄어요?"

"두 곳 모두 큰 고을이기 때문이지."

내 고향 안주는 예로부터 군사적으로나 정치적으로 매우 중요한 곳이었습니다. 또 너른 평야에서 농사가 잘되었고 먹을 것도 풍족해 고조선 때부터 큰 고을을 이루었습니다. 어머니가 태어난 정주(定州)는 나의 남편 문선명 총재의 고향이기도 합니다. 그곳에서 남쪽으로 청천강을 건너면 바로 안주입니다. 옛날에 살수(薩水)라 불렸던 청천강은 고구려 때 을지문덕 장군이 수나라 대군을 격파한 살수대첩으로도 유명합니다. 이 강을 경계로 평북과 평남으로 나뉩니다. 안주에서 남편의 고향 정주까지는 불과 60여 킬로미터이며, 평양까지는 75킬로미터를 더 가야 합니다.

아버지는 그곳 안주에서 태어나셨습니다. 청주 한씨 승운 선생은 1909년 1월 20일, 평안남도 안주군 대니면 용흥리 99번지에서 부친 한병건(韓炳健) 선생과 모친 최기병(崔基炳) 여사 사이에서 5형제 중 맏아들로 출생했습니다. 11세 때인 1919년에 만성공립보통학교에 입학했지만 4학년까지만 다니다 중퇴했습니다. 그러나 배움의 열망이 너무 커서 1923년 사립 육영학교(育英學校)에 다시 입학해 1925년 졸업했습니다. 그때가 17세였습니다. 졸업 후 선생님이 되어 10년 동안 모교인 육영학교에서 아이들을 가르쳤습니다. 광복 직후 혼란기인 1946년까지는 만성공립보통학교의 교두(교감)로 일하셨습니다.

나는 아버지와 함께 산 기간이 무척 짧았습니다. 그러나 그 온후한 성품과 모습은 내 머릿속에 깊이 각인되어 있습니다. 성품은 치밀하고 알뜰하셨으며, 체격이 건장하고 체력도 뛰어났습니다. 어느 날엔 길을 걷다가 사람들이 논 가운데 있는 큰 바위를 치우는 데 힘겨워하는 모습을 보고는 번쩍 들어내셨을 만큼 힘이 장사였습니다. 공부도 잘했으며 기독교 신앙이 독실하셨는데, 충직한 교편생활과 신앙생활로 인해 집안에 머무는 날이 드물었습니다. 이용도 목사의 새예수교에 몸담아 중견 간부로 바쁘게 생활하셨습니다. 악랄한 일본 경찰의 온갖 핍박과 감시를 받으면서도 오직 하나님을 섬기는 신앙과 심정으로 삶을 이어가셨습니다.

어머니 홍순애(洪順愛) 여사는 1914년 음력 2월 22일, 평안북도 정주에서 태어나셨습니다. 독실한 기독교 신앙을 지닌 아버지 유일(唯一) 선생과 어머니 원모(元模) 여사 슬하에서 탄생한 1남 1녀 중 맏딸이었습니다. 외할머니는 조선시대에 부유한 선비였던 조한준의 직계 후손으로, 그 동네는 벼슬을 한 사람들이 모여 사는 기와집 촌이었습니다.

그곳 정주에 달래강 다리가 있었습니다. 커다란 돌을 차곡차곡 쌓아 만든 튼튼한 다리였지만 세월이 흐르면서 낡고 허물어져 건너다니지 못하게 되었습니다. 사람들은 먹고사는 일에 바빠 그냥 방치해 두었습니다. 그러자 홍수에 휩쓸리고 모래더미가 밀려와 강바닥에 묻혀 버리고 말았습니다.

그런데 예전부터 전해 내려오는 예언이 있었습니다.

달래강 다리에 바위를 깎아서 세워 놓은 장승 표석이 묻히는 날에는 나라가 없어지고, 드러나는 날에는 조선 땅에 신천지가 펼쳐지리라.

중국 사신이 압록강을 건너와 한양으로 가려면 달래강을 건너야 하는데 다리가 망가져 건널 방도가 마땅치 않았습니다. 나라에 돈이 없어 다리 놓아 줄 사람을 찾기 위해 방을 붙였습니다. 그때 조한준 할아버지가 가진 재산을 전부 털어 돌다리를 새로 놓았습니다. 네모난 돌을 빈틈없이 쌓아 튼튼하게 올리고 그 밑으로는 배가 지나다닐 수 있을 만큼 널찍하게 만들었습니다.

조한준 할아버지는 다리를 새로 만드는 데 전 재산을 다 쓰고 엽전 세 푼을 남겨 놓았습니다. 다음 날 다리 준공식에 신고 갈 짚신을 사기 위해서였습니다. 그날 밤, 꿈에 하얀 옷을 입은 할아버지가 나타나 말했습니다.

"한준아, 네 공이 크구나. 그래서 너희 가문에 천자를 보내려 했는데 남겨 놓은 엽전 세 푼이 하늘에 걸려 공주를 보내겠노라."

꿈에서 깨어나 의아한 생각이 들어 달래강에 가 보니, 언덕 위에 이제까지 없던 돌미륵불이 생겨나 있었습니다. 그 미륵이 얼마나 영험했으면, 누구든지 말을 타고 그 앞을 그냥 지나가지 못했습니다. 말에서 내려 절을 하고 나서야 갈 수 있었습니다. 동네 사람들은 별 신기한 일이 다 있다며, 경건한 마음으로 그 위에 집을 지어 돌미륵이 비바람을 맞지 않도록 했습니다.

이렇듯 충정 어린 조한준 가문을 통해 하늘은 신앙심 깊은 조원모 외할머니를 보내셨고, 그리고 그분에게서 신앙심이 더욱 깊은 홍순애 어머니가 탄생했습니다. 한반도에 하나님이 사랑하시는 독생녀를 탄생시키기 위한 하늘의 섭리와 정성이 그 옛날 조한준 선조로부터 시작되어 나에게까지 면면히 이어져 내려왔습니다.

하나님이 너의 아버지시다

"우리 귀여운 아기, 교회에 갈까?"

그러면 나는 쪼르르 달려가 어머니 손을 잡았습니다. 교회에 가는 일이 너무 좋아서였습니다. 나는 네 살 무렵부터 어머니 손을 잡고 교회에 다녔습니다. 어느 일요일, 예배를 마치고 마을 어귀로 들어오다가 어머니가 발걸음을 멈췄습니다. 길가에 소담하게 핀 들꽃 한 송이를 따서 내 귀밑머리에 꽂아 주셨습니다. 그리고 나의 볼에 입을 맞추고는 나지막한 목소리로 정답게 속삭였습니다.

"곱기도 해라, 우리 주님의 귀한 따님!"

어머니의 눈망울은 언제든 한결같았습니다. 애틋하기 그지없는 눈길은 마치 푸른 하늘을 딱 한 뼘 옮겨 담은 듯 맑고 깊었습니다. 그러나 영롱한 눈물 자국이 아롱져 있어 때로는 처연한 슬픔에 잠기게 했습니다. 어머니의 그 깊은 심정을 알 리 없는 나는 '주님의 귀한 따님'

이라는 한마디에 설레고 기쁘기만 했습니다. 그 무엇에도 비할 바 없이 소중한 그 말을 들을 때마다 뿌듯함과 행복감이 밀려왔습니다.

아직은 몹시도 어린 때였건만 어머니는 기도하듯 힘을 실어 '주님의 귀한 따님'이라고 나에게 말씀해 주시곤 했습니다. 이는 외동딸인 나를 향한 평생의 기도 제목이기도 했습니다. 그렇게 나는 하나님의 딸, 주님의 딸이라는 자긍심을 갖고 무럭무럭 자라났습니다.

외할머니 역시 내 눈을 들여다보며 또박또박 말씀해 주셨습니다.

"하나님이 너의 아버지시다."

그래서 '아버지'라 하면 육친의 아버지를 생각하지 않고 항상 하늘 아버지를 생각했기 때문에 나는 하나님이란 단어만 떠올려도 마음이 푸근하고 정겨웠습니다. 사춘기를 보내면서도 인생을 놓고 고민한다거나, 아버지에게 서운한 마음을 갖는다거나, 가난을 탓한다거나 하는 일은 전혀 없었습니다. 나의 근본 된 아버지이신 하나님이 늘 내 곁에 함께 계시고 항상 돌봐 주셨기 때문이었습니다. 그렇게 하나님은 내가 태어날 때부터 선천적인 부모였습니다.

그런가 하면 나는 남달리 예민한 영적 직관력을 지니고 있었습니다. 그래서 문선명 총재도 나를 두고 사람이나 사물에 대한 통찰력이 뛰어나고 명석하다 칭찬하며 많은 사람들 앞에서 여러 차례 언급했습니다.

외할머니와 어머니는 핏줄이나 인정에 이끌려서가 아니라 천정(天情)의 도리를 나에게 이어 주기 위해 갖은 노력을 다 하셨습니다. 뼛골이 녹는 듯한 고단한 수고를 개의치 않고 하나님 앞에 일편단심으로 순종하는 모습을 삶 자체로 보여 주셨습니다. 단지 기도의 정성으로 높다란 돌탑을 쌓아 가듯 지극히 세심하면서도 간절했습니다.

나는 하루에도 몇 번씩 마루 끝에 서서 푸른 하늘을 올려다보았습니다. 고운 학 서너 마리가 푸른 하늘을 향해 날아가는 모습을 자주 보았습니다. 그런 날에는 맑은 하늘을 한참이나 바라다보며 한껏 부푼 가슴을 쓸어안곤 했습니다.

하루는 어머니가 물었습니다.

"네가 태어났을 때 어떻게 울었는지 아니?"

"아기니까 '응아' 하고 울었겠지요."

"아니다, 너는 '랄라랄라' 노래를 했단다. 그래서 외할머니가 '이 아이는 커서 음악가가 되려나 보다' 하고 말씀하셨지."

나는 그것이 나의 앞날을 상징하는 것은 아닐까 싶어 마음속 깊이 새겨 두었습니다.

그러나 내 어린 시절은 평탄치 않았습니다. 어머니가 출산 후 첫 미역국을 먹고, 나를 안고 잠들었을 때 시커먼 뿔이 달린 사탄이 다가와 산천이 떠나갈 듯 호통을 쳤습니다.

"이 아기를 그대로 두면 장차 세상이 위험해진다. 지금 이 아기를 없애야 한다."

그러면서 나를 해치려 했습니다. 어머니는 나를 꼭 껴안고 항거했습니다.

"사탄아, 썩 물러가라! 이 딸이 하늘 앞에 얼마나 소중한 아이인데, 네가 감히 해하려 하느냐!"

꿈속 싸움은 격렬했습니다. 얼마나 크게 소리를 질렀던지 외할머니가 깜짝 놀라 어머니를 흔들어 깨웠습니다.

"애야, 네가 아기를 낳고 속이 많이 허한가 보구나."

어머니는 일어나 앉아 나를 가만히 들여다보며 생각에 잠겼습니다.

'태어나자마자 사탄이 해하려는 이유가 무엇일까?'

분명 세상을 구원하는 사람이 될 것이라 믿었습니다. 그래서 어머니는 굳게 결심했습니다.

'이 아이는 정성을 다해서 키우지 않으면 안 되겠다. 앞으로 세속에 물들지 않게, 주님을 위해 깨끗하고 아름답게 길러야겠다.'

어머니는 한 달쯤 후에 또 꿈을 꾸었습니다. 이번에는 흰옷을 입은 천사가 하얀 구름을 타고 나타났습니다.

"순애야, 그 아기 때문에 걱정했을 것이니라. 그러나 결코 걱정하지 마라. 아기는 주님의 딸이고 너는 유모와 같다. 성심을 다해서 양육하거라."

하지만 사탄은 쉽게 물러가지 않았습니다. 내가 여섯 살이 되어 북한을 떠날 때까지 어머니의 꿈에 흉측한 몰골로 불쑥불쑥 나타나 나를 해치겠다고 온갖 위협을 다 했습니다. 어머니는 나를 지키기 위해 꼬박 6년이나 싸웠습니다.

나는 어머니가 들려준 꿈 이야기를 듣고 몹시 궁금했습니다.

'왜 사탄은 나를 해치려 그리 애쓰는 것일까? 또 왜 그리 오래 따라다닐까?'

어둠의 시대, 주님을 맞기 위한 선택

"자, 이제부터는 외출할 때 이 신발을 신도록 해요."

"이게 무슨 신발이에요?"

"하이힐이라는 것이다."

일제강점기에 시골에서 하이힐은 좀처럼 보기 어려운 신식 물건이었습니다. 그럼에도 홍유일 외할아버지는 몸소 시장에서 하이힐을 사다가 집안 여자들에게 나눠 줄 만큼 근대 문물을 자유롭게 받아들였습니다. 그 정도로 의식이 깨어 있었습니다. 키가 크고 친근감 넘치는 호남형인 데다 생각 역시 진취적이어서 사람들의 존경을 한 몸에 받았습니다. 유교 전통이 엄격한 집안에서 자라났음에도 시대를 앞서가는 분이었습니다. 내가 초등학교를 졸업할 무렵 처음 문선명 총재를 보고는 마음속으로 외할아버지와 꼭 닮았다고 생각했습니다. 그래서 문 총재가 전혀 낯설지 않았습니다.

조원모 외할머니는 작고 예쁜 용모에 부지런하고 활동적인 신여성이었습니다. 읍내에 '평안상회'라는 가게를 열고 재봉틀을 팔아 살림을 꾸려 갔습니다. 때로는 고장 난 재봉틀을 수리하는 일도 했습니다. 그 시절 재봉틀은 혼수품의 첫 번째로 꼽힐 만큼 귀하고 비싼 기계였습니다. 하지만 외할머니는 시집가는 새색시들에게 싼값으로 팔아 사람들의 칭송이 자자했습니다. 재봉틀을 한목에 살 수 없는 사람들에게는 1년 할부로 팔기도 했습니다. 나를 업고 할부금을 받으러 이 마을 저 마을로 다닌 덕분에 어린 나는 외할머니 등에서 세상을 차츰 배워 나갔습니다.

어머니는 외할머니의 열성적인 신앙을 이어받아 19세까지 장로교회를 다녔습니다. 홍순애라는 이름도 교회 목사님이 지어 주었습니다. 외할아버지 가족은 정주를 떠나 청천강을 건너 평안남도 안주군 안주읍 신의리로 이사했습니다. 어머니는 안주보통학교를 거쳐 1936년 평양성도학원(平壤聖徒學院)을 졸업했습니다.

아버지와 어머니는 1934년 3월 5일 혼례를 올려 부부가 되었습니다. 내가 출생한 해가 1943년이니 결혼 후 9년 만에야 나를 보았습니다. 두 분 다 신앙생활과 교회활동에 몰두하다 보니 뒤늦게야 내가 세상에 태어났습니다. 외할아버지와 외할머니는 한승운 선생을 데릴사위로 삼으려 했으나 아버지는 이를 받아들이지 않았습니다. 한씨 집안의 맏아들이었고, 멀리 황해도 연백에서 교사로 일하고 계셨기에 처가에 터를 잡을 수 없었습니다. 더구나 어머니는 신앙심이 깊어 교회 일에 전념하느라 집에 머무는 시간이 드물어 서로 함께하기도 쉽지 않았습니다. 그런 연유로 나는 신의리 외가에서 태어나 줄곧 그곳에서 자랐으며 자연스레 하나님을 받아들였습니다.

아버지는 광복을 맞은 해인 1945년부터 만성공립보통학교에 재직했습니다. 내 나라를 찾았다는 기쁨도 잠시뿐 공산당의 만행과 위협이 갈수록 심해져 남한으로 내려가야겠다고 결심했습니다.

내가 네 살 무렵 아버지가 갑자기 집에 오셨습니다.

"북한에서 더 이상 살기 어려우니 남한으로 내려갑시다."

공산당의 잔악함과 탄압이 이루 말할 수 없었기에 아버지는 남한으로 내려가 새로운 삶을 시작하자고 간청했습니다. 어머니는 잠시 망설일 수밖에 없었습니다. 그때 어머니는 재림주님을 만나겠다는 일념으로 열심히 신앙생활을 했으나 주님을 만나면 어떻게 하겠다는 구체적인 계획은 없었습니다. 오로지 주님을 만나야 한다는 간절함이 가득했기에, 아버지의 간청에 어머니는 골똘히 생각에 잠겼습니다.

'주님을 만나기 위해 뜻길을 가는 것이 옳을까, 아니면 평범한 가정주부의 삶을 사는 것이 옳을까?'

그 갈림길에서 인간적인 고민을 했지만, 드디어 마음속에 결심이 서자 남편에게 단호히 말했습니다.

"핍박에 굴하지 않고 이 땅에서 주님을 맞이할 신앙길을 지켜 가겠어요."

어머니의 거절은, 아버지에게는 참으로 뜻밖이었습니다. 하지만 그시절 평양은 '동양의 예루살렘'이라 불릴 만큼 기독교가 부흥하던 곳이었습니다. 많은 기독교인들이 재림 메시아를 맞을 준비를 하는 성스러운 곳이었습니다. 성경에 재림주님은 '구름을 타고 온다'고 쓰여 있었으나, 평양의 신령집단은 '육신을 쓰고 오신다'고 믿었습니다. 어머니 역시 재림주님은 '육신을 지닌 인간'으로 오신다고 믿었습니다. 그 동안 외할머니를 통해 믿음을 신실히 했고 새예수교에 다니며 헌신한 어머니는 충실한 메시아 집안으로서 사명을 다하겠다고 결심했습니다.

아버지는 남편이자 아비로서 인류의 도리를 다하고자 했으나 하늘의 섭리는 끝내 가족을 헤어지게 했습니다. 대문을 나서는 아버지의 뒷모습을 보며 어린 나는 '마지막은 아닐 것'이라 생각했건만, 그것이 내가 마지막으로 본 아버지의 모습이었습니다.

홀로 남한으로 내려온 아버지는 40여 년 동안 열대여섯 곳의 학교를 거치면서 온전히 교육에 헌신하셨고, 교장선생님을 마지막으로 교직에서 물러났습니다. 그리고 1978년 봄, 평화스럽게 하나님의 품에 안기셨습니다. 아주 훗날 통일교 세계본부를 경기도 청평에 건설할 때, 그곳에 있는 미원초등학교에 아버지가 한때 봉직하셨다는 사실을 알고 나는 하늘이 인도하신 역사라 생각했습니다.

나는 북한에서 살던 어린 시절 외에는 평생 아버지를 만나지 못했습니다. 간혹 '아버지는 지금 어디에서 무엇을 하고 계실까?' 궁금하기는 했어도 찾아 나서지는 않았습니다. 두서너 살 때부터 외할머니와 어머니에게서 들었던 말을 내 가슴과 머릿속에 깊이 새기고 있었기 때문이었습니다.

"너의 아버지는 하나님이시다."

나는 그 말을 절대 흔들리지 않는 진리로 알고 자랐습니다. 하나님의 딸로서 내가 태어났으니 나의 진정한 아버지는 하나님이라고 굳게 믿었습니다. 그래서 육친의 아버지에 대해 사사로운 감정을 갖지 않았습니다.

내가 일제 치하와 한국전쟁을 겪으면서 홀외할머니와 홀어머니 가정에서 온갖 역경을 이겨 내며 외롭게 자란 것은 하늘이 예비하신 준비 기간이었습니다. 그 준비를 통해 세상을 구원할 참어머니가 되는데 아버지는 결과적으로 보이지 않는 일조를 하셨던 것입니다.

선민의 나라, 독생녀를 보내실 민족

인류 구원을 위한 하나님의 섭리 역사가 지속되는 가운데 나는 6천 년 만에 이 땅에 왔습니다. 그 노정은 인류 역사에서 가장 길고 파란만장했습니다. 수많은 사람이 우주의 어머니이자 독생녀의 현현을 간절히 고대해 왔습니다. 누구나 평화로운 세상에서 살기를 원하기 때문입니다. 평화란 누구나 간구하면서도 그렇게 쉽게 얻어지는 것이 아닙니다. 평화를 얻기 위해서는 그에 버금가는 희생과 헌신이 있어야 했습니다.

하나님이 독생녀인 하늘의 신부를 지상에 보내기까지는 가장 먼저 한민족의 5천 년에 걸친 희생과 탕감의 민족적 준비 기간이 필요했습니다. 나아가 기독교를 중심으로 한 신앙과 3대의 심정적 계대를 잇는 고난의 가정적 기반도 뒷받침되어야 했습니다. 그런 가운데에서야 평화로운 세상을 이룩할 평화의 어머니를 이 땅에 맞이할 수 있었습니다.

우리는 누구라도 자신의 탄생에 대해 깊이 감사하지 않으면 안 됩니다. 이 세상에 태어나는 사람 가운데 무의미하게 태어나는 사람은 없습니다. 또한 한 사람의 삶은 그 한 사람으로 그치지 않습니다. 한 사람이 태어나기 위해서는 하늘과 땅, 모든 우주만상이 씨줄과 날줄로 얽혀야 합니다. 온 세계의, 나아가 온 우주의 기운이 조화를 이뤄야 합니다. 그러므로 누구라도 자신을 하찮게 여겨서는 안 되며, 우주의 성스러운 작용으로 태어난 귀한 존재임을 마음속 깊이 깨달아야 합니다.

내가 태어나기 전 세계는 지극한 혼란과 어두움으로 희망의 빛이 보이지 않았습니다. 1939년 가을에 시작된 제2차 세계대전은 시간이 흐를수록 격화되어 유럽은 피로 얼룩졌습니다. 일본의 식민지배에 신음하던 아시아 여러 나라에서는 고통이 더욱 심했습니다. 1940년 들어 유럽 대부분의 나라는 히틀러에게 짓밟히고 남은 국가는 오직 영국뿐이었습니다. 그 영국마저 독일 공군의 폭격으로 하루도 편할 날이 없었습니다.

식민지 한국은 더욱 처참했습니다. 먹는 것, 입는 것은 말할 것도 없고 살아가는 것 자체가 극도의 고난이었습니다. 일본은 제2차 세계대전 막바지에 살생 무기를 만들기 위해 조선인의 집안을 샅샅이 뒤져 쇳덩이란 쇳덩이는 모두 빼앗아 갔습니다. 심지어 제사 지낼 때 사용하던 놋그릇까지 공출해야 했습니다. 쌀은 전부 징발해 군량으로 실어가서 사람들은 굶주림에 허덕였습니다. 농민들은 자신의 땅에서 자신의 손으로 쌀을 수확하면서도 그 쌀을 먹지 못하는 처참한 지경에 이르렀습니다. 민족의 얼이 담긴 한글을 잃어버린 지는 오래고 창씨개명으로 성씨까지 일본식으로 바뀌었습니다. 젊은 남자들은 모두 징집되어 머나먼 전쟁터에서 피를 흘리며 죽어갔습니다. 그렇지 않으면 탄광이나 무기공장에서 하루 종일 노역에 시달렸습니다.

그러나 그런 고난 속에서도 나라를 되찾겠다는 결의와 희망이 싹트기 시작했습니다. 1940년 대한민국 임시정부가 충칭(重慶)으로 청사를 옮기면서 광복군을 창설했습니다. 비록 나라는 빼앗겼지만 그것은 일시적인 고난일 뿐 곧 조국을 광복하겠다는 굳은 결의에 차 있었습니다.

한편으로 세계전쟁은 극으로 치달았습니다. 독일이 소련 영토로 쳐들어가 천만 명이 죽은 비극의 독소전쟁이 시작되었고, 일본은 진주만을 기습해 태평양전쟁을 일으켰습니다. 미국이 합세하면서 전쟁은 지구 전체로 확대되었습니다. 그러나 밤이 깊으면 새벽이 오듯 종전을 위한 희망의 불빛이 희미하게나마 보이기 시작했습니다.

한국은 예로부터 하늘을 공경하고 평화를 사랑하는 백의민족이었습니다. 한국의 역사 가운데에는 인간 삶의 근본 덕목이 되는 효(孝)와 충(忠) 그리고 열(烈)의 혼이 살아 숨 쉬고 있습니다. 또한 한국은 역사적으로 세계의 모든 종교가 들어와 열매를 맺은 곳이었습니다. 짧은 기독교 역사를 지녔음에도 하늘은 한국을 선민의 나라로 택하시고, 하늘의 섭리를 운행할 독생녀를 보내실 민족으로 찾아 세우셨습니다.

그런 하늘의 뜻에 따라 해외 독립운동 단체들이 1941년 4월 하와이 호놀룰루 갈리히 기독학원에 모여 한족대회(韓族大會)를 열었습니다. 이 대회에서는 북미국민회, 하와이국민회, 대조선독립단 등 9개 단체 대표들이 한마음으로 조국 광복을 위해 일본군과 싸울 것을 천명했습니다. 그것은 식민 조국의 광복을 향한 필연적 열망이었습니다. 더욱 중요한 것은 주권을 가진 국가에서 독생녀가 섭리를 펼칠 수 있도록 하는 준비였습니다.

그리고 내가 태어나기 1년 전인 1942년 1월 1일에 연합국 26개 나라가 미국 워싱턴에 모여 공동선언에 조인했습니다. 그 주요 내용은, 첫째 전쟁을 끝내는 것이고, 둘째 평화세계를 만드는 것이었습니다. 이로 말미암아 일제의 침략으로 인해 식민지 국가로 전락한 한국이 독립할 수 있는 계기가 만들어졌습니다.

조원모 외할머니가 23년 전 여섯 살의 홍순애 어머니를 등에 업고 대한 독립 만세를 외친 것도, 독실한 신앙을 중심으로 나라를 사랑하는 기반 가운데 하나님의 첫 번째 사랑을 받을 독생녀의 탄생을 준비한 것이었습니다. 1942년 그 고난의 여정 가운데 세계는 1년 후에 현현하실 독생녀를 맞기 위해 그토록 힘든 역사를 거쳐 나왔습니다.

독생녀를 맞기 위한 기독교인들의 정성

하나님께서 처음으로 사랑할 독생녀를 한국 땅에 보내기 위한 섭리를 이어 가실 때, 식민 조선에 이미 그 싹이 트고 있었습니다. 기독교의 많은 신령교단에서는 재림 메시아가 평양을 통해서 오신다고 믿었습니다. 1900년대 초부터 하나님의 섭리를 알고 있었던 신실한 기독교인들 사이에 신령운동이 들불처럼 일어났습니다.

그 신령운동은 이용도 목사를 중심으로 한 새예수교, 김성도의 성주교(聖主教), 허호빈의 복중교(腹中教)로 맥이 이어졌습니다. 그들은 일제의 온갖 탄압을 이겨 내면서 하나님의 섭리를 이어 갈 독생자와 독생녀를 맞이하기 위한 터를 닦았습니다.

한반도의 동쪽은 산이 많고 해가 뜨는 곳이며, 서쪽은 평야가 많고 해가 지는 곳입니다. 그런 만큼 동쪽의 함경도 원산에서는 남성들의 신령 역사가, 서쪽의 평안도 철산에서는 여성들의 신령 역사가 펼쳐졌습니다. 여성 대표로는 성주교의 김성도와 복중교의 허호빈이 활동했으며, 남성 대표로는 황국주 전도사와 새예수교의 백남주 목사, 이용도 목사 등이 신령 역사를 일으켰습니다.

어머니는 장로교회를 다니던 중 외할머니를 통해 여러 신령교단과 인연을 맺었습니다. 광복이 되기 전부터 온갖 정성을 기울이고 희생봉사를 감내하면서 재림주를 맞기 위해 몰두했습니다. 그때 황국주 전도사와 신도 50여 명은 간도에서 출발해 한반도를 순회하며 많은 역사를 일으켰습니다. 밀가루를 물에 타서 마시며 전도를 다녔고, 부흥집회 때는 영적 역사를 보여 주었습니다. 누이동생 황은자도 성령을 많이 받았는데, 어머니는 이용도 목사와 황은자에게서 큰 감명을 받았습니다. 그래서 전도대원들과 함께 전도여행을 떠나 신의주까지 걸으면서 하나님의 말씀을 전했습니다. 민족사상을 입에 올렸다가는 당장 붙잡혀 가는 무서운 시대였습니다. 그럼에도 그들을 감시하러 온 일본 형사들마저 설교를 듣고 크게 감복했습니다.

전도여행은 말이 여행일 뿐 고난의 노정이었습니다. 먹는 것, 입는 것, 잠자는 것 모두 변변찮은 데다가 시골 사람들의 하루하루 생활도 어렵기 짝이 없었습니다. 그럼에도 신도들은 밤낮 100리씩 걸으면서 마을마다 성령의 불길을 일으켰습니다. 어머니도 그 대열에 동참해 힘겹게 신의주를 거쳐 강계(江界)에 도착하니 어느덧 100일이 되었습니다. 전도단은 국경을 넘어 만주로 가려 했지만 여의치 않아 다시 고향으로 돌아왔습니다.

안주에 돌아와 보니 이용도 목사의 새예수교회가 세워져 있었습니다. 그래서 그곳에서 새로이 신앙생활을 시작하기로 마음먹었습니다.

감리교 이용도 목사는 부흥회 중에 피를 토하고 쓰러졌지만 평양에서 새예수교 창립공의회를 열었습니다. 그러나 그는 뜻을 펴지 못하고 33세의 젊은 나이로 원산에서 운명했습니다. 장례를 치른 후 새예수교는 이호빈 목사를 중심으로 새 출발을 했습니다.

외할머니와 어머니는 1933년부터 3년 동안 안주 새예수교회에서 신앙생활을 했습니다. 어머니는 다시 오시는 주님을 맞기 위해서는 더욱 정결해야 한다는 일념으로 매일 통곡하며 기도를 올렸습니다. 그러던 어느 날 하늘의 계시가 내렸습니다.

"기뻐하라! 그대의 아기가 아들이거든 우주의 왕이 될 것이요, 딸이거든 우주의 여왕이 되리라."

어머니가 21세 되던 해인 1934년 이른 봄, 달빛이 밤하늘에 가득하던 시각이었습니다. 비록 하늘의 계시라지만 그 말씀을 그대로 받들 만한 아무런 현실적 여건이 마련되어 있지 못했습니다. 그러나 어머니는 가슴을 쓸어내리며 담담하게 받아들였습니다.

"저에게 아들을 주시든 딸을 주시든, 우주만큼 크게 여기며 하늘의 왕자와 공주처럼 소중히 키우겠습니다. 뜻을 위해 기꺼이 저의 한 목숨 바치겠나이다."

며칠 후인 3월 5일 어머니는 이호빈 목사의 주례로 26세의 청년 한승운과 혼례를 올렸습니다. 혼인 후에 아버지는 계속 교사를 하셨고, 어머니는 가정을 꾸려 나가면서 교회 일도 열심히 하셨습니다. 아기가 태어나면 마리아의 해산처럼 어머니의 몸을 통해 세상에 나올 것이지만 하나님의 첫아들 독생자 또는 첫딸 독생녀로서 우주를 다스리는 사람이 된다는 하나님의 계시를 절대 잊지 않았습니다. 그러면서도 마리아가 실패한 것에 반해 어머니는 절대 실패하지 않겠다는 굳건한 믿음이 있었습니다.

외할머니와 어머니는 불원간 기성 교회에 큰 이변이 일어날 것으로 믿었습니다. 그러나 3년이 지났는데도 아무런 변화가 없었습니다. 그 무렵 외할머니와 교회 신도들이 평북 철산에 가서 은혜를 받고 왔습니다. 철산에는 여성 신령 교단의 김성도 부인이 이끄는 모임이 있었습니다. 그러나 김성도 부인은 시댁과 남편이 교회라면 진저리를 쳐서 교회에 나가면 매를 맞았습니다. 김성도의 신앙에 감복한 신도들이 하나둘 모여 가정집회를 가졌는데, 그 교회가 성주교가 되었습니다. 1936년 즈음에 어머니는 외할머니를 따라 처음 철산에 가서 김성도를 만나 새로운 신앙생활을 시작했습니다.

나의 외삼촌인 홍순정 선생은 공부를 아주 잘해서 평양사범학교를 다녔습니다. 방학 때 고향에 잠시 들르면 누나를 만나기 위해 또 먼 길을 가야 했습니다. 경의선 기차를 타고 차련관(車輦館)역에 내려서 반나절을 걸어갔습니다. 어머니는 그렇게 힘들게 찾아온 남동생을 몹시 반가워하셨습니다. 그러나 전도에 열심이어서 오붓한 이야기도 오래 나누지 못했습니다.

성주교는 신도들의 전도에 힘입어 철산, 정주, 평양, 해주, 원산, 서울까지 뻗어 나가 20여 곳에 예배당을 차렸습니다. 그러나 1943년 김성도와 신도 10여 명이 일본 경찰에게 끌려가 감옥에 갇혔습니다. 석 달 후에 출옥했으나 김성도는 1944년 61세를 일기로 타계하고 말았습니다. 8년 동안 철산에 다니면서 에덴동산으로 복귀할 줄 알았던 어머니와 외할머니는 갑자기 막막해졌습니다.

"이제 누구를 믿고 나아가야 하나?"

그 생각만 해도 마음이 무거웠습니다. 다행히도 성주교에서 김성도를 지성껏 모시던 허호빈 부인에게 성령이 전해졌습니다. 그녀는 복중교를 일으켜 신도들을 모았습니다. 하늘은 그녀에게 죄를 벗는 방법을 가르쳐 주고, 주님이 오신 뒤에 자녀를 기르는 방법도 가르쳐 주었습니다. 2천 년 전 예수님이 이스라엘 땅에 태어나기까지 하늘이 많은 준비를 했던 것처럼 허호빈도 한국 땅에서 태어날 재림주님을 위해 철저히 준비를 했습니다.

이듬해 어느 날 허호빈이 어머니를 불렀습니다.

"재림주님이 우리 앞에 오실 때 부끄럽지 않도록 옷 한 벌을 해놓아야 해요. 오늘 밤이 가기 전에 옷을 한 벌 만들어 놓으세요."

어머니는 주님의 옷을 짓는 일이었기에 아주 열심히 바느질을 했습니다. 그러면서 '몽시에라도 좋으니 재림주님을 한번 뵈면 죽어도 한이 없겠다'고 생각했습니다. 다시 바느질을 하다가 잠깐 풋잠이 들었습니다. 방 안에 건장한 남자가 동쪽에 상을 놓고 머리에 수건을 동여맨 채 앉아서 공부하다가 척 돌아앉았습니다.

"내가 너 하나 찾으려고 이처럼 공부를 한다."

그 말씀이 얼마나 감사하고 황공한지 눈물이 절로 나왔습니다. 그러다가 번쩍, 꿈에서 깼습니다. 깨어나서야 그분이 재림주님이라는 것을 알았습니다. 어머니는 그 몽시를 통해 문선명 총재를 처음으로 만났습니다. 하지만 실제로 만나기까지는 오랜 기간 가시밭길의 노정이 수없이 놓여 있었습니다. 신앙의 길은 그만큼 멀고도 험했습니다.

이처럼 재림주님으로 오신 문 총재와 어머니는 영적으로 깊은 교감을 나눈 터였습니다. 그럼에도 당시 외할머니나 어머니조차 오로지 다시 오시는 독생자 주님만을 오매불망 학수고대했지, 정작 우주의 어머니 독생녀의 현현에 관해서는 인식하지 못했습니다. 하늘은 이렇게 복귀 섭리의 역사적 비밀을 그 누구에게도 전하지 않고 오직 홀로 간직하신 채 섭리 역사를 전개해 나왔습니다.

사필귀정으로 일제가 참패하면서 전쟁은 끝이 났습니다. 온 민족이 그토록 원하던 광복이 되었건만 북한은 곧바로 공산 치하가 되었고 종교 탄압이 이만저만 아니었습니다. 배신자는 늘 있게 마련이어서 복중교 신도 한 사람이 공산당국에 밀고하여 허호빈과 신도들이 평양 대동보안서에 잡혀 들어갔습니다. 내무서원들은 허호빈을 잡아먹을 듯 다그쳤습니다.

"네 배 속에 있는 예수는 대체 언제 나오느냐?"

허호빈은 당당하게 대답했습니다.

"며칠 후에 나오실 것이다!"

교인들은 흰옷을 입고 매일 감옥 문밖에서 기도를 올렸으나 1년이 지날 때까지 출옥하지 못했습니다. 그때가 1946년 8월 즈음인데, 서울에 있던 문 총재가 평양으로 가서 경창리에 집회소를 열고 전도를 하던 무렵이었습니다. 공산당의 발악이 극에 달했을 때였습니다. 허호빈이 감옥에서 고초를 겪을 때 문 총재도 이승만의 첩자라는 터무니없는 혐의로 대동보안서에 갇혔습니다.

안타까운 것은, 옥에 있던 복중교 신도들이 문 총재가 자신들과 함께 갇혀 있음에도 재림주님을 알아차리지 못한 것입니다. 문 총재는 100일 동안 옥고를 치르면서 간수들 몰래 허호빈에게 여러 차례 연락했지만, 허호빈은 끝내 '문선명'이 누구인지 알아차리지 못했습니다. 문 총재는 가혹한 고문으로 빈사지경이 되어 풀려났습니다. 한편 복중교 신도들은 고문으로 죽고, 뒤이은 한국전쟁으로 인해 뿔뿔이 흩어져 버리고 말았습니다.

하늘의 계시를 깨닫지 못한 사람들의 결말이 얼마나 가혹하고 냉엄한가를 보여 주는 산 역사였습니다. 그 교단들은 재림주님을 마중하는 길을 준비하고 신부를 찾아내기 위해 하나님으로부터 계시받는 것을 유일한 목적으로 삼았습니다. 나의 어머니가 속해 있던 교단은 믿을 수 없을 정도로 어려운 고난을 겪었습니다.

그런 고난의 파도를 견뎌 내면서 외할머니와 어머니는 재림주님을 맞이하기 위한 신앙심으로 평생을 보냈습니다. 그 긴 세월 오로지 한 뜻, '한국 강산에 세상을 구할 독생자와 독생녀가 오신다'는 예언의 말씀을 받들었습니다. 온 정성을 다하면서 그 누구보다 순수하고 열심히 신앙을 지켜 나갔습니다. 세상과 타협하거나 편안한 집 안에 안주하지 않고 하늘 앞에 봉사하며 지성을 다했습니다.

나는 주님을 맞기 위한 수난길을 걸어온 외할머니와 어머니를 따라 신앙의 정수를 이어받았습니다. 뜻을 위해 가는 길이라면 무엇이든 희생했기에 3대에 이르러 그토록 고대하던 독생녀가 이 땅에 태어났습니다. 나는 특출하게 영적인 가정에서 태어나 하나님과 늘 교감하면서 자랐습니다. 장차 우주의 어머니로서 세상을 위해 무엇을 해야 할 것인지에 대하여 계시를 받고 있었습니다.

삼팔선, 이승과 저승의 고빗길을 넘나들며

✦

"엄마 만나러 왔니?"

"네!"

"잠깐만 기다려라, 엄마를 불러 주마. 여기 사탕 있는데 하나 먹으련?"

1948년 북한 공산당의 종교 탄압이 극에 달했을 때 어머니와 외할머니도 복중교 신도라는 이유로 열흘 넘게 옥에 갇혔습니다. 여섯 살이었던 나는 어머니를 만나러 유치장에 가곤 했는데, 예의 바르고 조신스러워 누구나 나를 좋아했습니다. 그 포악한 공산당원들조차 나를보면 과일이나 사탕을 주었습니다.

다행히 두 분은 옥에서 풀려났지만 공산당은 점점 더 기승을 부렸습니다. 외할머니는 더 이상 이곳에서는 신앙생활은 물론 평범한 삶조차이어 가기 어렵다고 판단해 남한으로 내려가는 것이 어떨까, 많은 고심을 했습니다. 그때만 해도 허호빈이 아직 옥중에 있었기 때문에 어머니는 쉽게 결정하지 못하고 망설였습니다. 외할머니는 그런 딸을 설득했습니다.

"여기 있다가는 재림주님을 만나기 전에 우리가 먼저 죽는다. 우선 남한으로 내려가서 순정이를 만나면 좋은 길이 나타날 것이다."

"기거할 집도 없는데 무작정 가면 어떻게 해요?"

"그래도 가야 한다. 하나님이 우리를 보호해 주실 테니까."

외할아버지는 평양이 '에덴궁'이라는 계시를 받고 이를 지키기 위해 남기로 했습니다. 하지만 아내와 딸에게는 남한으로 떠나라고 권했습니다. 어떻게 해서든 재림주님을 만나는 것이 삶의 목적이었기에 어머니는 몇 날 며칠 기도를 한 끝에 남한으로 잠시나마 내려가 있기로 했습니다.

천만다행으로 홍순정 외삼촌이 일본에서 학업을 마치고 돌아와 군에 있다는 소식이 전해졌습니다. 외삼촌은 지식인이면서 멋쟁이였습니다. 또한 심지가 매우 굳었습니다. 외할머니는 외아들인 외삼촌을 보고 싶은 마음이 굴뚝같았습니다. 또 하나, 어떻게 해서든 외손녀인 나를 보호하고자 했습니다. 외손녀가 잔악한 공산당의 손에 해를 당하거나 혹여 일어날지 모르는 불상사를 미리 막고자 했습니다. 항상 나에게 "너는 하나님의 참된 딸"이라는 말을 했기 때문에 세상의 불행한 일로부터 나를 지켜 주고자 했습니다.

한편으로는 북한 땅의 공산당이 오래가지 못할 것이라고 생각했기 때문에, 잠깐 남한에 내려가 있다가 공산당이 망하면 고향으로 다시 돌아올 수 있으리라 믿었습니다. 그러나 아들을 잠깐 만나러 가겠다고 삼팔선을 넘었던 외할머니를 비롯해 우리 세 사람은 계속 남한에 머물게 되었습니다. 돌이켜 생각해 보면, 하늘은 외삼촌을 향한 외할머니의 간곡한 마음을 통해 우리가 떠날 수 있도록 역사하셨습니다. 자식을 향한 어머니의 애절한 마음은 결국 우리 인간을 찾아오시는 하나님의 간절한 심정이기도 한 것입니다.

"어두워졌으니 이제 길을 나서자!"

1948년 가을 어느 날, 한밤중에 어머니는 나를 업고 외할머니는 보따리 두어 개를 들고 집을 나섰습니다. 안주에서 삼팔선까지 직선거리로 200킬로미터나 되는 먼 길이었습니다. 몇 날 며칠을 걸어서 내려와야만 했습니다. 그 첫걸음부터가 조마조마하기 짝이 없었습니다.

길을 나선 지 대여섯 시간이 지나자 동쪽 하늘이 희미하게 밝아 왔습니다. 해가 하늘에 떠 있을 때 조금이라도 더 가기 위해 쉬지 않고 걸었습니다. 밤에는 빈집에서 잠을 자고 새벽이슬을 맞으며 또 길을 나섰습니다. 신발은 하잘것없고 길은 울퉁불퉁해서 조금만 걸어도 발이 아팠습니다. 참기 어려운 것은 배고픔이었습니다. 촌집에 들어가 보따리 속에서 무언가를 하나 꺼내 주고는 보리밥이나마 겨우 얻어먹었습니다. 그렇게 온갖 고초를 겪으며 하염없이 걷고 또 걸어 남으로 향했습니다.

북한 공산당은 주민들이 쉽게 남하하지 못하도록 논밭을 갈아엎고 길을 울퉁불퉁하게 만들었습니다. 갈아엎은 논밭을 지나느라 발이 푹푹 빠지고, 추위에 오들오들 떨면서 오직 별빛을 바라보며 남쪽으로 내려갔습니다.

가까스로 삼팔선 인근에 다다랐지만 나와 어머니, 외할머니는 삼엄하게 경비를 서고 있던 북한 인민군에게 덜컥 붙잡혔습니다. 그들은 우리를 빈집 헛간에 가뒀습니다. 그곳에는 이미 잡혀 온 여러 사람이 겁에 질려 있었습니다.

인민군은 남자들을 험하게 대했지만 여자와 어린아이에게는 그러지 않았습니다. 하루는 한 어른이 보초를 서던 인민군들에게 먹을 것을 가져다주라고 나에게 심부름을 시켰습니다. 나는 떨리는 마음을 억누르고 미소를 지으며 먹을거리를 인민군에게 건넸습니다. 그렇게 몇 차례 하니 저들의 마음이 누그러졌습니다. 어느 날 밤 인민군들이 고향으로 돌아가라면서 우리 세 모녀를 풀어 주었습니다. 하늘의 보살핌이 생사의 기로에서 삶의 길로 인도한 것입니다. 그날 야밤을 틈타 안내자를 앞세워 삼팔선을 막 넘어섰습니다.

나는 너무 기뻐 어머니에게 말했습니다.

"이젠 김일성 찬양 노래를 부르지 않아도 되지요? 남한 노래를 부를 거예요."

그런데 남한에서도 경비가 삼엄했습니다. 그 사실을 까마득히 모르는 나는 즐거운 마음에 노래를 몇 소절 불렀습니다. 그때 우리 앞의 나무덤불에서 부스럭 소리가 났습니다. 우리는 깜짝 놀라 그 자리에 얼어붙었습니다. 인민군에게 또 붙잡히는 것은 아닌지, 두려움이 몰려왔습니다.

그런데 덤불을 헤치고 나타난 것은 남한 군인이었습니다. 그를 보는 순간 우리는 동시에 안도의 한숨을 내쉬었습니다. 총을 든 군인들은 인기척을 느끼고 방아쇠를 당겨 총을 쏘려다가 어린아이의 맑은 노랫소리를 듣고 총부리를 거뒀습니다. 그들은 우리를 따뜻하게 맞으며 오히려 위로해 주었습니다.

"이렇게 예쁜 따님을 데리고 오느라 고생 많았습니다. 이거 얼마 안 되지만 보태 쓰십시오."

뜻밖에 서울행 여비까지 주는 고마운 군인이었습니다. 그때 내가 만약 노래를 부르지 않았다면 북한 인민군으로 오해받아 그 자리에서 총탄에 맞아 목숨을 잃었을 것입니다. 하늘은 이렇듯 애틋하게 우리를 보호해 주셨습니다. 천신만고 끝에 무사히 남한 땅을 밟았지만 결국 외할아버지와는 재회할 수 없는 결별의 길이 되고 말았습니다.

남한은 우리 모두에게 무척 생소한 곳이었습니다. 한 번도 와보지 않은 서울인 데다 가는 곳마다 혼란스러워 어떻게 살아갈지 막막했습니다. 신앙은 어떻게 지켜 나갈 것인지, 재림주님은 어디에 가야 만날 수 있을지, 참으로 캄캄했습니다. 의지할 곳은 한 군데도 없었고, 지닌 돈도 없었으며, 특별한 기술도 없어 돈벌이하기도 여의치 않았습니다. 허름한 빈집에 머물며 아슬아슬하게 하루하루를 보냈습니다. 그러던 차에 성주교의 장남 정석천이 남한에 정착했다는 이야기를 건너건너 전해 듣고 외할머니는 차후에 그를 찾아가리라 마음먹었습니다.

먼저 서울에서 외삼촌을 찾는 일이 급선무였습니다. 그때 뜻밖에 하늘의 가호가 있었습니다. 우리가 남한에 내려와 의지할 사람은 단지 외삼촌뿐이었습니다. 외삼촌은 서울 약학전문학교에서 공부를 마치고 육군사관학교 약제관 교육을 받은 후 중위로 복무 중이었습니다. 하지만 우리는 외삼촌을 만나기 전에는 그런 사실을 몰랐습니다. 어머니는 혈육을 찾아 의탁할 곳을 마련하려고 매일 간절히 기도했습니다.

"남동생 홍순정을 찾으려면 어떻게 해야 합니까?"

그 기도 덕분에 우연히 길에서 외삼촌의 친구를 만나 소식을 알게 되었습니다. 그야말로 천우신조, 하늘이 도왔습니다. 용산 육군본부에서 근무하던 외삼촌은 고향에서 어머니와 누나, 조카가 기별도 없이 내려온 모습을 보고 기쁘면서도 놀라지 않을 수 없었습니다.

우리는 부랴부랴 효창동에 작은 방 하나를 얻어 기거하게 되었습니다. 그제야 안심이 되었습니다. 나중에 알고 보니, 그곳은 후에 설립된 청파동 통일교회에서 아주 가까운 곳이었습니다. 마주 볼 정도로 지척이었습니다.

나는 곧 효창초등학교에 입학해 자유 대한의 땅에서 처음으로 학교에 다니게 되었습니다. 책보따리를 들고 학교에 가는 나날이 너무나 좋았습니다. 동네 어른들의 귀여움을 한 몸에 받았으며, 아이들도 나를 무척 좋아했습니다.

남한에서의 삶은 차츰 안정되어 갔습니다. 외삼촌이 장교로 군복무를 하고 있었던 사실이나, 아직 만나지는 못했지만 성주교 정석천 가족이 먼저 남하해 있었던 것은 하늘이 섭리를 맡길 독생녀를 보호하기 위해 준비한 노정이 아닐 수 없었습니다.

수많은 생명을 앗아 간 푸른 섬광

"전쟁이 터졌대요!"

"글쎄 북한군이 삼팔선을 밀고 내려왔답니다."

내가 여덟 살 때 한국전쟁이 일어났습니다. 마당 한 켠에 봉숭아꽃이 빨갛게 피어오르고 길목의 버드나무와 플라타너스가 한껏 우거진 초여름 아침이었습니다. 그 초록빛 여름날이 무색하게 아침부터 삼삼오오 모여 걱정하는 주민들로 골목이 가득했습니다. 남한으로 내려와 그나마 생활이 조금 안정되는가 싶었는데 북한 인민군의 기습 남침으로 결국 전쟁이 일어났습니다.

사람들은 겁에 질려 갈피를 잡지 못했습니다. 정부는 허둥지둥 대전으로 후퇴하고 북한군을 막기 위해 한강 다리를 폭파하려 했습니다. 그러면서도 입으로는 서울 사수를 부르짖었습니다.

이틀 후 새벽녘에 문득 어머니가 잠에서 깨어나 피란 보따리를 싸기 시작했습니다. 부스럭거리는 소리에 잠이 깬 나는 눈을 감고 두 분의 대화를 가만히 들었습니다.

"우리도 피란을 가야 해요. 공산당이 여기까지 내려오면 우리를 가만두지 않을 거예요."

"그렇긴 해도 여자들을 험하게 다루기야 하겠니?"

"우리가 북에서 내려온 것을 알면 그 자리에서 해칠지도 몰라요."

어머니는 오로지 주님을 만나겠다는 일념으로 늘 정성을 들이셨는데 공산당이 밀고 내려온다는 소식에 마음이 다급해졌습니다.

1950년 6월 27일 저녁, 부슬부슬 비가 내렸습니다. 다급한 피란 행렬이 이 골목 저 골목에서 쏟아져 나왔습니다. 우리도 서둘러 보따리를 안고 골목을 나섰습니다. 밤비를 맞으며 한강을 향해 부지런히 걸었습니다. 한강 인도교가 어둠 속에서 어슴푸레하게 보일 때 나는 불현듯 어떤 예감이 들어 외할머니의 옷자락을 잡아당겼습니다. 외할머니는 걸음을 멈췄습니다. 어머니가 의아해하며 물었습니다.

"어머니, 왜 그러세요?"

외할머니는 하늘을 한 번 바라보고, 고개를 숙여 잠시 나를 바라보고, 다시 고개를 돌려 집 쪽을 바라보았습니다.

"순정이가 올지도 모르겠구나. 혹시 연락이 올 수도 있으니 다시 돌아가자!"

어머니는 고개를 끄덕였습니다. 우리 셋은 터벅터벅 걸어 다시 집으로 돌아왔습니다. 이불을 대충 펴고 쪽잠을 자다가 요란한 스리쿼터 소리에 잠이 깼습니다. 창호지 문으로 새벽빛이 비치고 있었습니다. 문이 급하게 열리고 군복을 입은 외삼촌이 허겁지겁 안으로 들어왔습니다. 두 분은 안도의 숨을 내쉬었습니다. 나는 마음속으로 '이제는 떠나도 되겠구나' 안심이 되었습니다.

"서둘러야 해요, 빨리 떠나야 합니다."

육군본부에 근무하던 외삼촌은 전시 상황을 면밀히 지켜보다가 한강 인도교를 폭파한다는 정보를 접하자 가족들이 위험에 처할지도 모른다는 생각에 급히 차를 몰고 집으로 온 것이었습니다. 우리는 이미 싸놓은 보따리를 들고 부랴부랴 밖으로 나왔습니다. 희부연 골목에 스리쿼터 한 대가 시동이 걸린 채 세워져 있었습니다. 외삼촌은 우리를 태우고 급히 한강 쪽으로 내달렸습니다. 한강 일대는 새벽인데도 이미 많은 피란민들이 몰려들어 혼란스럽기 그지없었습니다.

한강 인도교로 향했으나 길목이 인파로 꽉 막혀 좀처럼 앞으로 나아갈 수 없었습니다. 외삼촌은 육군 장교였고 다리 통행증을 지니고 있었기에 스리쿼터의 경적을 울리며 피란민 사이를 헤치고 겨우겨우 한강 다리를 건넜습니다. 나는 어머니의 품에 안겨 손을 꼬옥 잡고 피란민들을 바라보았습니다. 처절한 공포와 혼란이 그들을 죽음으로 내몰고 있었습니다.

한강을 건너자마자 외삼촌이 소리쳤습니다.

"엎드려요!"

"꽝!"

한강 인도교를 빠져나와 얼마 못 가 갑자기 뒤에서 '꽝' 소리가 났습니다. 그 순간 푸른 섬광과 함께 굉음이 터졌습니다. 차를 급히 세우고 우리는 허겁지겁 내려서 길가 낮은 곳에 납작 엎드렸습니다. 얼른 보니 한강 다리가 폭파된 것이었습니다. 나는 어둠 속에서 그 불빛을 역력히 보았습니다. 그것은 마치 악마의 이글이글 불타오르는 눈빛과 같았습니다. 한강 다리를 건너오던 수많은 사람과 군인, 경찰들이 강물에 빠져 숨졌지만 우리는 다행히 목숨을 건졌습니다. 불과 몇 미터 차이로 생과 사가 갈리는 순간이었습니다.

그 순간 나는 눈을 감았습니다. 사람들은 왜 전쟁을 일으키는지, 죄 없는 사람들이 왜 죽어야 하는지, 하늘은 왜 우리에게 이토록 큰 아픔과 시련을 주시는지…… 짧은 순간이었지만 많은 생각이 뇌리를 스쳤습니다. 하지만 그 자리에서 정확한 답을 떠올리지는 못했습니다.

다시 눈을 뜨자 두 동강으로 파괴된 다리가 어둠 속에 흉한 몰골로 남아 있었습니다. 1950년 6월 28일 새벽 3시였습니다.

정부는 서울을 사수하겠다고 호언장담했음에도 불구하고, 북한 인민군이 내려오기도 전에 유일한 한강 다리를 미리 폭파했습니다. 자유를 찾아 피란길에 올랐던 무고한 사람이 무수히 생명을 잃었습니다. 그 절체절명의 위기에서 우리는 외삼촌의 도움으로 생명을 무사히 지켰습니다. 목숨이 촌각에 달린 순간 하늘이 보호하사 위험한 고비를 넘겼습니다. 지금도 한강 다리를 건널 때면 그때의 푸른 섬광과 피란민들의 아비규환과 같았던 비명이 떠올라 가슴이 아파 옵니다.

나는 어린 나이임에도 전쟁의 참혹함을 직접 목격했으며, 난민생활을 처절하게 겪었습니다. 순박한 사람들이 파리 목숨처럼 죽어 나갔고, 부모 잃은 아이들이 울부짖으며 거리 이곳저곳을 헤맸습니다. 여덟 살의 어린 소녀였지만 전쟁이라는 것은 지상에서 영원히 사라져야 한다고 생각했습니다. 한강 다리가 맥없이 무너지던 그 순간을 떠올리면, 벌써 70여 년 전의 일이지만 지금도 목울대가 먹먹해집니다.

몸을 겨우 추스른 우리는 낯선 길을 걷고 또 걸어 남으로 향했습니다. 때로는 차를 얻어 타기도 하면서 전라도 땅으로 내려갔습니다. 군인가족피란민수용소에 머물다가 9·28수복 후 다시 서울로 올라와 빈 적산가옥에서 지냈습니다. 그것도 잠시, 50만의 중공군이 압록강을 건너 침공하면서 1951년 1·4후퇴 때 또다시 피란길에 올랐습니다. 군인가족은 특별열차를 탈 수 있어 무사히 대구로 내려갔습니다.

그 고행의 노정은 필설로 다 할 수 없겠지만, 굶어 죽고 병으로 죽은 사람들의 시체를 너무 많이 보았습니다. 나는 삶과 죽음을 넘나들던 피란 노정에서 언제나 하나님이 함께하심을 실감했습니다. 하나님은 우리 가족이 북한에서 남한으로 내려올 때도, 남한에서의 피란 와중에도 늘 함께하며 우리를 보호해 주셨습니다.

오랜 고행 끝에 찾은 뜻길

　대구로 내려온 우리는 성주교의 정석천과 그의 가족을 만났습니다. 반가움이 이만저만 아니었습니다. 그는 오랫동안 헤어졌던 형제라도 만난 것처럼 무척 기뻐했습니다. 철산의 성주교는 일제의 탄압과 공산당의 극악스러운 핍박으로 거의 사라졌음에도 정석천은 뜻을 기필코 이루기 위해 계속 예배를 드리며 재림주님을 맞이할 준비를 하고 있었습니다. 부지런히 광산사업도 하고 쌀과 석유 장사도 해서 살림이 궁색하지는 않았습니다.

　어머니는 그에게 당부를 잊지 않았습니다.

　"우리가 북한에 있을 때 허호빈 부인을 통해 은혜를 많이 받았고 큰 역사가 있었어요. 재림주님은 곧 한국에 오실 것이니 그를 맞이하기 위해 힘써 기도해야 해요."

　흩어졌던 신도들이 모여 열심히 기도하던 어느 날, 어머니는 재림주님을 만나기 위해서는 더 정성스러운 생활을 해야 한다는 하늘의 계시를 받았습니다.

"기도만 해서는 안 되고 생식(生食)을 해야 한다."

어머니는 생솔잎을 먹었는데, 그나마 쪄서 먹으면 괜찮았으련만 솔잎을 그냥 생으로 먹다 보니 이가 몹시 상했습니다. 그러면서 하나밖에 없는 딸을 공부시켜야겠다는 생각에 장사를 시작했습니다. 어머니는 북한에서 결혼 전에는 비교적 유복하게 생활했습니다. 외할아버지가 농사를 크게 지었고, 외할머니가 재봉틀 상회를 운영한 덕분에 시골에서는 드물게 남매 모두 상급학교를 다녔습니다. 외할아버지는 어머니에게 늘 가르침을 주었습니다.

"아무리 어려워도 남에게 신세를 지면 안 된다."

그 말을 지키기 위해 어머니는 조그만 구멍가게를 열었습니다. 그런데 김칫국과 솔잎, 땅콩을 하루에 두 번만 먹고 장사를 하려니 몸이 늘 피곤하고 허약했습니다. 제대로 먹지 못해 기운은 없었으나 오히려 정신은 더 맑았습니다. 외할머니가 그 모습을 보고 놀라면서도 측은해하지 않을 수 없었습니다.

"그렇게 먹고 어떻게 장사를 하느냐. 정말 기적 같은 일이구나."

어머니는 굶주린 채 돈도 많이 벌지 못하면서 석 달가량 장사를 했습니다. 신앙심이 워낙 깊어 '무조건 믿어야 한다'고만 알고 있었습니다. 안타깝게도 현실과의 타협이라는 것을 몰랐습니다. 그렇게 죽을 고생을 하면서도 딸이 세속에 물들지 않고 순수하게 자랄 수 있도록 늘 마음을 기울였습니다.

나는 봉산동에 있는 대구초등학교에 들어가 공부를 했습니다. 얼굴

뿐만 아니라 자태가 점점 더 예뻐지고 공부를 잘해서 친구들에게 인기가 많았고 어른들에게도 귀여움을 많이 받았습니다.

어느 날 오후, 어머니가 가게를 지키고 있을 때 나는 가게 앞 골목에 나와 혼자 놀고 있었습니다. 어떤 사람이 지나가다가 나를 보고 우뚝 멈추어 섰습니다. 눈빛이 형형한 도인이었습니다. 어머니는 가게에서 나와 도인에게 공손히 인사를 했습니다. 도인은 나를 가리키며 물었습니다.

"아주머니 딸입니까?"

그러더니 따스하고 깊은 눈빛으로 나를 바라보았습니다. 내가 어머니에게 눈길을 돌리자 도인은 말문을 열었습니다.

"어머니는 따님 하나 바라보고 사시는데, 열 아들 부럽지 않은 딸이니 훌륭하게 기르세요. 그런데 이 딸은 머지않아 시집을 가게 됩니다. 남편 될 사람은 나이가 많은데, 훗날 바다와 육지와 하늘을 넘나드는 출중한 능력을 가진 큰 인물일 겁니다."

그렇게 말하는 도인이 무척 진지해 보였습니다.

어머니는 하나밖에 없는 딸을 더 정결하게 키워야겠다는 마음으로 1954년 제주도 서귀포로 건너갔습니다. 번잡한 대도시를 떠나 깨끗한 자연 속에서 나를 키우기 위함이었습니다. 그곳에서 정석천의 아우 정석진 일가와 함께 9개월을 보냈습니다.

어머니는 내가 초등학교를 졸업한 다음에 세상과는 무관한 가운데 주님을 위한 성녀(聖女)의 길을 걷게 하려고 했습니다. 하나님의 딸로서 소명을 받기까지는 단지 순결해야 한다는 생각으로 정성을 쏟았습니다. 나는 신효초등학교 5학년으로 전학했는데, 한창 뛰어놀 나이에 가혹하리만큼 혹독하게 신앙생활을 했습니다. 그래서 나는 기도, 경배, 정성으로 대부분의 시간을 보냈습니다.

어머니는 납작보리를 불려서 무김치 하나를 곁들여 생식을 했고 나는 그나마 좁쌀로 지은 밥을 먹었습니다. 어머니는 그렇게 고생스러운 생식을 하면서도 농민들이 일하는 모습을 보면 그냥 지나치지 못하고 밭으로 들어가 보리갈이를 도와주었습니다. 길을 걷다가 짐을 지고 가는 사람이 있으면 집까지 져다 주었습니다. 그런 어머니를 보고 사람들은 감탄해 마지않았습니다.

"세상에, 이렇게 자상한 사람이 다 있네."

"그러게나 말이에요. 교회를 열심히 다닌다고 하던데, 역시 다르긴 다르네요."

어머니는 그렇게 누군가를 도와주는 일을 생활 가운데 늘 실천함으로써 신앙인의 모범을 보여 주었습니다.

외삼촌은 전쟁이 끝날 무렵 결혼을 해서 가정을 꾸렸습니다. 외할머니는 아들 내외와 함께 서울에서 지내다가 딸과 외손녀가 어떻게 지내는지 궁금해 제주도로 내려왔습니다. 외삼촌은 강원도 춘천으로 발령이 나자 곧 우리에게 기별을 했습니다.

"제주도 생활을 정리하고 춘천으로 오세요."

외할머니도 "학자를 가까이에 두고 매일 보는 것이 내 삶의 유일한 낙이다"라며 함께 육지로 나가자고 간곡히 말씀하셨습니다. 어머니와 나는 제주도를 떠나 외할머니가 사는 약사동 근처에 조그만 방을 얻어 춘천 생활을 시작했습니다.

나는 1955년 2월 봉의초등학교로 전학하고 곧 6학년이 되었습니다.

학교에는 아름드리 플라타너스가 큰 그늘을 드리웠는데, 그 아래에서 책을 읽던 기억이 납니다. 또 학교 옆에 연탄공장이 있어서 오갈 때마다 운동화에 연탄가루가 묻었던 기억도 새롭습니다. 이듬해인 1956년 봉의초등학교를 제11회로 졸업했는데, 전쟁통에 학교 네 곳을 거친 끝에야 졸업장을 받았습니다. 공부를 잘해서 졸업식 때 우등상도 받았습니다.

주님을 만나려는 어머니의 간절함에 하늘이 드디어 응답했습니다. 우리 모녀를 보살피는 하나님은 손길을 거두지 않았습니다. 우리보다 먼저 남한으로 내려와 대구에서 살던 정석천은 항상 모친 김성도의 유언을 기억하며 실천하려 했습니다.

"하나님이 맡기신 뜻을 내가 성사하지 못하면 다른 사람을 통해서라도 이룰 것이다. 주님이 오시는 단체는 음란집단으로 오해받아 핍박을 당하고 옥고를 치를 것이다. 그런 교회가 나타나면 참된 교회인 줄 알고 찾아가거라."

그래서 그는 집에서 열심히 예배드리면서 이곳저곳의 교회에서 부흥회가 열리면 부지런히 찾아다녔습니다. 그러던 1955년 5월, 그는 〈동아일보〉에 실린 이화여대 퇴학 사건 관련 기사 한 토막을 읽었습니다. 통일교회에 나간다는 이유로 이화여대 교수 5명이 해직되고, 학생 14명이 강제 퇴학당했다는 내용이었습니다. 모친의 예언이 이루어지고 있음을 직감한 정석천은 부산에 사는 누나에게 편지를 보냈습니다. 누나는 딸과 함께 신문 조각을 들고 무작정 서울 청파동으로 올라왔으나 문 총재는 만나지 못하고 부산 통일교회를 소개받아 다시 부산으로 내려갔습니다. 그리고 대구에 있는 정석천에게 이 사실을 알렸습니다.

정석천은 대구 통일교회를 찾아가 원리말씀을 듣고 그 자리에서 통일교 신도가 되었습니다. 그런데 입교한 지 열흘 만인 7월 4일에 문 총재가 투옥되는 충격적인 사건이 일어났습니다. 서울로 올라온 정석천은 서대문형무소에서 문 총재를 면회하고 큰 격려를 받았습니다. 문 총재가 10월 4일 무죄로 석방되자 정석천은 대구 살림을 모두 정리하고 서울로 올라와 뜻길에 헌신하게 되었습니다.

문 총재는 출소 후에 대구를 방문했습니다. 그때 춘천으로 이사한 어머니는 하얀 용이 품에 안기는 꿈을 꾸었습니다. 하얀 용이 누구를 의미하는지, 품에 안기는 것은 또 무엇을 뜻하는지 정확히 알 수 없었으나 조만간 큰일이 닥치리라는 예감이 들었습니다. 마침 정석천이 보낸 편지를 읽고 곧장 대구로 내려갔습니다. 그러나 문 총재는 이미 서울로 올라간 후여서 만나지 못했습니다.

아쉬운 마음으로 대구를 떠나려 할 때 또 꿈을 꾸었습니다. 황금용 한 쌍이 서울을 향해 엎드려 있는 꿈이었습니다. 어머니는 그 꿈을 가슴 깊이 새기고 서울로 올라와 한달음에 청파동 교회를 찾아갔습니다. 그곳에서 처음으로 문 총재를 뵙고 인사를 올렸습니다. 꿈에 나타난 하얀 용이 누구인지 궁금증이 풀렸습니다. 그때가 1955년 겨울 초입이었습니다. 30년 넘게 온갖 고행을 하며 꿈에 그리던 재림주님을 만나 더할 수 없이 감복했습니다. 그러나 황금용 한 쌍은 누구인지, 그 수수께끼는 풀지 못했습니다.

어머니의 감복과 달리 문 총재는 다른 식구들에게는 다정하게 대하면서도 유독 어머니만은 냉대했습니다. 어머니는 서러운 마음이 들고 한편으로는 앞이 캄캄했으나 묵묵히 쉬지 않고 기도했습니다. 하루는 문 총재가 예수님의 심정에 대해 설교하면서 이렇게 말했습니다.

"옛날 이스라엘 민족은 참아버지로 오신 예수님을 맞아들이지 못하고 십자가에서 돌아가시게 했어요. 그 죄가 얼마나 큰지 알아요!"

그 말씀을 들으며 어머니는 성전 한구석에서 처음부터 끝까지 마냥 울기만 했습니다. 그 이야기를 전해 들은 문 총재는 어머니를 불러 하늘의 소명을 받은 사람은 하늘은 물론 사탄의 시험까지 통과해야 한다며 위로해 주었습니다. 그러자 지금까지 냉대받은 서러움이 어머니 마음속에서 봄눈 녹듯 사라졌습니다. 굳건한 믿음을 갖게 된 어머니는 곧 춘천으로 내려가 개척전도를 시작했습니다.

3장

'어린양 혼인잔치'는
세계를 구원하는 등불

'희생'의 참뜻 가슴에 품고

어머니의 통일교회 공식 입교 일자는 1955년 12월 15일입니다. 이 듬해에 춘천 약사동 집에서 주일예배를 드리면서 춘천 통일교회가 작으면서도 큰 첫걸음을 떼었습니다. 나는 1956년 초 봉의초등학교를 졸업한 14세 소녀였습니다.

따뜻한 햇살이 내리쬐던 어느 날, 어머니가 내게 말했습니다.

"서울에 다녀오자."

나는 왜 서울에 가는지 알지 못한 채 어머니를 따라 서울로 올라왔습니다. 그날 청파동 교회에서 처음으로 문 총재를 만났습니다. 교회는 판자를 두른 아담한 2층짜리 적산가옥이었는데, 교회라기보다는 가정집에 가까웠습니다. 나는 문 총재에게 공손히 인사했습니다. 문 총재는 내 인사를 받으며 어머니에게 물었습니다.

"이 아이는 누구인가?"

"제 딸입니다."

문 총재는 무척 놀라 되물었습니다.

"이렇게 예쁜 딸이 있었나?"

그러고는 눈을 감고 잠시 명상에 잠겼다가 내 이름을 물었습니다. 나는 또 공손하게 대답했습니다.

"한학자라고 합니다."

그러자 문 총재는 놀랍다는 듯 혼잣말을 했습니다.

"한학자가 한국 땅에 태어났다. 한학자가 한국 땅에 태어났다. 한학자가 한국 땅에 태어났다."

똑같은 말을 세 번이나 반복하는 것이었습니다. 이어 또 혼잣말로 감사의 말을 덧붙였습니다.

"한학자라는, 이렇게 훌륭한 여성을 한국에 보내 주셨군요. 감사합니다."

나도 그렇지만 어머니 역시 의아하게 생각했습니다.

'이상하다, 어째서 내 딸에 대해 똑같은 말씀을 세 번씩이나 하시는 걸까?'

문 총재는 나에게 다짐을 받듯 말했습니다.

"한학자, 앞으로 희생해야지!"

"……네!"

기차를 타고 돌아오면서 나는 '희생'이라는 말에 대해 곰곰 생각해 보았습니다. 문 총재가 말하는 희생은 교과서에서 배운 희생과 분명 다를 것이었습니다. 더 높은 의미의 희생, 더 고결한 희생, 더 완전한 희생을 말하는 것이라 생각했습니다. 어떤 것을 희생하느냐도 중요하지만 무엇을 위해 희생하느냐가 더욱 중요할 것이었습니다.

덜컹거리는 기차 레일 소리를 들으며, 빠르게 스쳐 지나가는 창밖의 풍경을 바라보며, 뚜렷이 가늠되지는 않았으나 무엇을 위해 희생해야 할지 생각해 보았습니다. 그날 이후 '희생'은 내 마음속 하나의 화두처럼 각인되었습니다. 훗날 생각해 보니 '희생'은 평화의 어머니로서 살아가야 할 나의 또 다른 이름이었습니다.

하나님이 곧 나를 찾아오시리라

조원모 외할머니는 내가 말을 알아듣기 시작할 무렵부터 변함없이 한 가지 사실을 가르쳐 주었습니다.

"하나님이 너의 아버지시다."

심지어는 이렇게도 말했습니다.

"엄마는 유모와 같다. 너를 하나님의 딸로 키울 뿐이다."

나는 태어나기 전부터 복중신앙이었던 터라 그 말을 거부감 없이 받아들이며 성장했습니다. '하나님'이라는 말을 들으면 마음이 포근하고 한없이 넓어졌습니다.

어머니는 나를 키우면서 세속적인 삶에 물들지 않고 하늘의 뜻을 실현시키는 사람으로 만들기 위해 뼈가 녹아나는 것도 개의치 않았습니다. 일편단심 하나님 앞에 절대복종하고 절대순종하는 길을 걸었습니다. 딸이 세상의 유혹을 접하지 않고 순수하게 자라도록 철저히 보호했습니다. 그 정성에 부응하듯 나는 고고한 학처럼 성장해 갔습니다.

사춘기가 시작되는 중학생 시기에도 조용히 독서를 하고 공부에만 마음을 쏟았습니다. 나는 종로 사직동에 있는 성정(聖貞)여자중학교에 입학했습니다. 인왕산 남쪽 기슭 햇빛 고른 사직동에 자리한 아담한 학교였습니다.

성정여중은 1950년 5월에 개교했지만 불과 한 달 만에 한국전쟁으로 말미암아 휴교를 해야 했습니다. 개교하자마자 민족의 수난을 함께 겪은 것입니다. 전란 후 다시 문을 열고, 나라를 부강하게 만들기 위해서는 여성 인재를 길러 내야 한다는 사명으로 많은 여성을 교육했습니다. 1981년 은평구로 이전한 뒤 1984년에 '선정(善正)여자중학교'로 이름을 바꿨고, 현재는 선정중학교가 되었습니다. 나는 이 학교를 1987년에 인수해 통일그룹 내 선학학원의 한 가족이 되도록 했습니다. 늘 깊은 관심을 갖고 많은 지원을 하고 있습니다.

나는 중학교에 다닐 때도 말수가 적고 아주 침착했습니다. 열심히 공부해 성적은 늘 상위권에 들었습니다. 예쁘고 조신한 용모에 얌전하고 정숙해서 항상 선생님들의 사랑과 관심을 받았습니다.

나의 학교생활은 별다른 굴곡 없이 오히려 평탄했습니다. 몸이 심하게 아파 1학년 때 한두 번 결석을 한 정도였습니다. 그러고는 2~3학년 연이어 학급 최고 성적으로 우등상을 받았습니다. 밖에서 하는 활동이나 운동보다는 조용한 분위기에서 책을 읽고 음악을 즐겼습니다. 또하나의 취미는 그림 그리기였습니다. 초등학교에 이어 중학교 때도 미술에 취미와 소질이 있었지만 그림만 그리는 화가가 될 생각은 없었습니다.

중학교 3년 내내 학급대의원을 지냈고, 3학년 때는 운영위원장으로 학생 자치활동에 앞장서면서 내 안에 잠재되어 있던 리더십을 한껏 발휘했습니다.

하루는 전교생이 모인 자리에서 단상에 올라 학생회에서 결정된 사항을 발표했습니다. 차분하면서도 당당한 나의 태도를 보고 선생님들은 입을 모아 칭찬했습니다.

"학자가 정말 대단하구나!"

"조용하고 얌전한 줄로만 알았는데, 통솔력이 뛰어나네!"

선생님들은 미처 몰랐던 나의 새로운 모습을 발견하고 따뜻한 관심을 기울여 주었습니다.

사춘기가 찾아왔을 때도 삶에 관해 고민하거나 방황하지 않았습니다. 항상 외할머니와 어머니가 하늘을 모시고 사는 신앙을 심어 주신 덕분이었습니다. 특히 어머니가 엄격하게 신앙생활을 이끌었습니다. 그때는 너무 힘들다거나 고달프다는 생각이 없었던 것은 아니지만, 몇 년이 흐른 후 그것이 언젠가 하늘의 독생녀로서 하늘의 독생자를 만나기 위한 준비였다는 것을 알게 되었습니다.

그런 외적인 신앙 환경과 함께 내적으로는 나 스스로 흔들리지 않는 신앙의 굳건한 뿌리를 내리고 있었습니다. 이 시기 나는 많은 독서를 했습니다. 《성자성녀전(聖者聖女傳)》을 즐겨 읽었고, 문학작품도 많이 읽었습니다. 특히 펄 벅의 《대지》를 좋아했습니다. 이 작품의 등장인물들은 자연과 운명에 맞서 삶을 개척해 나가지만, 인간은 결국 대지로 대변되는 자연의 품으로 돌아가야 하는 존재임을 깨달을 수 있었습니다. 자연으로 상징되는 하나님의 품을 결코 벗어날 수 없는 것이 인간입니다. 내가 고향을 사랑하는 노래를 많이 듣고 고향에 관한 소설을 많이 읽게 된 것도 결국에는 하나님과 함께하고 싶은 간절한 뜻이 있었기 때문입니다.

어릴 때부터 나는 하나님을 나의 아버지로 알았기에, 내가 읽는 모든 작품은 자연스럽게 하나님과 연결되었습니다. 그러다 보니 세속의 거친 환경으로부터 나 자신을 완전히 격리하고 마치 수녀처럼 정결하게 생활했습니다. 나 자신의 뜻이 아니라 하늘이 인도하는 삶만을 살았습니다. 특히 이 시기에 성경을 많이 읽었습니다. 하나님의 창조 역사와 인간의 타락 역사, 그리고 중심인물들을 통한 하나님의 구원 역사를 읽으며 수많은 밤을 눈물로 지새웠습니다.

하나님은 인간을 당신의 자녀로 사랑하시기 위해 창조하셨습니다. 하지만 오히려 그 인간으로 인해 고통받고 슬퍼하시면서도 다시 당신의 자녀로 품으시는 하나님의 한 많은 역사를 읽으며, 가슴이 아파 잠을 이루지 못한 것이 하루이틀이 아니었습니다.

그러면서 나는 자연스레 문 총재가 내게 말했던 '희생'에 대해 더욱 깊이 생각하게 되었습니다.

'나는 하나님을 위해 무엇을 희생할 것인가?'

이 물음이 내 삶을 송두리째 바꿔 가고 있었습니다.

내가 중학교에 진학할 무렵에는 전쟁이 끝난 뒤라서 거리마다 부상자가 넘쳐났습니다. 전쟁고아를 비롯해 수많은 아이들이 굶주림과 질병으로 많은 고통을 받았습니다. 병에 걸려도 제때 치료받는 사람은 드물었습니다. 나는 그들의 상처와 아픔을 치유하고 밝은 세상으로 인도하기 위해 중학교를 졸업한 1959년 봄에 성요셉간호학교에 입학했습니다.

나 자신이 아닌 다른 사람을 위하여 사는 삶은 희생과 봉사를 전제하지 않고는 생각할 수 없습니다. 나는 어린 시절부터 혹독하게 신앙을 키워 오면서 가슴속에 간직한 꿈이 있었습니다. 그것은 인류를 구원하기 위해 역사를 점철해 나오신 하나님을 해원해 드리는 것이었습니다. 역사의 쇠사슬에서 자유롭게 해드리는 것이었습니다.

하나님은 결코 다른 사람 위에 군림하는 자리에서는 만날 수 없습니다. 자신보다 어렵고 힘든 사람을 위해 묵묵히 일하는 자리에 찾아오십니다. 내가 더욱 낮은 자리에서 하나님의 뜻과 한을 되새길 때 그 하나님이 곧 나를 찾아오시리라는 것을 이미 알고 있었습니다.

하늘과 땅의 봉황이 만나

1950년대 말에 여자 혼자 살아가기란 쉽지 않은 일이었습니다. 어머니는 손에 쥐여지는 대로 여러 일들을 하면서 살림을 꾸려 갔습니다. 그래도 어머니는 그 고난과 시련들을 무사히 이겨 냈으며 정성스러운 기도생활을 한시도 쉬지 않았습니다.

그런데 어느 날 문득 이래서는 안 되겠다는 생각이 들었습니다.

"이렇게 의미 없는 삶을 꾸려 나가기보다는 더 가치 있는 삶을 살아야겠다."

어머니는 외할머니와 나를 외숙모에게 부탁하고 아예 청파동 교회로 들어가 헌신생활을 시작했습니다. 교회에서 어머니는 가장 궂은일부터 스스로 도맡아 했습니다. 사람들이 만류해도 언제나 즐겁고 감사하는 마음으로 일했습니다. 일찍이 북한에서 그 누구보다 철저한 신앙생활을 했음에도 통일교회에서는 초심자로서 새 출발을 했습니다.

하지만 교회에서 너무 힘에 벅찬 일을 하느라 몸이 쇠약해질 대로 쇠약해져 그만 지병을 얻고 말았습니다. 다행히도 어머니는 옛날 복중교 시절부터 자매처럼 가깝게 지내던 부인 식구들이 살고 있는 노량진에 거처를 정하고 그들과 함께 지내며 서로 보살핀 덕분에 건강을 조금씩 되찾았습니다.

나는 간호학교에 다니면서 일요일이면 청파동 교회에 예배를 드리러 갔습니다. 어느 일요일, 어머니는 나를 보자마자 한쪽으로 데려가 조용히 속삭였습니다.

"내가 며칠 전에 종잡을 수 없는 꿈을 꾸었구나."

"무슨 꿈인데요?"

"글쎄 흰 예복을 입은 교회 여자 식구들이 분홍빛 꽃을 들고 서 있는데, 네가 문 선생님 앞으로 걸어가지 않겠니. 그때 갑자기 하늘에서 천둥 번개가 치더니 한곳으로 떨어지더라. 몰려든 사람들이 너를 부러운 눈빛으로 바라보았는데…… 그러다 꿈에서 깼다."

"곧 세상이 깜짝 놀랄 일이 일어날 꿈인 것 같아요."

"그렇지? 분명 몽시는 몽시인데…… 무슨 뜻인지 짐작조차 못하겠구나."

그때만 해도 교회에서는 문 총재를 '선생님'이라 불렀습니다. 어머니는 그런 몽시가 하나밖에 없는 딸이 "세계를 구원할 참어머니가 되리라" 하는 하늘의 엄청난 계시라고는 생각조차 못했습니다. 하지만 나는 하나님을 위한 희생의 삶을 살기로 결심했기에 그 몽시의 의미를 어렴풋이 깨달았습니다.

그러던 1959년 가을에 전국전도사수련회가 청파동 교회에서 열렸습니다. 나는 어머니와 함께 수련회에 참석했습니다. 비좁은 교회 한 켠에서 수련회를 진행하느라 분주한데, 한편에서는 또 다른 중대한 일이 추진되고 있었습니다. 두어 달 전부터 신앙심 깊은 원로 할머니들을 중심으로 문 총재의 성혼이 서서히 준비되고 있었습니다.

어느 날 원로 여자 식구 한 사람이 문 총재를 찾아가 꿈 이야기를 했습니다.

"하늘에서 수많은 학떼가 날아오는데 손으로 쫓으면 날아오고, 쫓으면 또 날아와 문 선생님을 덮었습니다."

그때 문 총재와 성혼하고 싶어 하는 처자들은 무척 많았습니다. 문 총재가 별다른 반응을 보이지 않자 그 원로 식구는 확신에 차서 말했습니다.

"제 꿈은…… 신부의 이름에 학(鶴) 자가 들어가야 한다는 하늘의 뜻이라고 생각합니다."

그러나 당시 나는 학교를 다니는 학생이었고 문 총재에 비해서도 너무 어렸기 때문에 내 이름은 많은 후보자들에 밀려 거론조차 되지 않았습니다.

어머니는 기도를 올리다가 또 몽시를 받았습니다. 봉황 한 마리가 하늘에서 내려오고 또 한 마리는 땅에서 올라가 만났는데, 하늘 봉황이 문 총재였습니다. 수년 전 문 총재를 만나기 위해 대구로 내려갔을 때 꾸었던 꿈도 떠올랐습니다. 황금용 한 쌍이 서울을 향해 엎드려 있는 꿈이었습니다. 어머니는 그 꿈들이 도대체 무엇을 의미하는지 골똘히 생각해 보았으나 짐작조차 할 수 없었습니다.

하루는 새벽 냉수욕을 한 어머니가 맹세문을 읊다가 하늘의 소리를 들었습니다.

"하늘에서 내려온 봉황은 참아버지를 상징하는 것이요, 땅에서 올라간 봉황은 참어머니를 상징하는 것이니라."

어머니는 꿈의 실마리가 풀려 너무 기뻤으나 입을 꾹 다물고 매일 교회에서 정성을 들였습니다. 나는 16세가 되자 유달리 성숙해서 교회에 갈 때면 사람들의 눈길을 끌었습니다. 식구들은 그런 나에게 귀티가 나고 몸단장이 깔끔하다는 칭찬을 아끼지 않았습니다.

"학자는 고요함과 정숙함이 꼭 그 이름처럼 학을 보는 것 같아."

"어디 그뿐이겠어. 예의도 바르고…… 가만 보면 판단력과 관찰력도 뛰어나."

북한에서부터 온갖 어려움을 겪었음에도 때 묻지 않은 순수성과 뜻에 대한 순종, 복종의 미덕을 품고 있었기에 여러 사람이 함께 있을 때면 마치 군계일학과 같았습니다. 그러나 칭찬에 치우쳐 나를 내세우거나 경거망동하지 않았습니다. 문 총재는 무엇보다 자신을 희생하고 헌신하며 '위하는 마음'을 가진 여성을 찾고 있었습니다. 학벌이나 가문, 재산의 많고 적음, 미모는 따지지 않았습니다. 절대적인 믿음을 가지고 이 세상에 사랑을 베풀 수 있는 여성이어야 했습니다. 또한 그 여성은 세상을 구원할 수 있어야 했습니다.

그 여성을 찾지 못해 문 총재는 성혼을 하지 못하고 있었습니다. 우주의 어머니가 될 하늘신부가 바로 가까이에 있다는 사실을 아직 모르고 있었습니다. 나는 하늘의 뜻을 깨닫고 있었지만 말할 수 없었습니다. 그것은 문 총재의 사명이자 책임이었습니다.

오로지 나만이 하늘신부인 것을

얼마 후 믿음이 충실한 '오 집사'라는 식구가 낙원상가 2층의 옷가게에 바느질을 도와주러 갔습니다. 옷가게 주인은 '기도 할머니'라 불리는 원로 식구였는데, 남자옷 한 벌을 짓고 있었습니다. 오 집사는 그 옆에 앉아 재봉틀을 돌리며 무심히 물었습니다.

"누구 옷을 짓는 거예요?"

"문 선생님 옷을 짓고 있어요. 약혼식 때 입을 옷이에요."

오 집사는 깜짝 놀라 다시 물었습니다.

"신부가 정해졌나요?"

"날짜는 정해졌는데 신부는 아직 안 정해졌어요. 어쨌든 조만간 식을 올려야 하니까 미리 옷을 지어 놓는 것이지요."

오 집사는 '과연 신부는 누구일까?' 이리저리 짚어 보았으나 딱히 떠오르는 사람이 없었습니다. 그녀는 기도 가운데 하나님의 음성과 계시를 자주 받는 분이었습니다. 그날도 기도를 하다가 계시를 받았습니다.

"하와가 16세에 타락했기 때문에 하늘신부는 20세 전이어야 한다."

그때가 1959년 가을이었습니다. 오 집사는 참어머니를 맞이하기 위해 7년이나 정성을 들였는데 그제야 하늘의 뜻을 깨달았습니다.

"하나님! 하늘신부는 정말 20세 전이어야 합니까?"

끊임없이 되묻자 한 줄기 섬광처럼 깨달아지는 것이 있었습니다.

"대략 16세 전후의 한학자가 있었는데…… 나는 왜 옆에 두고도 알지 못했을까!"

그날 밤 10시가 넘어 일을 끝내고 돌아오는 길이었습니다. 노량진행 버스를 타고 한강을 건너오는데, 하늘의 역사가 있었습니다.

"학자가 된다!"

"학자가 된다!"

하늘의 계시가 연이어 가을 밤하늘에 파장으로 밀려왔습니다. 오 집사는 밤 11시가 넘어 어머니가 거처하는 노량진 집에 들렀습니다.

"순애야, 자니?"

"아직 안 자, 들어와!"

"네 딸이 몇 살이지?"

거두절미한 질문에 어머니는 아닌 밤중에 무슨 홍두깨가 하는 의아한 눈빛으로 바라봤습니다.

"밤중에 갑자기 와서 내 딸 나이는 왜 묻니?"

"다른 말 하지 말고 어서 말해 봐."

"올해 열일곱 살이지, 만으로 열여섯!"

"생일은?"

"음력 1월 6일, 43년생이야. 생일은 선생님과 한날이고 시는 인시. 그런데 갑자기 무슨 일인데?"

오 집사는 어머니와 북한 고향에서부터 오랫동안 같이 신앙생활을 해온 동지이자 나이가 같은 친구였습니다. 게다가 두 분의 어머니 역시 막역한 사이였습니다. 교회에서 일하다 몸이 쇠약해졌을 때도 노량진 자신이 살고 있는 곳 맞은편에 어머니의 거처를 손수 마련해 주었습니다.

이튿날 날이 밝기를 기다려 오 집사는 다시 낙원상가로 갔습니다. 일하는 동안 마음은 온통 콩밭에 가 있었습니다. 일을 마치자마자 곧장 장안에서 소문이 자자할 정도로 명성이 난 역술인의 집으로 갔습니다. 그는 누군지도 모르고 사주를 보더니 그만 두 눈이 휘둥그레졌습니다.

"이분들 나이 차이는 많으나 천생배필입니다. 천하에 둘도 없는 배필로, 좀처럼 보기 드문 하늘의 사주입니다."

오 집사는 흥분되고 설레는 마음을 진정시키며 곧바로 교회로 달려가 문 총재에게 말씀을 올렸습니다.

"홍순애 식구의 딸 한학자가 하늘신부입니다."

예상은 했지만 문 총재는 아무런 대답이 없었습니다. 이미 문 총재 주변에 제자들에 의해 추천된 신부 후보자들이 많았기에 나에게 큰 관심을 두지 않았던 것입니다. 그러나 나는 걱정하지 않았습니다. 왜냐하면 하늘의 독생자는 하늘의 독생녀와 성혼을 해야 하고, 독생녀를 알아보고 찾는 것은 독생자의 사명이자 본분이기 때문이었습니다. 아무리 집안이 좋고 학벌이 좋다 하더라도 하늘이 예비한 독생녀가 아니면 독생자와 성혼할 수 없습니다. 세속적인 나이로는 어렸지만 하늘에 대한 내 마음은 이미 확고했습니다. 나는 때를 기다렸습니다.

그러던 어느 날, 당시 기숙사에서 생활하던 나는 창가 나뭇가지에 앉은 까치 소리를 듣고 반가운 소식이 있을 것 같은 예감이 들었습니다. 창가로 다가가 창문을 열고 하늘을 바라보았습니다. 그때 하나님의 음성이 들렸습니다. 그즈음 밤에 몽시는 물론이고 청명한 하늘에서도 파장의 물결처럼 쉼 없이 계시가 내렸습니다.

"때가 가까웠느니라."

어릴 적부터 자주 듣던 하늘의 음성이었습니다. 나는 귀인을 만날 것 같은 예감이 들었습니다. 누군가에게 등을 떠밀리듯 책을 덮고 기숙사를 나섰습니다. 아침에 어머니가 편찮으시다는 전갈을 받았던 터이기도 했습니다.

버스를 타고 한강을 건널 때면 나는 많은 생각이 들었습니다. '강을 건넌다는 것은 이제까지와는 또 다른 세상으로 들어가는 것 아닐까?' '저렇듯 도도하게 흐르는 강의 표면과는 달리, 강의 내면은 얼마나 수많은 사연을 끌어안고 소용돌이치고 있을까?' '저 내면이 바로 우리를 찾아오시는 하나님의 심중과도 같지 않을까?'

어느새 버스에서 내려 발걸음은 노량진 언덕 위의 집을 향하고 있었습니다. 비탈길을 오르자 한강에서 불어오는 찬바람이 이마를 스쳤지만, 겨울답지 않게 화사한 햇살이 나의 발걸음을 이끌었습니다.

어머니는 나를 보자 당신의 편찮은 건강은 안중에도 없이 걱정스러운 표정으로 입을 여셨습니다.

"교회에서 기별이 왔다. 급히 들르라는 전갈이다."

나는 그 소식이 이미 하늘에서 예비하신 것임을 알았습니다. 내가 초등학교를 마치고 처음 문 총재를 만났을 때의 장면이 파노라마처럼 스쳐 지나갔습니다. 그리고 나는 꿈을 꾸었습니다. 문 총재가 유난히 젊고 온화한 모습으로 꿈에 나타났습니다. 하늘의 계시 또한 선명하게 들렸습니다.

"그날이 가까워졌으니 준비하라."

그것은 하늘의 엄한 훈령(訓令)이었습니다. 나는 완전한 무아(無我)의 심정으로 기도를 올렸습니다.

"지금까지 저는 하나님의 뜻대로 살아왔습니다. 이제 하나님의 뜻이 무엇이든지, 섭리가 무엇이든지, 저는 어떠한 일이 있어도 당신이 원하시는 소명을 다하겠습니다."

나는 내게 주어진 소명을 거부할 수도 있었지만, 하늘의 안타까운 사정을 알았기에 내게 주신 사명을 감사히 받아들였습니다.

'어린양 혼인잔치'라는 예감과 함께 또다시 하늘의 음성이 들렸습니다. 어릴 적부터 길 가던 스님이나 도인들이 나를 보고 증거했던 것처럼 "우주의 어머니, 때가 이르렀다"는 음성이 마치 징소리처럼 허공에 파문을 일으키며 들려왔습니다.

"나는 알파요 오메가니, 창세 전부터 우주의 어머니를 기다려 왔음이라."

나는 그 말씀을 듣고 앞으로 전개될 앞날을 깨닫고 담담한 심정으로 기다렸습니다. 에덴동산에서 아담과 하와는 하나님과 직접 대화를 나눴습니다. 그래서 하나님의 말씀을 자신의 귀로 들었습니다. 나 또한 어린 시절부터 하나님과 수시로 대화를 나눴습니다. 어려움에 봉착하거나 결단을 내려야 할 때마다 하나님은 나를 인도하셨습니다.

1960년 2월 26일, 겨울이 물러가고 봄기운이 감싸던 날, 나는 청파동 교회로 갔습니다. 그 만남은 하늘의 신부를 결정하기 위한 자리였습니다. 문 총재와 나는 아홉 시간 동안 많은 이야기를 나눴습니다. 그림도 그려 보여 드렸습니다. 나는 대담하면서도 또박또박하게 나의 소망과 포부에 관해 이야기했습니다. 야곱이 요단강가에서 받은 축복을 떠올리면서 "하늘의 자녀를 많이 두겠다"는 말도 당당하게 했습니다. 그리고 하나님이 축복한 하늘의 뭇 별과 바다의 모래알같이 지상의 모든 인류를 선한 자녀로 거듭나게 하겠다고 다짐했습니다.

제사를 드리기 위해 모리아 산상에 오를 때, 이삭이 아브라함에게 제물이 어디 있느냐고 물었습니다. 아브라함은 하나님이 준비해 놓으셨다면서 더 이상 대답을 하지 않았습니다. 그러나 이삭은 어린 나이임에도 처해진 상황을 판단하고 자신이 하늘에 바쳐질 제물임을 깨달았습니다. 이삭이 장작더미에 누워 하나님의 섭리를 깨닫고 순종했듯이, 하나님께서 나를 하늘신부로 준비해 오셨던 것은 하늘의 섭리요 예정임을 깨닫고 의문을 갖지 않았습니다. 단지 순종하고자 하는 마음뿐이었습니다. 그와 같은 하늘의 음성을 나는 무아의 경지에서 받아들였습니다.

돌아오는 길에 어머니는 놀랍다는 듯 말했습니다.

"평소에 늘 유순하고 침착한 너에게 그런 담대함이 있을 줄은 몰랐구나."

그러나 성혼은 담대함만으로 되는 것은 아니었습니다. 하늘의 혈통을 번성하기 위해 참어머니는 선의 자녀를 많이 낳아야 했습니다. 그러려면 20대를 넘어서는 안 되었습니다. 나라를 위해 헌신한 충신의 가문이어야 하고, 3대가 헌신하는 깊은 신앙을 간직해야 한다는 것은 두말할 나위도 없었습니다.

일찍이 문 총재가 40세를 앞둔 3년 전부터 몇몇 미혼 여성 신도들은 저마다 좋은 조건을 내세워 본인이 신부로서 적임자임을 자처했습니다. 특히 30세 전후 여성들의 꿈이 높았습니다. 문 총재는 성혼 날짜를 미리 정해 놓았음에도 신부를 결정하지 못하고 있었습니다. 하나님이 예비하신 독생녀만이 우주의 어머니, 평화의 어머니가 되기 위한 어린 양 혼인잔치에 나갈 수 있었습니다.

세계를 구원하고 평화로운 세상을 이루기 위해서는 결국 내가 결심해야 문 총재도 참부모가 되기 위한 자리로 나갈 수 있었습니다. 나는 문 총재를 독생자로 맞이하여 하늘부모님의 뜻을 이뤄 드리겠다고 결심했습니다. 그것은 하늘의 신부, 우주의 어머니로서 하나님이 나에게 맡기신 소명이었습니다. 나는 앞으로 전개될 그 노정이 가늠하기조차 어려운 험난한 가시밭길이라는 것도 알고 있었습니다. 그러나 그 순간 하나님을 위하고 세계 인류를 구원하는 사명을 반드시 이루겠노라 다짐했습니다.

"가는 길이 아무리 힘들어도 내 당대에서 복귀 섭리를 끝내겠습니다."

그리고 또 한 번 다짐했습니다.

"하늘부모님이 이루시려는 뜻을 반드시 이뤄 드리겠습니다."

그날 이후 나의 모든 삶을 그 다짐 하나로 살아왔습니다.

그러나 세상의 일이라는 것은 그렇게 호락호락하지 않았습니다. 다른 사람도 아닌 '16세 한학자'가 신부로 택정되었다는 소식이 교회에 전해지자 사람들은 깜짝 놀랐습니다. 의아해하는 사람도 많았고, 당황스러워하는 이도 많았습니다. 기뻐하는 사람이 있는가 하면 시기하는 이도 있었습니다. 나는 4년 전 문 총재가 말했던 '희생'이란 단어를 떠올리며 내게 주어진 길을 가겠다고 마음의 각오를 다졌습니다.

외할머니의 선조 조한준은 나라를 위해 헌신했을 때 "하늘의 공주를 보내겠다"는 계시를 받았습니다. 하늘은 그 정성에 보답해 우리 집안이 충정의 가문으로 이어지도록 택정했습니다. 신앙심 깊은 외할머니로부터 어머니가 태어났고, 어머니를 통해 내가 태어났습니다. 세상을 구원할 독생녀를 보내기 위한 하늘의 뜻이 조한준 선조 할아버지로부터 시작되어 나에게서 결실을 맺었습니다.

그런 사명을 감당하기 위해서는 하나님의 외동딸 독생녀로서 세상을 구원하겠다는 굳은 신념과 의지가 있어야 합니다. 그리고 국가의 장벽을 뛰어넘어 민족과 인종을 화해시킬 수 있는, 마치 크고 작은 강물을 조건 없이 포용하는 바다와 같은 인자함을 지녀야 합니다. 또한 하나님을 모시고 부모의 심정을 체휼하면서 갈 곳 잃은 인류를 품을 수 있어야 합니다. 나는 그 모든 것을 가슴 깊이 간직한 채 하늘이 뜻하신 소명을 한시도 잊은 적이 없습니다. 그 길만이 참다운 하늘신부요, 참어머니가 되는 노정입니다. 나아가 하늘의 섭리를 이끌어갈 수 있는 우주의 어머니이자 평화의 어머니가 되는 길입니다.

성혼, 지상에 어린양 혼인잔치가 열리고

＊

　2천 년 전 예수님은 지상에 오셨습니다. 예수님은 신부를 찾아 참다운 부모의 인연을 세워야 했습니다. 그러나 그 뜻을 이루지 못하고 십자가에 못 박혀 돌아가셨습니다. 그 심정이 얼마나 비참했겠습니까. 예수님이 재림하실 때 가장 먼저 하실 일은 신부를 찾는 것입니다. 참부모가 없이는 천주(天宙)의 한을 풀 수 없고, 하나님을 위한 승리의 터를 닦을 수도 없습니다. 나의 성혼은 하나님이 승리하신 날이며, 잃어버린 영광을 되찾은 날이었습니다. 나아가 인류가 참어머니와 함께 살아가기 시작한 기쁨의 날이었습니다.

　문 총재는 16세 때 묘두산에서 예수님으로부터 사명을 받았습니다. 그러나 그 사명에는 혹독한 시련이 주어졌습니다. 일본에서 공부할 때는 말할 것도 없고, 광복 후 북한에서 새말씀을 전파할 때 인간으로서 견디기 힘든 온갖 고초를 다 겪었습니다. 공산당의 악랄한 탄압으로 감옥에 갇혀 죽음의 문턱에서 헤매야 했습니다. 흥남감옥에서 생사의 기로에 놓여 있었을 때 유엔군에 의해 극적으로 구출되어 하늘이 주신 소명을 다시 시작할 수 있었습니다. 부산을 거쳐 서울에 어렵사리 정착했지만 시련은 끊이지 않았고, 또 억울한 누명을 쓰고 옥에 갇혔습니다. 그 처절한 시련은 하나님이 준비한 독생녀를 만나 어린양 혼인잔치를 맞기 위한 탕감의 노정이었습니다.

통일교회 식구들 역시 문 총재 못지않게 쓰라린 시련을 겪었습니다. 그러나 1960년을 맞이하면서 말할 수 없는 소망에 부풀었습니다. 1960년은 문 총재가 태어난 지 40년이 되는 해이면서 하나님의 첫 아들딸인 독생자와 독생녀의 성혼이 이루어진 축복의 해였습니다. 봄이 무르익은 3월 27일, 음력으로 3월 1일 새벽 4시에 문 총재와 나의 역사적인 가약식(佳約式)이 열렸습니다.

청파동 교회가 비좁아서 남녀 각각 40여 명을 초대했는데, 하늘신부를 보려는 식구들이 몰려들어 그렇지 않아도 좁은 교회가 사람들로 가득 찼습니다. 가약식은 1차와 2차로 나누어 거행되었으며 문 총재의 축도로 성스럽게 끝났습니다. 나와 문 총재의 가약식은 깊은 의미가 있습니다. 인간의 6천 년 역사는 참부모를 맞기 위한 애달픈 노정이었습니다. 참부모를 찾지 못한 것이 그때까지 인류 모두의 슬픔이었지만 나의 가약식은 그 슬픔을 끝내는 축복의 날이었습니다.

가약식을 올리고 보름 후인 1960년 4월 11일, 음력 3월 16일 아침 10시에 성혼식을 올렸습니다. 전국 교회에서 선발된 700여 명이 청파동 교회에 모여 성대하고 뜻깊은 성혼식을 거행했습니다. 가약식 때보다 더 많은 식구들이 참석해 교회는 발 디딜 곳조차 없이 사람들로 넘쳐났고, 교회 안으로 들어오지 못한 식구들이 골목을 가득 메웠습니다.

식장은 교회 성전에 조촐하게 꾸며졌습니다. 벽과 바닥을 흰 천으로 덮고 현관에서 왼쪽에 단상을 만들었습니다. 흰 치마저고리에 긴 면사포를 쓴 나는 신랑의 팔짱을 끼고 성가 〈사랑의 봄동산〉에 맞춰 2층 계단에서 내려왔습니다. 역사에 길이 기억될 성혼식은 하객 식구들의 뜨거운 환영을 받으며 거행되었습니다.

성혼식은 그 의의와 가치로 보아 만민이 찬양과 영광, 송영을 올려야 할 대경사였으나 오히려 가슴 아픈 일이 더 많았습니다. 문 총재는 성혼식 전날까지도 기성교단의 고발로 인해 내무부에서 조사를 받았습니다. 밤 11시까지 굴욕적인 조사를 받고 겨우 청파동으로 돌아왔습니다. 그럼에도 문 총재와 나는 지금까지의 아픔을 말끔히 잊고 담담한 마음으로 어린양 혼인잔치를 치렀습니다.

첫 번째 식은 서양식으로 치르고, 두 번째 식은 한국 전통의 사모관대와 족두리에 활옷 차림으로 올렸습니다. 성혼식은 내가 우주의 어머니이자 평화의 어머니로 인류 앞에 새롭게 등극하는 날이었습니다. 하나님이 소망하시는, 독생자와 독생녀가 성혼하는 어린양 혼인잔치는 아담과 하와가 이루지 못한 우주적 참부부, 참부모의 이상을 실현하는 자리였습니다.

식이 끝난 뒤 나와 문 총재는 부부가 되어 처음으로 한 상에서 밥을 먹었습니다. 평범한 부부라면 당연한 것으로 즐기는 신혼여행은 물론 신혼의 단꿈조차 엄두를 낼 수 없었습니다. 오로지 하나님과 교회만을 생각해야 했습니다. 한복으로 갈아입은 우리 부부는 식구들과 어울려 노래를 부르고 춤을 추며 하나님께 영광을 돌려드리는 기쁨의 시간을 보냈습니다. 신부가 노래를 불러야 한다는 식구들의 요청에 나는 〈봄이 오면〉을 불렀습니다.

"봄이 오면 산에 들에 진달래 피네. 진달래 피는 곳에 내 마음도 피어……."

봄은 새로움을 뜻합니다. 나는 소망의 계절인 봄을 좋아합니다. 이제까지의 차가운 겨울에서 벗어나 생명이 약동하고 꿈을 일깨울 수 있기를 바라기 때문입니다. 통일가의 역사도 이제 봄을 맞아 새롭게 출발해야 한다고 생각했습니다. 그날 지상에 참부모 가정이 출현하면서 하나님의 섭리사는 새로운 문을 활짝 열었습니다. 생사의 살얼음판을 지나오는 아슬아슬한 나날들을 거쳐 치러진 성혼식은 하나님이 가장 기뻐하시는 날이 되었습니다.

성경 〈요한계시록〉에는 마지막 날에 주님이 다시 오시면 어린양 혼인잔치를 하신다는 구절이 있습니다. 그 잔치가 바로 일찍이 잃어버린 독생자 독생녀를 신랑신부로 맺어 주어 참부모로 세우시는 성스러운 축복 예식입니다. 나는 남편과 부부 인연을 맺으면서 하나님 앞에 굳게 결심했습니다.

"하나님께서 이렇게 힘들게 걸어오신 탕감 복귀 섭리 역사를 내 당대에서 청산하겠습니다. 무엇보다 하나님의 이름으로 전개되는 종교적 분열은 하나님이 가장 가슴 아파하는 일입니다. 기필코 매듭짓겠습니다."

작은 돛단배 거친 풍랑에 맞서

"아무래도 무슨 일이 일어날 것 같지요?"

"그러게 말이에요. 세상이 너무 뒤숭숭해서……."

"이 소란한 세상을 바로잡을 사람이 나타나면 얼마나 좋을까요."

그런 이야기를 나누는 사람들의 표정은 밝지 못했습니다. 골목에서나 일터에서 들려오는 소곤거리는 이야기들에는 근심이 가득했습니다. 나는 그 근심이 곧 사라질 것을 알고 있었습니다. 내가 성혼식을 올린 1960년을 분수령으로 나라 안팎에서 큰 변화가 연이어 일어났습니다. 나라 안에서는 민주주의를 향한 갈망이 분출되어 자유당 정권이 무너졌습니다. 나라 밖 미국에서는 케네디가 대통령에 당선되어 새로운 시대로 향하는 문을 열었습니다.

그러나 냉전의 골은 더 깊어져 동서 대결은 오히려 더 심해졌습니다. 소련의 지배를 받는 동유럽 공산주의 나라들에서 자유화 물결이 일어났으나 아직 때가 당도하지 않았기에 숱한 희생자만 낸 채 사그라들고 말았습니다.

사람들은 간절히 바랐습니다.

"이 모든 혼란을 평화로 바꿔 줄 참된 인도자를 보내 주소서."

역사의 거대한 수레바퀴와 함께 통일교회도 큰 변화를 겪었습니다. 그동안 온 나라가 통일교회를 반대하고 기독교가 갖은 비판을 퍼부었으나, 참어머니를 처음으로 모심으로써 세계종교로 발돋움하는 도약대를 마련했습니다. 그것은 비탄에 빠진 인류가 구원의 새 희망으로 안고 살아갈 수 있는 등불이었습니다. 나아가 억압만 당하던 여성들의 자각으로 세계 곳곳에서 참된 여성운동이 미약하게나마 싹을 틔웠습니다.

성혼식을 올리고 사흘 후, 우리 부부는 여러 식구들과 함께 인천의 주안농장에 갔습니다. 농장 한 켠에 포도나무와 은행나무, 느티나무 여러 그루를 심었습니다.

나는 여린 묘목을 심으면서 기도를 올렸습니다.

"무럭무럭 자라나 훗날 세상 사람들에게 소망의 열매를 나눠 주는 아름드리나무가 되거라."

이는 단순히 한 그루의 나무만을 위한 기도가 아니었습니다. 나무는 사람들에게 열매와 함께 편안히 쉴 수 있는 안식처를 제공합니다. 이 것은 우리 부부의 사명이자 하늘을 섬기는 신앙인이 담당해야 할 역할이기도 했습니다.

나는 진작부터 각오하고 있었지만, 신혼 시절의 파도와 풍랑이 거세게 불어닥쳤습니다. 흔한 말로 '깨가 쏟아진다'는 것은 애당초 기대할 수 없었고, 행복이라는 단어도 입에 담을 처지가 못 되었습니다.

신혼방은 청파동 교회 뒤편의 허름하고 작은 방이었습니다. 한쪽은 교회 예배당으로 이어졌고 반대편은 뒷마당으로 이어졌는데, 그 마당은 손바닥보다 조금 컸습니다. 부엌은 바닥에 시멘트를 대충 바른 재래식이었습니다. 나는 앞치마를 두르고 연탄가스 냄새가 폴폴 풍기는 좁은 부엌에서 남편을 위해 음식을 만들었습니다. 처음으로 식사를 준비하던 날, 날씨가 추워 손이 곱았지만 매일 사용하던 부엌처럼 능숙하게 칼을 잡았습니다. 몇 가지 음식을 손쉽게 만들어 내자 몇 주 전만해도 나를 학생으로만 여겼던 사람들이 깜짝 놀랐습니다.

부부가 오붓하게 지내는 날은 극히 적었고 늘 교회 식구들로 붐볐습니다. 그런 가운데서도 문 총재와 마주 앉아 세계를 위해 무엇을, 어떻게 해야 할지 많은 이야기를 나눴습니다.

"이제 그만 식사하셔야지요."

그 소리에 문득 시계를 보면 오후 2시 아니면 3시였습니다. 점심때가 훨씬 지났건만 남편이나 나나 밥 먹을 생각조차 하지 않았습니다. 장차 내게 주어질 일들은 많았고, 한국은 물론 전 세계가 나의 따스한 손길을 기다리고 있었습니다.

첫딸 예진을 시작으로 아이들이 태어나기 시작했는데, 살림집은 좁기도 할뿐더러 추운 일본식 주택이라 출산하면서 바람을 타 산후병이 생겼습니다. 나는 아직 어린 몸으로 해산의 고통을 안으로 참아 내야 했습니다. 아무리 어렵고 힘든 환경이라 해도 나는 기꺼이 감내하며 즐겁고 행복하게 지냈습니다. 배후에서 역사하시는 하나님의 손길을 한시도 잊지 않았습니다. 아이들은 형제자매가 많아 비좁은 방에서 북적거리면서도 서로 사랑하고 아끼며 자랐습니다. 나는 아이들을 '작은 하나님'이라 여겼습니다. 매일 볼에 입맞추고 따뜻하게 대화했으며 틈만 나면 아이들을 위해 기도했습니다. 부모와 자녀가 하나 되어 함께 할 때, 그 자리에 하나님이 임재하실 수 있기 때문입니다.

나는 성혼 후 열세 명의 자녀를 낳겠다고 결심했습니다. 요즘 세상에 아이를 많이 낳으면 이상한 눈으로 바라보기도 합니다. 그러나 나는 하나님의 섭리를 귀하게 생각했습니다. 12는 동서남북 사방의 완성을 뜻하는 숫자입니다. 거기에 하나를 더한 13은 중심의 자리에 해당합니다. 그래서 섭리의 완성을 두고 미래를 향해 영원히 발전해 갈 수 있는 길이 열리게 되는 것입니다.

이는 단지 내 당대에만 해당되는 것은 아닙니다. 인류를 위한 하나님의 구원 섭리는 역사 가운데 중심인물을 찾아 세워 이끌어 나오셨습니다. 2천 년 전 이스라엘 민족을 통해서 원죄 없는 독생자 예수님을 구세주로 이 지상에 보내시기 위해서도 혈통 복귀의 여러 단계를 거치는 섭리 역사를 펼치셨습니다. 그와 같은 하나님의 섭리를 위한 복잡한 혈통을 이제 내 당대에서 하나로, 한 혈통으로 복귀하지 않으면 안 됩니다.

하나님의 복귀 섭리가 더 이상 연장되어서는 안 되겠기에, 나는 하늘 중심의 선한 혈통을 올바로 찾아 세워야겠다고 다짐했습니다. 복잡한 혈통을 하나님을 중심으로 한 순혈의 참다운 혈통으로 부활시키기 위해서는, 목숨을 건 새 생명의 출산과 죽음의 고비를 넘나드는 고통을 감내하지 않으면 안 되었습니다. 그리하여 나는 성혼 후 20년에 걸쳐 열세 명의 자녀를 낳겠다고 결심했던 것입니다.

나는 몸이 많이 힘들었지만 연년생으로 아이를 낳았고, 네 번에 걸쳐 제왕절개 수술을 받았습니다. 사실 정상적이라면 제왕절개는 두 번 이상 할 수 없습니다. 세 번째 수술을 하겠다고 했을 때 담당의사는 산모에게도 대단히 위험하다며 주저했습니다. 그럼에도 단호하게 출산하겠다는 나를 이해할 수 없다며 남편과 함께 오라고 했습니다. 그 후 마지막까지 네 번의 수술을 통해 아기를 낳음으로써 하늘과의 약속과 책임을 완수했습니다. 마지막 제왕절개를 한 지 어느덧 37년이 지났으나 아직도 그 자리에는 아픈 기억이 남아 있습니다.

내가 생명을 걸고 낳은 자녀들이지만, 내가 그들에게 바라는 것은 부모로서도 도와줄 수 없는, 하늘이 바라시는 각자의 소명과 책임을 다하는 것입니다. 그래서 오늘도 나는 기도를 합니다.

사실 나는 성혼 후 외박살이를 자처했습니다. 소설에나 등장하는 궁중비사(宮中秘史)처럼 모함으로 야기될 극단적 불상사를 막기 위해서였습니다.

자기가 하와라며 문 총재 앞에 나타나는 여자가 있는가 하면, 문 총재의 침대 밑에 들어가 숨는 사람도 있었습니다. 문 총재가 세계순회 길에 올랐을 때 괴한 한 명이 "내가 아담이다" 큰소리치며 난간으로 뛰어 올라와 습격하는 사건도 벌어졌습니다. 그때 나는 임신 7개월이었는데 너무 놀라 태아가 유산될 뻔했습니다. 문 총재가 온갖 고난길을 걸었듯 나 역시 감당키 어려운 고초를 거의 매일 겪었습니다. 온갖 시험과 고난이 소용돌이치는 차가운 현실 앞에서 나는 마치 거친 바다에 떠 있는 작은 돛단배와 같았습니다.

그러나 나는 내 소명을 잘 알기에 기도로써 그 고난들을 이겨 나갔습니다. 말없이 인내하고 늘 기도하는 내 삶은 식구들에게 차츰 감화를 주었습니다. 모든 것을 포용하는 바다처럼 너그러운 마음과 깊은 혜안, 흔들리지 않는 신앙심은 차차 식구들의 마음을 움직였습니다. 하나님을 향한 절대복종과 존경심이 깊은 만큼 나를 향한 흠모와 사랑도 점차 커졌습니다. 내 손을 꼭 붙잡고 귀에 소곤대는 식구들이 차츰 늘어났습니다.

"놀라운 사랑을 내려 주셔서 그 은혜가 너무 깊어요. 정말 감사합니다."

인내 없이 승리할 수 없습니다

"아이고, 구두가 또 없어졌네."

그 말이 끝나기도 전에 옆 사람들이 혀를 끌끌 찹니다. 가난은 사람들에게 간혹 나쁜 마음을 먹게 합니다. 일요일 예배가 끝나면 신발장에 넣어 둔 식구들의 구두가 한두 켤레씩 없어지는 일이 간혹 일어났습니다. 아직 믿음이 깊지 못한 우리 식구일 수도 있고, 통일교인이 아닌 다른 사람일 수도 있었습니다. 교회에 왔다가 슬며시 좋은 구두를 신고 가는 것이었습니다.

나는 돈이 조금이라도 생기면 차곡차곡 모았다가 그 식구에게 구두를 사주었습니다. 구두를 신고 간 사람이 열심히 일해서 다시는 남의 물건을 훔치지 않게 해달라고 기도를 올렸습니다.

행사가 열리면 200~300명씩 모였는데, 그들에게 식사를 대접할 쌀이 늘 부족했습니다. 그래서 큰 가마솥에 보리를 넣고 끓였습니다. 교회 안에서는 행사가 진행되는데 장작으로 불을 때 보리죽을 만들었습니다. 옹기종기 모여 앉아 사발에 죽을 퍼서 나눠 먹으며 식구들은 오히려 감사했습니다.

"이 모든 것이 하나님이 주신 선물입니다."

명절이 다가오면 설렘이나 기쁨보다는 안타까움이 먼저 찾아왔습니다. 보름 전부터 이리저리 뛰어다니며 준비를 해야 사과 한 개, 사탕 한 알씩이라도 겨우 나눠 줄 수 있었습니다. 나는 임신했을 때 귤이 유독 먹고 싶었으나 그럴 형편이 되지 못했습니다. 그때만 해도 귤이 무척 귀했습니다. 그것을 눈치챈 식구 한 사람이 귤을 사와 그 자리에서 예닐곱 개를 순식간에 먹었습니다. 얼마나 고맙고 눈물이 났는지 모릅니다.

태어나서 성혼을 할 때까지 내가 걸어온 길은 하루도 평탄하지 않았습니다. 성혼 후에도 갖가지 풍파가 끊이지 않았습니다. 그러나 하나님을 향한 믿음과 순종 그리고 사랑의 길을 한 번도 벗어나지 않았습니다. 내가 걸어온 길은 생각만 해도 견디기 어려운 가시밭길이었지만 그 무엇도 나를 굴복시키지 못했습니다. 사탄은 일찍이 예수님과 문 총재를 시험했듯이 나 역시 혹독하게 시험했습니다. 그 가혹하고 지독한 시련을 나는 인내와 헌신으로 이겨 냈습니다. 한편으로 그때는 나에게 찾아오신 하나님의 은혜를 가장 깊이 느낀 때이기도 했습니다. 내가 고통 가운데 있을 때 하나님은 친히 나타나셔서 구름기둥과 불기둥으로 인도해 주셨습니다.

나는 문 총재가 살아생전에 수많은 일들을 놓고 깊은 이야기를 나눴습니다. 우리 부부는 무한한 신뢰를 안고 많은 대화를 주고받았습니다. 많은 일을 겪으면서 눈빛만으로도 서로를 이해할 수 있었습니다. 문 총재가 겪은 노정과 내가 걸어온 길이 신비할 정도로 너무나 닮았기 때문이었습니다.

대부분의 사람들은 내가 대단히 행복하고 모든 면에서 부족한 것이 없는 사람이라 여겼습니다.

"당신은 하나님께 독생녀로 인침 받으시고 원래 온전한 모습으로 태어나셨으니 아무 노력도 할 필요 없이 오롯이 그 자리에 오르신 분이다."

그렇게 생각하는 사람들이 많았습니다. 우주의 어머니로서 문 총재를 만나 행복한 가정을 꾸리고 삶을 즐기고 있지 않냐는 것이었습니다. 그러나 그것은 내 생활의 단면만을 바라본 것입니다. 나는 세상 어느 누구보다 힘들고 고된 험산준령을 넘었습니다. 다만 세상 그 어느 아내보다 더 큰 남편의 사랑을 받으며 이를 극복하고 살아왔습니다.

14남매를 키우면서도 아이가 많다고 생각한 적은 없었습니다. 아기를 넷 낳을 때까지 청파동의 어두컴컴하고 옹색한 방에서 출산했습니다. 다섯째부터 가까스로 병원에 가게 되었습니다. 세상에서 흔히 말하는 것처럼, 어느 누구 하나 배 아프지 않고 낳은 자식은 없습니다. 그런데 그 아이들은 어려서부터 어처구니없는 일들을 겪어야 했습니다. 대여섯 살이 되어 골목에 나가 뛰어놀기 시작할 때부터 세상 사람들의 눈총과 따돌림을 받았습니다.

"네 아버지가 문선명이지? 네 아버지가 뭐 하는 사람인지 넌 아니?"
"통일교회 때문에 세상이 소란스러워."
나라 안에서는 문선명의 아들딸이라 하여 비난받고, 나라 밖에서는 동양 사람이라고 차별대우를 받았습니다. 단지 문선명 한학자의 아들딸이라는 이유 하나로 고통을 겪어야 하는 아이들을 품에 안고 나는 한탄하거나 슬퍼하지 않았습니다. 오히려 감사의 기도를 올렸습니다.

우리 부부는 아이들을 사랑과 헌신으로 돌보았음에도 해야 할 교회 일과 뜻길이 너무 바빠 함께하지 못하는 날이 더 많았습니다. 문 총재가 세계순회를 떠난 어느 날, 세 살이 안 된 효진이가 방바닥에 앉아 그림을 그리기 시작했습니다. 평상시에는 차나 자전거를 그리기를 좋아했습니다. 그날 따라 흰 종이에 어설프게나마 얼굴 하나를 그렸습니다. 나는 그 사람이 아버지라는 것을 알면서도 짐짓 물었습니다.

"효진아, 이 사람이 누구니?"

효진이는 대답하지 않고 다른 종이에 또 한 사람을 그렸습니다. 처음과 다른 얼굴이었지만 이번에도 영락없는 아버지였습니다. 평소 활달한 효진이는 그날 얌전히 앉아 그림만 그렸습니다. 하루 종일 아버지 얼굴만 그리면서도 싫증을 내지 않았습니다. 다음 날도, 그다음 날도 그림 그리기는 멈추지 않았습니다. 아버지가 돌아왔을 때에야 길고 긴 그림 그리기를 멈췄습니다. 세상을 다 얻은 듯 아버지를 향해 환한 웃음을 지으며 품에 안기던 그 애틋한 뒷모습을 지금도 선명히 기억합니다.

만일 내가 기쁜 일만을 누려 왔다면 다른 사람의 깊은 내면의 모습을 볼 수 없었을 것입니다. 또한 천국의 즐거움도 알지 못했을 것입니다. 나는 지옥의 제일 밑바닥까지 통과하고 온갖 쓴맛을 다 보았습니다. 하나님은 오직 나 스스로를 단련케 했습니다. 나에게 필요한 것은 지치지 않는 신앙과 굳센 의지 그리고 인내였습니다. 그것이 오늘의 나를 만들어 냈습니다.

누구라도 천국 가는 길에서 달콤함이나 즐거움만 얻을 수는 없습니다. 신앙적인 고통이야말로 하나님의 은혜를 느낄 수 있는 가장 귀한 축복입니다. 그 시험을 이겨 내야 참다운 인간으로 새롭게 태어납니다. 인내의 쓰디쓴 열매가 알알이 맺혀 어느 날엔가 빛나는 자랑이 됩니다.

4장

가시밭길을 넘어,
인류의 등불이 되어

차가운 비바람을 맞으며 도약의 길로

내가 태어나고 성장한 시기는 세계적으로 혼란스러운 격동기였습니다. 우리 민족은 일제강점기와 한국전쟁을 겪으면서 혼돈된 사상과 가치가 난무했고, 지구상의 인류는 나아가야 할 방향성을 상실한 채 혼란에 빠져 있었습니다.

어디에도 마음 두고 의지할 곳이 없을 때 나는 '하나님이 나의 아버지'라는 사실을 믿고, 하나님의 꿈과 소원을 이루어 드리겠다는 신념을 지니고 성장했습니다. 어떤 일이 있어도 "내 당대에 하늘의 한 맺힌 복귀 섭리를 종결짓겠다"는 확신에 차 있었으며, 그와 같은 마음으로 문 총재와의 성혼도 결정했습니다. 그럼으로써 내 세대를 넘기지 않고 종교적 갈등과 분파를 청산하겠다는 결단이었습니다. 이제 종교적 분파로 인한 갈등은 멈춰야 합니다. 하나 되지 못한 혈통과 그로 인한 분파를 기필코 정리하겠다는 것이 나의 결심이었습니다.

결국 나는 소망을 이뤘습니다. 성혼 후 20년 내에 14명의 자녀를 두었습니다. 그것도 아들딸 수를 맞춰 각각 일곱 명씩 출산했습니다. 현재 나는 전쟁과 갈등이 없는 세상을 만들고 하나님을 해원해 드리기 위해 5대양 6대주를 넘나들며 동분서주하고 있습니다.

"벌써 60년이 지났네요."

"세월은 살과 같다더니, 그 말이 틀리지 않아요. 지난 60년은 고통과 시련의 세월이었으면서 동시에 영광과 기쁨의 나날이기도 했어요."

1954년 5월 1일 서울 성동구 북학동에 세워진 '세계기독교통일신령협회'는 2014년에 60년을 맞아 조촐한 기념식을 가졌습니다. 식구들은 둘러앉아 지난날을 돌아보면서 서로에게 고마운 인사를 했습니다.

"그동안 수고 많았어요."

모든 것이 빈한하게 시작된 통일교회는 나의 성혼을 디딤돌 삼아 새로운 시대로 도약했습니다. 소수에 불과했던 작은 교회가 지금은 수를 헤아리기 어려울 만큼 전 세계로 뻗어 나갔습니다. 원리말씀은 지구촌 땅끝까지 전해져 역사상 가장 짧은 기간에 세계종교로 우뚝 서는 기적을 만들어 냈습니다. 그 누구도 알아보지 못했던 만 16세 소녀 한학자는 하늘신부에서 우주의 어머니이자 하나님의 유일한 첫딸 독생녀가 되어 평화를 널리 펼칠 어머니로 모든 인류의 가슴속에 자리 잡고 있습니다.

성혼 후 1960년 여름에 들어서자 전체 식구가 하계 40일 계몽전도 활동에 나섰습니다. 전국 모든 지역에서 신앙의 불길이 거세게 일어났습니다. 600명이 넘는 전도사와 식구들이 413개 마을을 돌아다니며 하나님의 말씀을 전했습니다. 40일 동안 미숫가루 한 되로 버티며 동네 골목을 청소하고, 마을의 어느 집 사랑방에서 호롱불을 켜놓고 한글을 가르치며 갖은 어려움을 이겨 냈습니다. 그 시절 통일교회 전도 대원들은 핍박이 심해 몸 고생은 말할 것도 없고 외롭기가 너른 들 한복판에 홀로 선 미루나무와 같았습니다.

사람들의 몰이해와 비난이 커질수록 계몽전도에 더 박차를 가했습니다. 나중에는 젊은 청년들뿐만 아니라 중고등학교 학생들도 발 벗고 나섰습니다. 심지어 중학교 1학년 여학생도 동참했습니다. 계몽전도는 해를 거듭할수록 들불처럼 번져 우리 사회를 변화시켜 나가는 도도한 물결이 되었습니다. 1960년대 중후반부터 들불처럼 번졌던 농촌계몽과 문맹퇴치 운동도 그때 시작되었습니다. 도시와 시골 마을 곳곳에 사랑방 야학을 만들어 학교에 다니지 못하는 청소년과 부녀자들에게 한글을 가르쳤습니다.

충주에서는 맨손으로 흙벽돌을 찍어 교실을 만들고 구두닦이 청소년들의 배움터를 마련해 훗날 성화학원을 설립하는 계기가 되었습니다. 그런가 하면 전국적인 규모의 농도원을 세워 농촌 근대화를 이끌어 갔습니다. 이 역시 새마을운동의 시발점이 되었습니다. 여러 분야에서 우리 사회를 변혁시키는 운동의 가장 첨단에 섰습니다. 그러나 통일교회는 이단이라 하여 곳곳에서 비난의 목소리가 멈추지 않았습니다. 그만큼 목회자들과 전도대원들은 험난한 나날을 보내야 했습니다.

전도나 계몽활동에 참여한 사람이 하루 세 끼를 온전히 챙길 수는 없었습니다. 아니 하루 한 끼를 먹기도 어려웠습니다. 교회 학생들이 집에서 싸준 점심 도시락을 전도대원이 머무는 사랑방에 몰래 놓고 갔습니다. 점심을 굶을 학생들을 생각하며 도시락을 먹어야 할 때 그 마음은 참담하기 이를 데 없었습니다. 그러나 하나님의 새말씀을 전해야 한다는 비장한 각오로 마음을 다잡았습니다.

나는 일선에 나가 땀 흘리는 전도대원과 식구들을 도와주기 위해 옷과 생활용품을 모아 보냈지만 늘 부족하기만 했습니다. 선교 외에도 사회운동과 봉사활동에 쓰이는 돈이 더 많았기 때문이었습니다. 미군 부대에서 일하는 식구들이 간혹 아이들을 위해 초콜릿이나 바나나, 과자를 가져왔습니다. 그때만 해도 무척 귀한 물건들이었습니다. 그걸 차마 아이들에게 줄 수 없었습니다. 아이들의 손이 닿지 않는 장롱 안이나 선반에 올려 두었다가 멀리 임지로 떠나는 식구들에게 한 묶음씩 싸서 들려 보냈습니다.

어떤 여자 식구는 과자 보따리를 받고 그 자리에서 눈물을 왈칵 쏟았습니다. 몇 달 후 돌아와 내 손을 꼭 잡고 말했습니다.

"그 꾸러미를 들고 내려가 개척지 식구들과 나눠 먹었습니다. 참어머님의 격려가 원리말씀을 전하는 데 큰 힘이 되었습니다."

그 말이 내게는 커다란 기쁨이었습니다.

전도사만 임지에 보낸 것이 아니었습니다. 그들을 격려하기 위해 나는 문 총재와 함께 1년에 서너 차례 지방순회에 나서 교회들을 찾아갔습니다. 개척지 전도사들은 감격의 눈물로 우리 부부를 맞아 밤새는 줄 모르고 이야기꽃을 피웠습니다. 개척 교회는 대부분 단칸방이었고, 간판도 붙이지 못할 정도로 초라했습니다. 교회 문을 들어설 때면 '이곳이 정말 교회가 맞나?' 의문이 들 정도였습니다. 그 옹색하기 짝이 없는 모습에 마음이 아프면서도 한편으로는 자랑으로 여기며 식구들을 위로했습니다.

"이 비참한 모습은…… 지금은 세상 사람들에게 하찮게 보이겠지요. 그러나 훗날에는 깃발을 드높여 만국 국민의 사랑을 받을 것입니다."

그래서 어디를 가더라도 부끄러움이 없었고, 어떤 사람을 만나더라도 당당했습니다. 협회를 정부에 등록하려 했을 때 여러 차례 거부되다가 1963년 5월에야 마침내 정식으로 등록이 되었습니다. 특히 기성 교회의 반대와 탄원서가 빗발쳤습니다.

세상은 역시 하루도 편안하지 않았습니다. 1970년대에 들어서자 남북한 갈등으로 더욱 위태로웠고, 국제정세 또한 급박하게 돌아갔습니다. 공산주의를 극복해 가면서도 세계에 평화를 가져오는 일이 무엇보다 시급했습니다. 우리 부부는 한반도와 세계의 평화를 위해 모든 식구가 나서야 한다고 독려했습니다.

축복가정 부인들은 남편과 자식들을 떼어 놓고 가정을 떠나 국민들에게 애국심을 고취시키기 위해 집집마다 방문하며 계몽활동을 펼쳤습니다. 병든 노모와 아이들을 하늘 앞에 맡기고 나섰습니다. 가정의 중심인 어머니가 오랫동안 집을 비우니 온 가족이 감내해야 할 고통이 이만저만 아니었습니다. 남겨진 아기를 안고 동냥젖을 얻어먹여야 하는 아빠가 있는가 하면, 임지에 나간 엄마는 퉁퉁 불은 젖을 짜내며 눈물을 흘렸습니다. 아내가 출발하기 전에 임신한 아기를 중간에 돌아와 낳아 놓고 100일 만에 다시 집을 나서기도 했습니다. 3년 만에 돌아오니 아기는 엄마가 낯설어 다가오지도 않았습니다.

해산할 때는 산모가 힘들어 괴로워해도 모질게 다그치는 것이 산파의 역할이듯, 우리 부부는 식구들을 매몰차게 밀어붙였습니다. 통일교회 부인들이 가정마다의 갖가지 사연들을 가슴에 묻어 두고 국가와 민족을 위해 앞장섰던 활동은 우리나라 현대사에 숨어 있는 애국활동이 아닐 수 없습니다. 나라가 위태로울 때마다 농민이나 의병이 봉기했듯이, 공산주의와 맞서 나라를 구한 국난 극복의 위대한 역사의 한 단면이었습니다. 이후 모든 축복가정 부인에게 이 전통이 계승되었습니다. 그때 통일교회를 비난하던 사람들이 우리를 새롭게 받아들였습니다.

"지금은 통일교회를 이해하지 못한다 할지라도 우리 민족 3천만이 통일교회와 함께하는 날이 오면 이 나라 이 민족은 망하지 않을 것입니다."

이후 우리는 더 큰 책임감을 안고 세계를 사랑하는 길로 나아갔습니다. 세계 선교의 중심이었던 미국으로 건너가 200년 전 미국의 건국정신을 일깨우는 운동을 펼쳤습니다. 우리 부부는 1974년 백악관에서 닉슨 대통령을 만나 회담하고 50개 주를 일일이 순회하며 하나님의 말씀을 전파했습니다. 미국 의회와 양키스타디움, 워싱턴 모뉴먼트광장에서 하나님의 뜻을 전해 열광적인 지지를 받았습니다. 한국에서는 활발한 승공운동을 펼치며 구국의 함성을 이어 갔습니다. 승공운동은 일본과 아시아를 넘어서 세계 여러 나라로 전해져 공산주의를 소멸시키는 데 큰 지렛대가 되었습니다.

1980년대에는 종교 화해를 위한 초교파운동과 남북통일을 향한 범국민운동을 이끌어 갔습니다. 사회를 위해 봉사하고 평화를 증진시키는 운동도 펼쳤습니다. 1990년대에는 고르바초프 소련 대통령과 역사적 만남을 가졌고 소련 젊은이들에게 민주주의 정신과 올바른 가치관을 가르쳐 공산주의 몰락과 동서 화해에 큰 기여를 했습니다. 1991년 북한 땅에서 김일성 주석을 만나 남북대화의 물꼬를 텄고 북한 선교의 발판도 마련했습니다.

새로운 천 년이 시작된 2000년 이후 하나님이 바라시는 평화세계를 이루기 위해 유엔까지 활동의 폭을 넓혔습니다. 190개가 넘는 나라에 교회가 세워져 지구촌 어느 도시, 어느 마을에 가더라도 통일교회 식구들을 만날 수 있게 되었습니다.

그렇게 하루와도 같았던 60년이 흘렀습니다. 60년을 지나오면서 걸림돌을 넘을 때마다 언제나 하나님의 말씀을 중심에 두고 세계평화에 몸과 마음을 다 바쳤습니다. 2012년 9월 문선명 총재가 성화한 후에도 이 발걸음은 멈추지 않고 있습니다.

세계 모든 인류를 위한 선물로 선학평화상을 제정해 미래의 평화운동에 이정표를 세웠습니다. 남미와 아프리카에서 더 많은 봉사활동을 하고, 세계 곳곳에서 더 많은 인재들을 길러 내고, 더 많은 사람을 하나님의 품으로 인도하고 있습니다. 초창기 극도의 탄압과 억압, 비난을 이겨 내고 이제 하나님을 한 부모로 모시고 온 인류가 한 형제가 되는 참된 평화의 꿈을 이루어 가고 있습니다.

지상에서의 마지막 순간이 다가옵니다

1980년대 초반 어느 날 편지 한 장이 전해졌습니다.

"지상에서의 마지막 순간이 다가옵니다. 이 세상에서 마지막 드리는 인사입니다. 천상에서 뵙겠습니다. 부디 만수무강하시옵소서."

감옥에 갇힌 선교사가 처형되기 전 써 내려간 유서 편지였습니다. 나의 몸은 푸른 피가 도는 듯 삽시간에 굳었습니다. 눈물마저 얼어붙어 그 자리에 망부석이 되어 한동안 아무 말도 못하고 서 있었습니다. 우리 부부는 사랑하는 그들을 가슴에 묻어야 했습니다. 인류의 참부모로 가는 길은 그토록 험난하고 절박했습니다. 누구에게도 말하지 못한 채 무너지는 억장을 홀로 쓸어안고 속으로만 통곡해야 했습니다.

50여 년 전, 식구들은 어느 자리에서건 열띤 토론을 벌였습니다.

"이제 세계로 눈을 돌려야 합니다."

"너무 이르지 않습니까? 아직 변변한 교회 건물조차 없는데……."

"교회 건물을 멋있게 지으면 하나님이 좋아하실까요?"

어떤 식구는 세계로 나가야 한다고 주장했고, 어떤 식구는 나라 안에서 우선 교회라도 제대로 짓자고 목소리를 높였습니다. 둘 다 소홀히 할 수 없는 일이었지만 우리 부부는 '한국'보다 '세계'를 택했습니다. 그러다 보니 교회 겉모습은 초라하기 짝이 없었습니다. 1980년대까지만 해도 버젓한 교회 하나가 없었습니다. 식구들이 모여 오붓하게 예배를 드릴 수 있는 공간만이라도 있었으면 좋겠다는 바람이 많아서 자그마하게 초록색 지붕의 A형 교회를 지은 게 전부였습니다.

교세가 약한 시절에 세계를 향해 진출해야 한다는 주장에 반대가 없으면 오히려 이상한 일이었습니다. 많은 사람은 변변한 교회조차 없으면서 세계를 목표로 하는 것이 가당키나 하냐고 비웃었습니다. 그러나 통일교회는 애초부터 보다 큰 가치를 추구했습니다. 개인이나 가정보다는 민족과 나라를 위했고, 한국보다는 세계 구원이 우선이었습니다. 갈등이 범람하는 메마른 세상에 평화의 종소리가 울려 퍼지게 하는 것을 소명으로 여겼습니다.

1958년에 일본으로 첫 선교사가 건너가고, 이듬해에 미국 개척전도가 어렵사리 시작되었습니다. 1960년대에도 외국 선교는 생각조차 할 수 없는 처지였습니다. 따라서 그것은 적지 않은 성과였습니다. 그러나 우리는 현재에 자족해서는 안 된다고 생각했습니다. 해외 선교를 본격화하기 위해 1965년 문 총재가 세계순회를 출발했습니다. 이를 계기로 유럽, 중동, 남미로 선교사들이 밀물처럼 건너갔습니다. 하지만 "이보다 나쁠 순 없다"고 할 정도로 모든 여건은 최악이었습니다.

통일교회 원리말씀이 거대한 해일처럼 세계로 뻗어 나가던 1970년대에는 모든 나라가 합심이라도 한 듯 거의 총력을 기울여 우리를 반대했습니다. 그러나 우리는 핍박이 심하면 심할수록 오뚝이처럼 일어섰습니다. 1975년 일본에서 세계선교사회의를 열고 127개 나라에 선교사를 보내기로 했습니다. 그 결정에 반대하는 이유도 많았지만 더 이상 미룰 수 없었습니다.

"보내지 못할 이유는 늘 있게 마련입니다. 하지만 지금 보내지 않으면 영원히 보내지 못할 수도 있습니다. 가장 어려울 때 결단을 내려야 합니다."

그때 대규모 선교사를 보낸 것이 훗날 큰 결실을 맺었습니다. 선교사를 보낼 때 한 나라 사람만 보낸 것이 아니라 독일, 일본, 미국 등 세 나라 사람을 한 팀으로 묶어서 보냈습니다. 그들은 제2차 세계대전 때 서로 원수지간이었습니다. 우리의 선교활동에서는 근대 서구 기독교의 낭만적인 선교를 연상할 수 없었습니다. 선교사들은 호화로운 저택이나 빌딩이 아니라 조그만 방이나 막사에서 살며 활동했습니다. 임지로 떠날 때는 선교 자금이 부족해 보내는 사람이나 떠나는 사람이나 비통한 마음으로 각오를 다져야 했습니다.

당장 쓸 돈을 조금이라도 마련한 사람부터 낡은 가방에 옷가지와 《원리강론》 한 권만 달랑 넣어 임지로 떠났습니다. 당초에는 막연하게 '5년 정도'로 예상했지만 길게는 20년 넘게 아프리카와 중동에 머물면서 선교를 한 사람이 적지 않았습니다. 그들은 1년에 한두 번 행사에 참석하러 뉴욕의 이스트가든수련소로 왔습니다. 우리 선교사들은 현지에서 자립적으로 활동을 하고 있기 때문에, 형편이 넉넉지 못해 비행기 표를 구입하지 못해 참석하지 못한 선교사들도 있었습니다. 우리 부부를 처음 만난 이국의 젊은 선교사는 우리를 보자마자 울음을 터뜨렸습니다.

울고 싶은 심정이야 어디 그뿐이었겠습니까. 가장 통곡하고 싶은 사람은 나였습니다. 하지만 그러면 기쁨의 자리가 눈물바다로 변할 것이기에 강인한 어머니의 마음으로 그의 어깨를 안아 주었습니다. 다음 날이면 선교사들을 모두 데리고 나가 소박한 셔츠와 넥타이를 하나씩 사주었습니다.

"이게 잘 어울리네요. 그동안 수고했어요."

진심 어린 위로와 함께 당부도 빼놓지 않았습니다.

"조금 더 뜻길에 헌신하면 평화로운 세상을 우리 시대에 이룰 수 있어요."

선교사들은 뜻 앞에 새로운 각오를 다지며 다시 섭리의 전선으로 떠났습니다.

지금도 마찬가지지만, 우리 부부는 선교사를 낯선 땅으로 보내면서 항상 하늘을 붙잡고 간곡한 기도를 그치지 않았습니다. 특히 공산국가로 떠나는 선교사에게는 더욱 그러했습니다. '불행히 순교자라도 생기면 어떻게 하나' 불안함을 감출 수 없었습니다. 그 염려는 결국 현실로 나타났습니다.

1970년대가 되면서부터는 견디기 힘든 탄압이 몰아닥쳤습니다. 그리고 1980년대에는 공산권 국가에서 '나비작전'이라는 이름으로 선교사들이 지하에서 생명을 걸고 활동했습니다. 나비작전은 오스트리아를 중심으로 철의 장막이 드리워진 동유럽에서 펼쳐졌던 비밀 선교활동에 붙여진 이름입니다. 최초로 소련 땅에 건너간 군터 부르처를 비롯해 수많은 선교사들이 소련 KGB에게 미행을 당하고 핍박을 받다가 결국에는 발각되어 구금당하거나 강제로 추방되었습니다.

1973년 체코슬로바키아의 브라티슬라바에서 선교사와 신도 30여 명이 한꺼번에 경찰에 체포되어 연행되었습니다. 사형을 선고받은 식구도 있었고, 5~10년 징역형에 처해지는 등 말로 다 할 수 없는 탄압이 자행되었습니다. 심지어 무고하게 테러를 당해 시체로 발견되는 참사도 있었습니다. 24세의 마리 지브나는 차디찬 감옥에서 꽃다운 나이에 목숨을 잃어, 공산 치하에서 선교를 하다 숨진 최초의 순교자가 되었습니다.

1976년 프랑스 파리의 빌라오블레 교회에서는 정체불명의 괴한들에 의해 총탄이 쏟아지고 폭발이 일어나 수많은 부상자가 났습니다. 프랑스 식구들은 에펠탑에서 트로카데로까지 순교자 애도 행진을 벌여 많은 사람의 공감을 얻었습니다. 공산세력이 개입된 것으로 드러나자 미국 국회의원과 조야 인사들이 종교 탄압을 맹렬히 비난했습니다.

뉴욕 벨베디어의 통일교회 수련소도 폭파한다는 협박을 받아 경찰이 출동했습니다. 감시와 추방, 미행, 테러는 선교사들을 늘 따라다니는 일상적인 일이 되다시피 했습니다.

종교 탄압은 1980년대 들어서도 멈추지 않아, 탄자니아로 떠난 사사모토 마사키(笹本正樹) 선교사는 그해 겨울 총에 맞아 순교했습니다. 그럼에도 선교사들의 발걸음은 멈추지 않았습니다.

1986년 우리는 나비작전의 선교사들을 미국 이스트가든으로 조용히 모이도록 했습니다. 선교사들의 처절한 이야기는 밤이 깊어도 끝날 줄 몰랐습니다. 부모형제에게도 하지 못했던 가슴 깊은 곳의 속사정을 털어놓는 선교사들의 마음에서는 오열이 끊이지 않았고, 이야기를 듣는 사람들 또한 애간장이 녹았습니다. 공산국가에서 그들의 하루하루는 살얼음판을 걷는 듯 아슬아슬한 나날이었습니다. 한 선교사의 말이 모두에게 깊은 울림을 주었습니다.

"언제 어디에서 어떤 위험이 닥칠지 나는 모릅니다. 내 삶은 하나님의 영적 계시에 의해 직접 주관받고 있다는 것만 알 뿐입니다. 나에게 위험이 닥치면 꿈에 하나님이 나타나셔서 내가 갈 길을 인도해 주십니다."

짧은 만남을 뒤로하고 다시 임지로 떠날 때 나는 그들을 하나하나 포옹하고 보이지 않을 때까지 손을 흔들며 배웅했습니다. 언제 다시 만날 수 있다는 기약도 없이 전쟁터보다 더 치열한 땅으로 떠나는 선교사들을 생각하면 가슴이 저리고 눈물로 시야가 흐려졌습니다.

단지 통일교회를 믿는다는 이유 하나만으로 박해를 받은 식구들의 사연은 참으로 애처롭습니다. 그럼에도 선교사들의 발길은 끊이지 않고 지구촌 구석구석을 누볐습니다. 고통과 위험 속에서도 가난한 사람을 돕고, 학교를 세우고, 직업교육을 시키고, 황야를 개척해 먹고살 수 있는 터전을 만드는 일에 뛰어들었습니다. 오늘날 190개가 넘는 나라에 통일교회가 있고 식구들이 있는 것은 모두 선교사들의 값진 희생이 있었기 때문입니다.

나는 선교사들을 낯선 대륙과 바다 건너로 보낼 때마다 하나라도 더 주어서 보내지 못하는 현실이 늘 마음 아팠습니다. 우리의 꿈이 이루어지는 날 하나님이 큰 은혜를 베풀 것이라는 말로 격려할 뿐이었습니다. 그 격려는 천군만마보다 더 든든한 응원이 되어 선교사들의 발걸음을 힘차게 해주었습니다.

초창기 통일교회 식구들은 몰리고 쫓기는 제일 불쌍한 사람들이었습니다. 눈 내리는 겨울밤, 집에서 쫓겨나 담벼락에 홀로 서서 눈물의 기도를 올리기도 했습니다. 낯선 땅에서 추방되고, 사막에서 오직 밤하늘의 별빛만으로 길을 찾고, 깊은 밀림을 홀로 헤쳐 나가면서 하나님의 말씀을 전했습니다. 우리는 그렇게 슬픔을 안으로 삭이면서 신앙을 지키고 믿음을 전파했습니다.

그리움과 눈물로 얼룩진 세계순회

"엄마, 또 가방을 꾸려요?"

나는 선뜻 대답하지 못합니다. 그러면 내 옆에서 묵묵히 짐 싸는 것을 거들어 주던 큰딸이 또 물어 옵니다.

"어머니, 이번에는 어디로 가요?"

커다란 가방을 꺼내 놓고 옷가지들을 챙기노라면 아이들이 가장 먼저 묻습니다. 아이들은 엄마가 늘 곁에서 놀아 주고 보듬어 주기를 바라지만 나는 아이들과 함께하지 못하는 날이 더 많았습니다. 사람을 만나는 일, 교회 일, 지방순회 등 해야 할 일들이 나를 붙들고 놓아주지 않았습니다. 바다 건너 외국에 나가는 일은, 짐을 싸려고 가방을 꺼내는 것부터가 고달픔의 시작이었습니다.

여행은 즐거운 일이지만 미션을 갖고 출발하는 여행은 집을 떠나는 순간부터 긴장과 더불어 고생이 시작됩니다. 호화찬란한 대궐에 머물러도 자기 집이 아니면 마음은 불편합니다. 불편한 대궐보다는 작고 옹색하더라도 자신의 오두막에서 편안히 살아가는 것이 더 마음 편합니다. 더욱이 단순한 여행이 아니라 사명을 띠고 나서는 발걸음은 무거울 수밖에 없습니다.

나는 1960년 성혼 이후 편안한 내 집에 머물러 있던 적이 드물었습니다. 휴전선 아래의 작은 마을에서부터 외로운 섬마을까지 전국을 다니며 식구들을 만나고 행사와 강연에 참석하느라 마음 편히 쉰 날이 없었습니다. 바다를 건너면 일본을 시작으로 아시아와 유럽, 미국, 남미, 아프리카까지 전 세계를 순회했습니다. 하나님의 말씀을 들려주기 위해 낯선 사람들과 낯선 땅을 내 형제자매, 내 집으로 여기며 찾아다녔습니다.

세계순회를 떠나면 힘든 일과였음에도 새로운 도시에 도착할 때마다 잠깐 짬을 내서 그림엽서를 샀습니다. 밤 12시가 넘어 일이 끝나면 나를 기다리는 아이들에게 편지를 썼습니다.

효진아!

보고 싶구나. 언제나 불러 보고 생각나고 달려가 안아 주고 싶은 착하고 귀엽고 사랑스러운 아들이구나. 효진아, 일시 떨어져 있긴 하지만 너희는 행복한 하늘의 아들이요 딸이다. 우리의 효자, 효진! 하늘의 효자요, 땅의 효자요, 온 우주의 효자, 효자의 본이 될 우리의 착하고 슬기로운 효자 효진, 사랑한다. 아빠와 엄마는 뜻을 따라 항상 바쁜 생활로 너희와 지내는 시간이 적어 무척 아쉬우나 엄마도 아빠도 네가 있으므로 든든히 생각한다. 효진아, 넌 보통 아이들과 다르단다. 다른 아이들과 어울리더라도 너의 근본을, 하늘의 품위를 손상시켜서는 아니 된다. 아빠 엄마는 항상 너를 자랑스럽게 생각한단다. 머지않아 다시 만나게 될 때 아빠 엄마 많이많이 깜짝 놀라게 해줄래? 아빠 엄마는 너에 대한 큰 꿈이 있단다. 엄마는 기다리고 항상 기도한단다. 건강하여라, 안녕!

1973년 5월 12일, 미국 벨베디어에서

나는 여러 공적인 일로 아이들과 다정한 시간을 보내지 못하는 것이 늘 마음에 걸렸습니다. 그럼에도 아이들은 의젓하게 잘 자라 주었습니다. 언젠가 큰아들 효진이가 신문사와 인터뷰를 했습니다.

"어머니의 어떤 점을 존경합니까?"

효진이는 망설이지 않고 대답했습니다.

"아버지를 감싸 주며 기쁘게 해드리는 어머니의 사랑과 끈기를 제일 존경합니다. 세상의 모든 어머니는 다 위대하지만요…… 특히 저의 어머니는 우리를 절대적으로 믿고 격려해 줍니다. 나는 그 모습에 늘 깊은 감명을 받습니다. 언제나 세계적인 일로 바쁘시면서도 14명의 형제를 낳은 것도 정말 위대합니다."

나는 아무리 더운 여름이라 할지라도 찬물로 샤워하는 것을 꺼립니다. 아이를 많이 낳았기 때문입니다. 게다가 의사마저 만류하던 네 차례의 절개수술도 받았습니다.

영진이를 분만할 때는 아기 머리가 너무 커서 사경을 헤맸습니다. 남편은 독일에 있었는데, 30분 안에 결정하지 않으면 산모와 아기가 모두 위험하다고 해서 어쩔 수 없이 제왕절개를 했습니다. 한 번 절개수술을 하면 다시 자연분만을 하기가 어렵습니다. 그래서 나는 절박한 심정으로 기도를 했습니다. 간절히 기도하는 가운데 예수님이 십자가에 못 박히시던 순간이 떠올랐습니다. 예수님의 흑암으로 둘러싸인 사망권세를 새 생명의 출산으로 해원해 드리겠다는 다짐으로 고통을 참아 냈습니다.

세상 엄마라면 누구나 겪는 것처럼, 한 생명의 탄생은 지옥과 천국을 오가는 고통 가운데 맞이하는 것입니다. 네 번에 걸쳐 수술을 한다는 것은 결코 쉬운 일이 아닙니다. 절개수술을 받으려고 수술대에 오를 때마다 나는 십자가의 고통을 체휼했습니다. 그렇게 한 생명 한 생명 하나님을 위해 죽음을 마다하지 않고 낳았습니다. 뿐만 아니라 여러 차례 유산도 했습니다. 그 여파로 인해 지금도 찬물로 샤워를 하면 한여름에도 한전이 나 몸이 오들오들 떨립니다.

내가 아이를 많이 낳아 집안이 화기애애한 만큼, 교회는 이 도시 저 마을에 계속 생겨나고 식구들도 늘어났습니다. 그러나 내 마음속에는 '한국에서 가장 큰 교회'나 '신도가 가장 많은 교회'와 같은 세속적 목표는 애당초 없었습니다. 세계를 구원하는 종교, 인류의 눈물을 닦아 주는 참된 교회만을 소망했습니다.

그 뜻을 이루기 위해 1969년 첫 세계순회에 나선 이후 여러 차례에 걸쳐 세계순회 강연을 했습니다. 수천 번이 넘는 다양한 대회와 행사, 모임, 세미나를 열었고 강연도 수백 회에 달했습니다. 50여 년 동안 지구촌 거의 모든 곳에 나의 발자국이 오롯이 새겨졌습니다. 낯선 대도시, 원시의 작은 마을, 햇빛이 살을 태우는 뜨거운 사막, 울창한 밀림, 숨이 턱턱 막히는 고원지대에 이르기까지 지구촌 곳곳을 다녔습니다. 가는 곳마다 나를 기다리는 사람이 많았습니다. 특히 소외된 사람들과 힘없는 여성들, 어린이와 소수민족이 나를 애타게 기다렸습니다.

힘이 들더라도 내가 한 걸음 내디딜 때마다 그만큼 그들에게 평안을 줄 수 있고 평화가 온다는 것을 알기에, 어젯밤 집에 돌아와 피곤한 몸을 누일 시간도 없이 오늘 새벽에 다시 길을 떠났습니다. 낯선 도시의 호텔에 들어가 두어 시간 의자에 앉아 있거나, 공항 빈 의자에 등을 기댄 채 잠시 눈을 붙인 후 길을 나선 적이 한두 번이 아니었습니다. 가방을 풀어 보지도 못한 채 나를 기다리는 사람들을 만나기 위해 다시 길을 재촉했습니다.

공산국가에 처음 들어가 강연할 때는 살아 있는 사람보다 죽은 영혼들이 더 많이 나를 찾아왔습니다. 나 홀로 크로아티아에 갔을 때는 그 일대가 한창 전쟁 중이었습니다. 호텔 방에 들어서는 순간 억울하고 비참하게 죽어간 영혼들이 구원받기 위해 나를 기다리고 있음을 알았습니다. 그 영혼들을 해원시켜 주기 위해 밤새 기도를 올렸습니다.

아프리카에 갈 때는 매번 말라리아 예방약을 먹었습니다. 한번은 처방이 잘못되어 후유증이 몹시 심했는데, 그대로 말라리아를 앓고 고열에 들떠 고통을 겪었습니다. 그러나 치료는 언감생심이었고, 계획된 순회 일정을 모두 마치기 위해 정신없이 다니다 보니 어느샌가 말라리아는 사라지고 없었습니다.

1996년 가을에 열린 볼리비아 행사는 쉬이 잊히지 않습니다. 수도 라파스는 세계에서 가장 높은 고산도시 중 하나인데, 그 높이가 해발 4천 미터나 됩니다. 토박이가 아닌 이상 누구라도 산소 부족으로 고산병에 시달릴 수밖에 없습니다. 한 시간 가까이 강연을 해야 했기에 산소통을 옆에 놓고 연단에 올랐습니다. 그런데 설상가상으로 강연대가 흔들거려 살짝만 기대도 쓰러질 것 같았습니다. 힘센 직원이 붙들고 서 있어야만 했습니다. 사람들은 근심스레 나를 바라보았지만 나는 강연 내내 미소를 잃지 않았습니다. 속이 울렁거리고 갑작스레 두통도 찾아오고 다리가 후들거리는 것쯤이야 얼마든지 이겨 낼 수 있었습니다. 이를 악물고 쓰러지기 직전까지 버텨 냈습니다.

"저분은 정말 하나님이 보내신 분이다!"

놀라움과 함께 칭송이 자자했습니다. 강연은 성황리에 끝났고, 저녁에 열린 축승회에서 나는 참석한 식구들의 손을 한 명 한 명 따뜻하게 잡아 주었습니다. 나를 만나기 위해 멀리서 온 귀한 손님과 식구들을 내 몸이 힘들다 하여 무덤덤하게 대할 수 없었습니다. 서로가 서로를 격려하고 자랑스러워하는 기쁨의 자리가 되었습니다.

집으로 돌아오자 남편은 내 등을 토닥이며 기뻐해 주었습니다.

"4천 미터나 더 하늘에 가까운 곳에서 승리를 쟁취했으니, 그런 복이 또 어디 있어요."

세계 곳곳을 다니며 하나님의 말씀을 들려주는 일 외에도 희생당한 영혼을 구원하는 해원식 또한 여러 나라에서 거행했습니다. 2018년 봄 오스트리아에서 치러진 영혼 해원식은 참으로 뜻깊은 행사였습니다. 빈에서 도나우강을 따라 서쪽으로 두 시간쯤 가면 마우트하우젠(Mauthausen)이라는 마을이 나옵니다. 주변 풍광은 무척 아름다움에도 사람들을 맞이하는 건물은 우울하고 음험합니다. 짙은 회색 벽돌로 높다랗게 지은 담장 앞에 서면 누구라도 통한의 눈물이 저절로 흐를 것입니다. 제2차 세계대전이 한창일 때 나치가 유대인들을 가둬 놓았던 강제수용소이기 때문입니다. 그곳에 갇혔던 30만 명은 대부분 비참하게 생을 마쳤습니다.

벌써 70여 년이 넘은 역사의 아픈 상처를 지닌 현장입니다. 그러나 사람들은 진짜 아픔이 무엇인지 알지 못했습니다. 희생당한 영혼들을 위로하고 원통함과 슬픔을 달래 주어야 영혼은 안식처를 찾아갑니다. 빈에서 유럽전진대회를 마치고 나는 식구들을 마우트하우젠으로 보내 해원식을 올리도록 했습니다. 우리 식구들이 시골길을 몇 번이나 돌아 도착한 그곳은 옛날의 상처가 그대로 드러나 있었습니다. 영원한 사랑의 백합꽃을 바치고 희생자들의 영혼을 달래는 고천문과 의관을 제작해 해원식을 엄숙하게 올렸습니다. 원통한 영혼들이 이 과거의 슬픔과 분노를 털어 내고 맑은 영혼으로 평온한 안식처에서 행복하게 머물기를 기원했습니다.

기념관을 짓는 것도 중요하고, 역사적 사실을 학문적으로 조명하는 일도 필요하지만, 억울한 영혼에 맺힌 원한과 분노를 풀어 주는 것이 더 우선입니다. 70여 년의 세월이 흐르는 동안 아무도 하지 않았던 해원 의식을 우리가 거행함으로써 30만 명의 영혼이 안식처를 찾게 되었습니다.

세계 곳곳을 다닐 때마다 낯선 사람들이 나를 보자마자 두 손을 꼭 붙잡고 놓아주지 않으려 합니다. 그 애절함이 내 가슴에 깊이 아로새겨졌습니다. 수많은 사람이 나를 보고 싶어 하고 그리워하며, 내가 그들 곁에 머물다가 떠나오면 아쉬워하는 것은 하늘이 맺어 준 인연이기 때문입니다. 6천 년 전부터 하나님의 품을 벗어난 인류가 참된 삶을 살기 위해서는 둘을 이어 주는 하늘의 중보자인 독생자 독생녀가 있어야 했습니다. 바로 그 독생녀를 만나 울음바다가 되는 것입니다.

그러나 보다 근본 된 것은 하나님의 사랑입니다. 나는 바로 하나님의 사랑을 전해 주기 위해 수십 년 동안 매일 수백수천 킬로미터를 다녔습니다. 그 힘든 여정은 필설로 다 표현할 수 없는 것이었지만, 늘 행복했습니다. 그러하기에 내가 남긴 말과 발자취는 영원히 사라지지 않습니다. 매일매일 자라고 해마다 커져서 세계를 덮고도 남을 것입니다.

세계인의 마음을 울린 'You are My Sunshine'

"벨베디어가 무슨 뜻인가요?"

"이탈리아어로 '아름다운 경관 혹은 전망'이라는 뜻이에요."

미국 뉴욕의 허드슨강 인근에 수련소를 마련했을 때 그곳 이름을 벨베디어(Belvedere)라 했습니다. 아름다운 자연 속에서 하나님의 사랑을 체휼할 수 있도록 그렇게 이름을 지었습니다. 아름드리나무들이 울창한 그곳에서 1970년대부터 식구들이 원리말씀을 바탕으로 수련을 받았습니다. 우리 부부를 만나기 위해 세계 곳곳에서 찾아오는 사람들로 수련소는 늘 혼잡했습니다.

나는 벨베디어수련소와 이스트가든에 노란 수선화를 많이 심었습니다. 수선화는 추운 겨울을 견디고 얼어붙은 땅을 가장 먼저 뚫고 나와 새로운 계절을 알리는 봄의 전령입니다. 아직 잔설이 남아 있는 언 땅을 비집고 나오는 새싹의 강인함과 자연의 섭리 앞에 나는 늘 경이로움을 금치 못했습니다. 봄이나 한여름에 피는 장미나 백합도 아름답지만 추운 겨울을 이겨 내고 피어나는 수선화의 강인함을 무척 좋아합니다. 나는 참부모의 길, 독생녀 참어머니의 길을 걸어오면서 이 꽃을 참 사랑했습니다.

이 뜻깊은 벨베디어에서 2016년 여름 '뉴욕 양키스타디움대회 40주년 기념식'이 열렸습니다. 40년 전인 1976년 대회는 통일교회와 문선명, 한학자를 전 세계에 알린 기념비적 대회였습니다. 또한 혼돈과 타락에 빠졌던 미국을 일깨운 중요한 날이기도 했습니다. 그때만 해도 나와 문 총재는 동양에서 온 신흥 종교의 창시자로 소수에게만 알려져 있었으나, 반백년이 흐른 지금에는 전 세계가 문선명을 '독생자 메시아'로, 한학자를 '독생녀 우주의 어머니, 평화의 어머니'로 추앙하고 있습니다.

우리는 40주년 대회를 '하나님이 축복한 미국 가정축제(God Bless America Family Festival)'라고 이름 지었습니다. 미국과 캐나다에 사는 식구 3천여 명이 이 행사를 기리기 위해 벨베디어에 모였습니다. 꿈에도 잊을 수 없는 노래 〈그대는 나의 태양(You are My Sunshine)〉이 흘러나오자 우리 모두는 숙연하면서도 감격에 겨워 그날의 감동을 되새겼습니다. 나는 감동을 넘어 우리가 해야 할 일이 아직도 많다는 것을 식구들에게 알려 주었습니다.

하나님을 모시고 신앙의 자유를 찾아 나선 청교도정신이 바로 미국을 탄생시켰습니다. 그러나 시간이 흐르면서 하나님의 뜻으로 세계를 보듬기보다는 이기주의와 퇴폐문화가 만연했습니다. 나는 미국의 건국정신을 되새기고 참다운 책임을 일깨우기 위해, 혼신을 다해서 청년들과 지도자들을 가르치며 많은 대회를 열었습니다. 그럼에도 미국은 하늘과 점점 멀어지고 있었습니다. 하나님의 꿈은 79억 인류가 평화롭고 행복한 세상을 이루고, 새로운 심정문화 혁명을 일으켜 하나님의 사랑 앞에 감사하는 생활을 하는 것입니다.

나는 지금도 1976년 6월 1일의 양키스타디움대회를 어제 일처럼 기억합니다. 미국 각지는 물론 전 세계에서 사람들이 몰려들어 뉴욕 양키스타디움은 발 디딜 틈이 없었습니다. 그러나 날씨는 우리 편이 아니었습니다. 비바람이 거세게 몰아쳐 혼란스럽기 그지없었습니다. 또 우리를 비난하는 사람들이 스타디움 밖에서 대회를 반대하는 시위를 벌여 무척이나 소란스러웠습니다. 자칫 폭동이라도 일어날 것 같았습니다. 연설을 듣기 위해 모여든 사람은 5만 명이 넘었습니다. 돌풍과 함께 쏟아진 비가 대회장을 엉망으로 만들었음에도 의연하게 등장한 우리 부부는 5만 명의 청중뿐만 아니라 전 미국인, 나아가 전 세계인에게 경종을 울렸습니다.

미국 건국 200주년을 기념해 '미국은 하나님의 소망'이라는 주제를 내걸고 "공산주의의 위협과 청소년의 윤리적 파탄을 막지 않고서는 미국에 희망이 없다"고 목소리를 높였습니다. 문 총재가 "나는 미국의 의사요 소방관으로 왔다"고 힘주어 말하자 청중들은 큰 박수로 응답했습니다. 그동안 쉬쉬하면서 아무도 이야기하지 않았던 부끄러운 상처를 그대로 드러내 미국이 안고 있는 문제를 정면으로 돌파했습니다.

행사가 열리기 두 달 전부터 우리 식구들은 전 세계에서 기도를 올렸고, 미국으로 건너온 식구들은 하루도 쉬지 않고 곳곳을 다니며 열심히 대회 소식을 알렸습니다. 그 60일은 잠들어 있는 미국을 일깨우는 기간이었고, 공산세력을 막아 내 민주세계를 부활시키는 중요한 시기였습니다. 청소년들의 윤리적 파탄을 막아 내는 방파제가 되느냐, 못 되느냐의 갈림길이었습니다.

그러나 이러한 역사적 소명과 달리 모진 바람이 불고 비가 쏟아져 대회장 안은 아수라장이 되었습니다. 현수막은 찢겨 나갔고 포스터는 물에 젖어 흘러내렸습니다. 무대의 집기마저 널브러져 그야말로 난장판이었습니다. 사람들은 빗물에 젖어 몰골이 말이 아니었습니다. 스타디움 밖에서는 수천 명이 모여 온갖 야유를 퍼붓고 비난의 고함을 질렀습니다. 하나님이 정말 우리와 함께하시는가, 의구심이 들 정도였습니다.

하지만 거센 비와 반대자들의 비난, 아우성은 오히려 우리를 보다 더 굳건하게 해주었습니다. 미국으로 건너오기 전에 받아 온 그간의 고난과 탄압에 비하면 반대자들의 함성은 되레 응원가로 들렸습니다. 우리는 비를 흠씬 맞으면서도 피하지 않았습니다.

그때 누군가 노래 한 소절을 불렀습니다.

"You are my sunshine, my only sunshine. You make me happy when skies are gray."

그것을 신호탄 삼아 모두 한마음으로 〈그대는 나의 태양〉을 불렀습니다. 한 사람의 노래는 곧 웅대한 합창이 되어 스타디움에 가득 울려 퍼졌습니다. 모두의 얼굴에 빗물 섞인 기쁨의 눈물이 철철 흘러넘쳤습니다.

그리고 하나님이 우리 곁에 찾아오셨습니다. 천지를 뒤덮고 있던 어둠이 걷히고 먹장구름 사이로 한 줄기 햇살이 비치면서 대회장은 서서히 밝아졌습니다. 도저히 불가능할 것만 같았던 대회는 그 햇살과 함께 시작되었습니다. 남편은 연단에 오르기 전 기도를 마치고 나의 손을 꼭 잡았습니다.

"당신의 정성과 기도 덕분에 내가 오늘 단상에 올라갑니다."

남편은 구름 사이로 솟은 햇살보다 더 따스한 감사의 미소를 지었습니다. 그것은 실로 죽음의 경계선과도 같은 어둠을 뚫고 광명천지로 부활한 느낌이었습니다. 나는 얼굴 위의 차가운 빗방울을 떨어내고 남편에게 뜨거운 응원의 박수를 보냈습니다. 우리는 하나님과 세계 구원에 대한 굳건한 믿음이 있었고, '구세주가 나와 함께하신다'는 사실에 용기를 잃지 않았습니다.

그 믿음과 용기로 대회는 큰 성공을 거둬 미국 역사에 새로운 이정표를 세웠습니다. 통일교회 선교 역사는 물론 모든 종교 역사에서 위대한 발자국을 남긴 대회였습니다. 미국인들이 잊고 지냈던 하나님의 심정을 전하기 위한 우리 부부의 믿음과 원리운동이 미국을 감동시켜 새로운 세상을 열었습니다.

나는 청평 천정궁을 지을 때 수선화를 여러 모양으로 조각했으며 정원에도 많이 심었습니다. 장미나 백합과 달리 강인하고 아름다운 수선화를 사랑합니다. 지금도 겨울 잔설이 녹기도 전에 솟아오르는 새싹을 보면 양키스타디움대회가 떠오릅니다. 북풍한설을 이겨 내고 새롭게 소생하여 가장 먼저 봄이 왔음을 전하는 수선화는 우리의 평화통일운동에 큰 의미를 지닌 상징적인 꽃으로 내 마음에 자리 잡고 있습니다.

푸른 잔디밭 위로 내리는 여름비

미국 팝가수 제임스 테일러가 부른 노래 중에 〈Line 'Em Up〉은 1974년 닉슨 대통령의 하야를 그린 곡입니다. 마지막 부분에 이런 구절이 나옵니다.

"Yeah, big Moon landing, people are standing up."

여기서 'big Moon'은 다른 사람이 아닌 나의 남편 문선명 총재를 가리킵니다.

양키스타디움대회가 열리기 5년 전인 1971년 우리가 미국에 도착했을 때, 세계는 꼭 나침반을 잃어버린 난파선 같았습니다. 공산주의의 위협이 갈수록 심해졌고, 기독교는 서서히 힘을 잃어 가고 있었습니다. 청년들은 무너진 성도덕으로 인해 참된 삶의 목적과 목표를 잃고 방황했습니다. 종교의 자유를 찾아 대서양을 건너온 청교도들이 피땀으로 건국한 미국은 그 소명을 잊고 퇴폐문화로 얼룩졌습니다.

닉슨 대통령의 워터게이트사건으로 민심이 사분오열로 갈라져 갈피를 잡지 못하면서도 정치인들은 닉슨의 하야를 요구했습니다. 전 세계가 덩달아 설왕설래했는데, 나는 그 사건이 선량한 사람들에게 참혹함을 안겨 줄 것을 잘 알기에 가슴이 무척 아팠습니다.

우리 부부는 미국 국민들을 향해 "용서하라, 사랑하라"고 외쳤습니다. 닉슨 대통령 한 사람에 대한 용서가 아니라 미국인 모두의 각성을 촉구하는 메시지였습니다. 나날이 밀려오는 공산세력의 적화 야욕을 막아 내기 위한 외로운 외침이었습니다. 미국인들의 메마른 심령에 성령의 불을 붙여 하나님의 사상을 각성시키기 위한 것이었습니다.

미국에 도착한 지 1년이 겨우 지난 1972년 겨울, 뉴욕에서 '하나님의 대회'를 개최했습니다. 그때 세계의 현실을 식구들에게 알려 주고 우리가 져야 할 책임에 대해서도 들려주었습니다.

"민주세계는 공산주의의 위협으로 절박한 위기에 처해 있습니다. 이 위기를 타개하려면 우리가 적극 나서야 합니다."

우리 부부는 곧바로 볼티모어, 필라델피아, 샌프란시스코, 로스앤젤레스 등에서 강연을 했습니다. 청년들을 모아 통일십자군(One World Crusade)을 만들어서 불같은 열정을 품고 세계를 일깨우라고 독려했습니다.

1974년은 세계사적으로 매우 중요한 한 해였습니다. 닉슨 대통령이 "꼭 만나기를 원한다"는 연락을 해와 우리는 백악관으로 갔습니다. 초조해하는 그에게 하나님의 뜻이 무엇인지 들려주고, 미국이 무엇을 해야 할 것인지 준엄히 가르쳐 주었습니다.

이어 32개 도시를 순회하며 강연을 했습니다. 처음에 미국인들은 당혹해했습니다. 그러나 차츰 우리의 뜻을 이해하고 감동을 받아 가는 곳마다 사람들이 늘어났습니다.

우리의 순회연설은 뉴욕 매디슨스퀘어가든집회로 정점을 찍었습니다. 미국에서 열린 통일교회의 첫 번째 대강연회이자 미국 역사상 가장 놀라운 기록이었습니다. 3만여 명이 행사장을 가득 메웠음에도 2만여 명이 입장하지 못하고 발걸음을 돌려 돌아가야 할 만큼 대성황이었습니다.

우리는 대회의 주제를 '기독교의 새로운 장래'로 정했습니다. 뉴욕은 미국의 중심 도시이고 매디슨스퀘어는 뉴욕의 중심부이기 때문에 그곳에서 타오른 하나님을 향한 불길은 전 미국으로 퍼져 나갔으며 지구촌을 밝히는 횃불이 되었습니다. 우리는 미국에 온 지 3년여 만에 매디슨스퀘어가든집회를 통해 만민을 해방하려는 하나님의 뜻을 이루어 드렸습니다.

잠시 쉴 틈도 없이 미국과 전 세계를 감격케 하는 대회를 연이어 두 번이나 열었습니다. 건국 200주년에 맞춘 뉴욕 양키스타디움대회와 워싱턴DC 모뉴먼트대회였습니다. 6월 1일 양키스타디움대회의 성공에 힘입어 워싱턴에서 모뉴먼트대회를 열기로 했습니다. 아니나 다를까, 미국 정부와 종교계가 총공격을 퍼부었고 언론들은 헐뜯고 비난하기 바빴습니다.

"백악관과 국무성에서 반대가 심합니다."

"모든 신문이 우리를 헐뜯느라 지면이 모자랄 지경입니다."

양키스타디움대회 때는 12개 단체가 공격을 퍼부었는데, 워싱턴 대회에는 30여 개가 넘는 반대파들이 똘똘 뭉쳐 공격을 해왔습니다. 공산당까지 가담해 대회 자체를 무산시키려 혈안이 되었습니다. 그러나 우리는 한 치의 두려움이나 망설임 없이 오로지 하나님의 승리를 위해 생명을 걸고 대회를 감행했습니다.

대회 40일 전에야 천신만고 끝에 집회 허가가 났습니다. 그 40일은 심정적으로 40년보다 길고도 막막한 시간이었습니다. 나는 어디에서 무슨 일을 하든, 누구를 만나든 늘 그 생각뿐이었습니다. 너무 골몰한 나머지 아침을 저녁으로, 저녁을 아침으로 착각할 정도였습니다.

드디어 1976년 9월 18일 워싱턴 모뉴먼트광장에서 미국 건국 200주년 대강연회가 열렸습니다. 30여만 명이 구름처럼 모여든 광경은 실로 기적적인 장관이 아닐 수 없었습니다.

모뉴먼트대회는 통일교회를 선전하거나 문선명과 한학자의 이름을 알리기 위해 열린 대회가 아니었습니다. 오히려 내부적으로 많은 희생을 치렀습니다. 심지어 테러가 일어날 것이라는 소식도 들려왔지만 우리는 전혀 두려워하지 않았습니다. 새벽에 일어나 깊은 기도를 올리고, 사형선고를 받은 사람이 형장에 나가는 것보다 더 무거운 마음으로 행사장으로 향했습니다. 전 인류를 감동시키게 해달라는 기도를 하며 대회장에 들어섰습니다. 그 기도와 정성은 대회장에 모인 30여만 명을 넘어 전 미국인에게, 지구촌 모든 사람에게 어둠을 밝혀 주는 등불이 되었습니다.

그동안 미국 언론과 온 국민이 통일교회에 반대했지만 우리는 그 반대를 극복하고 대회를 성공시켜 '하나님이 우리와 함께하신다'는 것을 보여 주었습니다.

우리 부부는 낯선 땅 미국으로 건너가 갖은 고생을 다 하면서 세 차례의 대회를 성황리에 마쳐 하나님이 소망하시는 성스러운 뜻을 이루었습니다. 1974년 뉴욕 매디슨스퀘어가든집회와 1976년 양키스타디움대회 그리고 워싱턴 모뉴먼트대회에서 참다운 승리를 했습니다. 그러나 그 승리의 영광은 우리 교회를 위한 것이 아니라 지구촌 온 인류를 위한 것이었습니다.

우리가 미국에 도착해서 짧은 기간에 그처럼 넓고 깊은 호응을 받을 수 있었던 이유는 다른 데 있지 않았습니다. 미국인들이 종교성을 회복해 가슴속에 하나님을 모셔야 한다는 호소가 큰 공감을 받았습니다. 가정의 소중함을 일깨우고, 청년들이 도덕성을 되찾아 꿈을 향해 나아갈 수 있도록 기도하고 정성을 다한 것도 미국인들의 마음을 움직였습니다.

처음에 그들은 동양에서 온 우리 부부에게 별반 호감을 느끼지 않았습니다. '통일원리'라는 처음 듣는 단어를 낯설어했습니다. 그러나 곧 그 원리가 진리임을 깨닫고 차츰 우리 식구가 되었습니다. 엘리트층을 중심으로 퍼져 나간 원리말씀은 얼마 지나지 않아 인종과 직업, 나이, 학력을 가리지 않고 많은 사람들의 호응을 얻어 그들 삶의 핵심 축이 되었습니다. 미국 전역을 다니며 학교를 세우고, 신문사를 만들고, 봉사단체를 조직하고, 리틀엔젤스 공연을 했습니다. 그 길목마다 선교사들의 피와 땀, 눈물이 마르지 않았습니다. 그리고 나의 쉬지 않는 기도가 있었습니다.

2016년 여름에 열린 '뉴욕 양키스타디움대회 40주년 기념식'은 그 마음을 다시 한번 되새기는 날이었습니다. 나는 40년 전의 위대한 승리에 만족해 제자리에 머물러 있어서는 안 된다는 것을 알고 있습니다. 푸른 잔디밭 위로 내리는 여름비를 맞으며 이제 다시 신발끈을 동여매고 평화의 참어머니로서 희망과 행복의 평화세계를 만들어 가야 한다는 소명을 가슴 깊이 새겼습니다.

댄버리에 울려 퍼진 승리의 노래

✻

"통일교회는 물러가라!"

앞장선 사람이 외치면 그 뒷사람도 덩달아 목소리를 높입니다.

"청년들을 세뇌시키는 통일교회를 규탄한다!"

이런 비난과 반대는 늘 우리 부부 뒤를 그림자처럼 따라다녔습니다. 특히 1970년대에 워싱턴 모뉴먼트대회가 불씨가 되어 미국에서 통일원리가 들불처럼 번져 나가자 우리에게 반발하는 움직임이 조직적으로 일어났습니다. 하원의 도널드 프레이저 의원이 앞장서 국제관계소위원회를 만들어 청문회를 열었습니다. 통일교회를 제물 삼아 상원의원에 출마하겠다는 정치적 야심이 밑바탕에 깔려 있었습니다. 그러나 결과적으로는 자신이 판 함정에 스스로 매몰되고 말았습니다.

그럼에도 불구하고 반대세력은 쉽게 단념하지 않았습니다. 결국 문총재는 1981년 10월 '탈세' 혐의로 뉴욕 연방지방법원에 여러 차례 출두했습니다. 그때마다 성명서를 통해 "이번 사안은 인종차별과 종교적 편견의 결과"라고 반박했습니다. 그리고 "나는 미국과 세계 인류를 위한 희생과 봉사의 삶을 살아왔기에 한 치의 부끄러움도 없다"고 밝혔습니다. 그러나 미국 언론들은 우리를 헐뜯기에 바빴습니다.

우리에게 비난의 화살이 쏟아졌습니다. 미국의 권력을 등에 업은 공격과 비난에 굴복할 우리 부부가 아니었습니다. 골리앗과 싸우는 다윗처럼 절대 두려워하지 않고 정면으로 맞서 대응했습니다. 그럼에도 고난의 십자가를 피할 수 없었습니다.

문 총재는 아무런 잘못이 없음에도 뉴욕 연방지방법원은 1982년 12명의 배심원단을 꾸렸습니다. 그전에 우리는 배심원에 의한 판정이 아니라 판사 재판을 요구했으나 법원은 이를 받아들이지 않았습니다. 미국 정부의 의도대로 1982년 5월 18일 유죄 평결이 내려졌습니다. 헌금 160만 달러의 이자 11만 2,000달러에 대한 소득세와 5만 달러에 상당하는 주식배당금 세금으로 1973년부터 3년간 7,300달러를 내지 않았다는 것이 죄목이었습니다. 그리고 판결이 내려졌습니다.

"징역 18개월과 벌금 2만 5,000달러를 선고한다."

유죄가 선고되자 오히려 미국 종교계와 민간단체들이 '종교에 대한 명백한 탄압'이라며 곳곳에서 일제히 들고 일어났습니다. 그동안 통일운동에 관해 우호적이지 않았던 기성 교회에서 지지성명을 발표하는 등 우리를 옹호하고 나섰습니다. 수많은 사람들과 단체들이 무죄청원서를 제출했고, 재판에 항의하는 종교자유대회도 거의 매일 열렸습니다. 종파를 떠나 많은 양심적 인사들이 종교 탄압을 비판하는 시위를 벌였으나, 1984년 5월 대법원에서 상고를 기각하면서 형은 그대로 확정되었습니다. 문 총재는 1984년 7월 20일 미국 코네티컷주 댄버리 연방교도소에 갇히고 말았습니다.

이 사건은 겉으로는 탈세를 문제 삼았지만 그 속내는 통일교회의 무서운 성장을 제재하려는 저의가 숨겨져 있었습니다. 정부 권력을 이용한 교묘한 종교 박해였습니다. 7,300달러에 대한 형벌이 무려 징역 18개월과 벌금 2만 5,000달러라는 판결은 많은 사람들의 공분을 샀습니다. 미국 곳곳에서 수천 명이 항의했고, 종교의 자유를 지키기 위해 일주일씩 문 총재와 함께 옥에 갇힐 것을 결의했습니다. 그러나 문 총재는 미국을 영적 죽음으로부터 일깨울 수 있다면 오히려 감옥에 가기를 마다하지 않았습니다.

전 세계의 통일교회 식구들은 걱정과 눈물로 매일 밤 기도를 멈추지 않았습니다.

"선생님이 가시면 우리는 어떻게 하나요?"

그러나 우리 부부는 의연하게 식구들을 위로했습니다.

"이제부터 새로운 세계가 시작될 거예요. 이제 미국뿐만 아니라 전 인류가 우리와 함께할 것이고, 세계 모든 곳에 희망의 북소리가 울려 퍼질 것입니다."

1984년 7월 20일은 나의 역사 가운데서 영원히 지우고 싶은 하루였습니다. 문 총재가 집을 떠나 댄버리 교도소에 수감되는 날이었습니다. 우리 부부는 그 순간에도 식구들을 격려하며 희망을 심어 주었습니다. 밤 10시에 이스트가든을 출발해 댄버리 교도소까지 여러 식구가 함께 갔습니다. 나는 이미 강하게 마음을 먹었기에 조금도 흔들리지 않았습니다.

분노와 슬픔을 쏟아 내는 식구들에게 문 총재는 당부했습니다.

"나를 위해 울지 말고 미국을 위해 기도하세요."

교도소로 들어가는 남편의 등 뒤로 진한 어둠이 내려앉았습니다. 식구들은 문 총재가 다시 되돌아 나올 것만 같은 마음에 교도소 입구에 한참이나 서 있었습니다. 나는 식구들을 다독여 발걸음을 돌리게 했습니다. 남편이 이국땅에서 억울한 옥살이를 해야 했건만 나는 저들을 용서해야 한다고 생각했습니다.

"원수까지도 사랑하라. 그리고 위하여 살라."

우리 통일운동의 가장 근본은 '위하는 삶'입니다. 사지의 경지에서 자신을 희생함은 물론 한 발 더 나아가 억울한 누명을 쓰고도 상대를 용서하고 사랑할 수 있는 것이 댄버리정신입니다. 댄버리정신은 모든 것을 다 빼앗기고 잃어버린 처지에서도 하늘의 뜻에 따라 희생하고 용서하며 더 큰 가치를 위한 삶을 사는 것입니다.

돌아오는 밤길은 어두웠지만 내 마음은 어둡지 않았습니다. 미국으로 건너와 10여 년 동안 내가 겪은 일들은 강가의 조약돌보다 더 많았습니다. 세계를 뒤흔든 세 번의 대집회를 비롯해 대륙을 횡단하는 순회강연도 여러 차례 있었습니다. 그 힘든 노정만큼이나 문 총재의 억울한 수감도 괴로운 일이 분명했습니다. 남편의 투옥 자체가 감내하기 쉽지 않은 무거운 십자가였습니다.

내가 가장 힘들었던 것은, 그때 남편은 이미 예순을 넘긴 나이였고 미국이란 나라에서 혼자 수감생활을 한다는 것이 쉬운 일이 아니라는 것이었습니다. 더구나 유색인종에다 소수종교의 지도자라는 이유로 가해지는 박해였기 때문에 내 마음은 더욱 안타까웠습니다. 또한 나는 막내를 낳은 지 얼마 되지 않은 때여서 몸과 마음이 몹시 힘들었습니다. 그런 와중에 남편이 없는 공백 또한 내가 메워야 했습니다.

문 총재는 다음 날 새벽 나에게 전화를 걸었습니다.

"하나님의 소명에 따라 기독교에 봉홧불을 붙여라, 이 말을 식구들에게 전해 주어요."

나는 그 말을 식구들에게 전하면서 우리가 지금 어떻게 해야 하는지도 들려주었습니다.

"지금은 하나님이 우리에게 주신 최후의 기회입니다. 지금까지 해온 일은 물론이고, 또한 지금 지시한 내용까지 온갖 정성과 적극적인 활동으로 꼭 성취해야 합니다. 여러분의 정성에 하늘부모님이 감동하고, 사탄은 항복할 것이며, 역사는 새 시대를 맞이할 것입니다."

그러나 '불행은 한꺼번에 온다'는 말을 증명이라도 하듯 좋지 않은 일이 또 벌어졌습니다. 미국에서 우리 부부를 도와 활동하던 핵심 지도자가 갑작스레 행방불명된 것입니다. 공산주의자들에게 납치되어 뉴욕의 어느 지하실에 갇혀 죽음을 기다리게 되었습니다. 우리가 〈워싱턴타임스〉를 통해 공산주의 활동은 물론 이념까지도 승공사상으로 반박하자 이에 대한 보복조치로 문 총재가 없는 틈을 타서 복수를 한 것입니다. 또 통일교회가 미국에서 꾸준히 공감을 받아 신도들이 늘어나는 것에 대해서도 악감정을 품고 있었습니다. 그들은 무엇보다 그를 해할 생각뿐이었습니다.

문 총재가 옥에 갇혀 있는 상황에서 내가 문제를 해결해야 했습니다. 나는 우선 침착하게 기도를 드렸습니다. 납치된 그의 귀에 내 목소리가 들리도록 간절히 기도했습니다. 그리고 친분이 있던 법무장관이

자 상원의장 오린 해치에게 전화를 걸었습니다.

"우리 지도자를 납치한 것은 사적 원한에 의한 것이 아니며, 돈이 필요해서도 아니에요. 공산주의자의 소행이며, 종교에 대한 차별적 공격입니다."

"즉각 FBI를 통해 수사를 하겠습니다."

어떤 사람은 FBI가 수사를 시작하면 범인들이 오히려 납치된 사람을 해칠 수 있으니 기다렸다가 협상을 하는 것이 더 좋겠다고 말했습니다. 그러나 나는 좋은 방법이 아니라고 생각했습니다. 나는 간곡한 심정으로 담판기도에 들어갔습니다.

그럼에도 상황은 더욱 나빠졌습니다. 납치범들은 그를 심하게 구타하고 전기고문을 해서 기절시켰습니다. 그는 차가운 지하실 바닥에 쓰러져 의식을 잃었습니다. 그때 저 멀리서 목소리가 들려왔습니다.

"시간이 없다. 저들은 오늘 밤까지는 너를 해치지 않을 것이다. 지금부터 열두 시간 이내에 그곳을 어떻게 해서라도 탈출해야 목숨을 보전할 수 있다."

그는 의식을 잃었음에도 꿈속에서 나의 기도를 들었습니다. 가까스로 정신을 가다듬어 탈출을 시도했습니다. 지혜를 발휘해 납치범들과 대화를 시도한 후 탈출에 성공했습니다. 그리고 다음 날 그는 무사히 집으로 돌아왔습니다.

살아 돌아온 그가 자초지종을 들려주었습니다.

"어둠 속에서 들려온 참어머니의 목소리는 저에게 하나님의 음성이자 계시였습니다. 제가 벌떡 일어나 저들에게 대항할 힘과 지혜를 주었습니다."

만약 내가 납치 소식을 듣고 발만 구르면서 시간을 놓쳤거나, 범인들과 협상하기 위해 기다렸다면 더 큰 불행을 당했을 것입니다. 또한 납치범들은 통일교회를 굴복시켰다고 기고만장해서 세상을 향해 떠들어 댔을 것입니다. 그것은 결국 사탄의 수법이자 그들에게 승리를 안겨 주는 것이었습니다. 그래서 나는 힘든 싸움을 벌이면서 단호하게 협상을 거절했던 것입니다.

마찬가지로 남편의 댄버리 옥고는 불행한 일이었지만 우리 부부는 그 일을 승리로 바꿨습니다. 어느 때보다 힘든 시간이었으나 한편으로는 가장 설레고 사랑과 연민의 정이 깊어지는 나날이었습니다. 남편 역시 애틋한 마음을 나누는 다정다감한 하루하루였습니다. 남편은 새벽 5시 기도를 마치면 교도소 공중전화로 나에게 전화를 걸어 "엄마!" 하고 부르는 것이 하루 일과의 시작이었습니다. 면회 시간이 다가오면 남편은 언덕까지 나와서 나를 기다렸습니다.

어떤 때는 남편이 교도소 안에서 바닥 청소나 식당 설거지를 하다가 초췌한 모습으로 면회실에 들어왔습니다. 그 모습을 보고 어느 아내가 마음 편할 수 있겠습니까. 그러나 나는 서러움을 억누르고 항상 환한 미소로 맞이했습니다. 나는 면회를 갈 때 막내 정진이를 데리고 다녔습니다. 막 두 살 난 아기를 받아 안으며 남편은 즐거워했습니다. 잠시의 면회가 끝나면 남편은 밖으로 나와 우리가 탄 차가 사라질 때까지 손을 흔들며 전송해 주었습니다. 나는 오픈카를 타고 다녔는데, 면회를 가서 언덕길을 오를 때면 남편은 우리가 도착할 시간에 보일 만한 장소에 미리 마중 나와 있곤 했습니다. 그때는 그리운 마음에 환한 웃음을 짓고 손을 흔들지만, 언덕길을 내려올 때는 눈물이 쏟아질까 봐 바라보지 못하고 손만 흔들어 보이곤 했습니다. 남편도 우리가 보이지 않을 때까지 손을 흔들고 서 있었습니다.

그 슬픔과 억울함을 딛고 나는 문 총재가 옥에 갇힌 13개월 동안 교회와 섭리를 이끌었습니다. 전 세계 모든 식구가 안정된 가운데 흔들림 없는 신앙생활을 이어 가도록 했습니다. 처음 문 총재가 옥에 갇혔을 때 세계의 언론들은 과연 통일교회가 존속할 수 있을 것인지, 아니면 사라져 버릴 것인지 비아냥거리며 입방아를 찧었습니다. 몇몇 언론은 마치 기다리고 있었다는 듯 섣부른 장담을 했습니다.

"통일교회는 스스로 와해될 것이며, 신도들은 뿔뿔이 흩어지고 말 것이다."

그러나 그런 일은 절대 일어나지 않았고 오히려 신도들이 부쩍 늘어났습니다. 인류 구원과 종교의 자유를 위해 헌신하다가 억울한 옥살이를 하게 된 문 총재의 사연이 사람들의 마음을 움직였습니다.

문 총재가 수감되고 한 달 정도 지났을 때 국제과학통일회의(International Conference on the Unity of the Sciences, ICUS)가 눈앞으로 다가왔습니다. 우리 부부가 12년 전에 창설한 이 대회는 세계의 과학자들이 모여 과학과 기술의 미래를 토론하는 큰 행사였습니다. 창설자가 수감된 상태에서 과연 대회가 열릴 수 있을지 근심하는 사람이 적지 않았습니다. "열리지 못할 것이다"라고 비웃는 사람도 많았습니다.

나는 한마디로 논란을 잠재웠습니다.

"대회는 반드시 열려야 합니다."

1984년 9월 2일, 제13차 국제과학통일회의가 워싱턴DC에서 열렸습니다. 전 세계 42개 나라에서 250여 명의 과학자가 참석했습니다.

나는 과학자들을 만나 일일이 인사를 나누고 연단에 올라 의연하게 환영사를 낭독했습니다. 창설자가 없어도 국제대회가 성공리에 끝나자 과학자들은 고마움을 표했고, 교회 식구들은 몹시 감복했습니다.

국제대회는 거기에서 끝나지 않았습니다. 1985년 여름, 세계평화교수협의회가 국제대회를 맞이하고 있었습니다. 역시나 창립자가 수감되어 있는 상황에서 대회 개최가 가능할지 걱정이라는 이야기들이 들려왔습니다. 나는 선뜻 "변함없이 개최해야 한다"고 말했습니다. 대회 장소는 스위스 제네바로 결정되었습니다.

대회 의장을 맡은 미국 시카고대학의 정치학자 몰턴 케플런 박사가 댄버리로 우리 부부를 만나러 왔습니다. 문 총재는 대회의 주제를 '공산주의의 종언, 소련의 멸망'으로 하라고 말했습니다. 케플런은 반대했습니다. 그때만 해도 공산주의가 막강한 세력을 휘두르고 있었기 때문이었습니다.

"사회학자는 일어나지 않은 일에 대해서는 논의하지 않습니다."

그러나 문 총재는 더욱 강경하게 말했습니다.

"공산주의는 망하고, 소련은 멸망한다! 이 사실을 세계의 학자와 교수들이 모인 자리에서 선포하세요."

케플런은 망설이다가 물었습니다.

"그 말 앞에 'maybe(아마도)'를 붙이면 어떻겠습니까?"

"안 돼요, 내 말 그대로 하세요."

면회를 마치고 돌아갈 때 케플런은 몹시 고심했습니다. 그때 그는 세계적인 명성을 지닌 학자였기에 공언(空言)을 할 수 없는 입장이었습니다. 그런 말을 하는 것 자체가 그에게는 공포였습니다. '아마도'라는 말을 넣겠다고 세 차례나 말했습니다. 나는 케플런에게 아무 걱정 말고 문 총재의 권고를 따르라고 이야기해 주었습니다.

교회 간부들도 조심스레 나에게 권했습니다.

"'멸망'이나 '몰락'이라는 말 대신 부드러운 단어로 바꾸는 것이 좋지 않을까요?"

그러나 우리는 그렇게 하지 않았습니다. 수년 내에 공산주의가 소련에서 몰락할 것을 알고 있었기 때문이었습니다.

1985년 8월 13일 제네바에서 세계평화교수협의회 국제대회가 열렸습니다. 세계의 저명한 대학교수 수백 명이 모인 역사적인 자리에서 '공산주의의 몰락'이 선포되었습니다.

"공산주의는 5년 이내에 멸망합니다!"

참석자들은 깜짝 놀랐습니다. 아직 일어나지 않은 일을 확신을 가지고 선포한 것에 놀랐고, 대회장 바로 앞 길 건너편에 소련대사관이 버티고 있음에도 소련제국의 멸망을 장담한 것에 또 놀랐습니다. 그러나 그 후 우리의 예측대로 소련의 공산주의는 막을 내렸습니다.

그때 우리 부부는 '섣부른 예언가'로 놀림을 받을 수 있었습니다. 실제로 유명한 사회학자와 교수들은 우리의 선포를 드세게 비판했습니다. 하지만 그 후 소련이 해체되자 그들은 우리의 예측에 놀라움과 감탄을 금치 못했습니다. 옥에 갇힌 문 총재와 나는 세계의 앞날을 위해 하루도 쉬지 않고 그렇게 일을 했습니다.

억울한 옥살이라 해도 남편은 모범적인 몸가짐과 부지런함으로 재소자들에게 큰 감동을 주었습니다. 수감자들이 처음에는 '동양에서 온 이단종교 창시자'라며 비웃고 시비를 걸었으나 곧 참스승으로 여겼습니다. 남편은 미움과 증오, 다툼이 지배하는 교도소를 변화시켜 사랑이 흐르는 곳으로 만들었습니다. 재소자들은 남편을 '옥중의 성자'라 불렀습니다. 간수들과 교도소 관리들도 감복했습니다. 남편은 모범수가 되어 1985년 8월 20일 자유의 몸이 되었습니다.

남편이 옥에 갇힌 것은 내가 갇힌 것이나 마찬가지였습니다. 남편의 옥살이는 2천 년 전 예수님이 빌라도의 법정에 섰다가 혈혈단신으로 십자가에 내몰린 것과 다를 바 없었습니다. 언제 문 총재를 위해할지 모를 세력들이 호시탐탐 기회를 넘보고 있었습니다. 소련 KGB와 북한 김일성의 사주를 받은 적군파가 검거되기도 했습니다. 수감자들 가운데는 그들에게 동조하는 불손세력도 있었습니다. 그들과 함께 생활해야 하는 남편의 안위는 누구도 장담할 수 없었습니다. 그것은 예수님을 십자가에 내준 것과 다름없는 현대판 골고다였습니다.

그러나 우리 부부는 그 고난을 겪으면서도 결코 좌절하지 않았습니다. 나는 어디에 있더라도 하나님의 뜻을 위해 사랑을 실천하고자 몸과 마음을 다했습니다. 그런 고달픈 인생행로를 묵묵히 걸어 평화와 우주의 어머니이자 인류의 중보자 독생녀로서 소명을 다해 나왔습니다.

고아들을 누가 품어야 할까요

내가 너희를 고아와 같이 버려두지 아니하고 너희에게로 오리라.

나는 이 성경 문구가 내가 걸어온 길을 압축해 표현한 말 중 하나라 생각합니다. 하나님을 모르고 인생길도 알지 못해 방황하는 사람은 제 부모가 있다 해도 마치 고아와 같습니다. 나는 그들을 하나님의 품으로 인도하기 위해 긴 세월을 지나왔습니다.

1990년대 초만 해도 지방에서 행사나 강연을 한다고 하면 사람들은 첫머리에 고개를 갸웃했습니다. 특히나 여성들을 상대로 한 강연이라면 아예 손사래를 쳤습니다. 그때만 해도 여성들의 목소리는 작았고, 남녀평등은 허울에 불과할 뿐 어디에서도 사례를 찾아보기 어려웠습니다. 나는 여성이 온전한 한 명의 인간으로서, 우리 사회의 평등한 구성원으로서, 특히나 하나님의 딸로서 주어진 역할을 다하려면 어떻게 해야 하는지를 오랫동안 고심했습니다. 그 고심의 결과로 만들어진 것이 세계평화여성연합입니다.

1992년 4월, 잠실 올림픽주경기장에서 있었던 창설대회에서 나는 총재로 취임한 이후, 전국을 순회하며 40개 도시에서 시도대회를 차례차례 열어 갔습니다. 나는 대회에서 '이상세계의 주역이 될 여성'을 주제로 강연을 했습니다. 대회를 열기 전에 사람들은 '과연 몇 명이나 올까?' 걱정이 많았으나 가는 곳마다 인파로 가득 찼습니다. 대회의 주제가 여성임에도 남성 또한 많이 참석해 내가 주창하는 '여성시대'가 펼쳐지고 있음을 깨닫게 되었습니다.

한국 대회가 마무리되자 나는 다음 일정으로 일본을 잡았습니다.

"이 말을 일본 여성들에게도 들려주어야 해요."

"그렇긴 해도, 한국어로 하면 원래의 뜻이 잘 전달되지 않을 텐데요."

"그럼 일본어로 하면 되지요."

"연설문도 길고…… 일본어도 잘 모르시고, 시일도 촉박하고……."

나는 사나흘 동안 연습해 연설문을 모두 일본어로 준비했습니다. 일본 도쿄돔에 5만여 명이 모였습니다. 일본 수도에서 내가 처음으로 일본말로 강연을 한다고 하니 역시나 사람들은 믿지 않았습니다. 심지어 집행부에서는 만약의 경우를 대비해 무대 옆에 일본어를 유창하게 구사할 수 있는 간부를 대기시켜 놓았습니다. 그런데 내가 연단에 올라 입을 열자마자 일본 사람들은 너무 놀라 감탄사를 연발했습니다. 감격에 겨워 여러 차례 기립박수를 보냈습니다. 처음에는 '어디선가 틀리겠지, 어디가 틀릴까?' 기다리다가, 내가 한 마디 한 마디 또렷하게 말할 때마다 놀라움에 사방에서 탄성이 터졌습니다. 나는 지치지 않고 5

개 도시를 순회하며 일본 여성들의 마음을 사로잡았습니다.

통역을 쓰면 훨씬 쉬웠을 테지만 나는 일본어로 된 강연문 전체를 완벽하게 소화했습니다. 일본 국민들을 고아로 만들지 않기 위해 철저히 준비했습니다. 고아가 되어 하나님을 알지 못하고 있는 현실을 내가 일본말로 또박또박 일러 주었습니다.

"이제 미국으로 가야 해요."

"힘들지 않으시겠어요? 하루라도 푹 쉬고 가면 좋을 텐데요."

"나를 기다리고 있는 사람들이 많은데 내 몸 편하자고 쉬면 안 되지요……."

태평양을 건너 미국 땅으로 들어가 8대 도시를 순회하면서 '여성시대'가 우리 곁에 다가왔음을 일깨워 주었습니다. 워싱턴에 모인 사람들은 내게 깊은 고마움을 표했습니다. 나에 대한 인식이 한국에서 온 '문선명 목사의 부인'에서 '여성 대표로서의 한학자'로 바뀌었고, 나아가 그들은 나를 '세계를 구원하는 여성 지도자'로 추앙했습니다.

잊을 수 없는 것은 필리핀 대회였습니다. 전날 마닐라로 가기 위해 로스앤젤레스에서 비행기를 탔습니다. 잠시 눈을 붙였을 때 아기에게 젖을 먹이는 꿈을 꾸었습니다. 아주 또렷하게 예쁜 아기를 보며 꿈속에서 혼잣말을 했습니다.

"내가 지금 아기를 낳을 나이는 아닌데……?"

마닐라 공항에 도착하면서 그 꿈을 잊었는데, 마침 그날이 가톨릭 기념일로 '원죄 없이 잉태되신 동정 마리아 대축일'이었습니다. 마닐라 시내에서 한 여성이 길을 걷다가 우연히 노랑 저고리를 입은 내 포스터를 보았습니다. 순간 '이분이 마리아의 사명을 하는 분이다'라는 생각에 이끌려 자신도 모르게 대회장으로 들어왔습니다. 그녀는 내 연설을 듣고 감복해서 큰 소리로 외쳤습니다.

"오늘처럼 성스러운 날에 필리핀 땅에 오신 저분이 진정 마리아이시다!"

큰 어려움과 보람이 함께한 곳은 마지막 강연지 중국이었습니다. 개방정책이 어느 정도 진행되어 대회가 순조롭게 열릴 것이라 예상했으나 그렇지 못했습니다. 처음에는 공산당이 불허했고 군부도 허락하지 않았습니다. 정치대회가 아니라고 설득하자 "그러면 먼저 원고를 검열하겠다"고 했습니다. 당에서 원고를 검열하는 데 일주일이나 걸렸습니다.

"이런 내용은 곤란합니다."

그들은 몇 번이나 훼방을 놓았으나 나는 양보하지 않았습니다. 정치와 무관하게 '여성'이 대회의 초점임을 강하게 내세우자 결국 저들도 허락하지 않을 수 없었습니다. 그때 덩샤오핑(鄧小平) 전 주석의 아들 덩푸팡(鄧樸方)은 장애인으로 50만 회원을 둔 중국 장애인협회 회장이었습니다. 대회 전날 그곳 사람들이 우리를 초청해 환영회를 열어 주었습니다. 체제와 이념을 떠나 서로를 격려하는 화합의 자리였습니다. 저녁에는 전국부녀연합회에서 우리를 또 초청했습니다. 처음에는 잘 모르는 처지라 서로 어색했지만 곧 친구가 되어 즐겁게 노래를 부르며 화동의 시간을 가졌습니다.

그러나 환영회와 강연은 별개였습니다. 나는 처음의 원고 그대로 거침없이 강연을 했습니다. 공산국가에서 '하나님'이라는 말이 한 번도 아니고 수십 번이나 나오자 사람들은 놀라움을 금치 못했습니다. 나는

182
평화의 어머니

담담했고, 응당 그래야 된다고 생각했습니다. 베이징 인민대회당에서 그런 강연을 했다는 것 자체가 가히 혁명적인 일이었습니다.

그렇게 1992년 한 해 동안 세계 113곳에서 강연을 했습니다. 한국을 떠날 때 각 도시에 어울리는 옷을 여러 벌 준비해 갔는데 돌아올 때는 한 벌도 없었습니다. 거의 1년 만에 집으로 돌아오자 문 총재는 "수고했어요"라고 말하다가 문득 물었습니다.

"그런데 결혼반지는 어디에 있소?"

나는 내 손을 보았습니다. 일본으로 떠날 때 끼고 있었는데 없다는 것을 그제야 알았습니다.

"반지가 없네…… 누군가에게 주었겠지요."

"누굴 주었소?"

"주긴 주었는데 기억이 나지 않아요. 받은 사람이 잘 간직하고 있거나, 아니면 팔아서 살림에 보탰겠지요."

"준 것은 그렇다 치고, 누굴 주었는지도 모른단 말이오?"

나는 늘 그래 왔기 때문에 대수롭지 않게 여겼습니다. 우리 부부는 성혼식을 올린 후 신혼여행을 가지 못했습니다. 나는 그것을 마음에 두지 않았으나 남편은 늘 미안한 마음을 지니고 있었습니다. 세계순회 중 네덜란드에 들렀을 때 아끼고 아낀 돈으로 큰마음 먹고 작은 다이아반지를 사왔습니다. 그렇게 의미 있는 반지를 나는 누군가에게 선뜻 내주고는 기억조차 하지 못했습니다.

나는 주기도 잘 주지만, 주는 즉시 그 사실을 잊어버립니다. 자기 몸에 지닌 것을 주고, 사랑을 주고, 심지어 생명까지 주어도 잊어버리는 사람이 하나님 앞에 제일 가까이 갑니다.

나는 발이 부르틀 때까지 세계를 돌며 여성의 참다운 가치와 사명, 하나님의 사랑에 대해 들려주었습니다. 하나님을 모르고 참부모를 알지 못해 천애고아가 되는 것을 막기 위해서였습니다. 우리는 참부모를 모시고 살아갈 때 모든 것을 잃어버린 고아에서 벗어나 참된 행복을 누리는 하나님의 아들딸이 됩니다.

5장

심정문화는 영원한
천국의 표상입니다

가장 아름다운 한국의 꽃, 리틀엔젤스

"내가 지금 듣는 이 노래는 노래가 아닙니다! 메마른 영혼에 단비를 내려 주는 고고한 합창이에요."

누군가 자신도 모르게 감탄하면 옆 사람도 칭찬을 아끼지 않습니다.

"내가 듣기에는 천사들이 들려주는 하늘의 목소리예요."

리틀엔젤스의 노래를 처음 들으면 누구나 충격을 받습니다. 그 충격은 심정에 전해지는 사랑과 화합의 아름다운 파도입니다. 우리 통일문화의 특색을 한마디로 표현한다면 '효정을 근간으로 하는 심정문화'입니다. '효정(孝情)'은 하늘부모님을 향한 우리의 정성과 사랑입니다. '심정(心情)'은 사랑의 근본 뿌리이자 사랑이 용솟음치는 샘물과 같습니다. 심정문화야말로 시공을 뛰어넘어 영원한 아름다움을 창조해 내는 본질입니다. 하나님의 뜻이 이루어진 세계는 티 없이 맑은 심정문화가 물처럼 바람처럼 흘러넘치는 예술문화의 세상입니다.

하나님의 나라는 어린이와 같지 않고는 누구도 들어가지 못합니다. 새근새근 잠자는 어린아이의 모습은 평화 그 자체이고, 천진무구한 미소는 행복이 무엇인가를 여실히 보여 줍니다. 어린아이의 목소리는 가냘프지만 마음의 빗장을 풀게 하고, 낯선 사람들을 화합시키며, 행복과 평화의 심정을 구김 없이 나타냅니다. 그래서 나는 어린아이들이 부르는 순수한 노래의 힘을 믿습니다.

지금이야 전 세계적으로 리틀엔젤스를 모르는 사람이 거의 없지만, 처음 리틀엔젤스를 만들었을 때 노래와 춤의 힘을 믿는 사람은 드물었습니다. 그 이유는 우리가 너무 궁핍했기 때문이었습니다. 지금 배고픈 사람에게 "노래 부르자"고 청하면 화를 낼지도 모릅니다. 1960년대에 우리가 꼭 그랬습니다. 하루하루가 궁핍해 먹고살기 힘든 시절이었습니다. 그 곤궁의 시대에 내가 문화나 예술에 대해 이야기하면 사람들은 들어 보려고도 하지 않고 그저 도리질을 쳤습니다.

"당장 먹고살기도 힘든데…… 문화는 사치 아닙니까?"

문화는 사치가 아닙니다. 우리 민족은 5천 년 전부터 문화를 가꾸고 삶 속에서 누려 온 예술의 민족입니다. 한민족의 문화는 독특함과 아름다움을 간직하고 있음에도 일제의 가혹한 식민지배와 한국전쟁을 겪으면서 그 자리를 잠시 잃어버렸습니다. 가난한 한국인이 미개한 민족으로 세계인들에게 비쳐질 수밖에 없었습니다. 심지어 한국인은 고유 글자가 없어 중국이나 일본 글자를 사용한다고 오해를 받기도 했습니다. 그 잘못된 인식에 나는 가슴이 아팠습니다.

또한 한국전쟁 중에 이곳저곳 피란을 다니면서 예술가들이 가난으로 인해 재능을 발휘하지 못하는 모습을 적지 않게 보았습니다. 나 역시 학창 시절에 그림을 그리고 싶었으나 그 꿈을 이루지 못한 아쉬움도 마음 한편에 있었습니다. 그래서 내가 한국은 '미개한 민족' '문화가 없는 민족'이라는 잘못된 인식을 바로잡아야겠다고 마음먹었습니다.

리틀엔젤스는 그 결실 중의 하나였습니다. 가난과 정치 혼란이 온 나라를 휩쓸던 1962년 5월 5일 어린이날에 '대한어린이무용단'으로, 한국 무용과 합창을 하는 리틀엔젤스예술단을 만들려 하자 반대가 극심했습니다. 돈 걱정이 첫 번째였고, 혹여 돈이 생기면 교회를 먼저 지어야 한다는 것이 두 번째였으며, 합창단을 만들려면 어른 합창단이 더 좋지 않으냐는 것이 세 번째였습니다. 못할 이유야 세 가지가 아니라 열 가지도 넘었겠지만 우리 부부의 뜻을 꺾지는 못했습니다.

어렵사리 예술단을 만들기는 했어도 연습할 곳이 없어 삼청동의 허물어진 창고를 하나 겨우 빌렸습니다. 얼기설기 수리해서 연습실을 만들었는데 비가 내리면 물이 줄줄 샜습니다. 겨울에는 연탄난로조차 따뜻하게 피우지 못해 아이들이 손을 호호 불어 가며 연습을 했습니다.

통일교회를 반대하는 사람들은 비웃느라 바빴습니다.

"하늘에서 내려온 천사가 아니라 꼭 물에 빠진 천사 같아!"

그러나 포기하는 사람은 한 명도 없었습니다. "마음이 고와야 춤이 곱다. 마음이 고와야 노래가 곱다. 마음이 고와야 얼굴도 곱다"라는 리틀엔젤스의 신념을 가슴에 새기고 3년 동안 땀과 눈물로 얼룩진 맹훈련을 거듭했습니다. 훈련이 끝나자 '태극기를 세계로'라는 웅대한 구호와 함께 1965년 가을 첫 공연길에 올랐습니다. 링컨의 연설로 유명한 미국 게티즈버그에서 아이젠하워 전 대통령을 위한 특별공연을 시작으로 한국의 아름다움을 보여 주는 위대한 행진이 드디어 첫발을 내디뎠습니다. 아이젠하워 대통령은 한국을 방문했던 추억을 떠올리며 격찬을 아끼지 않았습니다.

"하늘의 천사들이 땅에 내려온 것 같아요."

베트남전쟁이 한창이던 그 시절, 미국에서의 대중공연은 크나큰 모험이었습니다. 자국에서 인정받는 가수나 공연단도 대도시에서 공연을 했다 하면 모진 비판을 받았고, 아예 처음부터 외면당하는 일도 많았습니다. 하지만 나는 조금도 걱정하지 않았습니다. 어린아이들의 노래는 순수 그 자체이며, 그 순수함이 사람들을 한마음으로 화합시키고 평화를 가져온다는 것을 체험을 통해 알고 있었기 때문입니다.

리틀엔젤스는 게티즈버그에서 첫 공연을 했을 때부터 뜨거운 박수를 받았습니다. 미국 곳곳을 다니며 〈고향의 봄〉과 〈아리랑〉을 부르면 처음에는 '뭔가?' 싶어 눈을 둥그렇게 뜨지만 잠시 후에는 눈을 감고 감상을 하며 드디어는 감동의 눈물을 흘립니다. 어여쁜 한복을 입고 신랑각시춤을 추면 다들 어깨춤을 따라 하면서 흥겨운 박수로 화답했습니다. 하얀 버선발이 하늘로 뻗으면 서양인의 눈에는 낯설기 그지없습니다. 그러나 춤 하나가 끝나면 버선의 곡선이 한국이 지닌 우아한 곡선미라는 것을 저절로 깨달았습니다.

한마디의 말도 하지 않았음에도 우리의 전통과 아름다움을 보여 주었습니다. 그렇게 세계를 순회하면서 공연 하나를 마칠 때마다 '한국은 아름다운 전통과 문화를 지닌 민족'이라는 엄연한 사실을 세계인들의 마음속에 새겨 주었습니다.

마음과 마음을 이어 주는 어린 천사들의 합창

어느 날 초청장 한 장이 도착했습니다. 발신지는 영국이었습니다. 1970년대 초에 평범한 사람들은 영국에 가기가 극히 어려웠습니다. 그런데 영국 왕실에서 리틀엔젤스를 초청하는 놀라운 일이 벌어졌습니다. 한국뿐 아니라 동양에서 처음 있는 감격스러운 초청이었습니다.

부랴부랴 짐을 꾸려 비행기를 몇 번이나 갈아타고 영국으로 갔습니다. 1971년 엘리자베스 여왕 앞에서 펼쳐진 어전공연은 오로지 대한민국 아이들의 잔치였습니다. 귀여우면서도 역동적이고 화려한 공연으로 여러 차례 기립박수를 받았습니다. 다음 날 신문과 방송에 크게 보도되어, 한국은 '가난한 나라'가 아니라 '문화와 전통이 살아 숨 쉬는 나라'로 영국인들의 마음속에 새롭게 자리 잡았습니다.

리틀엔젤스의 노래가 울려 퍼진 곳은 80여 나라가 넘습니다. 5대양 6대주를 순회하며 7천 번 가까이 공연을 펼쳤고, TV에는 800번 넘게 출연했습니다. 그동안 만난 대통령과 총리는 100여 명에 달합니다. 미국 독립 200주년 공연, 일본 10대 도시 공연, 한중수교 10주년 공연, 남미 순회공연 등 세계 곳곳에서의 공연은 늘 찬사와 박수갈채를 받았습니다. 1990년 봄 소련 모스크바 공연은 공산주의자들의 얼어붙은 마음을 녹여 주었으며, 1998년 5월의 평양 공연은 남북한 화해를 이끄는 견인차 역할을 했습니다.

리틀엔젤스의 가장 뜻깊은 공연 중 하나는 '한국전쟁 참전국 순회공연'이었습니다. 우리는 한국전쟁 60주년을 맞아 2010년부터 생존해 있는 16개 나라의 참전용사들에게 리틀엔젤스를 보내 위문공연을 하도록 했습니다. 리틀엔젤스는 3년 동안 6개 의료지원국을 포함한 22개 나라를 순회하며 참전용사를 기리는 '보은공연'을 펼쳤습니다. 은혜를 입었으면 이제는 갚아야 할 때라고 강조했습니다. 그들은 아직도 생생하게 한국을 기억하고 있었고, 한국을 사랑하고 있었습니다.

이미 60년이 흘렀는데 새삼스럽게 무슨 보은공연이냐며 의미를 퇴색시키는 사람도 있었습니다. 국가나 정부가 아닌 단지 민간 사절단이라는 이유로 더욱 그러했습니다. 하지만 참전용사들은 빛바랜 군복에 무공훈장을 달고 자랑스러운 모습으로 참석했습니다. 아프리카에서 남아프리카공화국과 더불어 한국을 도운 에티오피아의 용사들은 사는 처지가 불우했습니다. 공산정권이 들어서면서 참전용사들을 전부 아디스아바바 변두리의 산꼭대기에 있는 한국전참전용사촌으로 이주시켰습니다. 그곳은 사실상 수용소나 마찬가지였습니다. 참전용사 가족들은 공산정권의 핍박을 받아 가난과 기아에 허덕였습니다. 훈장을 1달러에 팔아 생계를 유지한 아픈 사연도 있었습니다.

그들은 대한민국에서 어린 천사들이 자신을 만나러 왔다는 사실에 처음에는 깜짝 놀랐습니다. 그 옛날 헐벗고 가난했던 분단국가가 이제는 당당히 선진국이 되어 은혜를 잊지 않고 찾아온 것에 대해 눈물겹도록 고마워했습니다. 리틀엔젤스 공연을 계기로 참전용사들에 대한 대우가 달라진 것은 뜻하지 않은 성과 중 하나였습니다.

2013년 7월, 버락 오바마 대통령도 함께 한 한국전쟁 정전 60주년 기념 행사에서 리틀엔젤스가 〈아리랑〉과 〈갓 블레스 아메리카(God Bless America)〉를 부르자 80대 노병들의 눈에서 약속이나 한 듯 일제히 눈물이 흘러내렸습니다. 덴마크 코펜하겐 공연에서는 베네딕트 공주가 옛 용사 300여 명과 함께 관람했습니다.

2016년 네팔에서 열린 세계평화국회의원연합 대회에서도 리틀엔젤스는 빛을 발했습니다. 카트만두 공항에서부터 네팔 국민들의 뜨거운 환대를 받았습니다. 어린 천사들을 맞이하기 위해 수많은 학생과 시민이 모였습니다. 대통령궁을 비롯하여 공연장에서 펼친 리틀엔젤스의 멋진 공연에 감격해 네팔 국민들은 칭송을 아끼지 않았습니다.

"리틀엔젤스는 신의 소명을 다하는 대신자이며, 세계적으로 평화를 확산시키는 천사들입니다."

한 명의 어린아이는 평범한 아이로 머물 수 있습니다. 그러나 그 아이들이 모여 순수한 마음으로 노래를 부르면 하늘의 합창이 됩니다. 그 노랫소리가 어른들의 이기심을 녹이고, 전쟁과 갈등을 사라지게 합니다. 사람들은 흔히 정치가 세상을 움직인다고 생각하지만 그렇지 않습니다. 세상을 움직이는 것은 문화이고 예술입니다. 사람들의 마음 가장 깊은 곳을 울리는 것은 이성이 아닌 감성입니다. 받아들이는 마

5장 심정문화는 영원한 천국의 표상입니다

음이 바뀌면 사상이 변하고 제도가 바뀝니다.

반세기 전에 리틀엔젤스가 부른 노래는 이제 세계인을 열광시키는 케이팝(K-Pop)과 한류로 풍성한 열매를 맺고 있습니다. 지구촌 어디를 가든 한국 문화에 대한 박수갈채가 쏟아집니다. 그 감동의 첫 출발은 1965년 리틀엔젤스의 게티즈버그 공연이었습니다. 나는 그날의 청아한 노랫소리를 지금도 기억하고 있습니다. 우리 모두는 예술로 하나가 될 수 있다는 진리를 순수한 아이들의 춤과 노래로 분열된 어른들에게 일깨워 주었습니다.

예천미지, 천상의 예술로 세상을 아름답게

"발레리나가 발끝으로 꼿꼿이 서서 머리를 하늘로 치켜들면 그 자세만으로도 완벽하게 하나님을 경외하는 모습이 됩니다. 그렇게 간절해 보일 수 없습니다. 발레는 하늘부모님께 사랑을 표현하는 최고의 예술입니다."

1984년 리틀엔젤스예술학교(현 선화예중고)의 재능 있는 졸업생들이 세계적으로 유명한 모나코 왕립발레학교와 영국 로열발레학교 등에서 유학을 마치고 돌아왔습니다. 우리는 그 젊은 영재들의 교육을 뒷받침하는 것에 그치지 않고, 그들이 뛰어난 재능을 무대 위에서 마음껏 펼칠 수 있도록 전문 발레단을 만들기로 했습니다.

리틀엔젤스 단원으로 활동하다가 모나코 왕립발레학교를 마치고 워싱턴발레단에서 수석으로 활동하고 있던 문훈숙을 주축으로 유니버설발레단(Universal Ballet Company)을 꾸렸습니다. 초대 예술감독으로는 애드리언 델라스(Adrienne Dellas)를 발탁했습니다. 뒤숭숭한 사회 분위기 속에서도 뼈를 깎는 노력 끝에 드디어 1984년 여름, 발레 〈신데렐라〉가 창단공연으로 리틀엔젤스예술회관에 올려졌습니다.

그 시절 한국 발레는 국립발레단만이 경쟁 상대도 없이 국내 활동만 하고 있었기 때문에 세계 발레계의 변방이나 다름없었습니다. 유니버설발레단의 창단은 훗날 한국 발레를 세계로 도약시키는 출발점이었으며, 변방에서 중심으로 진출하는 교두보가 되었습니다. 그리고 어언 35년을 줄기차게 이어 왔습니다.

첫 공연 〈신데렐라〉를 필두로 2000년대 초반까지는 주로 러시아의 클래식 발레를 계승하다가 그 후로는 유럽의 드라마 발레와 현대 발레까지 폭을 넓혔습니다. 그동안 21개 나라를 순회하며 1,800여 회의 공연을 통해 100여 편의 작품을 선보이면서 한국을 대표하는 발레단으로 성장했습니다.

유니버설발레단은 '예천미지(藝天美地), 천상의 예술로 세상을 아름답게'라는 꿈을 안고 한국적이면서 세계적인 공연으로 독창적인 색깔을 추구하고 있습니다. 존 크랑코의 걸작 〈오네긴〉을 동양 발레단으로서는 두 번째, 한국 발레단으로서는 최초로 공연해 유럽의 드라마 발레를 성공적으로 소개했습니다. 또 영국 로열발레단의 명작인 케네스 맥밀런(Kenneth MacMillan)의 〈로미오와 줄리엣〉을 한국 발레단으로서는 최초로 공연해 한국 발레의 위상을 높였습니다.

한국 고유의 전통을 바탕으로 한 창작 발레도 여럿 만들었습니다. 대표적인 작품이 1986년 탄생한 〈심청〉입니다. 10여 나라에서 200여 회 넘게 공연되어 세계인의 심금을 울린 작품으로, 특히 2012년에는 발레의 본고장 모스크바와 파리에 초청되어 한국의 아름다움을 보여 주었습니다. 고대소설을 발레화한 〈춘향〉과 어린이용으로 새롭게 개작한 〈발레뮤지컬 심청〉도 큰 박수를 받았습니다. 그리고 대한민국 문화예술상을 비롯해 많은 상을 받았습니다.

우리나라의 문화 수준이 그리 높지 않던 시절에 유니버설발레단은 고독한 한 마리의 학이었습니다. 수많은 어려움을 이겨 내면서 아시아뿐 아니라 북미, 유럽, 중동, 아프리카 등을 돌며 세계인들에게 한국의 수준 높은 예술성을 일깨워 주었습니다. 그 발걸음은 하나님의 사랑을 받으며 쉬지 않고 이어질 것입니다.

언론은 시대의 등불이 되어야 합니다

✿

신문에 실리는 단어들은 좋은 뜻을 지닌 것보다는 나쁜 뜻을 지닌 것들이 더 많습니다. '박해'와 '탄압'도 신문에 자주 등장하는 부정적 단어 중 하나입니다. 과거에 비해 세계의 많은 나라에서 민주주의가 뿌리를 내려 가고 살림살이가 나아진 것은 분명하지만, 지금 이 시간에도 정치적으로 박해를 받고, 종교가 다르다는 이유로 내몰림을 당하는 사람들은 여전히 많습니다.

1970년대에는 그 모든 것들이 어우러져 힘없는 사람들이 살아가기가 어려웠습니다. 특히나 1975년은 세계적으로 우울한 그림자가 드리워진 시기였습니다. 사람들은 큰 두려움에 사로잡혀 근심 걱정을 쏟아냈습니다.

"아무래도 월남이 곧 공산화될 것 같아요."

"일본은 공산당이 버젓이 활동하는 나라인데 좌익이 더 기승을 부리겠네요."

자유국가들의 합심에도 불구하고 베트남의 공산화가 옥죄어 오고 있었습니다. 북한에서 태어난 나는 공산주의의 잔인함과 전쟁의 참혹함을 직접 체험했기에 공산 치하에 들어가면 피비린내 나는 대학살이 벌어질 것임을 잘 알고 있었습니다. 또 이웃 나라에 공산주의가 창궐해 도미노처럼 차례로 무너질 것이 분명했습니다. 이미 공산당이 합법화되어 있는 일본에서 공산주의가 득세하면 아시아는 물론 세계가 도탄에 빠질 위험이 컸습니다.

1970년대에는 일본 통일교회 식구들이 점차 늘어나고 있었는데 좌익 또한 기승을 부리는 살얼음판 같은 시절이었습니다. 재일동포들도 민단과 조총련으로 갈려 날카롭게 대립하면서 서로를 미워했습니다. 나는 그 모습을 보면서 일본을 공산주의로부터 지키기 위해 새로운 신문을 만들기로 했습니다.

〈세카이닛포(世界日報)〉는 1975년 1월 많은 사람들의 기대를 받으며 도쿄에서 창간되었습니다. 그러나 일본에서 신문을 지탱해 가는 일은 어두운 밤에 무거운 짐을 지고 오르막길을 오르는 것과 다를 바 없었습니다. 좌익단체들은 사사건건 시비를 걸었고 소송이 끊이지 않았으며 폭력을 휘두르는 일도 자주 발생했습니다. 그럴수록 〈세카이닛포〉는 대다수 선량한 시민들과 반공단체들로부터 큰 지지를 받아 일본 국민들에게 절대적으로 사랑받는 신문이 되었습니다. 초창기 어려운 시절부터 지금까지 〈세카이닛포〉는 두려움 없이 진실만을 보도해 왔습니다. 그 힘이 일본을 공산주의로부터 지켜 냈습니다.

세계 역사를 움직인 또 하나의 신문은 미국에서 창간된 〈워싱턴타임스〉입니다. 1981년 초, 누군가 우리 부부에게 "글쎄 〈워싱턴스타〉가 문을 닫는다고 하네요" 하며 폐간 소식을 일러 주었습니다.

그 소식은 누구에게라도 놀라운 일이 아닐 수 없었습니다. 미국의 수도 워싱턴DC에는 오랜 역사를 지닌 두 개의 신문이 있었습니다. 하나는 〈워싱턴스타〉였고 또 하나는 〈워싱턴포스트〉였습니다. 그런데 130여 년을 이어 온 〈워싱턴스타〉가 재정난을 이기지 못해 폐간을 결정했다는 것이었습니다.

워싱턴에는 신앙과 자유, 가정의 소중함을 지켜 나가는 새로운 신문이 있어야 했습니다. 〈워싱턴스타〉를 인수해 새 신문을 만들겠다고 했을 때 반대가 만만치 않았습니다. 사람들은 미국의 수도에서 새 신문을 창간하는 것이 얼마나 어려운 일인가를 구구절절 들려주었습니다. 그러나 그때까지 우리가 해온 일 중 쉬운 일은 하나도 없었습니다.

1982년 5월 17일, 갖은 어려움을 이겨 내고 〈워싱턴타임스〉는 역사에 길이 남을 창간호를 찍어 냈습니다. 우리를 시기하는 사람들은 〈워싱턴타임스〉가 통일교회 선전도구가 될 것이라고 떠들어 댔으나, 결코 그런 의도로 만든 것이 아니었습니다. 나는 〈워싱턴타임스〉의 사훈을 '자유, 믿음, 가정 그리고 봉사'로 정했습니다. 훗날 이 사훈을 통일가의 모든 기관과 기업이 지향하는 '애천, 애인, 애국'으로 바꿨습니다.

그러나 신문 경영은 무척 어려워 매년 적자가 산더미처럼 쌓여 갔습니다. 만일 〈워싱턴타임스〉가 없어지면 미국 수도에서 발행하는 보수의 유일한 승공신문이 사라지고, 가정과 사랑의 소중함을 설파하는 신문 역시 사라진다는 뜻이었습니다. 사람들은 '과연 얼마 만에 문을 닫을 것인지' 비웃음 섞인 시선으로 지켜보았습니다. 하지만 그 비웃음이 커질수록 나의 신념과 기자들의 열정도 높아 갔습니다. 민주주의와 진정한 보수를 지켜 나가면서도 가정과 도덕, 여성의 가치를 내세웠습니다. 그리하여 많은 시민들의 사랑을 받으며 〈뉴욕타임스〉와 함께 미국의 양대 신문이 되었습니다.

창간 25주년 기념식에는 세계 유명인들의 축하 메시지가 넘쳐났습니다. 레이건 전 대통령은 "〈워싱턴타임스〉는 나와 함께 20세기의 제일 중요한 10년을 보냈습니다. 우리가 소매를 걷어붙이고 일한 결과 냉전을 종식시켰습니다"라고 말해, 〈워싱턴타임스〉가 공산주의를 이기는 데 큰 역할을 했음을 세계인들에게 일깨워 주었습니다.

영국의 마거릿 대처 전 총리도 감사를 잊지 않았습니다. "〈워싱턴타임스〉가 창설되었을 때 그 일은 매우 어려웠고, 지금도 쉽지 않습니다. 그럼에도 〈워싱턴타임스〉가 살아 있고 번영하는 한 보수주의의 가치는 결코 쇠퇴하지 않을 것입니다"라고 감사 인사를 보냈습니다.

〈워싱턴타임스〉는 권력을 휘두르는 신문이 아닙니다. 평범한 사람들을 대변하며 그들이 하루하루 올바르게 살아가도록 이끌어 주는 신문입니다. 모진 풍파를 이겨 내고 언론의 참된 위상을 세운 〈워싱턴타임스〉는 이제 전 세계인의 소중한 신문이 되었습니다.

정의에는 눈물이 많고 불의에는 용서가 없는

"분명 이 자리가 맞을 텐데……?"

"역사 자료를 보면 여기 이 건물이 재판소여야 하는데…… 재판소는 없고, 웬 병원이 들어와 있네."

"그러면 재판소는 대체 어디로 갔지?"

1990년대 중국의 동북공정(東北工程)이 한창 기승을 부리던 때 〈세계일보〉 특파원이 중국 다롄(大連)과 단둥(丹東) 일대를 취재하러 갔습니다. 그는 안중근 의사가 재판을 받았던 '대련법정'을 찾았으나 법정은 없어지고 개인병원 간판이 내걸린 것을 보았습니다. 중국 정부가 역사적인 그 건물을 이미 개인에게 팔아 치운 것입니다.

특파원이 전해 준 소식을 듣고 우리 부부는 우울해졌습니다. 조국 광복을 위해 자신의 목숨을 바쳐 헌신한 독립영웅들의 발자취가 소리 소문 없이 사라지는 것은 한민족의 한 사람으로서 정말 가슴 아픈 일이 아닐 수 없었습니다.

"값이 얼마든 그 건물을 다시 사들이도록 하세요."

현대사의 민족적 수난을 품은 대련법정은 돈으로 환산할 수 없는 정신유산이 깃들어 있는 곳입니다. 그런 공간이 외국의 개인 소유물로 전락하는 것은 우리 민족의 치부를 그대로 드러내는 것이기도 합니다. 결국 건물 주인과의 협상을 거쳐 세계일보사가 대련법정이 있던 건물을 사들였습니다.

곧 전문가들을 초빙해 철저히 고증한 후에 안중근 의사가 형을 언도받던 그때의 모습으로 똑같이 재현했습니다. 그리고 더 많은 사람들을 참여시키기 위해 국민성금을 모아 1993년 세계일보사를 통해 '여순순국선열기념재단'을 창립했습니다. 안중근 의사를 비롯한 독립운동가들의 활동과 위대함을 널리 알리고 더불어 동양평화를 이룩할 수 있도록 노력하고 있습니다. 이제는 중국과 한국의 청소년들이 다롄을 방문하면 꼭 찾아야 하는 평화의 유적지가 되었습니다.

역사적으로 동북아는 이웃 나라 간에 복잡미묘한 관계가 얽혀 있는 곳입니다. 실타래처럼 얽히고설켜 좀처럼 해결의 실마리를 찾기 어렵습니다. 그렇다 한들 팔짱만 끼고 있을 수는 없습니다. 〈세계일보〉는 지난 시대의 아픔을 객관적으로 보여 주고 한민족의 끈기 있는 국난극복의 역사와 평화의 중요성을 직접 체험할 수 있도록 대련법정을 당시의 모습 그대로 복원했습니다.

일본과 미국, 남미, 중동에서 창간한 신문들이 큰 사랑을 받고 있었음에도 정작 한국에서는 이런저런 제약으로 신문을 만들지 못했습니다. 1989년에야 언론 자유화가 이루어져 〈세계일보〉를 창간할 수 있었습니다. 통일교회가 만든다는 이유로 세간의 화제가 되었는데, 역시나 반대가 빗발쳤습니다. 미국과 일본에서 신문을 만들 때 쏟아졌던 비난이 한국에선들 비껴갈 리 없었습니다. 아니나 다를까, 터무니없는 억측이 넘쳐났습니다.

"통일교회를 선전하는 기관지가 될 것이다."

"편향적인 종교 기사가 판을 칠 것이다."

심지어 "1년도 지나지 않아 폐간될 것이다"라고 헐뜯는 사람들도 있었습니다. 그러나 올바른 언론을 향한 우리의 마음은 한결같았습니다. "언론은 곧 진리의 대변자이며 양심이어야 한다"는 믿음을 안고 1989년 2월 1일 창간호 120만 부를 발행하면서 첫발을 내디뎠습니다. 그 믿음은 30년이 지날 때까지 한 번도 변하지 않았습니다.

집권 정당의 비리를 보도했다는 이유로 건실한 통일교회 기업이 세무사찰을 당하는가 하면, 아예 회사를 파산시키는 보복도 뒤따랐습니다. 1970년대에 산탄공기총으로 시작해 대공포인 발칸포를 생산했던 통일산업과 농기계 전문 생산 기업인 동양농기계 등 많은 회사들이 표적 세무사찰로 끝내는 문을 닫았습니다.

편집 책임자를 해외로 내보내라는 요구도 있었습니다. 우리 부부는 어떤 방해공작이나 회유에도 굴하지 않고 사회정의와 도덕성 회복을 위해 깃발을 드높였습니다. 결국은 "〈세계일보〉가 옳았다"는 인정을 받았습니다.

〈세계일보〉는 격동의 시대에 고고의 일성을 울리며 이 땅에 태어났습니다. 너른 들판에 홀로 선 소나무처럼 외롭기 그지없었지만, 정의에는 눈물이 많고 불의에는 용서가 없는 신문이 되었습니다. 정치 이 넘을 뛰어넘고, 특정한 종파를 위해 붓을 들지 않으며, 국민과 국가, 세계를 위해 피와 땀을 아끼지 않습니다. 그러하기에 〈세계일보〉는 명실공히 세계인을 위한 세계의 신문입니다.

물질은 하나님께서 주신 선물

　나는 지갑이라는 것을 제대로 가져 본 적이 없습니다. 아주 어렸을 때는 돈의 필요성을 알지 못했고, 조금 자라서는 남북분단의 소용돌이 속에서 목숨을 보전하는 일이 급해 빈손으로 고향을 떠나오느라 돈이 없었습니다. 또 외할머니와 어머니는 신앙이 우선이었기에 돈과 동떨어진 삶을 이어 갔습니다. 성혼 후 교회 헌금은 전부 교회와 세상을 위해 쓰였기 때문에 역시나 지갑은 아무런 쓸모가 없었습니다. 60년이 흐른 지금도 남들 앞에 내놓을 변변한 지갑이 없습니다.

　간혹 값비싼 지갑을 보면 궁금해집니다.

　"저 속으로 들어간 돈은 얼마나 머물까? 무엇을 위해 사용될까?"

　돈이 지갑 속에 머무는 것보다 더 중요한 것은 어느 곳으로, 누구를 위해, 어떻게 흘러가느냐입니다. 그 돈의 행로가 그 사람의 인생을 말해 줍니다.

성경 〈창세기〉에서 하나님은 아담과 하와를 만드시고 그들에게 "생육하고 번성하라. 땅에 충만하라. 만물을 주관하라" 하셨습니다. 그 말씀에 따라 우리는 만물을 주관하고 번성해야 할 책임이 있습니다.

통일교회의 경제활동은 한국전쟁 시기에 부산 범일동 토담집에서 시작되었습니다. 미군을 대상으로 초상화를 그려 주는 일이었습니다. 서울로 올라와서는 우표를 수집해서 팔고, 브로마이드 흑백사진을 컬러로 바꿔 거리에서 판매하는 사업으로 돈을 모아 선교에 사용했습니다. 본격적인 경제활동의 첫걸음을 내디딘 것은 1960년대 적산가옥에서 시작한 통일산업이었습니다. 지금이야 우리나라가 다양한 상품을 전 세계에 수출하고 있지만, 1960년대까지만 해도 기계산업을 일으킨다는 것은 상상도 못할 일이었습니다.

처음 통일산업을 시작할 때 쓰레기통에 틀어박힌 일제 선반기계 하나를 당시 가격 72환에 사다가 창고에 들여놓은 것이 첫 출발이었습니다. 세계에서 제일가는 공장을 만들겠다고 하늘 앞에 기도하고 시작했습니다. 이것이 점차 발전해 예화산탄공기총공장에서 M1총과 같은 공기총을 만들고 국내 최초로 발칸포를 생산하는 등 굴지의 방위산업체로 성장했습니다. 한국을 대표하는 기계회사가 되어 나라를 살리기 위해 최고의 기술을 갖추고 나아가 세계 여러 나라에 기술을 나누어 주었습니다.

또한 일화를 세워 인삼제품을 세계로 수출한 것은, 한국의 인삼을 널리 알리고 세계인이 건강한 삶을 누릴 수 있도록 하기 위함이었습니다. 이후 다양한 분야를 선구자의 정신으로 개척해, 1970년대를 거쳐 오늘에 이르기까지 60여 년 동안 우리나라와 세계 경제발전의 한 축을 맡아 왔습니다. 그러나 우리는 단지 돈 버는 일에 그치지 않고 모든 나라가 골고루 기술을 갖고 가난에서 벗어날 수 있도록 '경제 평준화'를 실천하는 데 주안점을 두었습니다.

그 모든 것의 토대에는 '위하는 삶'이 내재되어 있습니다. 우리는 자기보다 낮은 자리에 있는 사람을 보살피며 살아가야 합니다. 부자가 부자 된 것에 대해 고마워할 줄 모르고 돈을 더 모으는 데만 관심을 가져서는 안 됩니다. 나라와 민족에게 큰 고마움을 느끼며 남을 도와주는 부자가 더 큰 부자가 됩니다.

물질은 하나님께서 우리에게 주신 귀한 선물입니다. 인간은 누구나 차별 없이 그 선물을 골고루 누려야 합니다. 한 개인이 물질을 다 차지하려 들고, 한 나라가 과학기술과 돈을 독점해서 다른 나라를 종속시키는 것은 하나님의 뜻에 어긋납니다. 가장 먼저 스스로 노력해 기술을 개발하되, 부자가 된 다음에는 나보다 못한 사람에게 기술을 가르쳐 그 사람도 잘살게 해줘야 합니다. 그것이 참된 경제 평준화입니다.

우리가 자랑할 것은 비싼 지갑 속의 빳빳한 지폐가 아닙니다. 그 지폐를 누구를 위해 어떻게 사용할 것인지 고민하고 올바르게 쓸 때 진정한 자랑이 됩니다.

과학은 인류의 꿈을 이뤄 주는 디딤돌

"과학기술은 인간이 만든 것이지, 하나님이 만든 것은 아니지 않습니까?"

간혹 이렇게 말하는 사람들이 있습니다. 자연은 하나님이 창조하신 것이지만 과학은 인간이 만들었다고 주장하는 것인데, 그렇지 않습니다. 과학기술은 하나님이 인간에게 만물을 주관하라고 주신 축복의 도구입니다. 우리는 하나님의 마음으로 자연을 사랑하고 인류에게 쓰임새 있게 활용해야 합니다. 그 바탕을 이루는 것이 과학기술입니다.

하지만 안타깝게도 과학기술은 세계 이곳저곳에서 제각각의 역할만 수행해 왔습니다. 도서관에 한 권의 논문으로만 묻혀 있는 경우도 많았습니다. 우리는 그렇게 흩어져 있는 과학기술을 하나로 통일시키기로 했습니다. 과학기술의 통일을 이뤄 과학자들이 세계평화에 기여할 수 있는 방법을 오랜 시간 고민했습니다. 국제과학통일회의는 그 고민 끝에 탄생했습니다.

우여곡절의 산고를 거쳐 1972년 첫 번째 대회가 열린 이후 내로라하는 세계 석학들이 지속적으로 참여해 큰 호응을 얻었습니다. '현대과학의 도덕적 방향에 대하여'라는 주제로 미국 뉴욕에서 제1차 대회가 열렸을 때, 우리 부부는 창설자로서 과학이 인류를 위해 무엇을 해야 하는지 강조했습니다.

"과학은 인류의 꿈을 실현하는 데 그 목적이 있습니다. 과학문명은 본질적으로 인류 전체의 것이어야 합니다."

두 번째 대회는 1973년 일본 도쿄에서 '현대과학과 도덕 가치'를 주제로 열렸습니다. 첫 대회는 7개 나라에서 온 20명에 불과했지만 2차 대회에는 18개 나라에서 60여 명이 참석해 1년 만에 세계적인 대회가 되었습니다. 특히 노벨상 수상자 5명이 참석해 큰 주목을 받았습니다.

우리 부부가 1970년대 초 미국에 갔을 때 미국의 교회 1년 예산이 2만 6천 달러였습니다. 지금은 언론, 교육, 사회봉사 등에 수백만 달러를 쓰고 있습니다. 그중 하나가 과학기술에 대한 후원입니다. 국제과학통일회의가 출발할 때 몇몇 과학자들은 우리 부부를 의심의 눈초리로 바라보았습니다. 그러나 우리는 유명한 학자들을 초빙하기 위해 많은 공을 들였습니다.

"교수님, 이번 과학자대회에 참석해 주시기를 바랍니다."

정중히 요청하면, 돌아오는 답은 엉뚱했습니다.

"그 대회의 창설자가 문선명 목사 부부라고 하던데, 나는 그들에게 반대합니다."

하지만 그 학자는 몇 년 후 대회에 참석해 논문을 발표했습니다. 과학자대회의 진정한 뜻을 알았기 때문입니다.

국제과학통일회의는 26차 대회를 눈앞에 두고 있습니다. 특히 10년째를 맞아 1981년 서울에서 열린 대회에는 100여 나라에서 808명의 학자가 참석해 세계 최고의 대회가 되었습니다. 그 대회에서 우리는 일찍이 역사에 한 번도 없었던 '기술 평준화'를 내세웠습니다. 과학기술은 하나님께서 주신 인류 공동의 자산이므로 몇몇 나라가 독점해서 다른 나라를 지배하면 안 된다고 강조했습니다.

우리 부부가 과학기술 평준화에 관심을 갖고 후원한 까닭은 다른 데 있지 않았습니다. 아프리카와 남미, 아시아의 가난한 나라들에 기술을 나눠 주기 위함이었습니다. 선진국의 과학기술을 개발도상국에 나눠 줘 과학기술의 평준화를 이루고자 함이었습니다. 식량이 부족한 아프리카에 소시지공장을 세우고 생산 기계를 무료로 제공했으며, 농사짓는 법과 가축 기르는 방법도 가르쳐 주었습니다.

남미에서는 소를 수천 마리 길렀습니다. 그런데 소들이 배출하는 배설물 때문에 공해가 이루 말할 수 없이 심각했습니다. 소만 기른 게 아니라 자연을 더욱 푸르게 하기 위해 나무를 많이 심었습니다. 또한 하와이 코나에 커피농장을 일궜습니다. 커피 열매를 수확하는 것은 무척 힘든 일입니다. 벌레 때문에 큰 피해도 보았습니다. 커피는 알맹이를 볶아서 만드는데, 농약을 뿌린 것을 쓰면 건강에 좋지 않습니다. 농약을 뿌리지 않고 벌레를 퇴치할 수 있는 방법을 개발해 이제 세계에서 가장 좋은 커피를 생산합니다.

중국과 북한에 자동차공장을 건설하는 프로젝트도 추진했고, 독일에서 자동차 라인 생산의 기간산업과 보링공장 등을 인수하기도 했습

니다. 농부들이 일일이 손으로 모를 심는 모습이 안타까워 농기계공장
을 인수해서 대량으로 농기계를 보급했습니다. 또한 수준 높은 항공기
술과 우주공학기술을 갖추기 위해 한국타임즈항공도 추진했습니다.

국제과학통일회의는 여러 난제로 2000년 22차 대회 이후 중단되었
는데, 전 세계 과학자와 엔지니어, 발명가, 학자들이 크게 안타까워했
습니다. 역사 이래 그토록 중요하고 의미 있는 대회를 연 사람은 우리
부부밖에 없었기에 세계 곳곳에서 대회를 다시 개최해 달라는 호소가
끊이지 않았습니다. 그래서 오랜 공백을 깨고 2017년에 다시 대회를
열었습니다. 특히 2018년에 열린 24번째 대회는 수백 명이 참석해 새
로운 과학의 길을 탐구하는 값진 재회의 자리가 되었습니다.

나는 과학자들에게 "종교와 과학을 비롯한 세계의 여러 문제를 해
결하기 위해서는 먼저 우주의 근본 되시는 하나님과 참부모를 바로 알
아야 해결책을 찾을 수 있다"고 알려 주었습니다. 지금 우리에게 필요
한 것은 국가와 이념, 종교를 뛰어넘어 전 세계의 과학자와 엔지니어,
발명가들이 모여 우리 눈앞에 놓인 과학기술을 점검하고 더 나은 방법
을 찾아가는 것입니다. 그 수고로움이 인류의 미래에 행복과 평화를
가져다줍니다.

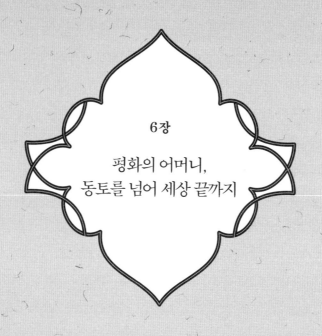

6장

평화의 어머니,
동토를 넘어 세상 끝까지

지구가 하나의 마을이 되려면

일본 규슈에 가라쓰(唐津)라는 작은 항구도시가 있습니다. 현해탄을 마주 보고 있는 이곳은 특히 가라쓰도자기(唐津燒)가 유명한데, 임진왜란 때 일본으로 끌려간 조선 도공들이 도자기를 만든 곳이라는 슬픈 역사를 간직하고 있습니다. 우리 식구들은 이곳을 1980년대부터 여러 차례 방문했고, 나는 계속 관심을 기울이다가 2016년 가을에 찾아가 살펴보았습니다. 그리고 인류를 위한 중요한 과업 하나를 다시 시작하리라 다짐했습니다. 그것은 한국과 일본을 잇는 해저터널을 완성시키는 것입니다. 가라쓰는 그 해저터널의 출발지이자 도착지입니다.

세계지도를 들여다보면 오세아니아만 제외하고 지구의 모든 땅을 하나로 연결시킬 수 있습니다. 그날이 오면 지구는 하나의 마을이 되어 모든 사람이 이웃처럼 오순도순 살아가게 됩니다. 우리 부부는 오래전부터 모든 대륙을 하나로 연결시키는 평화의 길을 생각해 왔습니다. 다만 문제가 되는 것은 미국의 알래스카와 러시아를 잇는 북극 바다와, 한국과 일본 사이에 놓여 있는 현해탄입니다. 이 두 곳에 길을 놓으면 인류는 하나로 연결됩니다. 물론 결코 쉬운 일은 아닙니다. 어쩌면 인간의 역사가 시작된 이래 가장 어려운 일일지도 모릅니다. 그러나 절대 불가능하지 않을 뿐만 아니라, 우리 시대에 반드시 이뤄야 할 최후의 과제이기도 합니다.

한국과 일본을 연결시키는 일은 두 나라 사이에 어두운 역사가 큰 장애물로 놓여 있어 반대 여론이 만만치 않습니다. 하지만 한국의 부산과 일본의 가라쓰를 연결하는 해저터널을 뚫으면 우리나라는 세계 경제의 중심지로 우뚝 올라섭니다. 태평양을 건너온 무역선들의 정착지가 되어 모든 물자를 유라시아 대륙으로 실어 나를 수 있으며 수많은 여행자를 불러들일 수 있습니다. 그보다 더 중요한 것은 아시아에 평화를 뿌리내리는 역할을 하게 된다는 것입니다. 갈등과 반목에 발목이 잡혔던 두 나라가 협력의 길로 나아가는 역사적 화해의 계기도 됩니다.

세계를 하나로 연결할 수 있는 '세계평화고속도로'에 대해서는 이미 오래전인 1981년에 발표했습니다. 한일해저터널은 1986년 가라쓰에서 공사가 시작되었으나 이런저런 이유로 중단되었습니다. 나는 그 일을 내버려 두어서는 안 된다는 것을 잘 알기에 현장을 찾아갔습니다.

섬나라는 대륙을 그리워합니다. 일본과 한국이 하나 되어서 한일해저터널을 만들고, 남북이 하나되면 그것이 유라시아를 거쳐 전 세계로 향하는 평화고속도로로 이어질 수 있기를 기도했습니다. 현재 몇몇 강대국들이 자기네 나라의 이익만을 계산하는 것이 현실입니다. 영국과 프랑스는 백년전쟁을 치렀지만 서로 손잡고 도버해협에 유로터널을 만들었습니다. 한국과 일본도 진정한 용서와 화해로 마음을 연다면 우리 시대에 한일해저터널을 만들 수 있습니다. 우리는 30년 동안 그 일을 준비해 왔습니다. 이제는 우리 모두가 마음을 활짝 열고 미래를 가꿔 가야 합니다.

세계평화고속도로를 가로막는 또 하나의 걸림돌은 북극의 베링해협입니다. 이곳에는 한일터널보다 더 어려운 과제가 놓여 있습니다. 베링해협은 미국과 러시아 두 나라가 힘겨루기를 하면서 한때 민주진영과 공산진영을 갈라놓던 이념의 바다였습니다. 이곳을 연결하는 것은 세계를 일일생활권으로 만들고 인종·종교·국가의 울타리를 허물어 인류를 대화합으로 이끄는 첫 번째 길입니다.

이를 위해 1980년대부터 해저터널 프로젝트를 꾸준히 실천해 왔습니다. 이 계획이 실현되는 날이면 아프리카 최남단에 있는 희망봉에서부터 아프리카 대륙을 거쳐 유라시아를 통해 한국까지 연결됩니다. 또 남미의 칠레 산티아고에서부터 남북미를 거쳐 베링해협과 아시아를 통해 한국까지 연결됩니다. 한국은 인류가 고대하던 참부모가 탄생한 종주국이기 때문에 세계의 중심이 됩니다. 남아프리카공화국의 희망봉에서 칠레의 산티아고까지, 영국의 런던에서 미국의 뉴욕까지 누구라도 자동차로 혹은 자전거로 여행할 수 있습니다. 사랑하는 연인과 단둘이 전 세계를 고향 마을 찾아가듯 편안하게 가볼 수 있습니다.

이렇게 엄청난 일을 어떻게 할 수 있느냐고 의구심을 갖는 사람들이 많습니다. 그러나 우리의 역사를 되돌아보면 위대한 업적은 모두 어려움 속에서 실현되었습니다. 또 하나님의 뜻이 있는 곳에는 반드시 길이 있습니다. 우리의 과학기술은 베링해협에 충분히 터널을 뚫을 수 있습니다. 그 비용도 문제되지 않습니다. 세계가 전쟁에 탕진하고 있는 돈을 생각한다면, 각 나라들이 무기를 사들이는 돈의 절반만 있어도 베링해협을 하나의 길로 이을 수 있습니다.

성경 〈이사야〉의 가르침처럼, 이제는 '총칼을 녹여 쟁기와 보습을 만들 때'입니다. 더 이상 전쟁을 위한 전쟁에 생명을 희생시키고 천문학적인 돈을 허비하는 어리석음을 거듭해서는 안 됩니다.

공사가 중단된 가라쓰의 해저터널은 아직 어두컴컴합니다. 그러나 잠시 중단되었을 뿐 결코 포기한 것은 아닙니다. 그곳은 세계를 하나로 잇는 화합의 문입니다. 나는 그 문을 활짝 열어 인종·종교·국가의 벽을 허물고, 하나님이 그렇게도 소원해 오신 평화세계를 이룩할 것입니다.

동토의 왕국을 무너뜨린 대담한 발걸음

"이제 냉전이라는 단어는 사라지겠네요."

"겉으로만 그렇게 보일 뿐입니다. 엄연히 소련이 버티고 있고, 공산주의가 아직도 여러 나라에서 득세하고 있는데, 평화가 그리 쉽게 얻어질까요?"

"쉽지는 않겠지만 누군가 그 일을 해내리라 믿어요."

1990년이 되면서 사람들은 세계가 어떻게 변할지를 놓고 이런저런 의견을 주고받았습니다. 분명 겉으로는 화해의 시대로 접어들었지만 그 밑바닥에서는 여전히 불안한 냉전이 꿈틀거리고 있었습니다. 또 전 세계의 3분의 2를 지배하고 있던 소련은 자유주의 나라들을 공산화하려는 야욕을 버리지 않고 있었습니다. 우리 부부는 세계를 옥죄는 냉전을 이제는 끝내야겠다고 마음먹었습니다. 목숨을 내놓는 한이 있어도 얼어붙은 땅, 모스크바로 들어가 고르바초프를 만나기로 했습니다.

그 결단은 이미 14년 전에 내려졌습니다. 1976년 워싱턴 모뉴먼트 대회가 성공적으로 끝난 다음 날인 9월 19일에 우리 부부는 중대한 발표를 했습니다. 공산주의를 무너뜨리기 위해 모스크바에서 대회를 열겠다고 선언했습니다. 모스크바 크렘린궁을 굴복시켜야 하나님과 인류를 해방시킬 수 있었습니다. 사람들의 반응은 냉담했습니다. 어떤 사람은 그야말로 무모한 돈키호테의 허언이라고 비웃었습니다. 그러나 우리 부부는 "모스크바로 가겠다"고 한 말을 한 번도 잊지 않았습니다.

공산주의와의 전쟁은 정치 체제나 단순한 구호의 싸움이 아니었습니다. '하나님이 있느냐 없느냐(God or no God)'의 문제였습니다. 그 전쟁의 진정한 목적은 공산세계 해방이었습니다. 냉전 시절에 자유세계 사람들이 미처 알지 못하고, 알면서도 모른 체하고, 두려움에 사로잡혀 망설이고 있을 때 수억 명의 공산세계 사람들은 고통스러운 삶을 근근이 이어 가고 있었습니다. 그들을 구원하기 위해 우리 부부는 소련을 넘어서야 했습니다.

그러나 소련은 호락호락한 나라가 아니었습니다. 대통령 고르바초프가 개혁을 내세우기는 했어도, 전 세계 공산주의의 우두머리로서 북극곰이라는 상징이 보여 주듯 철의 장막에 가려져 있는 막강한 철권의 국가였습니다. 모스크바로 떠나기 며칠 전에 우리 부부는 통일교회 원로 식구들과 자리를 함께했습니다. 식구들 중에는 극구 만류하는 사람이 더 많았습니다.

"왜 위험한 공산주의 본거지로 굳이 가시려 합니까?"

하지만 그 무엇도, 그 누구도 우리 부부의 뜻을 꺾을 수 없었습니다.

문 총재는 식구들의 얼굴을 한 명 한 명 바라보고는 뜻밖의 말을 했습니다.

"우리 통일교회의 후임자가 누가 되어야 할지, 이제 결정할 때가 되었어요."

갑자기 나온 '후임자'라는 단어에 아무도 말을 잇지 못했습니다. 문 총재는 다시 한번 식구들을 둘러본 후 진중하게 말했습니다.

"내가 없어도 어머니만 있으면 돼요."

그 말이 끝나는 순간 나에게 '통일교회 제2대 교주'로서 막중한 사명이 주어졌습니다. 사람들은 깜짝 놀랐으나 나는 조용히 그 말을 들었습니다. 세상을 구원할 독생녀이자 평화의 어머니로서 그 사명은 이미 30년 전에 주어진 것이지만, 나는 문 총재가 전면에서 섭리를 이끌어 갈 수 있도록 내조에 최선을 다했습니다. 그날 후임자를 발표한 것은 모스크바에서 혹여 일어날지도 모를 불미스러운 사태에 대비해 차후의 일을 염두에 둔 비상조치였습니다.

이후 1990년 참부모의 날을 맞이해 미국 뉴욕에서 '여성 전체 해방권'을 선포하고 나는 통일교회 제2대 교주가 되었습니다. 이어 1994년 11월 27일 뉴욕 벨베디어수련소에서 제2대 교주로서 나의 공적 사명을 새로이 공표하고 그 의의를 강조했습니다. 그때는 16만 일본 여성 교육과 각국 대회가 끝나 나의 역할이 더욱 막중해졌습니다. 그날 나는 식구들 앞에서 "모두 하나 되어 참부모의 전통을 세우는 가정이 되기를 맹세하자"고 결의했습니다.

그런가 하면 1991년 6월, 캐나다의 클리어스톤 본관에서 일본의 여성 대표들이 참석한 가운데 '고명성 선서 선포'가 있었습니다. 고명(顧

命)은 '왕의 유언'을 뜻하는 말로, 문 총재는 자신이 성화한 후에도 내가 하나님의 사명을 이어 가도록 일본의 여성 대표들이 책임지고 참어머니를 받들어 나가야 한다는 유명(遺命)의 말씀을 선포했습니다. 이 선포에는 일본이 어머니와 하나 되어 세계를 품고 나가야 한다는 사명도 들어 있었습니다. 이처럼 남편은 여러 차례에 걸쳐 당신이 부재할 만약의 경우를 대비했습니다.

1990년 4월, 모스크바에서 세계언론인대회가 열렸습니다. 고르바초프 대통령은 대회에 참석한 세계 지도자들을 크렘린궁으로 초청했습니다. 여성은 오로지 나 혼자였습니다. 소련 대통령 집무실은 여성의 출입이 엄격히 제한되어 있었으나 나는 극진한 대우를 받았습니다. 우리 부부는 고르바초프에게 중남미통일연합(AULA)이 제정한 '자유통일대십자훈장'을 수여했습니다. 그리고 그의 손을 잡고 축도했습니다.

"이 대통령을 하나님께서 축복하소서(God bless you, Mr. President)."

무신론을 주장하는 공산세계의 종주국인 소련 대통령 집무실에서 하나님의 축복을 기원하는 기도를 한다는 것 자체가 공산주의 체제상 도저히 용납될 수 없는 일이었습니다.

기도를 마치고 담소를 나눌 때 고르바초프 대통령이 말했습니다.

"한학자 여사님은 한복이 잘 어울리시네요, 참 아름다우십니다."

나는 즉각 화답했습니다.

"라이사 영부인도 정말 아름다우십니다. 세계 여성들이 존경하고 있습니다. 내일 라이사 여사를 뵙는 것을 즐거운 마음으로 기다리고 있습니다. 내 남편이 이야기했지만 대통령께서도 참 미남이시군요."

덕담이 오가면서 분위기가 점차 훈훈해졌습니다. 고르바초프 대통령은 하늘에라도 오른 듯한 기분으로 활짝 웃었습니다. 나는 이것이 기도의 힘이요, 역사라고 생각했습니다.

이후 이뤄진 회담이 세계의 역사를 바꿨습니다. 남편은 망설이지 않고 그에게 충고했습니다.

"소련의 성공은 하나님을 중심으로 하느냐, 그렇지 않느냐에 달려 있습니다. 무신론은 자기 파멸과 재앙을 초래할 뿐입니다."

소련이 살길은 공산혁명의 아버지라 불리는 레닌의 동상을 철거하고 종교의 자유를 시행하는 것만이 유일한 길이라고 말했습니다. 이어 공산주의를 끝내고 하나님주의를 받아들이라고 대담하게 권고했습니다. 고르바초프의 얼굴에 당황한 빛이 역력했으나 종내에는 우리 부부의 말을 받아들이지 않을 수 없었습니다. 이제껏 크렘린궁에서 그런 말을 한 사람은 일찍이 없었습니다.

세계가 숨죽이며 지켜본 회담은 성공리에 끝났습니다. 그때부터 소련은 급속히 변하기 시작했습니다. 특히 우리 부부와 통일교회에 대한 소련과 고르바초프 대통령의 믿음은 점차 확대되었습니다. 그것은 놀라움을 넘어 가히 혁명에 가까웠습니다.

나는 5천 명이 넘는 소련 청년들과 교수들을 미국으로 불러와 교육시켰습니다. 그 후 소련에 쿠데타가 일어나 잠시 혼돈기가 찾아왔습니다. 고르바초프가 개혁과 개방 돌풍을 일으키자 군부에서 쿠데타를 일으켜 대통령을 크리미아 반도의 포로스에 연금시켰으나 구사일생으로 살아 돌아왔습니다. 개방정책을 통해 소련이 민주주의로 가는 노정에서, 우리가 교육시킨 대학생과 청년들이 군부의 탱크에 맞서 육탄으로 저지함으로써 고르바초프와 옐친이 다시 손을 잡고 소련을 해체하고 냉전을 종식시키는 데 견인차 역할을 했습니다. 문 총재와 내가 고르바초프의 집무실에서 했던 "이 대통령을 하나님께서 축복하소서"라는 축도가 천운을 불러온 것입니다.

한편, 우리는 17년 전부터 유럽의 젊은이들을 중심으로 소련과 동유럽에 지하 선교사를 보냈습니다. 청년들은 자기네 나라에서 어느 날 갑자기 사라져 사람들의 궁금증을 자아냈는데, 그들이 동유럽의 주요 도시에 들어가 꾸준히 활동해 소련이 붕괴되고 민주주의가 정착하는 데 일익을 담당했습니다.

고르바초프와의 만남이 이뤄지고 1년 후 소련공산당이 해체되고 동토의 왕국은 역사의 뒤안길로 사라졌습니다. 1917년 볼셰비키혁명 이래 70여 년 동안 세계의 3분의 2 이상을 차지하면서 수억 인류를 피흘리게 하고 공포 속으로 몰아넣었던 공산주의 종주국 소련이 드디어 그 붉은 깃발을 내렸습니다.

이것은 하나님을 부정하는 무신론의 세계관이 패망했다는 뜻이었습니다. 나아가 갈등과 투쟁 그리고 증오의 철학이 한계를 드러낸 것이며, 공산당의 독재체제가 파멸을 선언한 것이었습니다. 뒤돌아보면 우리 부부의 소련 입국과 고르바초프와의 만남은 살얼음판 위를 걷는 것과 같은 일생일대의 모험이었습니다. 그러나 공산주의가 그 힘을 잃어 세계의 판도가 바뀌는 데 결정적인 역할을 했습니다.

고르바초프와 회담을 마친 후 우리는 장차 변화할 세계에서 평화를 실제적으로 이끌어 나갈 단체가 있어야겠다고 생각했습니다. 그 무렵 세계를 어둡게 하는 그림자는 종교의 쇠퇴와 도덕성 상실 그리고 공산주의였습니다. 공산주의는 우리 부부의 50여 년에 걸친 노력으로 종주국 소련에서조차 폐기되는 운명에 처했습니다. 그러나 종교 문제는 무척이나 심각했습니다. 종교 지도자들이 풀어야 할 숙제는 분쟁을 막고, 피폐해져 가는 종교를 어떻게 다시 삶의 나침반으로 만드느냐 하는 것이었습니다. 그 바탕 위에서 도덕성을 회복해 나가야 했습니다.

우리는 이를 위해 120개 나라를 순회하면서 천주평화연합(UPF)을 창설했습니다. 진정한 평화세계를 일구기 위해 땀 흘리는 사람들과 단체를 하나로 묶어 지구촌의 실핏줄이 되게 했습니다. 각계각층의 명망 있는 사람들이 우리의 뜻에 공감해 평화대사가 되었습니다. 2001년 한국의 12개 도시에서 시작한 평화대사 활동은 곧 세계 곳곳으로 뻗어 나갔습니다. 그들의 순수하고 뜻깊은 활동에 감명받아, 이제는 160여 나라에서 100만 명이 넘는 평화대사들이 참된 평화를 뿌리내리기 위해 각 분야에서 여러 일들을 하고 있습니다. 또한 유엔의 '경제사회이사회 특별자문 지위'를 받은 NGO가 되었습니다.

평화대사는 다양한 전문 분야의 사람들이 참여해 세계 구석구석에서 평화를 실천하는 실핏줄입니다. 분쟁이 있는 곳, 가난으로 교육이 제대로 이루어지지 못하는 곳, 종교 갈등이 있는 곳, 질병으로 고통받지만 치료를 받지 못하는 사람들이 있는 곳을 찾아가 아픔을 치유하고 더 나은 삶을 살아갈 수 있도록 헌신하고 있습니다.

목숨을 담보로 찾아간 곳

나는 1948년에 자유를 찾아 삼팔선을 넘어 남한으로 내려왔습니다. 남편 문 총재는 흥남감옥에 갇혀 있다가 1950년 10월 유엔군이 감옥을 폭격하면서 문이 열려 자유의 몸이 되었습니다.

북한에서는 유엔군의 폭격이 심해지면서 복역 기간이 오래된 수용자부터 어디론가 데려가 처형하기 시작했습니다. 다음날 끌려갈 예정이었는데 하루 전에 일어난 일이었습니다. 하늘은 그 절박함을 외면하지 않고 유엔군을 통해 문 총재가 남한으로 내려올 수 있도록 인도하셨습니다. 이후 1991년까지 나와 남편은 40여 년 동안 한 번도 고향에 가지 못했습니다.

우리 부부는 세계의 구석구석을 다니며 하나님의 말씀을 전파했으나 정작 한 시간이면 갈 수 있는 북한에는 가지 못했습니다. 북한에서 남하한 실향민이라면 누구나 마찬가지겠지만, 고향을 지척에 두고도 갈 수 없는 그리움과 애달픔은 그 무엇으로도 위로가 되지 않습니다. 그러나 우리 부부가 북한에 가려 했던 이유는 단지 '고향이 그리워서' 가 아니었습니다.

한반도는 우리의 뜻과 전혀 관계없이 둘로 나누어졌습니다. 그것을 한탄만 할 것이 아니라 이제는 분단을 끝내고 평화통일을 이루어야 할 책임이 우리에게 있습니다. 한반도에서 대결과 갈등을 없애는 것은 세계평화를 열어 가는 첫 단추입니다. 고르바초프 대통령을 만나고 돌아온 우리 부부는 1991년이 가기 전에 북한의 김일성 주석을 만나야겠다고 결심했습니다. 그 결심은 보통 사람들의 눈에는 결코 현실화할 수 없는 불가능한 꿈이었습니다.

문 총재는 광복 직후 북한에서 전도를 하다가 이승만의 첩자라는 혐의로 대동보안서에 갇혔습니다. 혹독한 고문을 받아 죽기 직전에 풀려났습니다. 얼마 후에는 사회질서 문란이라는 얼토당토않은 죄목으로 또 체포되어, 흥남감옥에서 복역하며 강제노동에 시달렸습니다. 자유의 몸이 되기까지 2년 8개월 동안 이루 말할 수 없는 고초를 겪었습니다.

나의 어머니와 외할머니 역시 단지 하나님을 믿는다는 이유로 공산주의 체제에서 옥에 갇혀 갖은 고초를 겪고 석방되었습니다. 이후 자유를 찾아 끝내는 고향을 떠날 수밖에 없었고 가족과도 헤어져야 했습니다. 그 험난했던 탈출의 여정을 나는 잊지 않고 있습니다. 또 1975년 6월 120만 명이 넘는 인파가 여의도광장에 모여 구국세계대회를 개최하는 등 세계 곳곳에서 승공운동을 벌이자 김일성이 우리를 암살하려한다는 정보도 여러 차례 접했습니다.

6장 평화의 어머니, 동토를 넘어 세상 끝까지

그러나 우리 부부는 헤아릴 수 없는 모든 사연들을 가슴에 묻어 두었습니다. 단지 남북화해를 위해 쉬지 않고 기도하자 응답이 왔습니다. 1991년 11월 중순에 김일성 주석이 우리 부부를 초청했습니다. 꽁꽁 봉해진 초청장을 미국에서 비밀리에 받았습니다. 아무에게도 말하지 않고 나는 겨울옷을 챙겼습니다. 그리고 하와이에 있는 수련소로 갔습니다. 사람들은 의아해했습니다.

"하와이는 지금 더운 날씨인데 왜 겨울옷을 가져가실까?"

우리 부부는 수련소 한쪽에 겨울옷이 가득 든 가방을 놓아 두고 기도에 전념했습니다. 북한으로 가기 전 마음 한구석에 맺혀 있던 응어리를 모두 풀어야 했습니다. 40여 년 전 우리를 핍박했던 김일성을 용서해야 했습니다.

자신을 죽이려고 했던 원수로만 생각하면 용서할 수 없습니다. 부모의 자리, 어머니의 심정에서만 용서할 수 있습니다. 형장에 나가는 아들을 살리기 위해 그 어머니는 나라의 법이라도 바꾸려 합니다. 그것이 본연의 어머니 마음입니다. 나는 그런 어머니의 사랑으로 원수를 용서하리라 다짐했습니다. 북한에서 무사히 돌아올 수 있도록 해달라는 기도는 하지 않았습니다.

기도하고 또 기도하는 무거운 시간이 흘렀습니다. 여호수아가 여리고성을 일곱 바퀴 돌고 나자 굳건한 성이 무너졌듯이 하와이의 섬을 여러 차례 돌며 정성을 드렸습니다. 마음속에 쌓여 있던 옛 감정이 모두 사라지자 우리 부부는 그제야 몇몇 사람에게 북한에 간다고 일러 주었습니다.

"원수를 만나러 그곳까지 가시겠다니…… 너무 위험합니다."

"북한에 가는 것은 모스크바에 가는 것과 완전히 다릅니다."

"김일성이 절대 입국을 허락하지 않을 겁니다."

"아니, 입국한다 해도 북한을 출국할 수 있다는 보장이 없습니다."

주위에서는 혹시나 하는 노파심에 별의별 걱정을 다 했습니다.

그러나 지난날의 사적인 감정에 머물러 있을 수는 없었습니다. 우리 부부는 마치 성경에 나오는 야곱이 그를 죽이려던 형 에서를 천신만고 끝에 지혜와 정성으로 감동시켰듯이, 김일성 주석을 진심으로 용서하고 사랑으로 보듬어야 한다는 것을 알고 있었습니다. 그것은 진실한 부모의 심정이 아니고서는 그야말로 불가능한 일이었습니다.

며칠 후 우리는 담담한 마음으로 베이징으로 갔습니다. 공항 대합실에서 기다리자 북한 대표가 공식 초청문서를 건네주었습니다. 초청장에는 평양의 관인이 선명하게 찍혀 있었습니다. 11월 30일, 우리 일행은 김 주석이 보낸 조선민항 특별기 JS215편을 타고 북으로 향했습니다. 비행기는 우리를 위해 남편의 고향인 정주 상공을 지나 평양으로 기수를 돌렸습니다.

비행기가 평안도를 지날 때 청천강이 내려다보였습니다. 파란 물결이 마치 손에 잡힐 듯했습니다. 분명 우리 강토이건만 남북으로 갈라져 올 수 없었던 지난 40여 년의 세월이 통한스럽기만 했습니다. 평양 순안공항에 도착하자 차가운 겨울바람을 맞으며 남편의 혈육들이 기다리고 있었습니다. 남편은 '우리 집사람'이라고 나를 소개했습니다. 그들은 모두 할머니 할아버지가 되어 우리 손을 잡고 하염없이 눈물만 흘렸습니다. 그러나 나와 남편은 울지 않았습니다. 가슴속에서는 폭포 같은 눈물이 솟구쳤지만 입술을 깨물며 꾹 참았습니다.

우리는 모란관초대소에 도착했고, 남편은 북한 사람들을 앞에 두고 연설을 했습니다. 나와 남편은 평화와 통일을 위해서라면 죽음도 불사하겠다는 각오였습니다.

다음 날 우리 부부는 평생의 습관대로 새벽에 일어나 기도를 했습니다. 만일 영빈관에 감시 카메라가 있었다면 한반도 통일을 위해 울부짖는 그 기도가 모두 녹화되었을 것입니다. 아침을 먹고는 평양 시내도 둘러보았습니다.

3일째에 만수대의사당에서 한 연설은 이제 전설이 됐습니다. 주체왕국인 북한의 심장부에서 주체사상을 비판하고 "김일성 주체사상으로는 남북한을 통일할 수 없다. 통일교회가 제시하는 하나님주의와 두익(頭翼)사상으로만이 남북한이 평화적으로 통일되고 전 세계를 주도할 수 있는 나라가 된다"고 큰 소리로 거침없이 말했습니다. 나아가 그들의 상투어가 된 '한국전쟁은 북침'이라는 주장에 대해 '남침'이라고 정면에서 통박했습니다.

놀라지 않는 사람이 없었습니다. 권총을 허리에 찬 북한 경호원들이 금방이라도 총을 빼들고 달려들 기세였습니다. 동행한 우리 식구들의 손과 등에는 식은땀이 흘렀습니다. 그동안 나는 남편과 전 세계를 순방하며 각국 정상들을 많이 만났지만, 평양 방문 때는 정말로 비장한 각오와 심각한 결의를 다지지 않을 수 없었습니다.

6일째 되던 날 헬리콥터 두 대에 나눠 타고 정주에 갔습니다. 김 주석의 지시로 도로를 잘 닦아 두었고, 양친 산소에 떼를 입히고 비석도 세워 놓았습니다. 생가에는 페인트칠을 하고 토방과 마당에 모래를 깔아 새로 단장했습니다. 남편은 부모님의 묘소를 찾아 꽃을 바쳤습니다. 나의 고향 안주 하늘이 아스라이 바라보였습니다. 아득하게 나를 품어 주었던 고향집은 그대로 있을까, 뒷밭에는 요즘도 옥수수가 자라고 있을까, 외할아버지의 묘소는 어디에 있을까…… 모든 것이 궁금했습니다. 그러나 나는 아무런 내색도 하지 않았습니다.

우리가 북한에 간 이유는 고향에 가고 싶어서도 아니고 금강산을 구경하고 싶어서도 아니었습니다. 김일성 주석을 만나 조국의 장래를 놓고 담판을 지으러 간 것입니다. 그 역사적 소명 앞에서 사사로이 내 감정을 내비쳐서는 안 되었습니다. 훗날 언젠가는 누구나 자유롭게 고향을 찾을 수 있는 날이 오리라 믿었습니다.

7일째가 되어서야 우리는 드디어 김 주석을 만났습니다. 함경남도 마전에 있는 주석공관에 들어서자 김 주석이 기다리고 있었습니다. 공관은 하얀 돌집이었습니다. 누가 먼저랄 것도 없이 남편과 김 주석은 서로를 반갑게 얼싸안았습니다. 김 주석은 한복을 입은 나에게 정중히 인사를 했습니다.

우리는 식사를 하면서 사냥이며 낚시 등 소소한 이야기들을 스스럼없이 나눴습니다. 김 주석은 이듬해 계획된 3만 쌍 국제합동결혼식을 해당화가 아름다운 원산의 명사십리에서 하도록 추천했습니다. 원산항 개항도 약속했습니다. 그러자 갑자기 할 말이 너무 많아져 이야기가 끊이지 않았습니다. 남편은 40여 년 만에 만나는 원수를 깊고 진한 사랑으로 품었습니다. 김 주석도 그 진정성에 감복해 회담 내내 밝은 모습으로 우리 제안을 받아들였습니다.

그 시절 북한을 찾아가는 것은 그야말로 생명을 건 모험이었습니다. 문 총재는 공산주의자들이 제일 싫어하는 종교 창시자인 동시에 세계

제일의 승공 지도자였습니다. 그런 땅에 우리는 오직 하나님만을 의지하고 들어가 최고통치자에게 천명을 받아들여야 한다고 충고했습니다. 우리의 방북은 합작투자나 사업을 위해서가 아니었습니다. 세상에서 흔히 말하는 딴마음을 품고 가지 않았습니다. 오로지 섭리의 뜻에 따라 진정으로 위하는 하나님의 마음, 참사랑을 품고 공산주의자들을 깨우쳐 진정한 통일의 물꼬를 트기 위함이었습니다.

북한에 머무는 동안 국빈의 예우를 받았으나 하룻밤도 편안하게 잠을 자지 못했습니다. 아직 통일을 이루지 못해 이산가족들이 서로 애타게 그리워하는데 평양에 와서 편히 누워 잘 수만은 없었습니다. 밤새워 사무치는 기도로 천운을 연결시키고 하나님 앞에 통일을 위한 조건들을 세우면서 밤을 지새웠습니다. 한반도의 통일은 정치협상이나 경제교류만으로는 이루어지지 않습니다. 하나님의 참사랑에 의해서만 통일이 이루어집니다. 숱한 고비들을 넘기고 성사된 김일성 주석과의 회담으로 남북한 통일을 위한 새 장이 열렸습니다.

우리가 8일간의 여정을 마치고 평양을 떠나자마자 연형묵 북한 정무원 총리가 대표단을 이끌고 서울에 왔습니다. 그리고 '한반도 비핵화 공동선언'에 조인했습니다.

우리 부부는 공산주의가 절정에 달했던 시기에 목숨을 걸고 모스크바에 갔으며, 평양에도 갔습니다. 우리를 혹독하게 핍박했던 원수들을 반갑게 껴안았습니다. 그럼으로써 그들의 마음을 움직여 서로 화해하게 했습니다. 그렇게 평화와 통일의 초석을 깔았습니다. 무엇을 얻기 위해서가 아니라 진정한 참사랑을 주려고 갔던 결과였습니다. 남편과 나는 하나님을 위해서라면 용서할 수 없는 일을 용서했고, 인류를 위해서라면 사랑할 수 없는 원수까지도 사랑했습니다.

　김일성을 만나고 온 후 북한에 평화자동차공장을 세웠고, 보통강호텔과 세계평화센터도 지었습니다. 그런 일들은 전부 통일을 위한 초석이 될 것입니다. 이후 한국의 대통령이 북한을 방문해 통일의 길을 찾아가는 성과를 거둔 것도 우리 부부가 뿌린 씨앗의 결실이었습니다. 이제 그 밑거름 위에서 평화와 통일의 싹이 자라고 있습니다. 그 싹이 활짝 꽃을 피울 때 우리 부부가 드린 통일을 위한 염원의 기도는 영원히 기억될 것입니다.

평화와 통일을 위한 제5유엔사무국

"나는 굴복하는 것을 배우지 못했다. 나는 무릎 꿇는 법을 배우지 못했다."

영화 〈안시성〉에서 전투에 임하는 주인공의 마음을 표현한 대사입니다. 전투를 앞두고 기필코 성을 사수하겠다는 각오입니다. 영화의 배경은 찬란했던 고구려가 점차 기울어 마지막 길을 가고 있을 때입니다. 안시성 성주 양만춘은 권력자인 연개소문을 지지하는 장군은 아니었습니다. 그러나 그는 성주로서 최선을 다했습니다. 무엇보다 성안의 백성들과 하나가 되었습니다. 백성들은 희생을 불사하고 성을 사수하겠다는 결의에 차 있었기 때문에 전투에서 승리할 수 있었습니다.

그동안 수많은 외세의 침입을 받으면서도 우리의 아름다운 강산을 지켜 올 수 있었던 것은 숭고한 애국정신과 희생이 있었기 때문입니다. 참부모님이 현현하신 한반도는 장차 모든 문명이 꽃을 피워 결실을 맺는 미래의 영토이자 나라입니다. 그러나 지난 70여 년 동안 부모와 자식, 형제들이 민주주의와 공산주의라는 이념의 장벽에 막혀 서로의 생사조차 모른 채 살아야만 했던 불행한 역사가 지금도 계속되고 있습니다.

한반도를 남과 북으로 갈라놓은 원한과 통곡의 분단선은 겉으로는 지리적·혈연적인 분단선이지만, 실은 하나님의 존재 여부를 놓고 무신론과 유신론이 치열하게 대치해 온 사상과 가치관의 분단선이었습니다.

그동안 문 총재와 나는 분단의 원인인 냉전을 끝내고 남북을 하나로 만들기 위해 인간의 한계를 뛰어넘는 정성과 노력을 쏟았습니다. 사랑하는 조국의 통일을 앞당기겠다는 일념으로 남북통일운동국민연합과 국제승공연합을 꾸준히 지원했습니다. 대학가와 중고등학교를 다니면서 승공강연도 많이 했습니다. 신세대들은 한국전쟁이 어떻게 일어났는지, 분단된 민족의 통일이 왜 필요한지 잘 알지 못하는 안타까운 상황이었습니다. 그래서 나는 더욱 열심히 일했습니다.

무엇보다 냉전을 이 지구에서 영원히 추방하는 일에 실제적으로 뛰어들었습니다. 1968년부터 세계 곳곳에서 승공운동을 시작해 공산주의의 허상을 드러내고, 1990년 고르바초프를 설득해 결국에는 공산주의를 몰락시켰습니다. 1991년 김일성 주석을 만나 얼어붙은 남북관계를 완화시키고 통일을 위한 교류의 물꼬를 텄습니다. 뿐만 아니라 한반도 통일에 국제사회가 적극 협조할 수 있도록 193개 나라에 평화단체를 만들었습니다. 〈워싱턴타임스〉와 같은 세계적인 신문사를 세워 북핵 문제의 해결과 한반도 긴장 완화에도 크게 이바지했습니다.

이러한 밑거름을 바탕으로 2015년부터는 121개 나라가 참가하는 '피스로드(Peace Road) 프로젝트'를 추진해, 전 세계가 한반도의 평화적인 통일을 위해 힘을 결집하도록 만들었습니다. 언어와 국가, 인종이 다른 수십만 명의 세계인들이 한반도 통일을 기원하며 93일간의 세계종단 프로젝트에 동참했습니다. 임진각에 모여 다 함께 한국어로 〈우리의 소원은 통일〉을 불러 감동적인 드라마를 연출했습니다. 이 운동은 세계평화국회의원연합 창립과 더불어 각 나라의 지도자들과 국민들의 열렬한 환영을 받았습니다.

우리 부부는 유엔과 깊은 인연이 있습니다. 북한 인민군은 1950년 6월 25일 새벽, '폭풍'이라는 공격 명령 하에 남한을 침범했습니다. 소련의 지원을 받아 남한을 적화하겠다는 야욕이었습니다. 곧바로 유엔군이 결성되어 16개 나라가 민주주의를 지키기 위해 한반도로 왔습니다. 그 시절 한국은 이름조차 알려지지 않은 작고 가난한 나라였습니다. 유엔군은 '코리아'가 어디에 있는지, 어떤 나라인지도 모른 채 자유와 평화를 지키기 위해 낯선 땅에서 목숨을 걸고 싸웠습니다.

나의 남편은 죽음의 강제노동수용소라 불리던 흥남질소비료공장에 갇혀 중노동에 시달렸지만 유엔군의 참전으로 자유의 몸이 되었습니다. 유엔군은 한국 땅의 구세주 독생자와 평화의 어머니 독생녀를 살리기 위해 힘을 합쳤고, 우리 부부는 하나님의 뜻에 따라 생명을 보전할 수 있었습니다.

나는 애국가의 '하느님이 보우하사 우리나라 만세'라는 구절을 가끔 생각해 봅니다. 왜 하나님은 우리나라를, 우리 한민족을 역사적으로 어렵고 힘든 고비마다 보호해 주셨을까? 생각해 볼 때 그것은 하나님의 뜻을 이루시고자 하는 섭리가 있었기 때문입니다. 섭리의 완성을 위해 6천 년 만에 처음으로 하나님의 첫 번째 사랑을 받을 독생녀를 이 나라에 탄생시켰습니다. 그 독생녀가 인류의 구원에 관한 책임을 수행하기까지는 성장 기간이 필요했고, 하나님은 그때까지 기다려 주셨습니다. 어린아이가 태어나자마자 섭리를 이끌어 나갈 수는 없습니다. 그렇기 때문에 하늘은 사명을 감당할 독생녀가 성장해 자신의 의지로 결정할 수 있는 나이가 될 때까지 보호해 주신 것입니다.

결국 하나님은 선민으로 택한 한민족 가운데 인류의 메시아 참부모로 오신 독생자와 독생녀를 지키셔야 했으며, 이를 위한 유엔의 참전은 하늘의 결단에 의해 이루어졌습니다. 그래서 우리는 한국전쟁을 하늘의 역사적인 성전(聖戰)이라 명명하고 있습니다.

유엔본부는 제2차 세계대전이 끝나면서 세워졌습니다. 벌써 70년이 넘었습니다. 뉴욕, 제네바, 빈, 나이로비에 대륙별로 4개의 유엔사무국이 있습니다. 그러나 세계는 아시아·태평양 시대로 접어들었음에도 아직 아시아에는 유엔사무국이 없습니다. 세계의 정세를 보면 지리적으로, 경제·정치적으로 그 중심이 점점 아시아로 이동하고 있습니다. 나는 통일 문제를 놓고 세계, 특히 아시아 사람들의 관심을 높이기 위해 한국에 제5유엔사무국을 유치해야 한다고 여러 차례 강조했습니다.

아시아의 모든 나라가 자국에 유엔사무국이 들어서기를 바랍니다. 그러나 세계평화국회의원연합 대회를 통해 한국의 상황이 속속들이 알려지면서 그 의의가 크다는 것을 세계인들이 널리 공감하게 되었습니다. 그리하여 아시아의 나라들은 물론 세계 대부분의 나라들이 한국에 유엔사무국을 개설하는 것이 꼭 필요하다고 인식하게 되었습니다. 그것은 참부모가 탄생한 위대한 나라이며 하나님이 이 나라를 통해 뜻을 이루셔야 되기 때문입니다.

그럼에도 실제 유치를 하기까지는 여러 어려움이 우리 앞에 놓여 있습니다. 이런 사실을 잘 아는 나는 천주평화연합과 남북통일운동국민연합을 비롯한 여러 단체를 후원해, 70여 년 전 유엔군이 평화를 위해 피와 땀을 흘렸던 이 땅에 제5유엔사무국을 유치하고자 적극적으로 활동하고 있습니다.

우리 부부는 2000년 뉴욕 유엔본부에서의 연설에서 비무장지대 평화공원 구상을 발표했습니다. 이후 나는 2015년 5월 오스트리아 빈에 있는 제3유엔사무국에서 비무장지대에 제5유엔사무국의 유치를 제안했습니다. 대한민국의 대통령도 비무장지대 평화공원 조성을 유엔에서 북한에 제안한 바 있습니다. 남북한의 지지를 받아 제5유엔사무국이 비무장지대에 유치된다면, 한반도의 평화와 통일, 나아가 전 세계의 평화에 크게 이바지할 것입니다.

사랑은 국경을 극복합니다

"다문화가정은 갈수록 늘어나는데 사는 게 다들 쉽지 않아 보여요."

그 말이 끝나기도 전에 옆 사람이 더 가슴 아픈 말을 합니다.

"가정형편이 어려워 학교를 다니지 못하는 아이도 간혹 있더군요."

"어디 그뿐이겠어요. 한국으로 시집온 새색시들이 자기네 나라로 돌아가는 일도 적지 않다고 해요."

세상 살아가는 이런저런 이야기를 나누다 보면 종종 다문화가정의 아픔에 대해 이야기하는 사람들이 있습니다. 더 깊은 속사정을 말하지 않아도 나는 그들의 아픔을 잘 압니다. 1970년대 초에 미국으로 건너가 선교활동을 했던 나 역시 소수민족에 대한 차별과 서러움을 톡톡히 겪었습니다. 다인종 국가인 미국에서조차 그러할진대 단일민족 국가인 한국에서는 더하면 더했지 덜하지 않을 것입니다.

이제 우리나라의 시골 마을은 물론 도시에서도 다문화가정이 늘어

가고 있습니다. 가만히 보면 다문화가정은 주로 한국인이 남편이고 아내는 개발도상국에서 시집온 여성들로 꾸려져 있습니다. 머나먼 타국에서 시집온 여성들은 말도 다르고 생활습관도 달라 낯선 땅에 정착하기가 쉽지 않습니다. 다문화가정을 보는 시선에 은근한 차별이 담겨 있기도 해서 말 못할 서러움을 적지 않게 겪고 있습니다.

그 아픔과 서러움은 내가 겪었던 것과 별반 다르지 않을 것이기에 나는 대한민국에 정착한 이국의 모든 여성이 행복한 가정을 꾸려 나갈 수 있도록 지원을 아끼지 않았습니다. 그 지원은 국경을 뛰어넘은 축복결혼식이 성사된 1970년대부터 꾸준히 이루어졌습니다.

우리나라 다문화가정의 시원이라 일컬을 수 있는 것은 올림픽이 열린 1988년의 6,500쌍 한일국제결혼입니다. 한국에서는 벌써 그때부터 농촌 총각과 결혼하려는 도시 여성이 별로 없어 사회적으로 문제가 되고 있었습니다. 하지만 민족감정 때문에 일본이라면 무조건 배척하던 시절이라 일본인 배우자나 며느리를 맞아들이는 일이 매우 어려웠습니다. 마찬가지로 일본에서도 경제적으로 뒤처진 한국의 총각이나 처녀와 결혼시키려는 부모들이 별로 없었습니다.

그러나 절대신앙과 절대복종을 신조로 삼는 통일교회의 일본 신부들은 대부분 농촌으로 시집가 헌신적으로 살았습니다. 일본뿐만 아니라 필리핀, 베트남, 태국 등 여러 나라의 여성 식구들이 한국으로 건너와 국제가정을 이뤘습니다. 그녀들은 시부모를 정성으로 모시고 아들딸을 여럿 낳아 다복한 가정을 꾸렸습니다. 어려운 살림살이에서도 병든 노부모를 봉양해 효부상을 받는가 하면, 불구인 남편을 수발하고, 마을의 부녀회장이나 학부모회장을 맡아 시골 마을을 이끌어 가고 있습니다. 이제는 농어촌 마을마다 없어서는 안 될 큰 일꾼이 되었습니다.

우리 부부는 한국에서 살림을 차린 국제가정의 신부들에게 한국어를 가르치면서 해야 할 일이 참으로 많다는 것을 깨닫고 2010년 다문화종합복지센터를 세웠습니다. 한국 사회 적응에 힘들어하는 이국의 신부들이 고향에서처럼 마음 편히 살아갈 수 있도록 도와주고 있습니다. 그리고 한 발 더 나아가 장애인과 한부모가정을 후원하고, 학교에 다니지 못하는 청소년들이 꿈을 갖고 공부할 수 있도록 참사랑평화학교도 운영하고 있습니다.

우리는 가끔 일부 연예인이나 고위층 자녀의 군입대 기피에 관한 소식을 접합니다. 그런가 하면 2025년부터는 우리나라 군이 '다문화 군대'로 변신할 것이란 전망도 나오고 있습니다. 그동안 국제 축복결혼을 받은 가정의 자녀 가운데 이미 병역 의무를 수행하고 있는 수가 어느덧 4천 명을 넘어섰습니다. 국제 다문화가정 자녀에게는 이중국적이 주어져 다른 나라 국적을 선택할 경우 군대에 가지 않을 수도 있습니다. 그러나 축복을 받은 국제 다문화가정 자녀의 경우 스스로 입대해 4천 명 넘게 신성한 국방의 의무를 다하고 있다는 사실은 매우 자랑스러운 이야기입니다.

이런 상황에서 우리가 무엇보다 먼저 해야 할 일은 다문화가정을 바라보는 인식을 바꾸는 것입니다. 언젠가는 '다문화가정'이라는 단어도 사라지게 해야 합니다. 그 단어에 이미 차별성이 담겨 있습니다. 가정은 가정일 뿐 그 앞에 어떤 수식어도 붙여서는 안 됩니다. 국적이 다른 남자와 여자가 결혼했다 하여 다문화가정이라 부르는 것은 인류 보편적 사고에도 맞지 않고, 하나님의 뜻에도 어긋납니다.

일찍이 전 세계적인 축복결혼을 주재해 온 나와 문 총재는 이미 30년 전부터 결혼을 통한 인종화합을 꾸준히 실천해 왔습니다. 한국과 일본 간의 교차교체 축복결혼을 통해 국가와 민족 간의 장벽을 허물었습니다. 독일과 프랑스 사이도 마찬가지입니다. 축복결혼을 받은 신랑 신부들은 세계 어느 곳에서나 하나님의 말씀과 함께 행복한 삶을 이어가고 있습니다. 그 모든 가정은 하나의 행복한 가정일 뿐, 다문화가정으로 불리지 않습니다.

종교가 가야 할 마지막 목적지는 종교가 없는 세상입니다. 인류 모두가 선한 사람이 되면 종교는 자연스레 필요 없게 됩니다. 마찬가지로 다문화가정이라는 단어가 사라지고 '하나님 아래 한가족', '모두가 한 형제'일 때 진정한 평등세계, 평화세계가 만들어집니다. 그 평화세계의 가장 밑바탕에는 참가정, 참사랑이라는 주춧돌이 있습니다.

내가 가진 것을 다 주어도

〈쇼생크 탈출〉은 내가 인상 깊게 본 영화 중 하나입니다. 억울한 살인 누명을 쓰고 옥살이를 하던 주인공은 오랜 노력 끝에 탈출해서 자유를 찾습니다. 문 총재 역시 억울한 옥살이를 여섯 번이나 했기에 옥에 갇힌 주인공의 고통에 공감이 컸던 감명 깊은 영화였습니다.

그 영화의 마지막 부분에 편지글이 나옵니다.

"희망은 좋은 거죠. 가장 소중한 것이에요. 좋은 것은 절대 사라지지 않아요."

희망, 사랑, 우정, 아름다움 등은 아무리 시간이 지나도 변하지 않으며 그 가치가 사라지지 않습니다. 사랑은 가장 절망적인 상황에서도 희망과 용기를 불러일으킵니다. 그러나 오늘날 우리는 도덕을 잃어버렸고, 물질만능주의에 빠져 신음하고 있습니다. 이 모든 아픔은 자신을 버리고 남을 위하는 참사랑으로만 치유됩니다.

나는 매일 새벽 눈을 뜨면 기도와 명상으로 하루를 시작하면서 오늘은 누구를 위하여 무엇을 할 것인지 골똘히 생각하고 실천합니다. 종교적 가르침이나 정치·사회적 개혁도 중요하지만 그것만으로는 행복한 세계가 만들어지기 어렵습니다. 추위에 떠는 이웃에게 양말 한 켤레를 정성껏 신기는 것, 때로는 생면부지의 사람에게 자신을 온전히 희생하면서도 보답을 바라지 않는 것, 베풀고도 잊어버리는 것이 참사랑입니다.

통일교회는 지금 세계의 종교로 자리 잡았지만 불과 20~30년 전만 해도 변변한 교회 건물이 없었습니다. 식구들이 헌금을 내면 그 돈은 전부 우리 사회와 세계를 위해 쓰였습니다. 선교사가 해외로 떠날 때도 낡은 가방 하나만 달랑 들고 갔습니다. 임지에서 스스로 노동을 해서 그 돈으로 어렵사리 교회를 운영해 나갔습니다. 신도들의 헌금은 여러 나라에 학교를 세우고, 병원을 짓고, 봉사활동을 하는 데 모두 쓰였습니다. 그런 봉사와 베풂은 지난 60년 동안 거의 하루도 거르지 않고 계속되었습니다.

봉사를 더욱 체계적으로 해야 할 필요성을 느껴서 1994년 사회단체 '애원은행'을 세워 본격적인 봉사활동에 모든 식구가 팔을 걷어붙이고 나섰습니다. 무료급식, 국제구호, 애원예술단 공연 등을 쉬지 않고 이어 와 나라에서도 크게 인정해 주었습니다.

이를 더욱 넓혀 나가기 위해 '원모평애장학원'을 만들었습니다. 원모는 '둥글 원(圓)'과 '어머니 모(母)'입니다. 어머니는 모든 사람 중에 으뜸입니다. 한 가족이라 해도 성격이 들쭉날쭉한 식구들을 사랑으로 품어 화목한 가정을 이끌어 가는 사람이 어머니입니다. '평애(平愛)'는 소외된 사람들을 보살피며 높고 낮음 없이 수평을 이뤄 온 우주가 참사랑으로 가득하다는 뜻입니다. 참사랑의 씨를 먼저 뿌려야 참사랑의 싹이 터서 무럭무럭 자랍니다.

나는 문 총재가 성화했을 때 전 세계에서 답지한 조의금 전부를 씨돈으로 넣었습니다. 또 선교용 헬기를 팔아 종잣돈을 키웠습니다. 가장 중점을 두는 일은 청년 인재를 키우고, 봉사와 나눔을 통해 평화의 꿈을 실현해 가는 것입니다. 장학사업은 원모평애장학원이 으뜸으로 여기는 과제입니다. 교육이 인재를 만들고, 인재가 미래를 만든다는 진리는 결코 변하지 않습니다. 지혜와 덕성을 지닌 인재를 길러 내는 일은 지구촌의 밝은 내일을 위해 절대적으로 필요합니다. 나는 꿈과 비전을 지닌 세계의 청소년들에게 매년 장학금을 지원해 미래의 지도자로 길러 내고 있습니다.

이런 일들은 나 자신을 잊어야 합니다. 내가 아닌 다른 사람을 첫머리에 놓을 때 참된 삶을 살아갈 수 있습니다. 내가 가진 것을 다 주어도 아깝지 않다는 마음으로 이웃을 위해 헌신해야 합니다. 그럴 때 참된 기쁨이 찾아옵니다. 그 기쁨마저 잊었을 때 하나님이 우리 곁에 찾아오십니다.

아픈 배 쓰다듬는 어머니의 손길은 약손

"엄마, 배 아파!"

투정을 부리면 엄마는 아무 말 없이 아이를 무릎에 누이고 손으로 배를 쓰다듬어 줍니다. 옹이가 박인 거친 손길이지만 잠시 후 배는 씻은 듯 낫습니다. 설마 그럴까 싶은, 가장 원시적인 방법임에도 가장 효과적인 사랑의 의술입니다. 우리는 누구나 따스했던 어머니의 손길을 아스라이 기억합니다. 그 손길이 바로 우주의 어머니이자 평화의 어머니로서 온 세상과 인류를 보듬는 손길입니다.

사람은 몸이 아플 때 가장 서럽습니다. 우리가 흔히 기원하는 청복(淸福)은 비록 가진 재산과 권력은 없어도 자족하면서 행복하게 사는 삶을 뜻합니다. 행복을 말할 때 가장 중요한 것은 건강입니다. "재산을 잃으면 조금 잃은 것이요, 명예를 잃으면 많이 잃은 것이요, 건강을 잃으면 전부 잃은 것이다"라는 말은 우리가 가슴속에 깊이 새겨야 할 진리입니다.

그러나 누구라도 평생 병 없이 살아가기란 쉽지 않습니다. 몸이 아플 때 마음 깊은 곳에서 간절히 떠오르는 것은 어머니의 따스한 손길입니다. 하지만 어머니는 늘 내 곁에 계시지 않습니다.

나는 일제 치하의 척박한 시기에 가난으로 인한 영양실조로 고통받는 사람들을 수없이 보았으며, 한국전쟁을 겪으면서 부상과 질병으로 삶이 일그러진 사람들을 무수히 목격했습니다. 성요셉간호학교에 입학했을 때 내가 꼭 해야 할 일을 찾았다는 기쁨과 자긍심이 들었습니다. 그러나 인류와 우주의 어머니, 평화의 어머니가 되면서 그 천직은 잠시 뒤로 미뤄 둘 수밖에 없었습니다.

세계 각국을 순회할 때면 조금만 더 일찍 치료받았으면 생명을 구할 수 있었을 아이들도 많이 보았습니다. 치료를 받을 수 있는 시기를 놓쳐 실명을 하고 수족을 잘라 내야 하는 그 아픔은 내 가슴에 깊은 옹이로 남겨졌습니다. 어떻게 하면 사람들이 진정한 건강을 누리며 살 수 있을까, 오랫동안 고민했습니다. 또 다른 나라에 가면 나 자신이 외국인으로서 몸이 아플 때 누구를 붙잡고 호소해야 할지 난감한 적이 한두 번이 아니었습니다.

우리 인간사에서도 경험하듯, 어머니의 귀에는 유독 자녀들의 울음소리가 잘 들립니다. 어머니의 눈에는 자녀들의 아픔이 잘 보입니다. 아이가 아파 울면 어머니는 생각할 겨를도 없이 혼신을 다해 달려갑니다. 어머니의 관심과 신경은 온통 자녀들을 향해 있기 때문입니다. 자식을 구하기 위해서라면 불구덩이라도 서슴없이 뛰어드는 사람이 어머니입니다.

나는 간호학교 다닐 때 품었던 꿈을 실천해야겠다고 마음먹었습니다. 질병으로 고통받는 사람들과 한국을 찾은 외국인이 고향에서처럼 편안한 마음으로 어머니의 손길을 느낄 수 있는 국제병원을 세우기로 했습니다. 몸이 아프거나 영혼이 아픈 사람들을 보듬는 어머니가 되어야 했습니다.

1999년 설립 인가 이후 4년여의 준비 과정을 거쳐 2003년 물이 맑고 산세가 아름다운 청평에 HJ매그놀리아국제병원(구 청심국제병원)을 열었습니다. 이 병원은 그저 또 하나의 새로운 병원을 세우기 위해 시작한 것이 아닙니다. 질병을 치료하는 것을 넘어 건강의 참된 가치를 실현하기 위해 탄생되었습니다. 건강은 몸의 튼튼함만을 의미하지 않습니다. 본연의 인간은 몸과 마음이 조화롭게 통일된 존재입니다. 그런 까닭에 현대의학은 통일의학에서 새로운 길을 찾고 있습니다. 통일의학은 참사랑과 원리말씀을 바탕으로 합니다. 이 새로운 통일의학을 가장 먼저 개발하고 실천하고 있는 곳이 HJ매그놀리아국제병원입니다. 천혜의 아름다운 자연 속에서 여러 나라의 의사들이 어머니의 마음으로 환자들을 돌보고 있습니다.

우리는 이제 그동안 소홀히 했던 하나의 질문에 대해서 생각해 보아야 합니다.

"신앙은 과연 건강을 증진시킬 수 있을까?"

이 질문의 답은 어렵지 않습니다. 우리의 건강에는 마음과 몸의 조화가 무엇보다 중요합니다. 그 조화를 이루게 해주는 것이 신앙입니다. HJ매그놀리아국제병원은 세계 최고 수준의 의술을 지녔을 뿐만 아니라, 영성 치유를 통해 질병을 예방하고 치료하는 기술에서도 첫 번째 병원으로 꼽힙니다. 그 바탕에는 인류를 고아로 만들지 않기 위해 영육을 아울러 구원하고자 하는 독생녀, 참어머니의 간절한 기도가 있습니다.

건강은 건강할 때 지켜야 합니다. 우리는 이 단순한 진리를 늘 잊고 살아갑니다. 바쁜 일상에서 잠시라도 몸과 마음을 돌아볼 기회는 많지 않습니다. 하나님은 우리 인간에게 '번성하라'는 축복을 주셨습니다. 번성은 꼭 자손이나 물질적인 번성만을 의미하는 것이 아닙니다. 정신적·육체적 번성도 우리의 사명이자 우리가 누려야 할 기쁨입니다. HJ 매그놀리아국제병원은 그 기쁨을 위해 봉사하는 것을 큰 보람으로 여깁니다.

그동안 HJ매그놀리아국제병원 의료팀을 주축으로 이에 함께하고자 하는 각계각층의 많은 봉사단원들이 매년 동남아시아와 아프리카에 의료봉사를 다녀왔습니다. 주사 한 대, 약 한 알이면 위기를 넘길 수 있는 상황에서도 의료혜택을 받지 못해 팔다리를 절단하고 실명하여 빛을 보지 못한 채 절망의 나락으로 떨어지는 경우가 허다했습니다. 심지어 아스피린 한 알이 없어 귀중한 생명을 잃는 경우도 있습니다.

나는 그들의 고통을 조금이나마 덜어주고자 HJ매그놀리아 글로벌 의료재단을 설립했습니다. 의료재단을 설립한 목적은 단지 의료사업이나 병원의 운영을 위한 것이 아닙니다. 의료혜택을 받지 못하고 질병과 고통에 시달리는 저개발국가의 가난한 사람들을 위해 병원을 짓고 장비를 지원하는 등 의료 봉사를 하기 위해서입니다.

내가 의료봉사를 시작한 지 수십 년이 지났습니다. 캄보디아를 비롯해 동남아시아 여러 나라에 보건소를 지어 운영했습니다. 많은 국가의 정부에서 고마움과 감사 표시로 감사패를 보내 왔습니다. 우리 몸 가운데 발가락만 다쳐도 그 통증은 온 몸의 고통으로 확대됩니다. '한 하나님 아래 인류 한가족'인 우리는 지구의 한쪽에서 겪는 고통이 지구 전체 모든 사람의 고통과 아픔이 된다는 것을 잊지 말아야 합니다.

7장

청춘의 아픔은
내일의 태양입니다

가슴 뛰는 꿈을 향해 청춘을 바쳐야

    오늘날의 젊은이들은 아픔이 많습니다. 다른 사람과 비교해 자신이 못나고 가진 것이 없다고 한탄할 수도 있습니다. 그래서 '포기해 버릴까' 하는 자포자기의 심정이 문득 고개를 들고, 자신을 돌아보기보다는 다른 사람을 탓하거나 시대를 원망하기도 합니다. 하지만 처해 있는 상황이 어렵고 힘들수록 처음으로 돌아가야 합니다.

    청춘 시절에는 유혹도 많고, 고민도 많고, 욕구도 많습니다. 그것들을 이기는 방법은 뜻을 세우는 것입니다. 청춘 시절에 뜻은 매우 중요합니다. 또한 그 젊음이 오래가지 않는다는 것도 알아야 합니다. 가슴 뛰는 꿈을 향해 자신의 청춘을 아무런 미련 없이 완전히 바쳐야 합니다. 그때 어떤 뜻을 지니고, 누구와 더불어 그 뜻을 펼쳐 가느냐 하는 것이 중요합니다. 하루하루 생을 개척해 나가지 못하고 능동적으로 살지 않으면 비관과 낙망의 수렁에 빠져 헤어나지 못합니다.

어떤 청년들은 늘 불평불만을 터뜨립니다.

"노력하면 된다고 어른들은 말하는데…… 누군들 노력하지 않나요? 노력해도 안 되니까 일찌감치 포기하는 거죠."

"내 잘못이 아니라 사회가 잘못된 것 같아요."

비관적인 청년들의 불만과 불평은 자기 자신이 아니라 늘 타인을 향합니다. 하지만 사회를 탓하기 전에 자신을 하얗게 불태워 노력한 적이 있는지 진정으로 되돌아보아야 합니다. 청년이 걸어야 할 길은 불평과 불신의 길이 아닙니다. 희생과 봉사, 사랑을 할 수 있는 순수의 길이어야 합니다.

나는 한국의 대학생과 청년들을 올바른 길로 이끌기 위해 대학 순회 강연을 여러 차례 했습니다. 1993년 가을에 40개 대학을 순회하며 강연했는데 그 노정은 몹시 길고 험했습니다. 몇몇 대학에서는 반대하는 학생들로 인해 교문에서 돌아서기도 했지만 종국에는 모든 대학에서 강연이 이루어져, 대학생들에게 청년 시절의 뜻을 어떻게 이룰 것인가에 대해 들려주었습니다. 모스크바, 베이징, 워싱턴DC 등에서 청년대학생세미나를 열어 남북한 대학생과 교수들이 참석해 서로를 이해하고 통일을 찾아가는 뜻깊은 자리도 만들었습니다.

나는 그 무엇보다 인재 양성을 중요하게 여깁니다. 미래의 지도자를 길러 내기 위해 전 세계의 열정적인 청년들을 모아 '글로벌 탑건(Global Top Gun)'이라는 이름 아래 인류 구원과 세계평화에 이바지하도록 가르치고 있습니다. 나는 성경의 인물들 가운데 여호수아와 갈렙을 좋아합니다. 둘 다 명문가의 자손이었습니다. 그들은 80세가 넘도록 하늘 앞에 충성했습니다. 갈렙은 부족할 것이 없었던 사람인데 여호수아와 하나가 되어 나라와 민족을 위해 충성을 다했습니다. 나는 '글로벌 탑건'의 인재들을 여호수아와 갈렙처럼 하늘 앞에 정성을 다할 수 있는 인재로 키우고 있습니다.

신라는 나라의 장래를 보고 지도자를 길렀습니다. 지도층 자녀들로 구성된 화랑도라는 단체를 만들어 나라의 지도자를 양성했습니다. 화랑이란 '꽃처럼 아름다운 젊음'이란 의미로, 충절과 미래를 향한 도전을 상징합니다. 화랑도는 청소년들에게 학문과 무술을 가르쳤으며, 자연을 찾아 마음을 다스리고 계급 간의 갈등을 조정하는 역할도 했습니다. 전쟁에 나가서는 절대 후퇴하지 않았으며, 포로가 되기보다는 당당한 죽음을 선택했습니다. 이러한 떳떳하고 자랑스러운 화랑도정신에 의해서 신라가 삼국을 통일할 수 있었습니다.

미래인재 양성을 위해서는 때를 놓치면 안 됩니다. 자신의 부모보다도 더 크게 하늘 앞에 충효를 다한다는 각오 아래, 공부는 물론 신앙생활도 열심히 하도록 이끌어야 합니다. 그래서 나는 천일국 건설의 미래인재 양성을 위해 화랑도를 능가하는 '효정랑'이란 이름으로 특별히 교육하고 있습니다.

미래의 주인은 청소년과 젊은 청년입니다. 어떤 어려움이 닥쳐도 스스로를 갈고닦아 반드시 승리해야 합니다. 높은 곳과 낮은 곳을 가리지 말고 몸과 마음을 불살라 하늘부모님과 역사에 길이 남을 효자·효녀, 충신이 되어야 합니다. 지금 겪고 있는 아픔이 내일의 든든한 밑거름이라는 사실을 결코 잊어서는 안 됩니다.

청년의 열정은 꺼지지 않는 횃불

사무엘 울만의 〈청춘〉은 내가 좋아하는 시 중 하나입니다. "청춘이란 인생의 어떤 한 시기가 아니라 마음가짐을 뜻하나니"라는 시구를 그중 좋아합니다. 청춘은 꼭 젊은 시절만을 의미하지 않습니다. 가슴 뛰는 마음만 있으면 나이를 떠나 누구든 청춘처럼 푸르게 살아갈 수 있습니다.

1984년 세계대학원리연구회(W-CARP) 회장을 맡은 문효진은 1987년 제4회 총회를 서독 베를린에서 열었습니다. 행사장 밖에서는 공산주의자 수백 명이 모여 온갖 소란을 피우며 반대 시위를 벌였습니다.

총회가 끝날 때 효진이는 용감하게 선언했습니다.

"이제 베를린장벽을 향해 행진을 시작합니다!"

반대자들의 위협과 방해를 뚫고 행진 두 시간 만에 베를린장벽에 도착했습니다. 그곳까지 따라온 공산주의자들과의 몸싸움 끝에 그들을 전부 행사장 밖으로 밀어냈습니다. 효진이는 눈물 어린 연설로 청중들을 감동시켰습니다. 2천여 명의 청년들이 베를린장벽을 붙잡고 간곡히 기도했습니다. 그리고 뜨거운 목소리로 〈우리의 소원은 통일〉을 함께 불렀습니다. 그 기도와 노래가 씨앗이 되어 몇 년 후 베를린장벽은 무너졌습니다.

그날 효진이가 청년들과 함께 불렀던 노래는 세계 역사를 급격히 바꾸는 시발점이 되었습니다. 청년의 열정은 국경을 초월하고 장벽도 무너뜨립니다. 그러나 오늘날의 일부 청년들은 도전정신이 퇴색된 것처럼 보입니다. 도전정신을 지닌 사람이야말로 참된 청년입니다.

오래전 우리의 지혜로운 조상들은 화랑도와 국선도를 만들어 청소년들을 수련의 장으로 보내서 몸과 마음을 닦게 했습니다. 그런 전통을 옛 시대의 유물이라 하여 등한시할 것이 아니라 새롭게 되살려 참된 가치를 찾고 마음을 올바르게 정화시키는 수련의 도장으로 삼아야 합니다.

우리 부부는 청년들이 현실의 암울함에 매몰되어 꿈을 포기하거나 목표 없이 방황하는 모습에 매우 가슴이 아팠습니다. 또한 올바른 목표를 가지고 있어도 혼자 힘으로 이루기 벅차 하는 모습을 보고 그들을 도와야겠다고 마음먹었습니다. 그래서 세계 청년들을 하나로 묶는 세계평화청년연합(Youth Federation for World Peace, YFWP)을 만들었습니다.

1994년 미국 워싱턴DC에서 '애천, 애인, 애국'의 마음으로 참가정을 실현하고 올바른 가치관을 세우기 위해 혈기왕성한 청년들이 모였습니다. 워싱턴에서 막을 올린 뒤 세계로 뻗어 나가 1년도 안 되어 160

개 나라에 지부가 만들어졌습니다. 짧은 기간에 그토록 발전한 것은 청년들의 열망이 얼마나 뜨거운지를 잘 보여 주는 증표였습니다.

그동안 청년연합은 국제교류, 윤리 도덕의 확립과 참가정 실현에 힘을 쏟아 왔습니다. 또한 남북 청년과 세계의 청년들이 모여 민족의 소원이요, 세계평화의 지름길인 남북통일을 이루기 위해 누구보다 앞장서 왔습니다. 유엔이 저마다 자국의 권익만을 내세워 지구촌 분쟁을 제대로 해결하지 못하는 현실에서, 참된 비전을 제시하는 '참부모유엔'을 만들고 세계 곳곳에서 봉사활동을 펼치고 있습니다.

몸과 마음을 닦는 것은 일생에 걸쳐 해야 할 일이지만, 특히 청년기에 그 중요성은 참으로 큽니다. 갈림길에 섰을 때 단지 이기적인 욕망의 길로 들어설 것인지, 선한 꿈을 향해 나아갈 것인지 결정되는 시기가 청년기입니다. 제2의 인생이 펼쳐지는 그 시기에 찬란한 용기와 꿈을 지닌 '아름다운 청춘'이 되어야 합니다.

파란 바다에 미래의 푸른 꿈이 있습니다

평안도 안주의 고향 마을 앞편에는 작은 개울이 있었습니다. 모든 것이 꽁꽁 얼어붙는 한겨울을 제외하면 항상 물 흐르는 소리가 졸졸졸 들렸습니다. 나는 그 물과 친구가 되어 여러 진리를 배웠습니다.

물은 언제나 위에서 아래로 흐릅니다. 또 물은 주변에 맞게 자신의 모습을 바꿔 가면서 모든 것을 포용합니다. 그러면서도 물은 이중성을 갖고 있습니다. 잔잔하게 고여 있을 때는 평안함과 낭만을 안겨 주지만 화가 나면 순식간에 모든 것을 삼켜 버립니다. 그래서 바다는 무서운 존재가 되기도 합니다. 그러나 나는 그 바다를 무척 사랑합니다. 바다에 하나님의 깊은 뜻이 있고 인류의 앞날이 있기 때문입니다.

내가 물을 사랑한 것처럼 남편도 물을 무척 좋아했습니다. 우리 부부는 바쁜 일과 중에도 조금씩 짬을 내서 강과 바다로 나갔습니다. 단지 바다의 멋진 풍광을 감상하거나 한가로이 낚시를 즐기기 위해서가 아니었습니다. 거친 파도를 넘으면서 세계인들에게 인류의 미래는 바다에 있음을 일깨워 주기 위해서였습니다.

특히 남미의 아마존강과 파라과이강, 미국의 알래스카와 하와이를 해양 섭리의 중심으로 삼고 청년들을 훈련시키면서 강과 바다 개척에 온갖 정성을 쏟았습니다. 식량 문제를 해결하는 하나의 방법으로 어류와 크릴새우를 이용한 고단백 식량인 어분을 생산해 가난한 나라의 굶주리는 사람들을 도왔습니다.

2000년대 초부터는 물이 맑은 여수를 개발해 전 세계인들이 한국의 아름다움을 느끼게 했습니다. 여수 소호동에 디오션리조트와 호텔을 세워 한국을 해양레저산업 선진국으로 만들어 갈 터전도 닦았습니다. 여수로 들어와 대륙으로 퍼져 나가는 경제 핏줄은 한반도 통일과 세계평화의 밑거름이 될 것입니다.

미국의 글로스터 인근 해역은 참치잡이로 유명한 곳입니다. 남자들도 두려워하는 그 바다에서 새벽부터 배에 올라 어른 키보다 큰 참치와 씨름했습니다. 먼 바다로 나가 참치 한 마리를 잡기 위해서는 하루종일 파도에 시달려야 합니다. 짙푸른 바다에 내 몸을 맡기고 하루를 온전히 파도 위에 떠 있는 일은 엄청난 고행입니다. 그러나 우리 부부는 그 고행을 일평생 수행하면서 인류 구원과 세계평화의 길을 찾아 고심하며 정성을 들였습니다. 그때마다 바다는 나에게 포용심과 평등의 깨달음을 주었고 나의 발걸음에 힘이 되어 주었습니다.

또 식구들에게도 고기 잡는 훈련을 많이 시켰습니다. 험난한 바다낚시를 통해 앞으로 세계 어디를 가든 일할 수 있는 지도자로 만들기 위해서였습니다.

알래스카 코디액섬에 머물 때 우리 부부의 가르침을 들으려고 세계 여러 곳에서 청년들이 찾아왔습니다. 나는 그들에게 설교나 연설을 하지 않고 대뜸 이렇게 말했습니다.

"바다로 나가세요. 바다에 하나님의 말씀이 있습니다."

청년들은 꼭두새벽에 일어나 무릎까지 오는 투박한 장화를 신고 얼음처럼 차가운 겨울바람을 맞으며 먼 바다로 나갔습니다. 온 천지가 파란 물밖에 없는 바다 한가운데에서 연어나 할리벗(halibut)을 잡기 위해 사투를 벌였습니다. 할리벗은 광어라고도 부르는데, 주로 수심이 깊은 바다에 엎드려 사는 물고기입니다. 나는 코디액에서 90킬로그램이 넘는 할리벗을 낚았습니다. 그렇게 큰 물고기를 낚아 올려 배 위에 놓으면 배 바닥을 치는 요동이 대단합니다. 세워 놓으면 여자 세 사람이 뒤에 숨어도 안 보일 정도입니다. 울음소리도 얼마나 요란한지 모릅니다.

밤이 이슥해져서야 돌아오면 몸은 파김치가 되었으나 마음에는 희열이 가득했습니다. 물고기를 한 마리도 잡지 못했다 해도 인내심과 험한 파도에 대한 도전과 극복, 자연의 이치를 배웠기 때문입니다. 나는 그것을 '알래스카정신'이라 불렀습니다.

청년들이 배포를 기르고 싶다면 바다로 가면 됩니다. 육지에서는 길을 따라가면 편하지만 바다는 그렇지 않습니다. 어제까지는 잔잔한 호수 같았던 바다가 오늘 아침에는 흉포한 파도가 일렁이는 곳으로 변합니다. 그 파도 위에서 스스로를 혹독하게 훈련시키는 청년은 원대한 꿈을 이룰 수 있습니다.

서양 속담에 "물고기 한 마리를 주면 한 끼를 먹을 수 있지만 물고기 잡는 법을 가르쳐 주면 평생을 먹을 수 있다"고 했습니다. 낚시만 할 수 있으면 굶어 죽을 일은 없습니다. 아프리카에는 부족하기는 해도 물이 있고 호수가 있습니다. 그러니 물고기 잡는 법을 가르쳐 주고 양식하는 법을 전수해 주면 됩니다. 우리 부부는 그 일을 오래전부터 해왔습니다.

내가 바다를 사랑하는 이유는 강인한 몸과 마음을 길러 줄 뿐만 아니라, 인류의 미래가 바다에 있기 때문입니다. 바다는 육지보다 훨씬 넓습니다. 깊은 파도 아래에 우리가 아직 알지 못하는 금은보화가 묻혀 있습니다. 바다를 먼저 개척하는 사람이 곧 세계를 이끄는 사람이 됩니다. 바다는 푸릅니다. 청춘도 푸릅니다. 둘이 만나면 미래가 달라집니다. 내가 그랬던 것처럼 우리 청년들은 팔을 걷어붙이고 바다로 뛰어드는 용맹한 사람이 되어야 합니다.

하늘과 사람과 나라를 사랑하고

    나는 일제강점기 막바지에 태어나 억압 아래에서 자라났습니다. 광복이 되어서는 공산당의 갖은 탄압을 받으면서도 하나님을 모시고 살다가 자유를 찾아 목숨을 걸고 남한으로 내려왔습니다. 또 전쟁을 치르면서 서울, 대구, 제주, 춘천 등의 학교를 전전하며 부평초 같은 생활을 했습니다. 그래서 배움에 대한 갈망이 누구보다 강했습니다.

    한국전쟁 후의 혼란기에 서울의 성정여중을 어렵사리 졸업했습니다. 그곳은 나의 모교이자 평생 잊을 수 없는 인생의 요람이었습니다. 30여 년 뒤 교명은 '선정'으로 바뀌었지만, 모교에 찾아가니 나를 가르치셨던 선생님 몇 분이 여전히 봉직하고 계셨습니다. 그분들은 나를 기억하고 있었고, 나 역시 그분들을 잊지 않았습니다. 우리는 기쁨에 겨워 옛날 어려웠던 시절의 이야기를 한참이나 나눴습니다.

    나의 모교인 선정중학교는 지금 통일 가족이 되었습니다. 참된 가르침을 실천해 교육의 모범을 보이고 있습니다. 청소년 시절의 학교는 한 사람의 인생에서 그만큼 중요한 의미가 있습니다.

고학하는 사람들을 보면 나의 힘들었던 시절이 떠올라 그들이 배고프지 않고 공부할 수 있도록 도와주었습니다. 나아가 모든 청소년과 청년들이 자신의 꿈을 이룰 수 있도록 한국은 물론 6개 대륙 곳곳에 유치원부터 대학원까지 다양한 학교를 세웠습니다. 미국에 중고교, 신학대학, 종합 4년제 대학이 있고, 한의학을 가르치는 대학도 있습니다. 남미와 아프리카에서는 농업, 의학을 가르치는 전문기술학교를 포함해 꼭 필요한 학교들을 세웠습니다.

어디에 있건 그 학교들은 모두 '애천, 애인, 애국'의 건학정신에 따라 세계에 헌신하는 인재들을 길러 냅니다. 하늘사랑(愛天)은 하나님을 사랑하는 것입니다. 참사랑과 진리의 본체이시고 인격의 원형이신 하나님을 올바로 알고, 그 뜻에 따라 살아가는 것입니다. 사람사랑(愛人)은 '위하는 삶'을 실천하고 더불어 살아가는 시민정신을 키워 줍니다. 나라사랑(愛國)은 내 조국을 사랑하고, 자신이 부여받은 달란트를 계발해 하나님의 나라를 이루는 것입니다.

처음으로 세운 학교는 리틀엔젤스예술학교였습니다. 한국 문화의 우수함을 세계에 알리기 위해 1962년 온갖 고생 끝에 리틀엔젤스예술단을 만들었습니다. 리틀엔젤스는 전 세계를 순회하며 한국의 아름다움과 전통문화를 보여 줘 많은 박수갈채를 받았습니다. 그 천사들을 가르치기 위해서 1974년 리틀엔젤스예술학교를 만들었습니다. 이제는 선화예술중고등학교로 발전해 예술 분야의 글로벌 인재를 양성하는 학교로 발돋움했습니다. 교문에 들어서면 'Gateway to the World(이 문은 세계로 통한다)'라는 문구가 가장 먼저 맞이합니다. 이 학교 출신의 세계적인 성악가와 발레리나 등이 지금 이 시간에도 지구촌을 누비며 활동을 펼치고 있습니다.

몇 년 후에는 경복초등학교, 선정중학교와 선정고등학교, 선정국제관광고등학교가 우리 통일 가족의 자랑스러운 학교가 되었습니다. 경복초등학교는 1965년에 개교한, 역사와 전통을 자랑하는 학교입니다. 선정중고등학교는 지식 교육을 넘어 인성과 심정 교육에 온갖 역량을 쏟고 있습니다. 나아가 세계적인 인재를 육성한다는 목표 아래 다양한 나라에서 온 유학생들이 함께 생활하고 있습니다. 선정국제관광고등학교는 '관광산업의 선도적 인력 양성'에 목표를 둔 특별한 학교입니다. 매년 스승의 날에는 탈북 교사를 초청해 '남북 교사가 함께하는 스승의 날 행사'를 진행하며 다가올 통일에 대비하고 있습니다.

청심국제중고등학교는 청평의 푸른 호반을 품은 우리나라 최초의 국제중고등학교입니다. 세계적인 지도자로 활약할 인재를 양성하기 위해 오랫동안 정성을 들여 최고의 학교로 만들었습니다. 2009년 첫 졸업생을 배출한 이후, 많은 졸업생들이 국내 우수대학은 물론 미국의 아이비리그, 일본의 명문대 등 세계적인 대학에 진학하고 있습니다. 장차 청심이 길러낸 글로벌 인재가 세계평화에 기여한다면 그것이 청심의 몫이며 자랑이 될 것입니다. 이제 곧 청심의 졸업생들이 세계무대에서 활약할 날이 다가옵니다. 그때 한국은 교육 선진국으로 그 이름을 빛낼 것입니다.

우리는 다른 무엇보다 교육에 마음과 정성을 기울여야 합니다. 인재는 저절로 만들어지지 않으며, 단지 점수 따기 공부로는 더더욱 만들기 어렵습니다. 그래서 나는 세계적으로 청소년과 청년을 올바르게 양성할 수 있는 인성교재를 개발해 보급했습니다. 튼튼한 체력과 올바른 인성 위에서 지식과 지혜를 갖추도록 이끌어 주어야 합니다. 그러한 참된 인재를 길러 내는 책임은 우리 모두에게 있습니다.

천지개벽 선문학당, 세상을 변화시키면서

1989년 11월 3일은 나에게 잊을 수 없는 날들 중 하루입니다. 그날 천안 성화대학교에서 열린 인가축하식에 참석하기 위해 식구들과 함께 내려갔습니다. 그런데 몇 시간 후 서울에서 전화가 왔습니다.

"어머님이 위독하세요. 곧 하나님 품에 안기실 것 같습니다."

나는 축하식이 끝난 후 서울로 급히 올라왔습니다. 점차 의식이 사위어 가는 어머니 홍순애 여사를 둘러싸고 식구들이 성가를 부르고 있었습니다. 내가 어머니를 품에 안자 잠시 눈을 뜨고 나를 그윽이 바라보시다가 눈을 감았습니다. 그것이 나와 어머니의 이생에서의 작별이었습니다.

어머니가 성화하고 나서 종친 자격으로 찾아온 사람이 내가 선학평화상 위원장으로 위촉한 홍일식 박사입니다. 1970년대 그가 《중한사전》을 만들고자 했을 때 정부나 대학에서 돕겠다는 사람이 없었습니다. 그 사실을 알고 문 총재와 나는 흔쾌히 도와주었습니다. 그때만 해도 우리나라에서는 중국어의 필요성을 인식하지 못했습니다. 어머니가 이분보다 항렬이 높아 고모뻘이 됩니다. 그래서 성화식에 와 예를 갖춘 것입니다. 이분 또한 평생 대학교육에 헌신했으며, 효(孝) 분야의 일가를 이룬 대가로서 우리 운동에 많은 도움을 주고 있었습니다.

어머니는 성화대학교가 정식으로 인가받은 것을 무척 기뻐하셨는데, 축하식이 열리는 날까지 의식의 끈을 놓지 않으셨습니다. 이후 성화대학교는 선문대학교로 새롭게 탈바꿈해 오늘날 세계의 명문사학으로 발돋움했습니다. 그 뿌리는 1972년으로 거슬러 올라갑니다. 경기도 구리 중앙수련소에 통일신학교를 개교하면서 대학으로 발전할 주춧돌을 놓았습니다. 20여 년 후 성화대학을 거쳐 1994년 선문대학교라는 새 이름을 가지면서 한국을 대표하는 글로벌 대학이 되었습니다. '천지개벽 선문학당'이란 휘호로 선문대학교의 설립정신을 표방했습니다. 이는 교육을 통해 사람은 물론 천지간 모든 원리와 이치를 새롭게 변화시킨다는 근본 철학을 내포하고 있습니다.

그러나 처음 대학교육을 시작할 무렵에는 여러 가지 어려움이 있었습니다. 통일교회에서 운영하는 대학이라는 선입견 때문이었습니다. 우리 부부는 학문 발전을 위해서 전폭적인 지원을 아끼지 않았습니다. 해외의 유명 박사를 초빙해 자주 강연을 하도록 했습니다. 단 한 시간 강연을 위해 어떤 때는 수천만 원을 썼습니다. 학교 옆에 비행기 착륙장을 지어 아예 해외 전문 분야의 학자를 직접 데려온다는 계획까지 세웠을 정도입니다.

문 총재는 교수들을 매우 존중했지만 자신에게 주어진 소명을 게을

리하는 것을 몹시 싫어했습니다. 교수를 평가하는 사람은 설립자나 다른 교수가 아니라 학생이라는 사실을 강조했습니다. 그만큼 정성을 기울이자 서서히 우수한 학생들과 학부모들이 선호하는 대학으로 올라섰습니다. 또한 우리나라에서 외국인 학생이 가장 많은 대학이 되었습니다. 최근에는 각종 평가에서 최우수 등급을 받고 정부가 주관하는 사업에 여러 차례 선정되어 내실을 다지고 있습니다.

선문대학은 전통을 중심 삼고 시대를 변혁시켜 나가는 대학입니다. 학생들을 가르치는 것에서 모범이 되고, 세계 지성인들과 학문을 교류하기 위해 깊은 밤에도 연구실의 불이 환하게 빛납니다. 그 불은 새벽이 되어서도 꺼질 줄 모릅니다. 뿌리가 깊어야 나무가 잘 자라듯 학문 연구와 가르침의 뿌리가 깊어야 대학이 성장합니다. 선문대학은 기업과 사회가 요구하는 맞춤형 교육과정을 운영해 실질적인 인재를 육성하고, 학문을 위해 해외 교류를 적극 지원함으로써 세계의 명문대학으로 거듭나고 있습니다. 선문대학을 세운 목적은 한국만이 아니라 세계를 위해서입니다.

세상을 공부하는 것도 중요합니다. 좋은 대학에 가고 좋은 직장에 다니는 것도 중요합니다. 그러나 그것은 지상에서의 삶을 위해서입니다. 우리는 천상의 영원한 세계가 있음을 알아야 합니다. 다이아몬드는 어디에서든 반짝반짝 빛을 발합니다. 축복가정 2세는 다이아몬드입니다. 나는 선문대학을 세계적으로 우수한 대학으로 만들고자 합니다. 2세들이 세계에 나가 "선문대 출신입니다"라고 자신 있게 말할 수 있도록 세계 최고로 만들 계획입니다. 선문대학은 또한 글로벌 인재를 양성할 것입니다. 특히 신학과는 누구나 오고 싶어 하는 사관학교로서 세계 지도자 양성 과정의 역할을 담당할 것입니다.

　평생 동안 우리가 세운 학교는 유치원에서부터 대학원에 이르기까지 무척 많습니다. 그렇게 많은 학교를 세계 곳곳에 세운 이유는 하나님의 심정을 지닌 더 많은 인재들이 평화세계를 만드는 일에 헌신하도록 하기 위해서입니다. 우리의 자녀들이 하나님의 뜻 안에서 순결하고 아름답게 잘 자랄 수 있도록 부모가 열정적인 땀을 흘려야 합니다. 우리 아들딸들을 핏줄의 아들딸이 아니라 건학 이념을 통해 하나님의 아들딸로 자랑스럽게 기르는 것이 우리의 참된 희망입니다.

YSP는 우리의 미래이자 소망

"문 총재께서 애용하시던 선교용 헬기를 판다고요?"

"역사적으로 귀한 것이니만큼 박물관에 전시해서 보존해야 하지 않을까요?"

문 총재 성화 후 내가 가장 먼저 시행한 것은 미래인재 양성을 위한 원모평애장학원 설립이었습니다. 전도를 하고 전통을 유지하는 것도 중요하지만 후대를 양육할 수 있도록 탄탄한 기반을 준비하는 일이 무엇보다 중요했기 때문입니다. 그래서 문 총재가 사용하던 헬기를 처분해 종잣돈으로 넣고 여러 사업의 수익금을 합쳐 매년 100억 원 이상의 돈을 장학금으로 사용할 수 있도록 했습니다. 한국은 물론 일본, 동남아시아, 아프리카 등 전 세계 우수한 학생들에게 장학금을 지급해 공부할 수 있도록 지원했습니다. 주위에서는 문 총재가 국내에서 기동력을 발휘하기 위해 사용하던 헬기를 처분하는 것에 대해 많은 아쉬움을 표했지만, 나는 미래인재 양성을 위해 결심을 해야 했습니다.

　나는 그동안 땅끝까지 말씀을 전파하고 많은 사람들이 축복식에 참여할 수 있도록 심혈을 기울였습니다. 그러나 이에 못지않게 큰 비중을 둔 것이 미래인재 양성입니다. 어린아이들이 팽이를 돌리는데 처음 시작할 때가 힘들지 한 번 돌게 만들면 계속 채찍을 가하지 않아도 돌게 되어 있습니다. 장학재단도 마찬가지여서, 처음 설립할 때가 힘들 뿐 일단 설립한 후에는 어렵지 않게 운영해 나가면서 후진 양성을 위해 큰 역할을 할 수 있습니다.

　교육에는 시간이 필요합니다. 특히 청소년 교육은 더욱 그렇습니다. 그들이 아름답고 올바로 성장할 수 있도록 울타리를 설치해 바람막이를 해주면서 24시간 돌봐야 합니다. 한 생명체가 탄생하기까지 어머니의 배 속에서 열 달이라는 기간이 필요합니다. 그렇게 긴 시간을 준비해서 탄생했지만, 그 아기가 하루아침에 걸을 수는 없습니다. 성장 기간이 또 필요한 것입니다.

　문 총재와 나는 1994년 7월, 163개국 대표들이 참석한 가운데 미국 워싱턴DC에서 세계평화청년학생연합(Youth and Students for Peace, YSP)을 창설했습니다. 한국에서는 1995년 사회단체로 등록되었습니다. YSP는 좌우익의 이념을 초월해 화해와 위하는 삶인 참사랑을 실천하는 공동체를 지향하고 있습니다. 이들은 중국 베이징에서 남북한 대학생들이 참석한 가운데 평화 세미나를 개최하는 등 남북한 청년 교류에도 크게 기여했습니다. 세계 각국에 지부를 두고 청소년 순결 캠페인을 비롯해 에이즈 예방 교육 등 다양한 활동을 전개했습니다.

　2017년 2월, 경기도 가평에 있는 효정국제문화재단 대강당에서 총회 및 출정식이 있었습니다. 나는 참석자들에게 "천일국 건설을 위해 특공대가 되라"고 주문했습니다. 같은 해 6월 태국 방콕에서 열린 YSP 아시아·태평양권 창설대회에는 1만 2천 명의 청년이 참석했는데, "효정의 심정문화 주역이 되어 세상을 비추는 등불이 되자"고 요청했습니다.

2019년 9월, 아프리카 상투메프린시페에서는 아프리카서밋(Africa Summit)과 축복행사가 있었습니다. 다음 날에는 청년학생 4만 명이 모여 '청년학생축제'가 열렸습니다. 아름다운 바다가 펼쳐진 드넓은 광장 전체가 청년학생들로 인산인해를 이뤘습니다. 효정문화원을 통해 YSP청년학생가요제와 다양한 효정문화 공연, 가수들의 특별공연이 펼쳐졌습니다. 상투메프린시페의 가장 큰 청년학생축제로, 모든 청년학생이 참석한 국가 단위 축제였습니다. 영부인을 비롯해 각부 장관이 모두 참석해 청년학생축제를 축하했습니다.

나는 그들에게 "상투메의 희망은 여러분입니다. 퓨어워터인 여러분으로 말미암아 상투메에 하늘부모님이 바라시는 지상천국이 이루어질 수 있습니다"라면서 희망과 격려를 아끼지 않았습니다.

18세기 프랑스혁명이 일어났을 때 루이 16세는 자기 나라 백성을 믿지 못해 스위스에 용병을 요청했습니다. 그래서 스위스 용병이 프랑스 왕궁을 지키게 되었습니다. 그들은 전원이 사망할 때까지 한 사람도 도주하지 않고 끝까지 책임을 완수했습니다. 현재 바티칸을 지키고 있는 사람들도 스위스 용병들입니다.

우리는 지금 참부모를 모신 가운데 하나님의 꿈을 이루고자 천일국의 역사를 펼쳐 가고 있습니다. 천일국 시대에 참부모를 모시는 YSP

는 마치 스위스 용병과 같이 어떤 어려움이 닥쳐도 결코 물러서지 않는 불굴의 정신을 지녀야 합니다. 참부모님을 자랑하고 뜻을 전파하는 효자효녀, 천일국 충신의 자리에 서 있는 것입니다.

8장

가정은 가장 귀한
보석입니다

가족사랑은 자신의 생명까지 헌신

"사랑해!"

가장 달콤한 말입니다. 모든 생명을 잉태시키는 첫 번째 말이기도 합니다. 그러나 한편으로는 무책임한 말이 될 수도 있습니다. 사랑은 사람에게만 있는 것이 아닙니다. 하나님은 동물에게도 사랑과 번식의 권리를 주었습니다. 그래서 동물도 인연을 찾아 짝짓기를 하고 새끼를 낳아 기릅니다. 그러나 그들에게는 부부의 책임이 없습니다. 사랑은 있되 책임은 없습니다. 반면 인간에게는 사랑의 자유와 함께 반드시 책임이 따릅니다.

부부가 사랑의 신성함을 믿으며 책임을 다할 때 행복의 보금자리가 만들어집니다. 사람은 모름지기 나누어질 수 없는 사랑으로 참된 부부가 되고 아들딸을 낳아 참된 부모가 되어야 합니다. 가화만사성(家和萬事成)은 예나 지금이나 변하지 않는 가치를 전해 줍니다. 행복한 가정을 이루는 가장 중요한 요소는 참사랑입니다. 사랑할 수 없는 것까지도 사랑해 때로는 자신의 생명까지 기꺼이 투신할 수 있게 됩니다.

중앙아메리카 벨리즈에서 너무나 가슴 아픈 일이 있었습니다. 6,500쌍 국제 축복가정으로, 1996년 말씀을 전파하기 위해 선교를 나갔던 가정이 있습니다. 어느 날 밤, 그 집에 괴한이 총을 들고 침입했습니다. 아빠에게 총을 쏘려 하자 셋째 아들인 열아홉살 야나이 마사키가 순간적으로 뛰어들어 대신 총을 맞고 숨졌습니다.

나는 이 보고를 받고 한동안 눈을 감은 채 아무 말도 할 수 없었습니다. 모든 가족이 항상 평탄하게 살아갈 수는 없지만 이 같은 일을 겪는다는 것은 정말 가슴 아픈 일입니다. 나는 누구보다도 가족과의 헤어짐, 그것도 이생에서의 이별로 먼저 떠나보내는 고통을 잘 알고 있습니다. 나 역시 자식을 넷이나 앞서 보냈습니다. 자식이 부모를 구하려 했듯이, 역으로 자식이 위험에 처하면 불에 뛰어들지 않을 부모가 어디 있겠습니까. 가족사랑은 하나님이 소망하셨던 사랑이고, 무엇보다 부자지간의 사랑은 하나님을 대변하는 가장 헌신적인 사랑입니다.

이렇게 바깥에서 갑작스레 찾아오는 불행도 있지만, 가정 안에서 자초하는 경우도 있습니다. 우리가 사는 이 세계가 아직 평화롭지 못한 주된 원인 가운데 하나가 남편과 아내의 불화입니다. 79억 명이 살고 있지만, 따지고 보면 지구에는 두 사람이 살아갑니다. 남자와 여자, 곧 남편과 아내라는 이름의 두 사람이 살고 있습니다. 무수한 인간이 함께 살아가면서 온갖 관계를 맺고 매일 복잡한 문제가 벌어지고 있는 것처럼 보이지만, 사실 모든 문제는 남자와 여자 두 사람 사이에서 일어납니다. 그 두 사람이 서로 믿고, 사랑하고, 책임을 다하면 누구나 꿈꾸는 행복한 세상이 됩니다.

　행복이란 내가 사는 가정에서 평화를 어떻게 이룰 것인가에 달려 있습니다. 참된 부모와 참된 부부 그리고 참된 자녀가 평화의 가정을 이루면, 행복은 저절로 찾아옵니다. 화목한 가정을 만들기 위해서는 부모와 자녀, 손자가 한마음이 되어야 합니다. 그 집안에 아무리 어려운 골칫거리가 생겨도 부모가 아들딸을 사랑하는 마음, 할아버지가 손자를 사랑하는 마음에는 변함이 없어야 합니다. 또 손자는 할머니 할아버지를 존경하고 사랑해야 합니다. 이렇게 3대가 한집에서 함께 사는 가정이 제일 행복합니다.

　부모가 자식을 위해 하던 것과 마찬가지로 자식이 부모에게 할 수 있으면 그 자식은 진정 효자입니다. 충신이 되기 전에 먼저 효자가 되어야 하고, 내 형제자매를 사랑하는 가족이 되어야 합니다. 남녀가 결혼하기 전에는 진정한 효자효녀가 되지 못합니다. 부모 앞에 자기 자식을 보여 주는 사람이 참된 효자효녀입니다.

　가정은 세상에서 제일 중요하고 행복한 곳입니다. 어머니와 아버지가 있어서 좋은 곳이며, 오빠와 누나가 있고 동생이 있어서 따뜻한 곳입니다. 사람은 누구나 고향을 그리워합니다. 객지에 살면서도 사무치게 그리운 곳이 고향입니다. 우리는 모두 고향을 그리워하는 애절한 향수가 있습니다. 고향이 있는 본향땅, 그 그리움이 가장 오롯이 살아 있는 곳이 바로 가정입니다.

희생이라는 꽃 한 송이 바치다

"이 결혼, 절대 반대다!"

"당장 집어치워라. 이따위 결혼식이 세상에 어디 있단 말이냐!"

"내 딸을 데려다가 이렇게 결혼시키다니…… 아이구, 분해라."

안에서는 신랑신부들이 꽃송이를 들고 엄숙하게 서 있는데 밖에서는 부모들이 몰려와 아우성을 치고 난동을 부렸습니다. 심지어는 연탄재를 던져 아름다운 신부가 뒤집어쓴 일도 있었습니다.

1960년에 처음 통일교회 합동결혼식이 열렸을 때 세상은 깜짝 놀랐고, 반대하는 부모들로 인해 축하받아야 할 신성한 결혼식장이 아수라장으로 변했습니다. 그때 받은 핍박과 비난은 필설로 이루 다 말할 수 없을 만큼 험악했습니다. 그러나 그 아픔과 반대를 딛고 합동결혼식은 반세기 넘게 지구촌 곳곳에서 면면히 이어져 오고 있습니다.

예나 지금이나 통일교회 합동결혼식은 희생과 배려의 또 다른 상징입니다. 원래 사랑에는 희생이 따릅니다. 어느 시인은 "사랑은 나를 버리는 아픔"이라고 노래하기도 했습니다. 나를 버리지 않으면 참된 사랑을 이루지 못합니다. 남자는 여자를 위해서, 여자는 남자를 위해서 태어났습니다. 그러므로 사랑하는 사람을 위해 나 자신을 기꺼이 희생해야 합니다.

"너는 좋은 대학을 졸업했고, 좋은 직업도 가졌다. 그러나 네 신부 될 여인은 학교를 제대로 나오지 못했고, 집안도 가난하다. 결혼하겠느냐?"

이렇게 물으면 대부분 "싫습니다"라며 고개를 좌우로 젓습니다. 그러나 통일교회 식구들은 큰 소리로 대답합니다.

"네, 감사합니다."

결혼은 나보다 못한 사람을 만나서 그를 위해 열심히 살아가는 것입니다. 신랑신부는 그 진리를 감사히 받아들이지만 부모는 결사 반대합니다. 가장 어려움을 겪는 것은 한국과 일본의 신랑신부였습니다.

"내가 일제시대에 받은 고통을 생각하면 지금도 치가 떨린다. 그런데 그런 원수 나라의 딸과 결혼을 하겠다니…… 우리 가문에 일본 며느리는 절대 들일 수 없다! 절대 안 된다."

예수님은 "원수를 사랑하라"고 말씀하셨습니다. 원수를 사랑해야 평화로운 세상을 만들 수 있습니다. 그러나 평범한 사람으로서는 실행하기 쉽지 않은 말입니다. 입술을 깨물며 합동결혼식을 올린 신랑신부들은 결혼 후에도 가시밭길이 기다리고 있었지만 누구 하나 포기하지 않았습니다. 아들딸을 낳고 행복하게 잘 살아갑니다.

2018년 가을, 희망전진대회가 청평 천원단지 내 청심평화월드센터에서 열렸습니다. '효정 스피치'로 무대에 오른 전남 장성교회의 고바야시 게이코(小林景子)의 간증이 있었습니다. 그녀는 일본에서 공무원으로 남부럽지 않게 지내다가 1998년 한국으로 시집을 왔습니다. 결혼을 하면서 여느 가정처럼 달콤한 신혼생활을 기대했지만 그런 평범한 행복조차 그녀에게 허락되지 않았습니다. 남편은 간질병 환자였습니다. 평소에는 얌전하다가도 스트레스를 받으면 발작을 일으켰습니다. 그러다 보니 갈수록 삶에 무기력해지고 매사에 무관심했습니다. 어떤 일에도 감동을 느끼지 못했습니다.

그녀는 남편과 이혼하고 일본으로 돌아가야겠다는 생각만 가득했습니다. 가기 전에 청평 천원단지에 들렀습니다. 속죄기도라도 해야 마음이 편할 것 같았습니다. 그녀는 하나님께 매달려 기도했습니다.

며칠 후 갑자기 하늘에서 음성이 들렸습니다.

"사랑하는 내 딸아! 내가 너를 사랑하는 만큼 나는 네 남편도 사랑한단다. 몸이 약하고 외롭게 사는 불쌍한 내 아들을 네가 내 대신 보살펴 주면 안 되겠니?"

그녀는 그 자리에서 진심으로 회개하고 통곡하며 용서를 빌었습니다. 그 후 마음의 문을 열어 점차 남편을 사랑하자 하나님은 그녀에게 사랑스러운 아들을 허락해 주셨습니다. 그러자 남편에게도 변화가 생겨 몸이 건강해지고 일자리도 찾아 집안이 안정되었습니다. 지금은 부부가 열심히 5남매를 키우며 행복한 삶을 꾸려 가고 있습니다.

대회가 끝나고 며칠 후 나는 일본 선교사 모임을 가졌습니다. 전국 곳곳에서 4천여 명이 넘는 일본 부인들이 청평에 모였습니다. 마침 생일을 맞은 몇몇 부인에게 작은 선물을 전해 주면서, 지금까지 남편에게 생일선물을 받아 보았느냐고 물었습니다. 시골에서 바쁘게 살아가느라 생일을 잊고 지내는 사람이 대부분이었습니다. 그럼에도 그것에 불만을 가진 사람은 한 명도 없었습니다.

그들은 지난 30년 동안 어려운 일이 닥칠 때마다 하나님의 뜻과 참부모님을 생각하며 살아왔습니다. 나아가 일본의 과거 잘못을 대신 탕감하겠다고 참고 희생해 온 이들의 마음이 얼마나 귀한지 모릅니다. 유관순 열사의 정신을 기리며 기모노를 입은 채 엎드려 사죄하기도 했습니다.

행복은 모든 것이 갖춰진 상태에서 찾아오지 않습니다. 부족한 가운데 감사하는 마음을 가질 때 나도 모르게 찾아옵니다. 나보다 한참이나 못한 사람, 오히려 원수의 집안과 결혼할 때 바로 그곳에서 하나님의 역사가 이루어지고, 나아가 천운이 함께하는 행복이 출발합니다. 돈의 많고 적음을 따지지 말고, 직업이 무엇인지 헤아리지 말고, 외모에 마음을 빼앗기지 말아야 합니다. 진정한 인성을 갖춘 따뜻한 마음의 소유자가 최고의 배우자입니다. 그런 배우자를 만나 내 사랑을 다 줄 때 가치 있는 삶이 됩니다.

한국과 세계 곳곳에서 열린 통일교회의 합동결혼식은 인류 역사에서 가장 신성하고 보배로운 행사입니다. 지금까지 축복결혼을 받은 신랑신부는 수억 쌍에 이릅니다. 그 축복가정은 세계 어느 나라에 가든 반드시 있습니다. 한국 신랑과 일본 신부, 미국 신랑과 독일 신부, 세네갈 신랑과 필리핀 신부가 행복하게 살아갑니다. 말이 다르고 생활습관이 다른 것이야 금방 극복됩니다. 중요한 것은 부부가 서로 사랑하며 하나님의 뜻을 실천하며 살아가는 것입니다.

갈비뼈 하나가 뜻하는 것

"위대한 남성이 있다면, 그 뒤에는 반드시 위대한 여성이 있다."

서양에서 전해 오는 격언 중 하나입니다. 남성이 더 온전하게 되도록 도와주는 사람이 여성입니다. 아내가 없으면 남편은 온전해지지 못합니다. 마찬가지로 여성이 침묵하는 사회는 평화롭고 정의로운 세상을 만들지 못합니다.

그리고 여성은 어머니의 소명을 다해야 합니다. 어머니는 자녀를 낳고, 그 자녀를 인격을 갖춘 올바른 인간으로 양육해야 합니다. 그것은 여성만이 지닌 권한이면서 또한 책임이기도 합니다.

여성들이 자녀나 남편에게 또는 사회에서 인정받지 못하는 현실이 나는 늘 안타까웠습니다. 여성은 시대마다 고난의 앞길에서 큰 역할을 해왔습니다. 특히 통일교회 여성들은 참부모의 말씀에 따라 하나님을 모신 참된 딸, 참된 아내, 참된 어머니의 책임을 다하기 위해 지구촌 곳곳에서 땀을 흘렸습니다. 그것이 쉽지는 않았지만 결코 불가능한 일은 아니었습니다.

여성들이 지금까지 해온 대로 기존의 관습에 젖어 남성을 흉내 내고, 자신들의 위상만 높이려 해서는 안 됩니다. 남성과 여성은 대립하는 관계가 아닙니다. 참사랑으로 자기 것을 상대에게 베풂으로써 상대를 완성시켜 주고 하나가 됨으로써 서로를 공유하는 관계입니다. 여성은 남성의 보조자나 보호 대상이 아니라, 하나님의 또 다른 일성을 대표하는 자리에서 남성을 온전하게 해주는 독립된 인격체입니다.

이제 여성은 하늘 법도를 따라 참부모를 모시고 새로운 심정문화 세계를 이루는 주인공이 되어야 합니다. 타락의 속성을 벗어던지고 새로이 이룩할 본연의 문화, 인류가 애타게 찾는 사랑과 선의 문화를 꽃피워야 합니다. 집안에서도 참사랑의 화신으로 남편을 품고 참부모의 심정으로 아들딸을 길러야 합니다.

하나님의 축복이 머물고 본연의 사랑이 흘러넘치는 가정을 이루어야 할 주역은 바로 여성입니다. 참된 어머니의 길과 더불어 참된 아내의 길, 참된 딸의 길을 가야 합니다.

이제 앞으로 다가올 세상은 여성의 모성과 사랑, 친화력이 바탕이되는 화해와 평화의 세계입니다. 여성의 힘이 세상을 구할 시기가 도래했습니다.

여성은 그 시대의 온전한 거울

"대회를 불허합니다."

"아니, 왜요? 이 대회는 정치집회가 아니라 여성대회입니다. 그러니 대회를 열게 해주세요."

"여성이든, 무엇이든…… 아무튼 절대 안 됩니다."

1993년 가을 모스크바에서 여성대회를 열기로 했습니다. 두어 달 전부터 준비해서 모든 일정이 잡혀 있었는데 갑자기 러시아 당국이 대회를 열지 못하게 했습니다. 보리스 옐친 대통령이 개혁개방을 추진하고 있었음에도 한편으로는 모든 집회에 신경을 곤두세웠습니다. 정치와 무관한 여성대회라고 설득해도 막무가내였습니다. 멀리에서 온 식구들은 실망이 이만저만 아니었습니다.

소련 연방이 해체되어 몇몇 나라가 독립했던 그때 우크라이나 등의 주변국에 사는 식구들은 내가 모스크바에 온다는 소식을 듣고 무척 기뻐했습니다. 그곳 식구들이 모스크바에 한 번 오려면 돈을 내 비자를 받고 먼 거리를 며칠 걸려 기차를 타고 와야 했기에 비용이 아주 많이 들었습니다. 거의 두서너 달 수입과 맞먹는 돈을 들여 찾아온 식구들은 대회장 앞에서 멈춰야 했습니다. 러시아 관리들은 대회는커녕 식구들조차 만나지 못하게 했습니다.

나는 숙소에서 러시아가 진정한 민주국가로 거듭나기를 기도했습니다. 그리고 베란다로 나갔습니다. 숙소 주변에 식구들이 여기저기 모여 있었습니다. 그들은 고개를 들어 나를 바라보았고, 나는 고개를 숙여 그들을 바라보았습니다. 우리는 아무런 말도 주고받을 수 없었습니다. 그러나 서로의 간절한 마음은 하나로 통했습니다. 지금은 포옹도 하지 못하고 손잡고 인사도 나누지 못하지만, 언젠가는 뜨겁게 만날 수 있으리라 굳게 믿었습니다.

나는 아직도 그들의 볼에 흘러내리던 뜨거운 눈물을 선연하게 기억합니다.

23년이 흐른 2016년, 경주에서 유엔이 주관하는 콘퍼런스가 열렸습니다. 유엔 사무총장과 100개 나라 4천여 명의 NGO 대표들이 모여 어떻게 하면 더 밝은 세상을 만들어 갈 것인지에 대해 진지한 토론을 했습니다. 그 자리에서 세계평화여성연합은 그동안의 순수하고 폭넓은 활동을 인정받아 주요 NGO로 뽑혔습니다. 모스크바에서 당국의 반대로 집회를 열지 못했던 것이 엊그제 같은데, 세계평화여성연합은 이제 유엔에서 적극 후원하는 중요 단체가 되었습니다. 지구촌 곳곳에서 헌신해 온 여성연합의 평화정신과 봉사가 빛을 발하는 순간이었습니다.

그 첫 단추는 1991년으로 거슬러 올라갑니다. 그해 9월 일본 도쿄에서 총리 부인 등 7천여 명의 여성 대표들이 참석해 아시아평화여성연합을 만들었습니다. 나는 창설자로서 '아시아와 세계를 구원하는 참사랑운동'을 주제로 강연했습니다. 이듬해에는 도쿄돔에서 5만 명을 대상으로 연설을 했습니다. 준비 기간은 보름에 불과했지만 가슴 깊은 곳에서 끓어오르는 열정을 토로해 깊은 공감을 얻었습니다.

1992년 봄, 서울에서 70여 나라 16만 명의 여성이 모였습니다. 4천 대의 버스가 참석자들을 잠실운동장으로 실어 나르느라 서울 시내 교통이 마비될 지경이었습니다. 여성시대가 선포되는 현장을 보고 싶어하는 사람들이 그토록 많았습니다. 그날 탄생한 여성연합은 결코 세상에 흔한 또 하나의 여성단체가 아니라, 새로운 시대를 비추는 거울이 될 것임을 보여 주었습니다.

나의 연설은 지금까지 남성들이 주도했던 전쟁과 폭력, 갈등을 끝내고 사랑과 평화가 넘치는 이상세계로 나아가는 나침반이 되었습니다. 이후 나는 세계를 순회하면서 여성 지도자들을 격려하고 모두가 공감하는 진정한 여성운동을 펼쳤습니다. 대회가 금지되었던 모스크바에도 들어가 수많은 여성과 식구들을 만나 기쁨의 해후를 하고 대회를 성공리에 마쳤습니다.

여성들은 그동안 여성의 진정한 가치를 모르는 남성들로부터 정당한 대우를 받지 못했습니다. 그것을 깨기 위해 여권신장운동도 벌이고 여성해방운동에도 뛰어들었으나 주로 남성을 상대로 한 투쟁적이고 정치적인 운동이었습니다. 그러나 나는 세계평화여성연합을 통해 여성의 참된 가치를 일깨워 주면서 여성 자신과 남성까지 포용하고 발전시키는 운동을 전개했습니다.

여성이 시대를 비추는 맑은 거울이 되기 위해서는 자신이 먼저 맑고 순수해야 하며, 자신을 먼저 극복할 수 있는 내면의 강한 힘을 가져야 합니다. 효심으로 부모를 섬기는 참된 딸이 되고, 정절과 헌신으로 남편을 내조하는 참된 아내가 되어야 합니다. 또한 사랑과 정성으로 아들딸을 기르는 참된 어머니가 되어야 합니다. 하나님을 모신 참사랑의 가정을 이루고, 평화세계를 만드는 일에 앞장서는 참된 여성 지도자가 되어야 합니다.

사막 한가운데서 바늘을 찾다

휘이잉~

모래바람이 불어오면 눈을 뜨지 못합니다. 모래는 눈 속으로, 살 속으로 마구 파고들고, 햇빛은 이글이글 타오릅니다. 사막에서는 한 걸음 내딛는 것조차 몹시 힘이 듭니다. 여행객은 며칠에 불과하지만 그곳에서 살아가는 사람들은 나날이 힘겹지 않을까, 애잔한 마음도 듭니다. 그러나 그곳에 사는 사람들은 모래바람이나 뜨거운 햇빛을 친구로 여길 것입니다. 삶을 진정으로 힘들게 하는 것은 다른 데 있습니다.

고대문명의 발상지로서 나일강 주변의 사막에 우뚝 솟은 피라미드는 4천 500년 전에 세워졌습니다. 어디에서 그 엄청난 무게의 거대한 돌들을 가져와서 어떻게 지었는지 오늘날의 과학기술로도 밝혀낼 수 없습니다. 그러나 근본적인 질문은, 그들이 왜 그런 건축물을 지었느냐는 것입니다. 그것은 육신을 지닌 생활보다는 영원한 세계의 삶을 더 추구했기 때문입니다. 인류는 본심의 작용에 의해 하나님에게로 돌아가고 싶어 합니다. 그들은 지상생활에 대한 미련보다는 영원한 세계, 영계의 생활을 더 중요시하며 살았습니다.

1960년대 말, 우리 부부가 처음 세계순회를 할 때 이스라엘에 들렀습니다. 그날따라 무척 더웠습니다. 이스라엘은 남한의 5분의 1밖에 안 되는 작은 나라입니다. 성경에 나온 곳을 찾아 일주했는데 불과 네 시간 만에 다 둘러보았습니다. 우리는 순례를 하면서 평상시에는 이렇게 평화로운 곳인데 어찌하여 끊이지 않고 분쟁과 갈등 그리고 테러가 난무할까, 의구심이 들었습니다.

중동은 2천 년 전에 예수님이 탄생한 신성한 땅입니다. 뛰어난 문명으로 세계의 문화를 이끌어 온 우수한 민족들이 사는 곳이었습니다. 그러나 오늘날 종교 갈등으로 아픔이 끊이지 않습니다. '세계의 화약고'라는 불명예스러운 이름이 따라다니는 것도 모자라 하루가 멀다 하고 테러가 일어나 선량한 사람들이 목숨을 잃고 있습니다.

우리는 폭탄과 테러, 갈등이 난무하는 중동 한복판에서 안위를 돌보지 않고 화해와 사랑으로 평화를 실천하는 일에 일찌감치 뛰어들었습니다. 1960년대 말부터 유럽의 선교사들이 차례차례 요르단, 이란, 레바논으로 갔습니다. 그중에는 여성 식구들이 적지 않았습니다. 그녀들은 그 어떤 대륙에서보다 수난을 겪었습니다. 시련과 핍박이 끊이지 않았으며 추방되는 일도 자주 벌어졌습니다. 몇몇 이슬람국가에서는 선교 자체가 엄하게 금지되어 자칫 목숨을 잃을 수도 있었습니다. 그럼에도 여성 식구들의 헌신으로 사람들이 조금씩이나마 마음의 문을 열기 시작했고, 교육과 봉사를 통해 이해의 폭을 넓혀 갔습니다.

8장 가정은 가장 귀한 보석입니다

우리는 무슬림 지도자를 적게는 수십 명, 많게는 수백 명씩 뉴욕으로 초대해 원리와 새말씀을 들려주었습니다. 그 원리에 감복한 이슬람 사람들은 축복결혼식도 했습니다. 이는 역사상 처음 있는 종교의 위대한 화해였습니다. 여기에서 그치지 않고 나는 중동으로 건너가 터키에서 '참부모와 성약시대'를 주제로 강연을 했습니다. 그런데 강연에서 이슬람도, 무함마드도 언급되지 않자 청중의 절반이 퇴장해 버렸습니다. 예루살렘에서 강연하기로 했을 때는 큰 논란이 벌어졌습니다.

"그곳은 지금 전쟁의 본거지인데 어떻게 가시겠습니까?"

"테러가 잠잠해졌을 때 가면 더 좋을 텐데요."

그러나 나는 총칼이나 포연은 개의치 않고 예루살렘으로 갔습니다. 유대교인들의 반대로 강연장의 대관이 갑작스레 취소되어 부랴부랴 장소를 옮겨야 했고, 역시나 많은 사람이 자신의 뜻과 다르다 하여 중도에 퇴장했습니다. 그럼에도 나는 굴하거나 낙담하지 않고 끝까지 강연을 마쳤습니다. 인류 구원을 위해 길을 나선 나를 그 무엇도 가로막을 수 없었습니다.

사람들은 중동에 가는 일 자체가 지극히 위험하며, 그들의 입맛에 맞지 않는 강연을 하면 심한 야유와 비웃음을 살 거라고 우려하면서 방문을 만류했습니다. 그러나 나는 그보다 더한 곳도 여러 번 찾아갔기에 조금도 망설이지 않았습니다. 나를 기다리고 있는 사람이 한 명이라도 있다면 지구 끝 어디라도 찾아가 구원의 문을 열어야 하는 것이 독생녀의 소명이었습니다.

2000년대 들어서는 지금까지와는 다른 중동평화운동을 시작했습니다. 그중 하나는 유대인과 기독교인을 화해시키는 것이었습니다. 교회에서 십자가를 내리는 운동을 하는 한편, 예루살렘 거리에서 십자가를 들고 행진했습니다. 가롯 유다가 예수님을 팔아넘기고 받은 은 30냥으로 샀다는 '피밭' 땅에 십자가를 묻었습니다. 그 자리에 있던 한 유대인 여성은 4천 년 유대인의 원한이 풀려 가는 것을 느꼈다고 말했습니다. 두 종교의 화합을 위해 '예루살렘 선언문'도 발표했습니다. 예수님 대관식도 올렸습니다. 만왕의 왕으로 인류를 찾아온 예수님은 십자가에 못 박혀 뜻을 이루지 못했습니다. 이를 해원하는 대관식에는 예수님을 반대했던 유대교인들도 참석해 그 의미를 더했습니다. 또한 70여 나라에서 온 종교 지도자들과 3천여 명의 이스라엘, 팔레스타인 시민들이 뜨겁게 포옹했습니다.

이 모든 중동평화의 밑바탕에는 우리 부부의 뜻에 따른 여성 식구들의 헌신이 있었습니다. 낯선 땅, 거친 자연, 모래바람이 휘몰아치는 사막에서 10여 년 동안 가정을 뒤로한 채 헌신적으로 활동했습니다.

우리 부부가 중동과 처음 마주한 것은 이미 50년 전입니다. 뜨거운 바람이 불어오는 사막에 첫발을 내디뎠을 때의 설렘과 아픔이 지금도 생생합니다. 그때 중동 여러 나라를 순회하면서 모든 나라가 한마음으로 평화를 이루기를 간절히 기도했습니다. 사막 한가운데서 홀로 작은 바늘을 찾는 심정이었습니다. 평화로운 세상을 세우지 않고는 결코 돌아서지 않겠다고 다짐했습니다. 독생녀가 함께한다는 사실을 미처 알지 못했던 사람들에 의해 테러가 자행되는 것은 슬픈 일이었습니다. 그러나 이제 그 비극의 악순환은 끝이 보이기 시작합니다. 인류 구원을 위한 독생녀의 말씀을 받아들이는 사람들이 시나브로 늘어나면서 중동에도 참된 평화가 뿌리를 내리고 있습니다.

9장

하나님 나라는
우리 가운데에 있습니다

가장 으뜸 되는 가르침은 무엇일까요

　우리에게는 많은 가르침이 있습니다. 가정에서 어머니 아버지의 밥상머리 가르침이 있고, 학교에서 선생님의 따끔한 가르침이 있습니다. 사물의 이치를 규명하는 과학이 있고, 가난에서 벗어나게 해주는 경제학도 있습니다. 또 사회에 나가면 선배들이 올바른 직장생활의 자세를 가르쳐 줍니다. 그 가르침들은 모두 중요하며 삶을 더 밝고 지혜롭게 해줍니다. 지식과 지혜는 우리가 언제까지나 추구해야 할 소중한 가치입니다.

　그러한 모든 가르침 중에서 가장 으뜸 되는 가르침은 무엇일까요?

　바로 종교입니다. 종교라는 단어는 '마루 종(宗)'과 '가르칠 교(敎)'로 이루어져 있습니다. 곧 종교는 모든 교육과 진리 중에서 가장 으뜸 되는 가르침입니다. 공자, 석가, 예수, 무함마드를 비롯한 여러 종교 창도자들의 교리는 시대를 뛰어넘어 인간의 양심을 지켜 주고 문명을 이끌어 온 원동력이었습니다. 따라서 모든 종교는 죄악의 세계를 청산하고 신과 인간이 바라는 이상세계를 만드는 삶의 동반자입니다.

오늘날 이기주의가 보편화되어 버린 것은 가슴 아픈 현실입니다. 생활수준이 향상되고 기술이 발전하는 것에 비해 사람들은 날이 갈수록 점점 더 소외되고, 자신의 나라와 사회, 심지어는 가정에 대해서도 책임감을 갖지 않습니다. 이혼율이 날로 증가하는 것은 부부가 서로 결혼에 대한 책임을 지지 않고 있다는 증거입니다. 부모는 아들딸에게 합당한 책임을 지지 않으려 하고, 아들딸은 부모를 저버리고 오로지 자신의 욕망이나 욕심만 챙기려 합니다. 자녀로 지은 인간이 이러할진대 하나님은 얼마나 가슴이 아프시겠습니까?

지금까지 세계적으로 많은 종교가 있었습니다. 과연 그 종교들은 우리에게 무엇을 가르쳐 주었을까요? 모든 종교는 먼저 신에 대해 올바로 가르쳐 주어야 합니다. 신의 존재를 알리는 일도 중요하지만, 우리 인류와의 관계를 밝혀 주는 것이 무엇보다 중요합니다. 하나님이 계시다면 어떠한 분으로 계시는가, 하나님의 사랑은 어떠한가를 하나하나 가르쳐 주는 종교가 참된 종교입니다.

나는 5대양 6대주, 수백수천 킬로미터 땅끝까지 말씀을 전하기 위해 혼신을 다했습니다. 가는 곳마다 하나님이 준비한 의인을 만났습니다. 하나님은 아무리 힘든 여건 가운데서도 의인을 찾아오셨습니다. 성경에 나오는 소돔과 고모라는 음란과 패륜의 도시였습니다. 하나님은 의인 50명만 있어도 멸하지 않겠다고 하셨습니다. 아브라함은 점차 수를 낮춰 10명을 하늘에 고했습니다. 결국 단 한 사람의 의인도 찾지 못해 소돔과 고모라는 화산 폭발로 표상되는 화염 속에 내던져졌습니다. 오직 롯과 그의 가정만 살아남았습니다.

하나님은 내가 가는 세계 도처마다 많은 의인을 준비해 놓으셨습니다. 국가와 민족을 초월해 어디를 가나 의인이 기다리고 있었습니다. 그래서 식구들에게도 하늘이 예비한 의인을 찾으라고 말합니다.

2018년 나는 흑백 갈등으로 처절한 아픔을 겪은 남아프리카공화국으로 갔습니다. 그곳은 10여 년 전 나의 입국을 불허한 나라였지만, 이제는 온 나라가 나서서 나를 뜨겁게 맞아 주었습니다. 그 아픔의 땅에서 아프리카서밋과 6천 쌍 축복결혼식을 주재했습니다. 아프리카서밋에는 전 세계 60여 나라에서 1천여 명의 대표가 참석해 내가 제안한 아프리카 평화 정착과 보다 잘살기 위한 방안을 추진하기로 결의했습니다.

넬슨 만델라 탄생 100주년을 기념해 그가 남긴 민주주의 유산을 마음에 되새기는 의미도 있었습니다. 넬슨 만델라의 장손 격인 만들라 만델라 남아공 국회의원은 나를 증언하는 진솔한 연설로 청중들의 큰 박수를 받았습니다.

"한학자 총재님은 나의 할아버지와 같이 이 시대 평화의 아이콘입니다. 신(神)아프리카 프로젝트로 새로운 희망과 비전을 주신 한학자 총재님과 함께 만델라 대통령의 유업을 잇는 아프리카가 되어야 하겠습니다."

축복결혼식에는 20여 나라에서 6천여 쌍이 참석해 참어머니를 구원의 독생녀로 받아들였습니다. "나중 된 자가 먼저 된다"는 말처럼 남아공화국과 짐바브웨, 세네갈 그리고 아시아의 네팔은 비록 가난하고 굴곡이 많은 아픔의 역사를 겪었지만 독생녀를 믿음으로써 찬란한 빛을 발하고 있습니다.

　인도의 시성 타고르는 한국을 찬양하는 아름다운 시를 썼습니다. 그 시절 한국은 일제 식민 치하에서 고통의 나날을 보내고 있었으며, 세계 어디에 있는지조차 알려지지 않았습니다. 타고르는 "코리아, 그 등불 다시 켜지는 날 너는 동방의 밝은 빛이 되리라"라고 예언했습니다. 빛은 참말씀입니다. 새로운 진리의 말씀을 의미합니다. 한국에서 참다운 말씀이 출현해 인류의 등불이 되고 세계를 밝혀 줄 것이라고 예언했습니다. 나는 지금 그 진리의 등불인 원리와 새말씀을 온 세계에 밝히고자 동분서주하고 있습니다. 이제 밭을 갈았으니 씨앗을 뿌리고 더 깊이 뿌리를 내리는 일이 남아 있습니다. 그 소중한 일에 우리 모두 앞장서야 할 것입니다.

　온 인류는 지금 참부모를 기다리고 있습니다. 우리는 참부모의 사랑과 생명과 혈통을 이어받은 참된 아들딸이 되어야 합니다. 그럴 때만이 진정한 행복과 영생의 문이 열립니다.

참사랑은 '자기가 없는 사람'입니다

남편은 나를 가리켜 '자기가 없는 사람'이라고 말하곤 했습니다. '옷장이 텅 빌 정도로 나누어 준다'고 말했습니다. 나는 어떤 것이든 애지중지하며 챙겨 쌓아 두는 것을 싫어합니다. 우리와 뜻을 함께하며 밤낮 없이 고생하는 식구들을 보면 항상 안쓰러운 마음이 앞서기 때문입니다.

청파동 교회에서도 한남동 공관에서도, 지금의 청평에서도 선교사나 손님이 찾아오면 옷장을 열어 옷과 구두를 내어 줍니다. 생전에 남편의 옷이나 넥타이도 그렇게 다 새 주인을 찾아갔습니다. 수고하는 식구들을 볼 때마다 작은 것이라도 주어 보내야 마음이 편했습니다. 아프리카나 남미의 가난한 동네에 가면 아무리 바빠도 고아원이나 어려운 사람들을 찾아가려 애썼습니다. 일정이 너무 촉박해 들를 수 없으면 국제구호친선재단과 봉사단체를 통해 지원했습니다. 특히 장학금을 많이 주도록 했습니다. 누구라도 어려운 처지에 놓여 있으면 그대로 지나치지 않았습니다. 그것은 마음으로부터 우러나온 진정한 사랑이었습니다.

"생명이 먼저일까요, 사랑이 먼저일까요?"

이렇게 물으면 대부분의 사람들은 생명이 먼저라고 대답합니다.

"생명이 있어야 사랑도 하니까요."

그러나 사랑이 먼저입니다. 모든 존재의 출발점은 생명입니다. 그런데 그 생명이라는 것은 사랑에서 잉태되었습니다. 그래서 생명보다 사랑이 더 먼저입니다. 우리의 몸과 마음은 부모에게서 나왔습니다. 어머니 아버지의 사랑이 아니었다면 나는 이 세상에 존재하지 못합니다. 그러므로 생명을 버릴지언정 사랑을 버려서는 안 됩니다.

인간은 사랑에서 태어났고, 사랑의 길을 가야 하고, 사랑을 위해서 죽어야 합니다. 그러나 순간적인 사랑, 조건을 따지는 사랑을 탐닉해서는 안 됩니다. 영원하고 순수한 사랑을 지녀야 합니다. 우리에게 필요한 사랑은 절대적 사랑이며 참사랑입니다. 참사랑은 '위하는 사랑'입니다. 그래서 참된 사랑은 섬김을 받는 것이 아니라 남을 섬기는 사랑입니다.

또한 참사랑은 끊임없이 용서하는 것입니다. 예수님은 "일곱 번씩 일흔 번이라도 용서하라"고 하셨습니다. 십자가상에서도 자신을 창검으로 찌르는 로마 병정들을 향해 "저들이 알지 못하여 그리하오니 저들을 용서하여 주시옵소서"라고 간구했습니다.

문 총재 역시 일제강점기에 경기도 경찰부에서 자신을 혹독하게 고문했던 일본인 형사의 생명을 구해 주었습니다. 1945년 광복이 되자 미처 일본으로 돌아가지 못하고 숨어 있다 한국인에게 붙잡혀 처형될 처지였습니다. 생명이 경각에 달려 있는 구마다 하라 형사를 한밤중에 밀선에 태워 도피시켰습니다. 원수나 다름없는 자를 용서하고 피신시키는 일은 하루아침에 이루어지지 않습니다. 이미 마음으로부터 모든 것을 용서하고 원수의 얼굴에서 하나님의 모습을 찾으려고 노력하지 않고는 쉽게 행할 수 없는 일입니다. 원수를 원수라 생각하지 않고 오히려 그를 위해 기도하면서 용서했기에 가능한 일이었습니다. 이것은 자기가 없는 삶을 살 때만이 가능합니다.

악은 자신의 이익을 얻으려 하는 것이고 선은 주고도 잊어버리는 것입니다. 참사랑은 주고도 잊어버릴 때 번성합니다. 사랑은 주면 줄수록 줄어드는 것이 아니라 새롭게 샘솟아 더욱 풍성해집니다. 영원히 마르지 않는 샘과 같아서, 해도해도 끝이 없습니다. 사랑의 길은 진정 좋은 것을 주고도 부족함을 느끼는 것입니다. 좋은 것을 주고 그것을 자랑으로 여기는 것이 아니라 더 좋은 것을 주지 못해 안타까워하는 것이 참된 사랑입니다.

사랑은 원과 같이 돌고 돕니다. 끝이 나지 않습니다. 끝을 느끼는 사랑은 사랑이 아닙니다. 참된 사랑은 영원하면서 또한 변치 않습니다. 시대가 아무리 변하고 환경이 바뀌어도 참사랑은 그대로입니다. 참사랑은 누구나 다 원합니다. 천년만년이 지나도 참사랑은 싫다 하지 않습니다. 참사랑은 영원하기 때문에 봄에도 그 사랑, 여름에도 그 사랑, 가을에도 그 사랑, 겨울에도 그 사랑입니다. 소년일 때도 그 사랑, 어른이 되어서도 그 사랑, 늙어서도 그 사랑입니다.

사랑하는 사람을 만나면 영원히 꽃을 피우고 싶어 합니다. 사랑은 남자와 여자를 하나 되게 하는 힘입니다. 서로가 완전히 사랑한다는 것은 그가 내 안에 있고 내가 그 안에 있다는 뜻입니다. 사람이 찾는 것 중에서 제일 귀한 것이 사랑입니다. 인간은 귀한 물건, 귀한 사람, 귀한 사랑을 찾아 살아갑니다. 참사랑을 지니면 모든 슬픔과 고통도 기쁨으로 승화됩니다. 세상의 모든 것은 한 번 주면 없어집니다. 그렇지만 사랑은 주면 줄수록 더 많이 돌아옵니다. 사랑을 받겠다는 마음이 사랑을 주겠다는 마음으로 바뀌면 평화세계가 찾아옵니다.

하늘 대한 효정, 세상의 빛으로

나는 강원도 평창의 발왕산에 종종 오릅니다. 해발 1,458미터인 그 산의 기슭에 휴양지로 잘 알려진 용평리조트가 있습니다. 오래전 국민 드라마로 인기를 끌었던 〈겨울연가〉의 멋진 무대이기도 합니다. 산꼭 대기에 오르면 세상에 하나밖에 없는 진귀한 나무가 있습니다. 나는 그 나무를 '마유목'이라 이름 붙였습니다.

전혀 다른 두 종류의 나무가 한 몸통이 되어 마치 한 나무처럼 살아 갑니다. 수백 년 된 야광나무는 어머니이고, 그 품 안에서 자란 마가나 무는 아들입니다. 서로 의지하며 사이좋게 살아가는 모자나무입니다.

야광나무가 오래되어 속이 텅 비자 그 안에 새가 마가나무 씨앗을 떨어뜨려 마가나무가 뿌리를 내리고 새끼나무로 터를 잡았습니다. 야 광나무는 마치 아기를 양육하듯 마가나무에게 영양분을 제공하며 품 안에서 점차 키워 나갔습니다. 마가나무는 차츰 자라나 깊이 뿌리를 내리고 마치 어머니를 봉양하듯 야광나무를 보살피며 공생합니다. 허공에는 두 종류의 나무가 각각 꽃과 열매를 맺습니다. 식물에 불과할지라도 아름다운 모자의 사랑과 배려, 깊은 정을 담고 있어 더할 나위 없는 효정의 본보기입니다.

'효정(孝情)'이라는 단어를 처음 접하는 사람들은 대부분 고개를 갸우뚱합니다. 알 듯하면서도 그 뜻을 정확히 말하기가 쉽지 않기 때문입니다.

"효도를 하는 정성이라는 뜻인가요? 아니면 효도의 마음이라는 뜻인가요?"

어떤 사람은 이렇게 묻기도 합니다.

"혹시…… 이 효정이라는 단어가 효정(效情)입니까?"

효정(效情)은 '참된 정을 다한다'는 뜻이므로 과히 잘못된 풀이는 아닙니다. 그러나 내가 처음으로 사용한 효정(孝情)은 그보다 더 깊고 넓은 뜻을 지니고 있습니다. '효'는 동양에만 있는 단어입니다. 영어로 굳이 하자면 '필리얼 듀티(filial duty)'입니다. 그러나 '부모에 대한 자식의 의무'라는 의미로, 효의 깊은 뜻이 담기지는 못했습니다. 효를 의무로만 여긴다면 마음에서 진정으로 우러나와 부모를 공경하지 못하고, 사랑하지 못합니다. 효는 한국의 아름다운 전통이면서 삶의 근간입니다. 이토록 중요하고 가치 있는 효가 차츰 퇴색되어 가는 것은 누군들 가슴 아픈 일이 아닐 수 없습니다.

효정을 생각하면 나는 늘 가슴속에 큰 슬픔으로 자리 잡고 있는 큰아들 효진이와 둘째아들 흥진이가 떠오릅니다.

흥진이가 먼저 저세상으로 떠났습니다. 냉전이 치열했던 시기에 아버지를 지키기 위해 어린 나이임에도 용감하게 앞장섰던 아들이었습니다. 우리 부부가 전국을 돌며 승공궐기대회를 할 때 '죽이겠다'고 협박하는 공산주의 추종자들이 있었습니다. 그러면 흥진이는 언제나 팔을 걷어붙이며 말했습니다.

"아버지를 내가 지켜 드리겠습니다."

전국승공궐기대회 마지막 날, 광주에서 문 총재가 강연을 하기 위해 연단에 올라가려고 하는데 넥타이에 꽂혀 있던 넥타이핀이 사라지고 없었습니다. 나는 의아했습니다.

"그게 어디로 갔을까? 언제 없어졌지?"

그때 태평양 건너 미국 뉴욕에 있던 흥진이가 교통사고로 운명을 달리했습니다. 문 총재가 광주에서 연단에 올라 강연을 하던 그 시각이었습니다. 흥진이는 운전을 하다가 사고를 당하는 찰나에 핸들을 오른쪽으로 꺾었지만 앞에서 달려오는 대형 트레일러를 피하지 못했습니다. 옆에 앉아 있던 후배를 살리고 자신은 하늘나라로 갔습니다.

나중에 밝혀진 사실이지만, 문 총재를 해치려는 불순한 사람들이 청중으로 가장해 광주 대회장에 들어왔습니다. 무대가 있는 앞쪽으로 가려 했으나 입추의 여지없이 들어찬 관중으로 인해 그 계획은 수포로 돌아갔습니다. 사탄은 문 총재를 목표로 했지만 기대가 무너지자 대신 흥진이를 희생제물로 삼았습니다. 흥진이는 "아버지를 내가 지켜 드리겠다"고 한 약속을 희생의 제물이 됨으로써 대신했습니다. 나는 흥진이가 태어날 때 3일 만에 깨어나 걱정을 했는데 '마지막 갈 때는 부모에게 가장 큰 효도를 하고 갔구나' 생각했습니다. 그 깊은 효정을 우리 통일교회 식구들은 가슴에 고스란히 간직하고 있습니다.

큰아들 효진이는 음악을 좋아했습니다. 오늘날 통일교회 식구들 가운데 음악을 하는 청년이 많은 것은 효진이의 영향도 적지 않습니다. 큰아들답게 어렸을 때부터 입버릇처럼 말했습니다.

"효자는 내 거야!"

그러나 엄마를 바라보는 마음은 편치 않았던 듯합니다. 친구들의 엄마에 비해 가진 것이 없고 늘 바쁘기 때문이었습니다. 그런 엄마를 위로해 주려고 큰 소리로 장담하곤 했습니다.

"엄마! 내가 자라면 엄마에게 모든 것을 다 해주겠어!"

우리 부부가 1970년대 초 미국에서 활동할 때 동양 사람은 어디를 가든 무시당했습니다. 한국인이건 일본인이건 가리지 않고 무조건 '차이니즈'라 불렀습니다. 그 시절에 문 총재는 50개 주를 돌며 순회강연을 했습니다. 우리에게 공감하는 사람도 많았지만 비웃는 사람도 많았습니다.

효진이는 아버지 어머니를 따라다니며 그 모습을 모두 보았습니다. 공산주의자들이 아버지 강연장마다 나타나 위협하는 모습을 보고, 열두 살에 불과했음에도 "내가 아버지를 지키기 위해 저들과 싸우겠다"며 웃옷을 벗었습니다. 그러다가 점차 세상 사람들이 말씀을 받아들이게 하는 데는 노력과 시간이 필요하다는 것을 깨달았습니다.

'회오리바람처럼 몰아서 한꺼번에 효과적으로 전할 수 있는 방법이 없을까?'

생각하고 또 생각했습니다.

"바로 이거야!"

무릎을 치며 찾아낸 것이 메탈 음악이었습니다. 음악으로 사람의 마음을 바꿔 교회로 인도해야겠다고 결심하고 3년 동안 1만 곡을 만들어 냈습니다. 작사와 작곡을 스스로 다 했습니다. 하루에 열 곡 가까이 창작한다는 것은 평범한 사람에게는 거의 불가능에 가까운 일입니다. 그것을 3년 동안 매일 반복한다는 것은 더욱더 어렵습니다. 효진이는 자신을 돌보지 않고 밤낮 창작에 몰두했습니다. 그 일이 부모님을 기쁘게 해드릴 수 있는 효정의 마음이고, 세상을 위해 자신이 해야 할 사명이라 여겼습니다. 그 많은 노래 중에 사람들은 〈기적소리〉를 가장 좋아했습니다.

"님께서 바라시는 나를 찾아야지. 두근거리는 내 가슴은 님을 위해 뛰어가는 기적소리야."

노래에 감명받은 사람들이 늘어나고 식구들이 늘어나면서 사탄의 질투도 커졌습니다. 효진이는 음악에 몰두해 밤낮으로 작사와 작곡, 노래에 매달렸습니다. 2007년 서울올림픽경기장에서 콘서트를 하고, 일본으로 건너가 콘서트투어를 한 것이 마지막이었습니다. 그리고 공연과 연일 계속되는 창작활동으로 인한 과로로 2008년 하늘나라로 갔습니다.

우리 식구들은 음악으로 사람들을 하나님 앞으로 인도하려 했던 그 마음에 늘 감사함을 갖고 있습니다. 효진이의 불꽃같은 음악은 어머니 아버지를 위한 효정이었습니다. 그 효정의 정신을 이어받기 위해, 매년 가을 문 총재를 추모하기 위한 천주성화축제가 열리면 효진이를 기리는 '효정페스티벌'도 함께 열립니다.

부모를 위해 내가 무엇을 할 것인지 고민하고, 그 길로 용감히 나아가는 사람이 효자입니다. 그런 효자는 섬김의 정신으로 사람들을 대하기에 어느 곳에서도 환영받고, 반드시 뜻을 이룹니다. 나 아닌 다른 사람을 모두 섬기는 '효정'은 그래서 위대합니다.

나는 문 총재 성화 4주년에 효정의 아름다운 씨앗을 세상에 뿌렸습니다. 한국 전통의 시묘정성 기간인 3년이 지난 뒤부터 추모제는 그때까지와는 다르게 열렸습니다. 슬픔을 딛고 새로운 희망과 평화를 열어가는 축제의 장으로 변화했습니다. 2016년 8월, '하늘에 대한 효정, 세상의 빛으로'를 주제로 선포한 추모제는 지구촌 곳곳에 사랑의 손길이 폭풍우처럼 퍼져 나간 기쁨의 한마당이었습니다.

참부모의 발자취를 되돌아보는 한편 다채로운 문화경연도 펼쳐졌습니다. '밥이 사랑이다'를 모토로 '화합통일비빔밥 나눔 대축제'도 열었습니다. 큰 솥에 쌀밥과 맛난 재료를 가득 넣고 비빔밥을 만들어 식구들이 오순도순 나눠 먹었습니다. 커다란 주걱을 들고 내가 직접 밥을 비비면서 세계 인류가 한 식구로 화합하기를 염원했습니다.

4주년 추모제에는 즐거운 공연뿐만 아니라 다양한 프로그램이 있었습니다. 한 달여 동안 강연과 세미나, 행사가 국내외 여러 곳에서 열려 우리가 나아갈 방향을 모색하는 진중한 시간도 가졌습니다.

남편이 성화하던 날을 나는 지금도 기억합니다. "초창기 교회로 돌아가 신령과 진리로서 교회를 부흥시키겠다"고 한 약속을 가슴 깊이 새기고 있습니다. 아내로서 남편을 추앙하는 것과 똑같이 내 가슴에는 효진이와 흥진이의 효정이 살아 숨 쉬고 있습니다. 그 효정이 사람들에게 전해져 모두가 다른 사람을 위하여 살고 섬기며 살아간다면 그곳이 진정한 천국이 됩니다.

다른 무엇보다 효는 인간의 가장 큰 실천 덕목이자 삶의 영원한 기둥입니다. 효도는 부모님이 살아 계실 때 해야 합니다. 부모님이 떠난 자리에서 아무리 효도한다고 발버둥을 쳐도 이미 때는 지나간 뒤입니다. 이 순간이 얼마나 귀하고 자랑스러운 때인가를 알아야 합니다. 이처럼 숭고한 가치가 새롭게 발현된 효정의 빛은 한국에서 출발해 아시아를 넘어 세계를 비추는 찬란한 빛이 되었습니다.

어머니의 시간, 밥이 사랑이다

성혼 직후 남편과 마주했던 첫 수라상이 은빛 억새처럼 아련히 떠오릅니다. 함박눈 같은 큰 눈물이 금방이라도 와락 쏟아질 듯, 남편의 눈빛은 하나님의 벅찬 심정을 모두 담고 있었습니다.

인류를 위한 참부모의 길을 걸으며 우리 부부는 수많은 밥상을 대했지만 그 목적은 늘 같았습니다. 하나님 앞에 효정의 도리를 다하고 인류 구원과 평화세계를 이루기 위함이었습니다. 그래서 절박했던 3년 개척전도 내내 꽁보리밥만 대했을 때도, 하루에 두 나라 이상을 숨가쁘게 순회하며 물 한 모금으로 겨우 목만 축였을 때도 남편과 나는 아무 염려가 없었습니다. 모든 것이 감사였고 기쁨이었습니다.

매년 성탄을 맞아 축복가정에게 '수라상' 나눔 축제를 베풀어 줄 때는 얼마나 기쁘고 즐거웠는지 모릅니다. 축복가정은 참부모님의 시린 눈물 속에 가슴으로 다시 낳은 하늘 혈통의 참자녀입니다. 하늘이 선택한 선민입니다. 그래서 나는 이들을 '선민 축복가정'이라 부릅니다. 지금은 천상에 계신 남편과 나는 영원토록 이 선민 축복가정을 사랑할 것입니다. 무엇보다 뜻을 위해 고군분투한 많은 자녀의 뜨거운 눈물과 땀방울을 한시라도 잊지 않겠습니다.

사실 '수라상'에 대해 나는 많은 아쉬움을 갖고 있습니다. 사랑하는 자녀 한 사람 한 사람에게 정말 김이 모락모락 나는 따뜻한 밥을 주고 싶은 마음이 간절하기 때문입니다.

2019년 12월, 대륙 복귀 선포의 초석(礎石)이 되는 남아프리카공화국 20만 축복식을 집전하기 위해 요하네스버그에 도착했습니다. 12월 7일 FNB주경기장에서 개최될 아프리카 대륙 단위 축복식은, 이제 국가 복귀 선포의 단계를 넘어 대륙 복귀 선포의 놀라운 시대를 여는 역사적인 행사였습니다.

내리는 비를 뚫고 비행기가 공항 활주로에 착륙했습니다. 공항 라운지에 들어서자, 너무도 반가운 사람이 환한 웃음을 지으며 서 있었습니다. 아들 하데베 선지자가 환한 미소와 함께 붉은색 꽃다발을 들고 나를 맞이했습니다. 나를 보자 마치 잃었던 어머니를 만난 것처럼 "어머님! 뵙고 싶었습니다. 남아공 어머님 집에 오신 것을 환영합니다"라고 인사하며 정성스레 준비한 꽃다발을 건넸습니다.

남아공 전통복장을 하고 존경과 겸손의 마음을 담아 머리를 숙인 채 환영하는 하데베 선지자와 함께 '하나님 계시교회'의 청년학생들이 나를 마중했습니다. 이어 라운지에서는 한바탕 떠들썩한 환영공연이 펼쳐졌습니다. 청년학생 공연팀은 아카펠라로 "남아공을 축복하시기 위해, 아프리카를 축복하시기 위해 참어머님께서 오늘 오셨습니다"라는 의미의 가사로 멋진 노래와 함께 아주 특별한 공연을 선보였습니다.

"오늘 내가 오자 비가 내렸는데, 남아공과 아프리카에서 비는 아주 귀한 분의 축복이라고 들었습니다"라고 인사를 하자 하데베 선지자는 물론 지도자와 식구들이 큰 환호와 함성을 보내 주었습니다.

이후 나는 하데베와 함께 점심식사를 했습니다. 사실 하데베 선지자는 자신이 영적인 계시를 받거나 심각한 정성을 드릴 때는 항상 그만이 머무는 산에 올라가 있었습니다. 내가 도착한 12월 5일은 그에게 영적으로 매우 중요한 날로, 매년 이맘때면 산에 올라 정성을 드린다고 했습니다.

12월 5일은 남아공은 물론 아프리카 전역에서 가장 존경받는 인물 가운데 한 사람인 넬슨 만델라가 서거한 날이자, 하데베가 만델라 대통령의 서거를 공개적으로 예언해 주위를 놀라게 한 날이기도 합니다. 그리고 특별히 어떤 영에 씌인 한 소년이 하늘의 방언으로 남아공을 해방시킬 지도자가 하데베라고 증거하며 몸속에서 사자의 이빨을 뱉어내 그에게 증정한 역사적인 날이라고 합니다. 이 영적 스토리는 남아공에서 마치 전설처럼 전해지는 매우 유명한 이야기입니다. 그래서 매년 이날 하데베 선지자는 자신에게 내려진 하늘의 소명에 감사하며 산에 올라 결의와 다짐을 올려 왔다고 합니다.

그런 날 귀한 참어머님께서 오셨으니 매우 상서로운 의미가 있으며, 자신은 산에 있어야 하지만 참어머님을 모시기 위해 잠시 내려왔다고 했습니다. 점심식사 후 다시 산으로 올라가 7일에 진행될 행사를 위해 사생결단 정성을 드리겠다는 것이었습니다.

그런 그에게 나는 따뜻한 한국식 잔치국수로 점심을 차려 주었습니다. 밥이 사랑이었습니다. 천륜에 의해 맺어진 모자지간의 사랑을 잔치국수를 통해 전했습니다. 참아버님 천주 성화 7주년 기념행사에 참석하기 위해 하데베 선지자가 한국에 왔을 때, 발왕산 정상에서 특별히 이번 행사를 위해 정성을 드렸습니다. 그때 내가 의형제를 맺어 준 윤영호 사무총장이 젓가락 사용 방법을 알려 주었는데, 이제는 젓가락으로 잔치국수를 제법 잘 먹었습니다. 한국 문화에 대한 하데베 선지자의 이런 자세는 독생녀 참어머님에 대한 또 다른 사랑과 존경의 표현이었습니다.

섭리의 봄, 나와 함께할 때가 황금기

　깊은 숲속에 작은 오솔길이 있습니다. 사람 한 명이 겨우 지나갈 수 있는 길입니다. 처음에 이 길을 낸 사람은 손으로 나뭇가지를 쳐내면서 손에 생채기가 나는 것을 아랑곳하지 않고 땀을 송골송골 흘리면서 길을 만들었을 것입니다. 그 덕분에 뒷사람들은 편하게 갈 수 있습니다. 우리는 그 첫 사람의 노고에 깊이 고마워하면서 길을 더 넓고 평탄하게 만들어야 합니다.

　그러나 숲에 오솔길을 내는 것보다 사람들 사이에 길을 만드는 것이 더 어렵습니다. 사람들은 나무나 가시덤불과 달리 자신의 의지가 있습니다. 그 의지에 반하면 마음을 열려 하지 않습니다. 나는 평생 사람들의 마음을 열어 한 가족이 되도록 하는 데 땀과 눈물을 흘렸습니다. 누구도 가지 않은 길을 개척하고 가장 험한 곳에서 세계인을 품에 안았습니다. 누구라도 도망치고 싶은 처지에서 인류 구원과 세계평화를 위해 묵묵히 참사랑을 실천해 왔습니다. 나를 비난한 원수까지도 용서하고 품어 감동의 눈물을 흘리게 했습니다.

이제 우리는 섭리의 봄을 맞이했습니다. 한 해를 시작하는 봄은 결실을 거둬야 하는 농부에게는 가장 바쁜 계절입니다. 미래의 풍성한 수확을 위해 최선을 다해야 하기 때문입니다. 섭리의 봄을 맞은 천일국의 백성들은 본래 하나님께서 이루려 하셨던 그 본연의 세계를 건설하기 위해 책임을 다해야 합니다. 자신의 종족을 책임지고 국가적인 기반에서 메시아의 책임을 다해야 합니다. 그런 천명이 놓여 있습니다.

어렵고 힘들어도 섭리를 마감하고 진실을 드러내야 합니다. 해바라기처럼 정렬된 자세로 우리에게 주어진 책임을 다한다면 하나님의 꿈, 인류의 소원은 반드시 이루어집니다. 문제는 내가 지상에 있는 동안 그 결과를 하나님 앞에 봉헌할 수 있느냐 하는 것입니다. 그래야만 후대 후손들에게, 미래에 올 인류 앞에 자랑스러운 나 자신이 됩니다. 이런 때는 언제나 오는 것이 아닙니다. 한 인간을 놓고도 독생녀인 나와 함께하는 이 시간은 그 누구든 나이를 막론하고 황금기입니다. 황금기를 놓쳐서는 안 됩니다.

동시대에 살면서 참부모가 오셨는지도 모르고, 하늘의 축복과 은사가 있는지도 모른 채 살아가게 할 수는 없습니다. 세상 만민이 이 시대에 함께 사는 것을 감사하면서 하늘을 모시는 자리에서 살게 해야 합니다. 지상천국에서 살아야 천상천국에 갈 수 있습니다. 따라서 우리의 목표도, 우리의 갈 길도 하나입니다. 그것은 하나님 앞에 자랑스러운 아들딸로 나아가는 길입니다. 하나님께서 "수고했다. 내 딸아, 내 아들아!"하고 품어 주실 수 있는 삶이 되어야 합니다. 지상생활을 하고 있는 바로 이때가 황금기라는 사실을 가슴으로 깨달아야 합니다.

나의 생활철학은 '위하는' 것입니다. 어디를 가든 다른 사람을 '위하는 삶'을 실천하기 위해 갑니다. 자기 부모의 사랑보다도, 형제의 우애보다도 더 사랑을 주기 위해 가시밭길을 걸어왔습니다. 사람은 좋은 것이 있으면 자기가 갖고, 다른 사람에게는 덜 좋은 것을 줍니다. 심지어 부모에게도 마찬가지입니다. 자신의 이익만을 추구하면 그것은 욕망의 굴레에 갇히는 것이요, 다른 사람을 앞세우고 위하는 삶은 영원한 축복과 자유를 얻는 지름길입니다.

나는 곤궁에 처한 사람을 보면 내가 가진 모든 것을 주었습니다. 나는 결혼반지조차 없습니다. 좋은 것을 다른 사람에게 줄 수 있는 세계는 기쁨의 세계가 됩니다. 이것이 나의 생활철학입니다. 자기만을 위하는 사람은 곧 벽에 부딪힙니다. 그러므로 다른 사람을 위해 베푸는 마음과 사랑을 가지고 살아야 합니다.

뭇 세상 사람들은 통일교회가 돈이 많다고 지레짐작합니다. 문선명 총재와 한학자 총재 역시 돈이 많을 것이라 생각합니다. 그러나 우리 두 사람은 평생 자신의 이름으로 된 집 한 채 소유하지 않았습니다. 전부 세상을 위해 썼습니다. 우리 부부처럼 자신에게 철저한 구두쇠는 없을 겁니다. 비가 오는 날에는 선교사들이 낯선 땅에서 처마 끝을 바라보며 밤을 지새울 텐데 내가 어찌 맛있는 밥을 먹고 편히 잠을 잘 수 있겠습니까?

식구들의 헌금은 모두 학교를 세우는 등 가난한 사람들을 위해 쓰였습니다. 여러 기업체를 세운 것도 국가를 부강하게 하고 사람들의 일자리를 만들기 위해서였지, 그 돈을 소유하겠다는 생각은 애당초 없었습니다. 아무리 배가 고프더라도 나보다 더 배고픈 사람이 있으니 그를 위해 참고 또 참았습니다. 뜻길을 가면서 소유의 욕심을 지닌 사람은 부모의 살을 에는 자요, 뼈를 깎아 먹는 사람입니다. 우리는 하늘 앞에 빚을 져서는 안 됩니다.

나는 늘 사랑을 생활의 중심에 두었습니다. 삶은 언제 끝날지 모르는 마라톤을 뛰는 것과 같습니다. 그 힘은 돈의 힘도 아니며, 명예나 권력의 힘도 아닙니다. 위대한 사랑의 힘입니다. 사랑은 아기가 울 때 어머니가 젖을 내주는 것과 같습니다. 그것이 가장 위대한 사랑입니다. 사랑과 더불어 내가 왜 왔으며, 왜 살아야 하며, 어디로 가야 하는가를 늘 마음속에 담고 살아가야 합니다.

하나님의 심정을 더듬어 볼 때 내가 당하는 시련과 고통은 오히려 너무나 가볍다고 여길 수 있어야 합니다. 하나님 앞에 나를 변명하기에는 너무나 부족합니다. 어려움이 닥치면 닥칠수록 절대신앙·절대사랑·절대복종해야 합니다. 태어난 것을 나 스스로 태어났다고 생각해서는 안 됩니다. 하나님의 뜻에 따라 주어진 삶을 충실히, 아름답게, 가치 있게 살아야 합니다. 내가 자녀와 가족을 위해서 있고, 아내나 남편을 위해서 있고, 전 인류를 위해서 있고, 전 세계를 위해서 있다는 마음만이 행복한 나를 갖게 해줍니다.

우리의 제일 가까운 스승은 자신의 마음입니다. 어려운 일에 처하거나 혼란스러운 일이 다가오면 마음한테 물어보면 됩니다. 그 마음에는 우리를 사랑하시는 하나님이 내재해 계십니다. 그 진정한 소리를 들을 줄 알아야 합니다. 마음 가운데 계신 하나님의 음성을 들을 줄 알아야 합니다. 자신을 갈고닦아 마음이 속삭이는 소리, 하나님이 들려주는 소리를 들을 줄 아는 자리까지 나아가야 합니다.

마음은 영원한 나의 주인입니다. 마음의 기도는 하나님과의 유일한 통로입니다. 그와 같은 참된 기도를 통해 가장 곤궁하고 가장 험난한 곳에서도 하나님과 참부모님의 은총을 허락받을 수 있습니다. 우리는 그 은총의 손길에 따라 하늘나라로 자유로이, 그리고 행복하게 올라갈 수 있습니다.

어머니의 수레바퀴, 새 생명과 용서

사람은 누구나 바다를 그리워합니다. 일상생활을 하다가도 문득 바다를 향해 달려가고 싶은 충동을 느낍니다. 푸른 바다에 마음껏 뛰어들고 싶은 마음이 들기도 합니다. 바다는 어머니의 상징이요 모성의 아이콘입니다. 심연의 바다는 어머니의 품속과 같기 때문입니다.

거대한 북미의 나이아가라폭포나 남미의 이구아수폭포 앞에 서면 사람들은 감탄을 연발합니다. 그 웅장한 풍광에 압도되어 아예 말문이 막히기도 합니다. 크고 작은 수많은 물줄기가 합쳐져 장관을 이룹니다. 수많은 물줄기가 큰 물줄기를 향해 흘러가는 것은 지극히 자연스러운 이치입니다. 하천이나 강은 각각 출발지는 다르지만 목적지는 결국 큰 바다입니다. 큰 물줄기를 향해 가지 않겠다고 멈칫거리거나 정지하면 그 물은 썩고 맙니다.

고인 물이 썩듯 종교들이 자기 교리에만 집착한다면 넓은 바다로 가는 길이 막혀 변질되거나 썩을 수밖에 없습니다.

이제 하나님의 본성을 설명할 수 있는 교리를 가진 종단이 나와야 합니다. 하나님이 인간을 창조하실 때 그 근본 목적은 인류의 부모가 되시는 것이었습니다. 부모 앞에 우리는 모두 자녀입니다. 그런데 오늘날 왜 우리 인류가 하나님 앞으로 나아가는 길이 차단되었는지 기도하며 연구해야 합니다.

하늘은 이스라엘 민족을 세워 4천 년이란 기나긴 세월 동안 인류를 찾아오셨습니다. 400년도 아닌 4천 년이란 세월 동안 섭리해 오시면서 마지막에 "내 첫아들이다" 할 수 있는 독생자를 보내셨습니다. 그러나 이스라엘 민족과 그 가정에서 책임을 다하지 못해 예수님을 십자가로 내몰았습니다. 십자가를 향해 발걸음을 옮길 때 가족은 물론 제자들마저 배신해 돌아섰고, 주위에서 아무도 찾아볼 수 없었습니다. 단지 십자가상에서 오른편 강도만이 '당신은 하나님의 아들'이라고 증거할 따름이었습니다. 이제껏 이 참담한 역사를 기독교는 물론 지상의 어느 누구도 깨닫지 못했습니다.

예수님은 참부모로서 타락한 인류를 중생 부활시켜 하나님의 참자녀로 나아갈 수 있게 인도하실 중보자였습니다. 우리의 부모가 되실 분이었습니다. 그러나 결과는 전혀 달랐습니다. 그로 인해 책임을 다하지 못한 이스라엘 민족이 어떤 탕감을 치렀는지 역사는 우리에게 여실히 보여 주고 있습니다. 이스라엘은 2천 년 동안 나라 없는 민족으로 유리방황했습니다. 이것이 역사의 진실이며 하늘의 섭리입니다.

예수님은 다시 와서 어린양 혼인잔치를 하겠다고 약속하셨습니다. 재림의 때를 맞이해 기독교 문화권에서는 마지막으로 오실 독생녀를 맞이해야 합니다. 이 중대한 일에 하늘은 과거에 이미 책임을 다하지 못한 이스라엘 민족을 다시 들어 쓰시지 않았습니다. 독생녀를 탄생시킬 나라와 민족을 다시 선택하신 겁니다.

하늘은 기원전에 동이족인 한민족을 선택하셨습니다. 한민족은 농경문화를 이룬 가운데 하늘을 숭배하고 평화를 사랑하는 민족이었습니다. 따라서 택함을 받은 한민족의 기독교 문화권에서 독생녀가 탄생해야 했습니다. 1784년 한반도에 기독교가 들어왔으며, 1943년에 독생녀인 내가 탄생했습니다.

1945년에 우리나라는 해방을 맞았지만, 바로 남북으로 갈라졌고, 북한은 공산화되었습니다. 그때 나는 북한에 있었습니다. 하늘은 내가 공산주의 체제에서 무사히 성장할 수 없다는 것을 아셨기에 남하하도록 인도하셨습니다.

그리고 1950년 한국전쟁이 일어났습니다. 남한은 북한의 침략을 방어할 준비가 전혀 되어 있지 않았습니다. 하늘은 나를 보호하기 위해 유엔 16개국을 참전시켰습니다. 기적과 같은 일이었습니다. 당시 소련은 유엔 상임이사국이었습니다. 소련이 반대하면 유엔 16개국은 참전할 수 없었습니다. 하지만 극적으로 소련이 회의에 불참함으로써 참전이 가능했던 것입니다.

나는 1960년 참부모의 자리에 나아갔습니다. 이후 남편과 나는 평생을 통해서 세계적으로 많은 축복가정을 배출했습니다. 이제는 세계 도처에서 많은 종단장들이 참부모의 뜻을 받들어 함께 축복을 수행하고 있습니다. 2018년 초 나는 무슬림 나라인 세네갈에서 아프리카서밋을 거행했습니다. 그 자리에서 아프리카가 하늘의 뜻을 받들려면 나와 함께 동참해야 한다고 말했습니다. 참석한 정상들과 족장, 종단장들이 나의 제안에 전폭적인 지지를 표명했습니다. 유럽에서는 불교 종단장들이 자기 종단 사람들을 축복 대열에 참여시키고 있습니다. 무슬림은 독생녀인 나의 뜻에 동조하고 전폭적으로 따르겠다고 결의했습니다. 미국의 기독교 역시 마찬가지입니다.

나는 이제 더 이상 미룰 수 없는 종착점에 도달했습니다. 이제 새로운 천일국 시대를 열어 가야 합니다. 새 시대에는 그에 맞는 새 옷으로 갈아입어야 합니다. 천일국의 백성으로서 하나님의 자녀가 되고, 효자·효녀·충신의 중심인물이 될 수 있습니다. 나는 역사적 진실을 말해야 하기에 주저하거나 거리낌이 없습니다. 2018년 8월 브라질에서 열린 중남미월드서밋에서 기독교는 더 이상 생명을 탄생시킬 수 없는 '무정란'과 같다고 말했습니다. 무정란은 생명을 잉태하지 못합니다. 그 자리에는 천주교 추기경을 비롯해 종단장, 종교 지도자들도 대거 참석했습니다. 현재 모든 종교가 참부모를 받아들여 축복을 받아야만 새 생명을 잉태할 수 있다고 주저 없이 말했습니다. 그들은 모두 내 말에 동의했습니다.

나는 지상의 79억 모든 인류를 하나님의 참자녀로 거듭나게 해야 합니다. 나는 독생녀이자 참어머니, 우주의 어머니이기 때문입니다. 성경에서는 "메시아를 거역하면 용서함이 있으되 성령을 거역하면 용서함이 없다"고 말하고 있습니다. 생명을 얻으려면 독생녀 어머니를 통해야 합니다. 어머니를 부정하는 사람은 미래는 물론 내세가 없습니다. 나는 언제나 새 생명을 준비하는 참다운 어머니입니다. 언제나 마음문을 열고 일곱 번씩 일흔 번을 용서하는 참어머니입니다.

참부모만이 삶의 나침반입니다

1960년 성혼을 하고 며칠 후 나는 난데없는 꿈을 꾸었습니다. 나 홀로 아이들을 업고 손을 잡고 보따리를 인 채 앞이 보이지 않는 험난한 낭떠러지 길을 걸어갔습니다. 천만다행으로 천 길 낭떠러지에서 떨어지지 않고 광명을 찾아 평탄한 대로로 나오면서 꿈에서 깨어났습니다.

내가 걸어온 길은 높은 산을 허물고 깊은 골짜기를 메우며 넘어야 하는 고난의 연속이었습니다. 그동안 어느 누구도 나와 같은 절박한 심정으로 하나님을 해방하겠다는 사람은 없었습니다. 나는 성혼 이후 인류 구원을 위해 세계 곳곳을 찾아다녔습니다. 가는 곳마다 신발 한 번 제대로 벗지 못했습니다.

참부모의 길을 걸으며 우리 부부는 늘 한결같았습니다. 이는 하나님 앞에 효정의 도리를 다하고 평화세계를 이루기 위함이었습니다.

그 노정에서 지난 수십 년 동안 당한 몰이해와 핍박은 참으로 혹독했습니다. 역대 정권은 물론이요, 일부 종교인들의 중상모략은 너무도 악의에 찬 것이었습니다. 그러나 우리 부부는 참고 또 참으며 하나님의 말씀을 전하고 참사랑을 베풀었습니다. 그렇게 만난을 헤쳐 나옴으로써 오늘날 190여 나라에서 참어머니로 믿고 따르는 사람들이 나날이 늘어나고 있습니다.

예수님은 "나는 하나님의 아들이다. 하나님은 내 아버지다"라고 말했습니다. 그다음에 "나는 독생자다"라고 했습니다. 독생자는 하늘부모님의 첫사랑의 열매요, 첫사랑을 받을 수 있는 왕자입니다. 그리고 독생녀가 있어야 합니다. 독생자는 신랑이요 독생녀는 신부입니다. 독생자와 독생녀가 만나 결혼을 해야 합니다. 그것이 성경에 나오는 어린양 혼인잔치이고, 이를 통해 가정을 이뤄야 합니다. 하늘부모님이 바라는 소망은 독생자와 독생녀가 참된 가정을 이루는 것입니다.

우리가 바라는 소망은 그 참된 가정에서 참부모를 만나는 것입니다. 우리는 참부모의 사랑에 의해 완성됩니다. 참된 인간으로서 세상을 살고 영원한 삶을 영위하기 위해서는 참부모를 만나야 합니다. 죽음길을 가더라도 만나야 할 사람이 참부모입니다. 역사를 다 잃어버리고 자기 후손을 다 잃어버리는 한이 있어도 참부모를 만나면 역사를 되찾고 미래도 되찾을 수 있습니다.

성경은 이렇게 말합니다. "나는 길이요 진리요 생명이라." 그러나 여기에는 사랑이 빠져 있습니다. 사랑이 없으면 우리는 아무것도 할 수 없습니다. 그러므로 사랑을 넣어 새롭게 마음에 새겨야 합니다.

"나는 길이요 진리요 생명이요 사랑이니, 나로 말미암지 않고는 아버지께로 올 자가 없느니라."

그 사랑을 지녀야 합니다. 지상의 79억 인류는 한 사람도 빠짐없이 이 땅에 현현하신 참부모를 만나야 합니다. 참부모에 의한 축복결혼을 통해서만이 참생명과 참사랑의 길로 나아갈 수 있습니다.

참부모는 영원한 진리요, 사랑이요, 말씀입니다. 그러므로 참부모가 여러분 곁에 있다는 것은 무섭고도 기쁜 진실입니다. 우리가 하나님에게 받을 수 있는 최고의 선물은 우리 모두가 말씀으로 거듭나 참부모의 자녀가 되고, 또한 참부모가 되는 것입니다.

인간의 소원은 하나님의 모든 축복을 받는 것입니다. 행복이란 부모를 잃어버린 인류가 6천 년 만에 부모를 찾는 것입니다. 그보다 더 기쁜 일은 없습니다. 종교를 갖는 것은 이런 부모를 찾는 일입니다. 나는 참어머니이자 독생녀로서, 그리고 우주의 어머니로서 모든 섭리 역사를 완성하고 새 시대를 열었습니다. 이제 우리는 그 사실을 가슴에 새기고 참부모의 뜻에 하나가 되어야 합니다. 그 길만이 참부모의 인침을 받고 평화의 어머니 독생녀가 인도하는 생명길에 동참하는 길입니다.

10장

신(神)세계를 향한
위대한 도전

지독히 슬프면서도 가장 아름다운 땅

"고래섬이라고 해서 고래가 많이 잡히는 섬인 줄 알았더니, 그게 아니네요."

'고래섬' 이야기를 들으면 사람들은 언뜻 고래가 잡히는 섬이 아닐까, 포경선이 많은 섬이 아닐까 생각합니다. 사실 올바른 이름은 '고레섬(Island of Gorée)'입니다. 수천 킬로미터 이상 떨어진, 한국과는 별다른 인연이 없었던 섬이지만 이제 진한 인연으로 이어지게 되었습니다.

옥색 바다를 가르며 여객선이 고레섬으로 향할 때 내 주위에 앉은 이국의 관광객들은 멋진 정취에 감탄을 연발하거나 사진 찍기에 바빴습니다. 그러나 내 가슴은 무척이나 저려 왔습니다. 고레섬은 지상에서 가장 아름다운 섬이면서 또한 가장 슬픈 섬입니다. 그곳에 머물렀던 사람들이 흘린 통한의 눈물은 어쩌면 세상의 모든 바다를 다 덮고도 남을 것입니다.

아프리카 서북부에 있는 세네갈은 대서양을 향해 삐죽이 튀어나온 덕분에 북남미 대륙과 가장 가깝습니다. 또 위로 조금만 항해해 가면 유럽 땅에 닿습니다. 지금이야 그것이 여러 면에서 좋은 조건이지만, 바로 그 이유 때문에 지난 500년 동안 온갖 고통과 핍박을 받았습니다. 그리스도의 이름으로 유럽에서 아프리카에 온 선교사들이 본질을 잃어버리고 자기 나라의 이익만을 생각한 것입니다.

아프리카를 식민지화하면서 교육도 하지 않고 하늘이 주신 천연자원을 탈취해 가기 바빴습니다. 게다가 피부색이 다르다 하여 인간 대접을 하지 않고 노예로 삼았습니다. 그런 일을 그리스도의 이름으로 자행했다는 사실이 참어머니의 입장에서 너무도 가슴 아팠습니다. 그래서 나는 오래전부터 고레섬을 찾아가 그곳을 거쳐 간 아프리카 젊은 이들의 한을 풀어 주어야겠다고 생각했습니다.

1500년대 무렵부터 유럽 사람들은 떼로 몰려와 아프리카 이곳저곳을 들쑤시고 다니면서 노예사냥을 했습니다. 남자, 여자, 어린아이 할 것 없이 마구 잡아들여 고레섬에 모아 놓고 북미와 유럽으로 실어 보냈습니다.

다리에 굵은 쇠사슬을 채워 옴짝달싹 못하게 한 뒤 살을 찌우려고 콩을 억지로 먹이고, 병에 걸리면 곧바로 바다에 던져 상어밥으로 만들었습니다. 평화로웠던 고레섬은 불시에 노예수용소로 돌변했고 비명과 죽음, 고통과 눈물이 넘쳐나는 지옥의 섬이 되었습니다. 노예사냥이 기승을 부렸던 300여 년 동안 고레섬을 거쳐 끌려간 아프리카인은 2천만 명이 넘습니다. 그중 얼마나 많은 사람이 바다에서 목숨을 잃었는지는 아무도 알지 못합니다.

누에고치처럼 기다란 고레섬은 이제 전 세계인이 찾는 관광지가 되었습니다. 그 옛날의 통분과 아픔은 온데간데없고 백인이나 아프리카인 모두 유적지를 구경하는 것으로 그치고 맙니다. 동쪽이나 서쪽 어디로 가도 20분이면 바다와 맞닥뜨리는 작은 섬입니다.

아담한 동네에 들어서면 사람들은 감탄합니다.

"골목길에 초석을 깔아서 꼭 유럽의 뒷골목을 걷는 것 같아요."

"집들도 고풍스럽고 아름답네요."

유럽 사람들이 살던 집들은 아름답고 고풍스럽지만 그 뒤로 열 발짝만 들어가면 흑인들을 가둬 놓았던 노예수용소가 있습니다. 돌로 만든 수용소는 창도 없고 음침하고 좁고 더럽습니다. 수백 명이 그곳에 짐승처럼 묶여 있다가 낯선 땅으로 끌려갔습니다. 바다로 향하는 돌문은, 그곳을 지나 배에 오르면 두 번 다시 돌아올 수 없었기에 '돌아오지 못하는 문'이라 불렸습니다.

그 문 앞에 잠깐이라도 서 있으면 아프리카인들의 비명과 통곡이 들리는 듯합니다. 사람들은 호기심으로 수용소에 들어와 이곳저곳을 기웃거립니다. 간혹 한숨을 내쉬기도 하고 얼굴을 심하게 찌푸리는 사람도 있습니다. 주홍색으로 칠해진 철문 앞에서 기도를 올리는 백인들이 없는 것은 아니지만, 그 한 번의 기도가 아프리카인들이 수백년 동안 겪은 비참함과 울분을 모두 달래 주지는 못할 것입니다.

누군가 그 비참함을 보듬고 울분을 달래 주어야 했습니다. 피부색이 다르다는 이유만으로 사람이 사람을 착취하고 자유를 빼앗는 불행한 역사를 끊어야 했습니다. 그래서 나는 수천 킬로미터를 날아가 검은 땅, 아직도 슬픔과 애잔함이 가득한 아프리카에 발을 내디뎠습니다.

흑진주의 눈물, 하나님의 품에 안기다

　흔히들 아프리카를 '검은 대륙'이라 말합니다. 그러나 아프리카에 가면 빨간색과 황토색이 더 많습니다. 땅은 빨갛게 드러나 있고, 사람들이 사는 동네는 하루 종일 불어오는 바람 때문에 모래가 쌓여서 황토색으로 뒤덮여 있습니다. 아프리카라는 말에는 '어머니의 땅'이라는 뜻과 함께 '빛'이라는 뜻이 있습니다. 그러나 그곳에서 살아가는 사람들의 일상은 늘 힘겹기만 합니다.

　유럽 사람들은 착취만 했을 뿐 아프리카에 베푼 것이 거의 없습니다. 하나님을 믿으면서도 자신들과 똑같은 사람을 '영혼이 없는 인간'이라 하여 노예로 끌고 가기만 했습니다. 그들을 위로해 주는 사람도 없었고, 살아가는 방편에 도움을 준 사람도 그리 많지 않았습니다. 하물며 구원의 말을 들려주는 사람은 더더구나 없었습니다.

　나는 1970년대 여름에 아프리카에 첫발을 들였을 때부터 가슴에 맺혔던 응어리가 한 번도 사라지지 않았습니다. 선교사들이 연이어 건너가 교회를 세우는 일은 뒤로 미룬 채 작으나마 학교를 짓고 치료소를 만들고 공장을 세운 것도 삶을 더 낫게 해주기 위해서였습니다. 그런 일들은 당장의 배고픔은 면하게 해주었음에도 마음속에 있는 의문을 풀어 주지는 못했습니다.

아프리카 사람들은 통일교회 선교사와 목사들을 붙잡고 늘 물었습니다.

"왜 우리들은 이렇게 고통 속에서 살아야 하나요?"

"참부모님은 언제 우리를 만나러 오십니까?"

"참부모님이 정말 우리를 사랑하십니까? 아프리카에 대해 참부모님은 어떻게 생각하시나요?"

그들의 간곡한 애원은 바다 건너 내 귀에도 들려왔습니다. 나는 그럴 때마다 아프리카에 갔지만 나를 기다리는 사람은 너무나 많았고, 나라마다, 부족마다 처한 형편이 다 달라 한 말씀으로 들려주기도 난망했습니다. 어떤 나라는 영어를 쓰고 어떤 나라는 프랑스어를 쓰고, 또 어떤 나라는 가톨릭신자가 많고 어떤 나라는 이슬람교인이 많아서, 같은 얼굴색임에도 서로 데면데면했습니다. 종족분쟁으로 십수 년간 피 흘리는 싸움을 벌이기도 했습니다. 어떻게 하면 그들의 상처를 보듬고 하나의 마음으로 뭉치게 할까, 기도를 올렸습니다. 아프리카의 모든 정치 지도자들과 부족장들을 한자리에 모이게 해야겠다고 생각했습니다.

2018년 1월 18일을 나는 잊지 못합니다. 세네갈 다카르의 압두디우프국제센터(CICAD)에서 '신(神)아프리카: 공생, 공영, 공의와 보편적 가치'라는 주제로 '아프리카서밋 2018'을 개최했습니다. 마키 살(Macky Sall) 세네갈 대통령을 비롯해 전직 대통령과 총리, 현직 장관, 국회의원들이 나의 초청에 응해 한자리에 모였습니다. 북쪽에 있는 알제리부터 가장 남쪽에 있는 남아프리카공화국까지 55개 나라에서 1,200여 명이 참석했습니다. 아프리카에서 그토록 많은 나라의 사람들이 한자리에 모인 것은 대륙 역사상 처음이었습니다.

한국은 동장군이 기승을 부려 온 나라와 사람들이 꽁꽁 얼어붙었지만 아프리카는 햇살이 뜨거우면서도 종일 후텁지근한 바람이 불었습니다. 사람들은 그토록 갈망했던 참어머님이 찾아오셨다고 반기면서 내 손을 잡고 눈물을 흘렸습니다. 내 연설이 끝난 후 아프리카에서 활발히 펼쳐지고 있는 새마을운동과 세계평화고속도로, 선학평화상이 소개되었습니다. 또한 나의 후원으로 세계평화국회의원연합(IAPP), 세계평화종교인연합(IAPD), 세계평화족장연합(ICAPP)도 만들어졌습니다.

그날 저녁 한국의 자랑인 리틀엔젤스가 축하공연을 했습니다. 장구춤, 북춤, 부채춤, 〈시집가는 날〉 공연과 〈아리랑〉 등 우리나라 전통춤과 노래를 선보일 때마다 청중들은 감탄을 연발했습니다. 세네갈 국가에 이어 세네갈의 국민가수 이스마엘로의 노래 〈디비디비렉(Dibi Dibi Rek)〉을 부르자 그 청아한 노랫소리에 참석자들은 눈물을 흘렸습니다. 엉엉 소리 내며 우는 사람도 많았습니다. 노래 하나로 사람들은 한마음이 되었고, 아프리카에 새로운 희망과 기쁨을 안겨 준 것에 대해 깊은 감사를 표했습니다.

다음 날 나는 고레섬으로 떠나는 배에 올랐습니다. 슬픔과 비통의 땅이었던 아프리카를 해방, 해원시키기 위해서였습니다. 고레섬 노예 수용소는 2층 구조로 되어 있습니다. 2층에는 주인인 백인들이 거주했습니다. 반면 아프리카 많은 곳에서 잡혀 온 흑인 노예들은 배에 실려 나가기 전까지는 1층에 머물렀습니다. 그곳은 현재 관광객을 위해 보수가 되었음에도 허리를 구부리고 들어가야 할 정도인 데다 채광이 되지 않아 마치 음습한 토굴과 같습니다.

고레섬을 방문하는 대부분의 세계 정상이나 지도자들은 주로 2층을 관광하고 돌아가는 것이 관례입니다. 하지만 나는 1층 '돌아오지 못하는 문'에 손을 얹고 노예 해원을 위해 간곡한 기도를 했습니다. 당시 함께 참석했던 고레섬 시장을 비롯해 많은 사람들이 함께 통곡했습니다. 이미 생을 달리한 영혼을 해원하는 것은 살아 있는 사람의 심정을 위로하는 것과는 다릅니다. 인류 구원의 사명을 지닌 독생녀의 간구를 통해서 가능한 일입니다. 침묵에 잠긴 수용소 돌벽을 마주하고 이제껏 그 누구도 끊어 내지 못한 아프리카의 비참한 억압의 사슬을 영원히 끊어 냈습니다.

수용소 건너편의 작은 광장에는 성모마리아 동상이 있고 그 옆의 노란 벽에는 몇 개의 손바닥만 한 명패가 붙어 있었습니다. 섬을 찾아온 세계 유명인들의 방문 명패였습니다. 버락 오바마 전 미국 대통령의 명패 옆에 내 이름이 새겨진 명패를 붙였습니다. 세네갈 대통령과 국민들의 간구로 내 명패가 붙게 되었습니다. 그들은 한목소리로 내게 말했습니다.

"슬픔의 땅 아프리카에 따뜻한 은혜를 베풀어 주시고, 500년 동안 짊어진 고통을 해원해 주신 것에 깊은 감사를 드립니다."

"이 작은 명패 하나로 은혜를 다 갚을 수는 없을지라도 우리를 위한 귀한 발걸음을 길이길이 기억하게 해주시기 바랍니다."

육지로 돌아가는 배를 기다리며 나는 궁금증이 일어 섬 주민에게 물었습니다.

"배는 하루에 몇 번 다니나요?"

"아침에 한 번, 오후에 한 번 다녀요."

"밤에 아픈 사람이 생기면 어떻게 하나요?"

"밤새 끙끙 앓다가 아침이 되어야 육지로 갑니다."

"그러다가 화급하게 생명에 위험한 일이라도 생기면……?"

"그렇지 않아도 그것이 큰 걱정이에요. 이곳에는 병원도 없고, 의사도 없고……."

나는 병원선을 사주마고 약속했습니다. 육지로 돌아오자마자 응급용 배를 구입해서 고래섬에 기증했습니다. 지난 수백 년 동안 헤아릴 수 없이 많은 생명이 희생되었는데, 단지 배가 없다는 이유만으로 또 생명을 희생당하게 할 수는 없었습니다.

아프리카는 여전히 어둠에 잠겨 있습니다. 자연은 아름답고 풍요롭지만 사람이 사는 곳은 척박합니다. 그래도 그곳에서 살아가는 사람들은 착하고 온순하며 부지런합니다. 나는 아프리카 사람들을 볼 때마다 흑진주를 떠올립니다. 모나지 않고 둥글고 작은 흑진주들이 햇빛을 받아 반짝반짝 빛납니다. 아프리카 사람들은 가난하지만 흑진주를 닮아 모두가 빛이 납니다. 창조주 하나님의 섭리를 실감하게 됩니다.

짙푸른 현해탄의 징검다리가 되어

"오느라고 고생스럽지는 않았나요?"

"고생은 하지 않았는데…… 비행기표를 구하는 일이 더 고생스러웠습니다."

한국에서 행사가 열리면 일본에서 많은 식구들이 한꺼번에 옵니다. 나는 그들이 걱정되어 늘 안부를 묻습니다. 적게는 3천 명, 많게는 6천명이 하루이틀 간격으로 믿음의 본향 땅 청평에 오려면 부지런히 움직여야 합니다. 어떤 식구는 인천이나 김포의 공항으로, 어떤 식구는 부산으로 건너와 버스를 타고 청평으로 옵니다. 일본 식구들에게는 신앙의 조국인 한국을 방문해 통일교회 출발지인 부산 범냇골 성지를 비롯해 청파동 교회와 여러 곳에 흩어져 있는 성지를 순례하며 기도를 올리는 일이 평생의 영광이자 소망입니다. 수천 명의 식구들이 믿음을 안고 한국으로 오는 모습은 거대한 파도가 몰려오는 장관을 떠올리게 합니다. 그것은 아시아의 앞날을 바꿀 모습이기도 합니다.

아시아가 미래의 대륙으로 각광받는 이유는 통일교회의 부흥이 가장 왕성하기 때문입니다. 통일교회를 첫 번째로 받아들인 곳은 일본입니다. 1958년 7월, 최봉춘 선교사가 부산에서 밀항선을 타고 일본으로 건너가면서 극적인 선교가 시작되었습니다. 그러나 선교는 고난의 연속이었습니다. 밀항과 투옥, 입원과 탈출로 이어지는 처절한 몸부림으로 일본 땅을 개척해 1959년 10월 2일 금요일 오후 7시 15분, 네 명이 도쿄의 허름한 다락방에 모여 일본 통일교회 역사상 첫 예배를 드렸습니다. 이후 60여 년의 세월 동안 일본의 통일교회는 일본 전역에서 들불처럼 번져 성장했습니다.

그러나 그 노정은 험난하기 짝이 없었습니다. 이단 시비가 끊이지 않았고, 승공운동을 한다는 이유로 일본 공산주의자들에게 박해를 받았습니다. 순교자가 계속 나오는 등 아픔이 끊이지 않았습니다. 심지어 일본 정부는 문 총재에게 입국 비자를 내주지 않았습니다. 유명인사들이 점차 축복결혼에 참여하자 교세 확장에 위협을 느껴 언론을 통해 맹렬히 반대했습니다. 통일교회에 나가는 자녀를 감금해 큰 사회문제가 되기도 했습니다. 그럼에도 일본 통일교회는 무럭무럭 성장해 일본 사회의 큰 등불이 되었습니다. 수천 명의 일본 식구들이 세계 각지로 떠나 선교와 봉사를 통해 원리말씀을 전하는 데 온 정성을 기울였습니다.

1990년대 이전만 해도 민단과 조총련은 같은 한민족이면서도 사상적 배경이 달라 서로를 배척했습니다. 같은 민족이 마치 물과 기름처럼 따로따로 겉도는 것은 큰 불행이었습니다. 우리는 승공활동을 하면서 한편으로는 조총련을 참을성 있게 인도했습니다. 조총련 교포들의 고국방문을 추진하자 처음에는 의심의 눈초리로 바라보았습니다. 그러나 진정 어린 권유에 점차 마음을 돌이켜 고국방문단에 참가했습니다. 한 번 다녀간 많은 조총련 교포가 공산주의를 버렸습니다.

2018년 여름, 일본 도쿄 사이타마 슈퍼아레나에서 선교 60주년 기념 '2018 신(神)일본가정연합 희망전진 결의대회'가 열렸습니다. 나는 일본이 과거의 잘못을 인정하고, 미래를 위해 한국과 하나 되어 손잡고 나가야 한다고 말했습니다. 그리고 일본과 한국이 한마음으로 한일 해저터널을 연결해 전 세계를 잇는 평화고속도로를 만들 것을 다시 제창했습니다.

나는 1960년대부터 틈이 날 때마다 일본을 찾아 식구들을 만나서 이야기를 나누고 선교사들을 격려했습니다. 도쿄, 나고야, 홋카이도 등 여러 도시에서 수백 번 넘게 대회를 열어 하나님의 말씀을 들려주었습니다. 그중 나가노는 동계올림픽이 열린 정치·경제·문화의 중심지입니다.

이곳의 통일교회는 처음에 식구 수가 수십 명에 불과하고 교회도 작았으나 나의 격려에 힘입어 성장을 거듭했습니다. 아름답고 아담하게 지어진 교회 옆에는 '화랑'이라는 이름이 붙은 작은 수련소도 있습니다. 신라시대 화랑도의 뜻을 높이 받들어 그들 스스로 그렇게 이름을 붙였습니다. 나는 이 교회를 찾아 식구들을 격려하고 이곳에서 하나님의 뜻을 결실 맺어야 한다고 당부했습니다. 그리고 교회 뒤편에 사과나무 한 그루를 심었습니다. 몇 년 후 다시 갔을 때 사과나무는 무럭무럭 자라 탐스러운 열매를 맺었습니다. 그 사과나무처럼 일본에 뿌려진

말씀이 싹이 트고 번성해 튼실한 열매를 많이 맺고 있습니다

　나는 일본을 신(神)일본으로 축복했습니다. 새롭게 태어난 일본은 사회와 문화가 근본적으로 변모하고 있습니다. 하나님의 품에 안겨 수만 명이 새 삶을 시작했으며, 매년 수만 수십만 명의 식구가 현해탄을 건너 신앙의 조국인 한국을 찾아옵니다. 그 발걸음이 과거 한때 원수지간이었던 한국과 일본의 화합에 징검다리가 되고 있습니다.

　나는 일본이 천재지변이나 어려움을 겪을 때마다 마음을 기울였습니다. 수많은 목숨을 앗아간 도호쿠 대지진, 구마모토 지진, 오카야마현의 수해를 비롯해 재해가 일어날 때마다 위로를 표해 왔습니다. 하늘 섭리를 놓고 참부모는 일본을 어머니의 나라로 축복했습니다. 어머니는 자식을 위해서라면 모든 것을 아낌없이 내줍니다. 어머니가 아이를 보살피기 위해 밤잠을 설치듯, 일본은 전 세계를 위해 어머니의 심정으로 희생의 길을 가야 합니다. 어머니의 나라로서 세계를 위해 헌신해야 합니다.

남미에 뿌린 사랑과 봉사의 씨앗

"서러움으로 말하자면 남미가 아프리카보다 더하면 더했지 덜하지 않을 겁니다."

남미 사람들과 이야기를 나누다 보면 빠지지 않고 나오는 하소연입니다. 하소연은 거기에서 그치지 않습니다.

"자원이 많은 것이 오히려 삶을 더 피폐하게 만들었지요."

남미는 아프리카 못지않게 슬픔과 착취의 역사를 지닌 대륙입니다. 500년 가까이 유럽 강대국들의 식민지배를 받으면서 많은 자원을 수탈당했기 때문에 넓은 영토에 비해 아직도 가난한 나라들이 적지 않습니다.

특히 원주민들에게는 수탈을 넘어 민족이 말살된 처참한 상처가 남아 있습니다. 유럽인은 단지 다이아몬드를 얻고 식민지를 조금 더 넓히기 위해 전염병을 확산시켜 원주민을 멸종시키기까지 했습니다. 두

차례의 세계대전을 거치면서 독립을 이뤘으나 공산세력이 득세해 민주주의가 정착하는 데도 어려움이 컸습니다. 그 과정에서 피비린내 나는 내전까지 벌어져 죄 없는 사람들이 숱하게 목숨을 잃었습니다. 그래서 나는 남미 땅의 공항에 내리면 가장 먼저 그들의 아픈 영혼을 달래 주는 해원기도를 올립니다.

처절한 수난을 겪었음에도 사람들은 모두 순박하고, 조금이라도 더 나은 삶을 위해 땀 흘리고 있으며, 종교에 대한 순종심도 매우 높습니다. 자원이 풍부하고 날씨는 사시사철 온난해 사람이 살아가기에 적합합니다. 또 원시의 자연을 그대로 간직하고 있어 천혜의 땅이라 할 수 있습니다. 누구라도 남미에 발을 딛는 순간 광활한 땅과 태고의 자연, 친절하고 선량한 사람들에게 깊은 호감을 갖게 될 것입니다.

그 남미에 우리 부부는 누구보다도 지극한 정성을 들였습니다. 통일교회가 남미에 첫발을 디딘 것은 1965년이었습니다. 이후 선교사들이 중미와 남미의 여러 곳으로 건너가 교회를 세우기 시작하면서 우리 식구들이 차츰 늘어났습니다. 남미 대부분의 국가는 가톨릭이 생활종교로 자리 잡고 있지만 나는 온 정성을 기울여 원리말씀을 전파해 나갔습니다.

다른 어느 대륙에서보다 더 많은 대회와 행사를 치르고 수많은 선교사와 세계 각국의 식구들이 남미로 건너가 봉사활동을 했습니다. 초등학교에서 대학까지 학교도 지었습니다. 원시림을 개간해 농장을 만들어 가난한 원주민들의 살림살이를 향상시키고, 길을 뚫어 부족 간의 만남을 편리하게 해주었습니다. 병원을 지어 아픈 사람들을 치료하고 수십 대의 앰뷸런스도 기증했습니다. 당연히 교회를 짓는 일은 항상 뒷전으로 미뤄졌음에도 우리 식구들의 끝없는 헌신에 마음을 여는 사람들이 늘어나면서 교회도 차츰 정착했습니다.

남미에 기울인 정성 가운데 가장 의미가 큰 일은 카우사(CAUSA), 즉 남북미통일연합이었습니다. 1980~90년대에 중남미는 사회주의가 득세해 대륙 전체가 공산화될 위험에 처해 있었습니다. 만약 멕시코가 공산화된다면 그 한 나라로 인해 전 세계가 공산화될 것이 분명했습니다. 국경을 접하고 있는 미국은 멕시코를 방어하기 위해 세계 여러 곳에 파견되어 있는 미군을 전부 자국으로 불러들일 것이고, 이는 한국과 일본은 말할 것도 없고, 아프리카와 유럽에까지 공산주의의 마수가 뻗치는 결과로 나타날 것이었습니다.

문 총재와 나는 이 사태를 막아야 했습니다. 좌익정권이 들어서고 공산주의가 노골화되자 그것을 막기 위해 카우사를 만들어 지도자들과 청년들에게 통일사상을 가르쳤습니다. 그렇게 해서 수많은 청년들이 공산주의에 물드는 것을 막아 냈습니다. 또한 파라과이, 우루과이, 브라질, 아르헨티나 등 4개 나라를 경제적으로 연결시켜 남미가 한가족이 되도록 했습니다. 여기에서 멈추지 않고 17개 나라를 순회하면서 '참된 가정과 나'는 과연 무엇인지 들려주었습니다. 그때 8개 나라의 대통령을 만났는데, 그들은 한결같이 우리 부부가 공산주의를 막아 준 것에 대해 깊은 감사 인사를 했습니다.

자연은 자연 그대로일 때 가장 아름답습니다

통통배 한 척이 통통통 요란한 울림소리를 내며 짙푸른 강 위를 헤치고 나아갑니다. 엔진을 달기는 했어도 배는 허름하기 짝이 없습니다. 한 사람이 갑자기 일어서면 배는 잠시 기우뚱거리고 이곳저곳에서 비명이 터집니다. 혹시라도 가라앉지 않을까, 순간적으로 두려움이 몰려옵니다. 이제 괜찮구나, 안도하는 것도 잠시, 누군가 또 급작스레 소리를 칩니다.

"아이쿠, 이게 뭐야?"

기괴한 물고기 한 마리가 물 위로 솟구쳐 갑판으로 털퍼덕, 떨어집니다. 날카로운 이빨을 수십 개나 드러낸 물고기는 따가운 햇살 아래 요동을 칩니다. 사람들이 겁에 질려 뒤로 물러나면 원주민이 긴 막대기로 물고기를 들어 올려 다시 강물 속으로 던져 줍니다.

"무섭게 생겼네, 이름이 뭐예요?"

"도라도라는 물고기예요."

브라질 자르딘에 있는 강에는 '도라도'보다 더 기괴한 물고기들이 헤아릴 수 없이 많습니다. 물고기뿐만 아니라 모든 생명체가 풍성합니다. 남미는 언제나 봄여름이고, 언제나 꽃이 피고, 언제나 먹을 것이 많습니다. 인간이 살 수 있는 가장 좋은 땅인 동시에 온갖 동물과 기이한 식물들이 어울려 살아가는 곳입니다.

그렇게 푸른 땅에서 여러 동물들과 더불어 살아간다는 것 자체가 그야말로 지상낙원입니다. 그 낙원 가운데 가장 우선으로 꼽을 수 있는 곳이 바로 자르딘입니다. 원시림과 습지로 이루어진 거대한 오지에서 농사를 짓든 과수원을 운영하든, 살아가는 데 제일 이상적인 땅입니다. 새와 곤충, 물고기, 거대한 나무들이 얼마나 많은지 모릅니다. 호수처럼 맑은 강이 흐르고 20개가 넘는 폭포가 있습니다. 저 유명한 이구아수폭포도 그중 하나입니다.

자르딘을 찾아간 것은 1994년 겨울이었습니다. 그때 브라질은 한여름이었는데, 가도가도 개미집만 무성한 평원이었습니다. 12월은 금어기간이었으나 우리는 경찰의 보호를 받으며 강에서 낚시 수련을 했습니다. 태양이 이글거리자 경찰은 물속에 들어가 누워서 우리가 물고기 잡는 모습을 신기한 듯 지켜보았습니다.

예로부터 자르딘은 '주님이 오시는 곳'이라는 예언이 전해져 왔습니다. 그러나 기괴한 나무들과 넝쿨, 거대한 수목들이 뒤엉켜 납작 엎드려야만 겨우 빠져나갈 수 있는 위험한 곳이었습니다. 게다가 작은 철선에 의지해 새벽에 나가서 폭염과 모기떼와 싸우다가 한밤중에야 돌아오는 극난한 일과였습니다. 가장 힘든 것은 씻는 일이었습니다. 좁은 배 안에 대충 칸막이를 치고 뿌연 강물로 목욕을 했습니다.

나는 그런 원시의 자연이 더 반가웠습니다. 우리는 그곳에 자르딘 교육본부를 짓고 새소망농장을 마련해 하나님 나라를 세우는 실천의 터전으로 삼았습니다. 그곳에서 처음 지도자수련회를 열었을 때 수련장은 화장실과 식당조차 없는 허름한 간이창고였습니다. 불편하기가 이루 말할 수 없었지만, 지도자들을 항상 그런 자리에 모아 놓고 산 체험의 교육을 했습니다. 오염되지 않은 맑고 순수한 본연의 자연에서 낚시와 훈독을 하며 격의 없는 숨결과 체취를 함께 나누는 심정수련이었습니다.

생태계가 잘 보전되어 있는 자르딘에 농장을 세운 이유는 하나님이 태초에 창조하신 에덴동산을 똑같이 만들 수 있었기 때문입니다. 그곳에 세계인이 함께 모여 자연과 더불어 사랑을 체휼하면서 살아갈 수 있는 공동체마을을 지었습니다.

또 하나의 지상낙원인 판타날은 하나님께서 창조하신 모든 생명체가 파라과이강을 중심으로 본연의 모습 그대로 이어져 온 곳입니다. 물고기부터 동물과 식물이 모두 태초의 모습 그대로 있기에 에덴동산이 바로 이곳이 아닐까, 깊은 감명을 받게 됩니다. 수루비, 파쿠, 카르핀초, 난두, 악어, 야생멧돼지들이 제멋대로 거칠게 살아갑니다. 피라냐 물고기는 떼로 다니면서 사람도 해칩니다. 세계에서 가장 큰 습지이자 유네스코 자연유산이 그대로 보전되어 있어 이상촌을 세우기 위해 선택할 수 있는 유일한 땅입니다. 사방이 위험한 환경이지만 미래 인류의 식량 문제를 해결할 수 있는 곳입니다.

그곳에 농장과 양식장을 만들어 원주민들의 생활을 개선하고, 잡은 물고기와 크릴새우를 어분으로 만들어 굶주림에 시달리는 가난한 나라에 보급하는 일도 했습니다. 목장에서는 소를 키워 160개 나라에 나눠 주어 기르게 할 계획도 세웠습니다. 또 파라과이강 근처의 빈 땅에 온갖 고생을 하면서 나무를 심었습니다.

정말 고생을 많이 한 곳은 차코입니다. 이곳은 볼리비아와 파라과이, 아르헨티나에 걸쳐 있는 그랜드차코의 작은 부분으로, 정말 오지 중의 오지입니다.

1999년 우리 식구들에게 차코의 푸에르토 레다를 개척해 줄 것을 당부했습니다. 레다는 차코에서도 살아가기 가장 힘든 곳이었지만, 우리 식구들은 팔을 걷어붙이고 땀 흘리며 일했습니다. 몇 년 지나지 않아 인간과 자연이 아름답게 어우러진 마을로 탈바꿈해 모든 사람이 살고 싶어 하는 이상촌이 되었습니다.

나는 남미에 가서 여러 번 눈물을 흘렸습니다. 광활한 땅에서 힘겹게 살아가는 사람들의 아픔에 탄식했고, 배움을 갈망하면서도 글자를 배우지 못하는 아이들을 보면서 마음이 미어졌습니다. 하루하루가 버거운 사람들에게 하나님의 말씀을 전하는 것이 얼마나 어려운 일인지를 선교사들이 하소연할 때, 나는 그들의 어깨를 가만히 두드려 줄 수밖에 없었습니다. 그러면서 그들의 힘겨운 이야기를 듣고 함께 기도했습니다.

"후일에 다시 찾아와 행복의 땅으로 만들겠습니다. 아버지, 잊지 마세요."

기초적인 사회시설이 부족해 공부를 제대로 못하는 아이들을 가르칠 학교가 필요했고 병원도 있어야 했으며, 무엇보다 굶주림에서 벗어날 수 있는 생계의 바탕이 절실했습니다. 그래서 전 세계 식구들의 성금을 모아 차코에 쏟아부었습니다. 하루아침에 모든 것을 바꿀 수는 없지만, 아이들에게 희망을 심어 주고 청년들에게 '우리도 잘살 수 있다'는 마음가짐을 심어 준 것만으로 우리 식구들은 조그만 위안을 받았습니다.

무너져 가는 생태계를 지키기 위해서도 우리는 땀을 흘렸습니다. 개발이라는 미명으로 아마존 밀림을 무차별 벌목하는 것은 지구 전체에 돌이킬 수 없을 만큼 나쁜 영향을 끼칩니다. 마구잡이 어획, 무자비한 동물 살생은 어느 곳에서도 결코 소홀히 넘길 수 없는 심각한 문제였습니다.

식량 부족으로 전 세계의 8억 인구가 굶주리던 시절에 남미도 예외는 아니었습니다. 남미의 몇몇 나라는 쇠고기와 밀이 풍부함에도 영양실조에 시달리는 아이들이 많았습니다. 그들을 구제하기 위해 농장을 만들어 밀을 심고 소를 키웠습니다. 더불어 자연보존을 위해 자원을 어떻게 활용할 것인가를 심각하게 고민하고 연구했습니다.

제왕나비는 날개를 펴도 8센티미터밖에 안 되지만 캐나다에서 멕시코까지 5천 킬로미터 이상 날아가 겨울을 지냅니다. 그것을 가르쳐 준 사람은 아무도 없습니다. 이것이 진실이고 자연의 법칙입니다.

자연과 우리 인간은 불가분의 관계입니다. 우리는 자연에 대해 배워야만 자연으로 대변되는 하나님의 창조에 얽힌 신비한 진실을 깨달을 수 있습니다. 하나님께서 우리를 위해 만물을 창조했을 때 느끼셨던 한없는 기쁨과 사랑도 느낄 수 있습니다. 그럴 때 사랑과 감사의 마음으로 하루하루를 살아갈 수 있습니다.

그 진리를 배울 수 있는 땅이 남미입니다. 그 천혜의 땅에서 '하나님 아래 인류는 한 가족'이라는 가족애를 통해 우리는 본향을 찾아갈 수 있습니다.

전 세계 국회의원들을 하나로 묶는 대장정

네팔은 바다가 없는 대신 세계에서 가장 높은 산을 지닌 자연의 나라입니다. 수많은 등산가들과 관광객들이 찾아가지만 살아가는 형편은 그리 좋지 않습니다. 카트만두 공항에 내리면 대합실 바닥에 개 두어 마리가 태평스레 낮잠을 자고 있습니다. 아무도 그 개를 쫓아내려 하지 않습니다. 2차선 도로에서는 자동차들과 오토바이들이 달리다가 갑자기 한꺼번에 멈춰 섭니다. 저 앞에 소 한 마리가 어슬렁어슬렁 걸어가기 때문입니다. 그 소가 길을 터주어야 자동차들이 다시 달릴 수 있습니다.

중국과 인도 사이에 낀 네팔은 오랜 세월 은둔의 나라로 지낸 만큼 경제적으로 뒤처질 수밖에 없었습니다. 그러나 통일교회를 만나면서부터 큰 변화가 시작되었습니다. 특히 2016년 여름은 두고두고 잊지 못할 해가 되었습니다. 아시아 각 나라에서 정치 · 경제 · 종교 · 교육 지

평화의 어머니

도자 수백 명이 한꺼번에 찾아왔기 때문입니다. 역사상 처음으로 세계평화국회의원연합을 창설하기 위해서였습니다.

세계평화는 한두 사람의 노력만으로 이루어지지 않습니다. 평범한 시민에서부터 정부의 고위 관리까지, 계층을 뛰어넘어 여러 사람이 적극적으로 나서야 합니다. 세계의 모든 나라에는 크든 작든 국회가 있습니다. 그들은 모두 국민들의 소중한 한 표 한 표에 의해 뽑힌 사람들로서 민의의 대변자입니다. 나는 세계 각국을 순회하면서 국회의원들이 찾아올 때마다 국가와 국민이 부여한 소중한 사명을 잊지 말라고 여러 차례 당부했습니다. 당부에서 그치지 않고 평화를 정착시키기 위해 실제적인 일을 하기로 했습니다.

"각 나라의 민의에 의해 뽑힌 국회의원들을 한데 모아 세계평화국회의원연합을 만들어야 합니다. 의원들이 머리를 맞대고 평화를 위해 무엇을 할 것인지 마음을 모으면 평화가 더 빨리, 그리고 자연스레 찾아옵니다."

그 말을 출발점으로 전 세계 국회의원들을 하나로 묶는 길고 긴 대장정이 시작되었습니다. 국가·인종·문화를 뛰어넘어 인류의 삶을 위협하는 두통거리를 풀어 나가고자 했습니다. 그 일은 결코 쉬운 일이 아니었습니다. 모든 나라의 국회는 여야로 나뉘어 갈등과 대립이 적지 않았습니다. 그래서 사람들은 '정파가 다른 의원들이 선뜻 모일까?' 걱정했습니다. 그러나 나는 일말의 걱정도 없었습니다. 나의 말을 따르지 않을 국회의원은 없으리라는 것을 잘 알았기 때문입니다.

세계평화국회의원연합은 2016년 2월 대한민국 국회에서 열린 창립식을 첫걸음으로 전 대륙을 순회하며 차례차례 대회를 열었습니다. 대회의 주제는 '우리 시대의 주요 도전과제 해결: 정부, 시민사회, 종교단체의 역할'로 정했습니다.

햇살 뜨거운 한여름에 네팔로 사람들이 속속 모여들면서 드디어 아시아·오세아니아권 대회가 시작되었습니다. 29개 나라 166명의 국회의원을 포함해 500여 명이 먼 길을 마다하지 않고 참석했습니다. 네팔 국민은 물론 대통령이 직접 나서 깊은 감사를 표했습니다. 처음 사람들의 걱정과 달리 첫 대회부터 대성황을 이루자 모두가 나의 혜안에 탄복했습니다. 그 후의 대회는 열리는 곳마다 사람들이 모여들어 행사장이 늘 만원을 이뤘습니다.

네팔 대회에 이어 중앙아프리카 창립식은 부르키나파소 국회의사당에서 열렸는데, 24개 나라 600여 명이 모여 열띤 토론을 벌였습니다. 가을에 영국 런던에서 열린 유럽 대회에는 40여 나라에서 300여 명이 참석했습니다. 나는 창설자로서 그들에게 당부의 말을 잊지 않았습니다.

"영구적인 평화세계를 건설하려면 각국의 정치를 책임지는 지도자들이 올바른 인격을 갖추고 양심의 목소리와 도덕의 가치를 따라야 합니다. 세계 국회의원들이 하나가 되어 평화를 위해 협력한다면 세상은 바뀔 것입니다."

중미 대회는 10월에 코스타리카에서, 남미 대회는 파라과이에서 열렸습니다. 11월 초에는 동아프리카 잠비아로 사람들이 찾아왔습니다. 다른 지역은 이미 늦가을로 접어들었으나 잠비아는 뜨거운 날들의 연속이어서 사람들은 무더위를 견뎌 내야 했습니다. 참석자들은 나의 평화사상에 공감해 아픔의 역사를 청산하고 희망의 평화시대를 만들어

갈 것을 다짐했습니다.

이제 남은 나라는 일본과 미국이었습니다. 과연 일본의 현직 국회의원이 몇 명이나 참석할 것인지, 사람들은 조마조마해했습니다. 그러나 이런 우려를 잠재우고 현직 국회의원 63명과 함께 200여 명이 모이는 대성황을 이뤘습니다. 정치 이념과 문화의 차이를 떠나 평화세계를 만들어 가자는 뜻에 망설임 없이 모인 것입니다.

국회의원들과 주요 지도자들에게 평화를 갈망하는 나의 뜻과 그 길을 제시했고, 그들 모두 한마음으로 환영했습니다. 이제 마지막 남은 대회는 그동안의 성과를 집약해 역사에 없던 세계평화국회의원연합을 탄생시키는 것이었습니다. 그 최종 승리대회의 장소는 미국 워싱턴 DC로 결정되었습니다.

2016년 겨울, 미국 국회의사당에서 마지막 세계평화국회의원연합 창설대회를 준비할 때 국회의사당 담당자들은 우리에게 유서 깊은 케네디 코커스룸에서 대회를 열도록 배려해 주었습니다.

"대회를 열 수 있는 룸은 아주 많습니다. 그러나 중요한 대회인 만큼 저희가 케네디 코커스룸을 미리 준비하겠습니다."

케네디 코커스룸(Kennedy caucus room)은 케네디가 1960년에 대통령 출마 선언을 한 곳입니다. 그것을 기념하기 위해 붙인 이름으로, 그동안 미국과 세계 역사에서 중대한 의미가 있는 대회들만 열렸습니다. 세계평화국회의원연합 창설대회는 인류의 역사에 새로운 이정표를 세울 중요한 대회인 만큼 의미가 있는 장소에서 열 수 있도록 해준 것입니다.

2016년 12월 1일, 겨울비가 촉촉이 내리던 날, 56개 나라의 국회의원들과 주요 인사 500여 명이 행사장을 가득 메웠습니다. 그들 대부분은 각 대륙에서 열린 행사에 이미 참석한 사람들이었기에 다시 만난 이웃 나라 사람들과 반갑게 포옹했습니다. 강대국도 그렇지만 특히 약소국가에서 온 사람들은 세계적인 행사에 참여했다는 사실을 말할 수 없는 기쁨과 희망으로 여겼습니다. 아프리카 베냉의 국회부의장 길버트 반가나가 한 말은 사람들에게 깊은 공감을 얻었습니다.

"나는 청년 시절 문선명, 한학자 총재의 평화원리를 배웠습니다. 지금도 그 평화철학을 실천하고 있습니다."

많은 사람들이 평화의 새로운 길을 찾아가게 해준 것에 대해 나에게 고마움을 전했습니다. 창립식에는 우리 부부와 오래 친분관계를 맺어온 오린 해치 미국 상원의장도 참석했습니다. 내 연설이 끝난 뒤 연단으로 올라와 수십 년 동안 변함없이 평화운동을 펼치고 있는 것에 대해 깊은 감사를 표했습니다. 1977년부터 현재까지 줄곧 미 상원을 지키고 있는 해치 의장은 나의 평화운동을 적극 지원해 왔습니다. 민주당 상원의원을 대표한 에드 마키 의원은 환경보존에 이바지한 것에 대해 고마움을 전하며 언제까지나 지지할 것을 약속했습니다.

워싱턴 대회를 끝으로 세계평화국회의원연합 창립은 길고 긴 노정을 마무리했습니다. 1년여 동안 지구를 한 바퀴 순회하면서 6개 대륙에서 열린 대회에 190개 나라의 현역 국회의원 2,500여 명과 더불어 2만여 명이 참석하는 대성황을 이뤘습니다. 대회가 끝난 후에는 자전거를 타고 국토를 횡단하는 피스로드도 열려 시민들의 뜨거운 환영을 받았습니다. 무엇보다 이 행사는 '한반도 평화통일'을 염원하며 자전거를 타고 대륙을 종단하는 프로젝트였습니다. 세계평화고속도로를 따라 전 세계를 하나의 교통망으로 연결해 세계의 분쟁과 갈등을 해소하고 인류를 한 가족으로 묶고자 하는 의미의 행사이기도 했습니다. 또한 모든 행사에는 리틀엔젤스가 한국의 전통춤과 노래를 아름답게 소개하고 개최국의 국가와 민요를 불러 참석자들에게 깊은 감동을 안겨 주었습니다.

역사 이래 그토록 많은 나라의 국회의원들이 모인 것은 처음이었습니다. 그들은 국가라는 울타리를 벗어났고, 인종에 개의치 않았으며, 종교를 뛰어넘었습니다. 한때 원수와 같았던 이웃 나라 국회의원과 사나흘 동안 마주 보고 앉아 '이제 우리가 평화를 위해 무엇을 할 것인가?'를 진지하게 토의했습니다.

의인을 찾아서, 신세계의 희망봉에 서다

"왜 사람들은 아프리카를 '검은 대륙'이라고 부를까요?"

나는 오래전부터 아프리카에 많은 관심과 애정을 가지고 있었습니다. 아프리카는 억압과 분쟁, 불행의 역사가 난무하는 '검은 대륙'이었습니다. 그러나 언제까지나 아프리카에서 고단한 삶이 계속되어서는 안 됩니다. 아프리카 최남단에 가면 희망봉이 있습니다. 나는 세계평화고속도로의 출발지를 희망봉으로 정했습니다. 인류를 구원해야 할 평화의 어머니이자 독생녀로서 내가 아프리카에 희망을 주고 눈물을 닦아 줘야 했습니다.

2012년 문 총재가 성화했을 때 나는 "지상의 일은 그만 내려놓으시고 천상에 편히 입성하여 '하늘부모님'을 위로해 드리시라"고 작별인사를 했습니다. 나는 성혼하던 날 하늘 앞에 "내 당대에 뜻을 이뤄 드리겠다"고 한 약속을 한시도 잊은 적이 없습니다.

나는 그동안 하나님을 향한 효정의 마음으로 동에서 서로, 남에서 북으로 쉴 틈 없이 말씀을 전파했습니다. 입안이 헐고 다리가 붓고 때로는 서 있을 수조차 없었지만 "기필코 내가 이루겠다"는 약속을 지키기 위해 지구 곳곳을 찾아다녔습니다. 하나님의 소원과 이상을 이뤄드리기 위해 신발 한 번 제대로 벗지 못한 채 걷고 또 걸었던 눈물겨운 노정이었습니다. 하나님을 모시기 위한 신(神)종족, 신(神)국가, 신(神)세계 창건을 위한 노정은 결코 단순한 과정이 아니었습니다. "2020년까지 기필코 7개국을 복귀하겠다"는 결의 가운데 하늘을 향해 "나만 남았나이다" 기도를 수천 번도 넘게 했습니다.

드디어 하늘로부터 응답이 왔습니다. 2017년 7월 17일이었습니다. 세계본부 윤영호 사무총장이 문 총재로부터 계시를 받았습니다. 금으로 된 열쇠 세 개를 전달받았습니다. 그때 윤 사무총장은 유럽 희망전진대회를 비롯해 2018년 브라질 상파울루에서 열릴 '중남미 월드서밋 2018' 등 크고 작은 많은 행사를 준비하고 있었습니다. 나는 그 이야기를 듣고 그동안 인연을 맺었던 의인 세 사람을 미국 행사에 초청했습니다. 세네갈의 만수로, 남아프리카공화국의 하데베, 짐바브웨의 은당가였습니다.

2018년 1월에 나는 아프리카로 갔습니다. '월드서밋 아프리카 2018'을 준비하면서 세네갈을 택한 이유는 하늘이 준비한 의인이 있었기 때문입니다. 그곳은 이슬람권으로 800만 혹은 1천만 이상의 신도를 거느린 종단장들이 독생녀의 현현을 열렬히 환영했습니다.

세네갈의 만수로 듀프는 이슬람의 가장 영향력 있는 지도자 중 한 사람입니다. 그는 나의 말씀에 감화가 되었습니다. 그리하여 마키 살 대통령이 주관하는 '2017년 월드서밋'을 자신이 직접 준비했습니다. 만수로는 대통령을 찾아가 종교 지도자로서 자신의 명예를 걸고 "참어머님을 모시지 않으면 아프리카의 역사를 맡길 곳이 없다"고 호소했습니다. 대통령은 국제회의장을 비롯해 서밋을 위한 최첨단 시설을 제공했습니다. 대통령이 사용하는 방탄차를 준비해 주는 등 국빈 이상으로 나를 환영했습니다. 내가 가는 곳마다 대통령 직속 경호팀이 수호를 맡았습니다. 그럼에도 내가 세네갈에 도착했을 때까지 마키 살 대통령이 서밋에 참석할지는 불확실했습니다.

나는 마키 살 대통령을 만나 40분 가까이 하늘의 섭리에 관해 설명했습니다. 이슬람국가 정상 앞에서 아담과 하와를 비롯해 축복의 중요성, 독생녀의 섭리에 이르기까지 설명을 하자 자리를 함께했던 장관들마저 무척 놀랐습니다.

"내일 서밋에 참석하겠습니다."

마키 살 대통령은 흔쾌히 수락했습니다. 그는 나의 인류 구원에 관한 간절함과 진솔함에 감동되었습니다. 내가 단지 명예나 권력, 그 어떤 세속적인 이익을 추구하는 것이 아니라는 사실에 마음이 움직인 것입니다. 그러면서 신앙적으로 "참어머님의 아들이 되겠습니다"고백했습니다. 나아가 모든 행정력을 동원해 축복행사를 지원했습니다. 전국적으로 생중계를 할 수 있도록 지시했는데, 국영방송을 통해 행사를 생중계한다는 사실은 놀라운 일이었습니다. 나는 원고 없이 신(神)아프리카 섭리와 인류 구원에 관해 설파했습니다.

"나는 참어머님과 함께 신아프리카를 건설하고 싶습니다."

마키 살 대통령은 답사로 감사 인사를 했습니다.

그 후 2019년 여름 나는 남아공을 찾았습니다. 요하네스버그에서 '2019 남아프리카공화국 효정패밀리 10만 축복축제(HyoJeong Family Blessing Festival in South Africa 2019)'가 열렸습니다. 하늘은 이 한때를 위해서 의로운 선지자 사무엘 하데베를 예비하셨습니다. 행사에는 아프리카 전역에서 전현직 대통령과 총리 12명을 비롯해 장관과 국회의원, 종단장과 종교 지도자 500여 명이 참석해 아프리카 참가정운동의 결실을 맺었습니다. 나는 아프리카 대륙이 10만 쌍 축복가정들로 말미암아 세계의 빛이자 등불인 신아프리카가 될 것을 축원했습니다.

사무엘 하데베는 500만 신도를 거느린 종단장으로 영적 지도자입니다. 그는 자신을 장차 오실 주님을 증거하는 선지자로 지칭하며 "평화운동을 위해 평생을 바쳐 온 한학자 총재를 독생녀 참어머님으로, 남아공과 함께 아프리카가 환영한다"고 증거했습니다. 남아공 국영방송 SABC에서 축복행사 전반에 걸쳐 생중계해 온 나라가 축제 분위기였습니다.

1년 전 넬슨 만델라 탄생 100주년을 기념하고 축복행사를 거행하기 위해 남아공에 갔을 때, 윤 총장이 하데베에게 "선지자님, 어머님이 찾고 계십니다"라고 전달했습니다. 그는 새로운 교회 개척을 위해 모잠비크를 방문하던 중 전용기로 단숨에 축복이 진행되는 케이프타운으로 왔습니다. 나는 그에게 섭리사 전반에 걸쳐 들려주었습니다. 인류를 향한 하나님의 창조 이상과 타락, 구원 그리고 독생녀 섭리에 이르기까지 상세하게 이야기했습니다.

하데베 선지자는 말씀에 감동되어 나를 어머니로 받들겠다며 아들이 되기를 희망했습니다. 자신이 신봉하는 종교와의 이론적 체계는 다를지라도 하늘이 예비한 독생녀 참어머니로 증거했습니다. 그에게 사무총장이 나의 뜻을 전달했습니다.

"어머님께서 내년에 10만 쌍 축복식을 하고 싶어 하십니다."

그는 흔쾌히 수락했습니다. 그동안 아프리카를 찾았던 수많은 종교 지도자들과는 달리 나는 오로지 아프리카를 위해 축복하러 왔다는 것을 깨달은 것입니다. 그는 어머니의 참사랑이 무엇인가를 알았습니다. 그리고 나에게 심정적인 고백을 함으로써 하나가 되었습니다.

2019년 6월 10만 축복식이 열리는 올란도 축복행사장의 준비 사항은 물론 내가 도착한 공항 라운지에서부터 신변 보호를 위한 경호팀 등 제반 사항을 스스로 준비했습니다. 거기에서 그치지 않고 2019년 12월 남아공에서 20만 명 축복식을 준비했습니다.

나는 행사가 있기 전날인 6월 7일, 요하네스버그의 스웨토를 찾았습니다. 남아공은 인종차별 정책으로 말미암아 인종 간 혹독한 시련을 겪었습니다. 백인들은 인구의 대다수인 흑인들의 토지를 강탈했고, 그들이 땅을 사거나 빌릴 수 없게 만들었습니다. 신분증이 없으면 마음대로 돌아다닐 수도 없었으며, 백인과는 한 식당에서 밥을 먹을 수도, 버스를 탈 수도 없었습니다. 흑인들만의 거주지인 빈민가 스웨토는 흑인격리 정책에 대한 저항운동이 발발한 지역입니다. 노벨평화상 수상자인 넬슨 만델라 전 대통령의 거처가 있던 곳이며, 아프리카 인권운동의 정신적 지주이자 역시 노벨평화상 수상자인 데스몬드 투투(Desmond Mpilo Tutu) 대주교가 살던 곳이기도 합니다.

1976년 백인 식민주의자들의 언어를 강제로 사용하게 함으로써 발생한 '스웨토 항쟁'에서 수천 명의 사상자가 발생했습니다. 어린 학생들의 희생은 정말 가슴 아픈 일이었습니다. 경찰의 총격으로 처음 희생된 열두 살 헥터 피터슨(Hector Peterson)이 피를 흘리고 쓰러진 것을 그의 누나 앙투아네트(Antoinette)가 부여잡고 울부짖는 장면은 남아공의 역사를 바꾸는 도화선이 되었습니다.

이곳에서 나는 인종차별 정책으로 희생된 사람들을 구원하는 의식을 거행했습니다. "피부색으로 차별하고 청소년의 희망의 싹을 앗아간 한의 역사를 청산하고 축복의 길을 하늘이 열어 줄 것"을 축원했습니다. 어두운 역사의 수레바퀴에 짓눌려 억울하게 숨진 영혼을 구원하는 일이야말로 독생녀가 해야 할 중요한 사명이었습니다. 2018년 1월 세네갈 고레섬에서 흑인 노예의 영혼을 해방했던 일과 더불어 인종차별 희생자들에 관한 해원 역사는 아프리카 흑인들에게 새로운 희망과 용기를 북돋워 주는 계기가 되었습니다.

한편, 짐바브웨에는 900만 신도를 거느린 대주교 요하네스 은당가 의인이 있습니다. 그가 있어 에머슨 음낭가과 대통령의 관심 가운데 6만 쌍이 넘는 축복행사를 성공리에 치를 수 있었습니다. 그는 "하늘의 계시로 참어머님을 알게 되었습니다. 참부모님의 아들로 태어난 것을 감사드리며, 나는 기필코 참부모님의 왕국을 건설하고 싶습니다"라며 포부를 밝혔습니다.

은당가 주교는 2017년 축복식에 축사자로 참가했습니다. 그런데 뜻밖에 "축사자가 아니라 손수 축복을 받으라"는 하늘의 계시가 내렸습니다. 그는 계시대로 축복을 받았습니다. 나는 은당가 주교를 미국 매디슨스퀘어가든대회에 초청했습니다.

"어머니는 이제껏 인류가 고대하고 찾던 참어머님입니다."

그는 대중 앞에서 증거했습니다. 자신을 소개할 때도 "나는 참어머님의 아들입니다"라고 자랑하게 되었습니다. 이후 짐바브웨로 돌아가 목사와 주교들을 모아 놓고 축복식을 거행했습니다.

2017년 11월 11일, 은당가 주교는 서울 월드컵경기장에서 열린 '한반도 평화통일대회'에 참석하고 돌아갔습니다. 그때 마침 쿠데타가 일어났습니다. 입국하면 체포되어 목숨이 위험한 상황이었습니다. 다른 장관들은 공항에 내리자마자 모두 체포되어 끌려갔습니다. 그러나 그는 무사히 통과했습니다. 그는 '참어머님의 기적'이라고 고백합니다. 만일 붙잡혔으면 틀림없이 목숨을 잃었을 것입니다. 그는 '참어머님께서 지켜 주셨다'고 믿고 있습니다. 내가 그를 아프리카평화위원회 위원장으로 임명하자, 그는 첫 소감으로 "독생녀 참어머님을 모시는 짐바브웨가 되겠다"고 선언했습니다.

하나님의 눈에는 모든 사람이 하나의 색입니다. 피부색으로 오랫동안 핍박받던 아프리카가 이제 참부모님을 받아들임으로써 암울했던 과거로부터 해방되고 있습니다. 참가정으로 거듭나 새 역사 새 시대를 맞아 모든 인류 앞에 빛을 발하는 소망의 대륙으로 거듭나고 있습니다.

상투메프린시페, 국가 복귀의 첫 모델

"상투메프린시페가 어디 있는 나라예요?"

"글쎄 말이에요, 나라 이름이 아주 정감 있는데요."

상투메프린시페에서 '아프리카서밋 2019'와 '효정패밀리 축복축제'를 거행하겠다고 발표하자, 사람들은 그 나라가 어디에 있는 나라냐며 모두 궁금해했습니다. 2019년 봄에 우리 식구 한 명을 상투메프린시페로 보내 대통령, 총리, 국회의장을 만나 정부와 MOU를 체결하도록 했습니다. 그때부터 '상투메프린시페에서 국가 복귀의 모델을 만들어야 한다'고 생각했습니다.

상투메프린시페는 서아프리카 기니만에 있는 조그만 섬나라로, 1975년 포르투갈 식민지에서 독립했습니다. 한국에서는 40시간 이상 걸리는 아주 먼 나라입니다. 나는 이번에 상투메프린시페를 하나님의 참된 나라로 축복하고 '신(神)상투메'로 새롭게 명명했습니다.

2019년 9월, 상투메 국회의사당에서 '아프리카서밋 2019'의 개회식이 열렸습니다. 오전 10시 이바리슈투 카르발류(Evaristo Carvalho) 대통령과 총리 및 국회의장을 비롯해 국회의원과 장관 전원, 종교 지도자 200여 명, 해외 전현직 정상 등 800여 명이 참석한 가운데 성황리에 진행되었습니다. 특별히 상투메 국영방송으로 생중계되었으며 해외 언론 역시 취재에 열을 올렸습니다.

아프리카 대륙은 '2018년 남아공서밋' 이후 축복식을 열정적으로 받아들이고 있습니다. 2019년 여름에는 탄자니아에서 4만 쌍의 축복식이 자체적으로 열렸습니다. 이런 기반이 쌓여 국민의 대다수가 가톨릭 신도인 상투메프린시페에서 서밋이 개최된 것입니다.

행사 전날 상투메 국제공항에 도착하자 귀빈실에서 대기하고 있던 국가 각료들이 정중히 영접했습니다. 다음 날 오전 대통령궁에서 대통령과 회담한 후 함께 국군의장단 사열을 받으며 국회의사당에 도착했습니다.

세계정상연합 아프리카위원장인 나이지리아 전 대통령의 소개로 무대에 올라 특별연설을 했습니다. "신(神)상투메를 축복하고 참어머니와 하나 되어 천국의 모델을 만들자"고 제안했습니다. 참석자들은 연설 도중 몇 번이나 우레와 같은 박수와 함성을 보내며 나의 제안에 동조했습니다. 카르발류 대통령은 개회식에서 "오늘은 상투메 역사상 가장 오래 기억되는 날이 될 것입니다. '신상투메'로 축복해 주신 참어머님께 큰 감사를 드립니다. 참어머님을 모실 수 있어 너무나 기쁘고 가슴이 벅찹니다. 상투메프린시페는 참어머님이 바라시는 천국의 모델이 될 것입니다"라고 소감을 밝혔습니다.

다음 날에는 역사적인 상투메프린시페 국가 주관의 '효정패밀리 축복축제'가 열렸습니다. 축복식은 각 지역별로 정치·종교 지도자와 전통 족장 등 국가의 추천에 의해 선발된 600쌍 1,200명과 예비 축복자 6천 쌍이 참석했습니다. 아침 8시부터 인파로 가득 찬 행사장은 그야말로 상투메 역사상 한 번도 경험하지 못한 축제의 장이자 축복의 장이었습니다. 15명의 해외 전현직 정상이 자리했으며, 특별히 성수의식에는 정치·종교계를 대표하는 60쌍이 직접 성수의 은사를 받았습니다. 이날 축복식은 국가에서 직접 주관한 것으로, 대통령과 총리 그리고 장관들이 모두 참여했습니다. 다른 축복식에서는 좀처럼 볼 수 없었던 일이었습니다. 그렇게 상투메프린시페는 국가 복귀의 첫 번째 나라가 되었습니다.

그러나 상투메에서 이렇게 국가 주관의 행사가 성사될 때까지 모든 과정이 수월했던 것은 아닙니다. 국민의 대다수가 믿는 가톨릭교의 신부가 신앙적 차원에서 통일교회와 축복식을 비방하는 성명서를 냈습니다. 우리는 대통령과 각료들의 마음을 살펴서 사정이 여의치 않으면 모든 행사를 중단하겠다는 뜻을 전달했습니다. 그러나 한 신부의 신앙적인 견해 차이로 상투메가 한층 도약할 수 있는 기회가 무산될 수 있다고 판단한 대통령과 각료들은 모든 행사가 정상대로 진행되기를 희망했습니다. 행사를 마치고 출국하는 나에게 상투메프린시페의 대통령은 진심에서 우러난 뜻깊은 인사를 했습니다.

"상투메는 어머니의 집이고 어머니의 나라니 언제든 오십시오."

11장

천일국 안착을 위한
천주적 가나안 40일 노정

사지가 생지 되고, 생지가 신지 되게 하소서

"캄보디아는 앙코르와트로 유명한 나라 아닌가요?

"킬링필드로도 알려져 있지요."

캄보디아는 은둔의 나라입니다. 사람들은 '캄보디아'라고 하면 먼저 앙코르와트(Angkor Wat)를 떠올립니다. 앙코르는 '왕도(王都)'를 뜻하고, 와트는 '사원'을 의미합니다. 이 유적지는 12세기 초 크메르족에 의해 건립된 사원으로, 왕과 왕족이 사망했을 때 그가 믿던 신(神)과 합일한 다는 신앙적 풍속에 근거한 건축물입니다. 오랫동안 정글에 묻혀 있다가 1861년에야 발견되어 세상에 알려졌습니다.

이 은둔의 나라 캄보디아에서 큰 행사가 열렸습니다. '아시아·태평양서밋'이 프놈펜 평화궁(Peace Palace)에서 거행된 것입니다. 캄보디아 정부가 민간 기구와는 역사상 처음으로 공동 주최하는 행사였습니다.

2019년 11월 19일 공항에 도착했습니다. 소식을 접한 훈센 캄보디

11장 천일국 안착을 위한 천주적 가나안 40일 노정

아 총리가 특별히 환영회담을 제안해 왔습니다. 나는 기쁜 마음으로 받아들였습니다. 서밋에 참가하는 54개국 대표자들이 동석했습니다. 훈센 총리는 아시아·태평양서밋의 목적과 캄보디아 역사에 관해 설명했습니다. 이어 내가 서밋의 의의에 관해 연설을 했습니다.

"이번 서밋은 잃어버렸던 창조주 하나님이 우리의 부모임을 알리는 것이 목적입니다. 아시아·태평양의 정상회의는 하늘을 모시는 자리이기에 미래는 희망적입니다."

모든 참석자가 내 연설에 한마음으로 동조하며 박수로 공감을 표시했습니다. 이어 훈센 총리가 화답했습니다.

"나는 아시아·태평양유니언을 지지합니다. 한학자 총재님의 아시아·태평양유니언에 저희도 동참하고 싶습니다."

회담 후 훈센 총리와 나란히 입장한 가운데 역사적인 서밋이 시작되었습니다. 각국 정상과 더불어 54개국 700여 명의 지도자가 참석했습니다. 나는 '하늘 섭리의 완성을 향한 우리의 책임'이란 제목으로 '마지막 섭리의 종착점인 태평양 문명권 시대의 안착'에 관해 연설했습니다. 훈센 총리는 서밋에 참석한 각국 전현직 정상과 캄보디아에 주재하는 모든 대사가 모인 가운데, 참어머니의 평화 비전과 그 실천에 동참하겠다면서 아시아·태평양유니언 지지 의사를 '프놈펜 선언'에 담아 발표했습니다. "먼저 된 자가 나중 되고 나중 된 자가 먼저 된다"는 말처럼, 캄보디아가 적극적으로 참여해 앞장서는 입장이었습니다.

그날 하루의 섭리적 행보는 많은 일이 진행돼 마치 천년을 응축한 시간과 같았습니다. 나는 '하늘부모님과 참아버님께서 참 기뻐하셨겠다'고 생각했습니다.

다음 날, 프놈펜에서 세계 정상들과 분 친(Bin Chhin) 캄보디아 부총리, 인 놀라(Yin Nolla) 내무부 수석장관을 비롯한 대부분의 각료 등 4천여 명이 참석한 가운데 '평화로운 나라 구축을 위한 청년가정축제(Youth and Family Festival for Nation Building and Peace)'가 개최되었습니다. 나는 이 가정축제, 축복식으로 캄보디아가 하늘부모님께서 임재하실 수 있는 '신(神)캄보디아'가 되기를 축원했습니다. 킬링필드(Killing Field)의 아픔이 있는 캄보디아의 '사지(死地)가 생지(生地) 되고, 그 생지가 신지(神地) 되는 오늘'이야말로 그 어느 때보다 중요했기 때문에 나는 대회를 위해 각별히 정성을 들였습니다.

캄보디아는 그동안 잘못된 사상으로 말미암아 선한 백성들이 참혹한 피를 흘린 나라였습니다. 1975년 공산주의에 의해 수백만 명이 학살되었습니다. 당시 캄보디아 인구의 4분의 1이 몰살당했습니다. 그 킬링필드가 끝난 1979년으로부터 정확히 40년이 되는 오늘, 하늘부모님께서 독생녀인 평화의 어머니를 이 땅에 보내셨습니다. 사지인 캄보디아를 신지로 축복하기 위해서였습니다.

하늘 섭리에는 우연이 없습니다. 나의 캄보디아 방문은 인간적인 시각으로 본다면 그저 한 국가의 행사를 위한 방문일 수 있습니다. 그러나 하늘의 섭리는 그렇게 단순하지 않습니다. 나는 '유토피아 건설'이라는 명분 아래 억울하게 죽어간 희생자들과 당시 정부의 지시로 어쩔 수 없이 학살을 자행했던 20세 미만 청년학생들의 영혼을 해원해야 했습니다.

나는 축도를 통해 먼저 하늘부모님을 위로해 드렸습니다. 캄보디아 학살극으로 인해 누구보다 가슴 아파하셨을 하늘부모님이었습니다.

그리고 과거 억울하게 죽은 영혼들을 해원했습니다. 미래의 희망을 준비하는 현재 청년들의 축복식을 통해 캄보디아의 과거와 현재, 미래를 축복한 것입니다.

나는 세계순회를 떠나기 전에 신한국 5지구와 4지구 대회를 주관했습니다. 잠시도 쉴 틈 없이 순회 노정을 출발했기에 캄보디아에 도착하자 건강에 많은 어려움을 겪었습니다. 그러나 하늘부모님은 물론 참아버님과의 마지막 약속을 지키기 위해 그야말로 사생결단, 전력투구하는 심정으로 정진했습니다.

나는 인류의 어머니이자 천주의 어머니, 평화의 어머니이기에 하늘부모님과 인류를 위해 중단 없는 전진에 전진을 해야 했습니다. 참아버님의 성체를 앞에 두고 "생이 다하는 날까지 천일국을 이 땅에 정착시키겠다"는 약속을 했기 때문입니다.

큰어머니, 효정문화의 태평양 문명권을 열다

예부터 해양은 여성, 나아가 어머니를 상징합니다. 따라서 태평양(太平洋)은 '큰 평화의 어머니(太平母)'입니다. 어머니는 사랑의 원천입니다. 빼앗고 정복하는 남성 주도의 문명권이 아닌, 주고 또 주는 어머니의 심정인 효정문화와도 맥을 같이합니다.

태평양 문명권은 섭리의 마지막 한때 인류의 독생녀 참어머니를 중심으로 형성되었습니다. 특히 역사 속에 은폐되었던 하나님의 여성격인 '하늘어머니'의 위상을 되찾아야 합니다. 하나님은 이제 '하나님 아버지'만이 아닌 '하나님 어머니'까지 포함한 온전한 하늘부모님으로 해석되어야 합니다. 인류의 종적 부모이신 하늘부모님을 참부모로 모시고 인류 한 가족의 이상을 실체화하는 문명이어야 합니다.

이러한 태평양 문명권 시대가 시작되어 안착하기 위해서는 17억 인구에 달하는 중화권의 참여가 필수적입니다. 그동안 중국에서 우리의 통일운동은 현실적으로 매우 어려운 실정이었습니다. 세계평화화인연합을 중심으로 중화권을 하나로 묶는 것이 무엇보다 시급했습니다. 그런 연후에야 태평양 문명권 시대를 안착시킬 수 있습니다. 그래서 세계평화화인연합 세계대회는 매우 중요한 의미를 지니고 있습니다.

2019년 11월 대만에서 세계평화화인연합 세계대회와 1만 4,400명 화인 축복식이 거행되었습니다. 현재 중화권은 하나의 국가를 지향하고 있습니다. 따라서 1만 4,400명 화인 축복식은 '하나의 가족을 통한 하나의 세계'를 위한 위대한 출발이었습니다.

우리는 화인연합회를 2017년부터 준비했습니다. 당시 '화교(華僑)'와 '화예(華裔)'를 묶는 '세계평화화인연합'을 창립했습니다. 화교란 본국을 떠나 해외 각처로 이주해 살아가면서 본국과 유기적인 연관을 맺고 있는 혈통적 중국인을 의미합니다. 반면 화예란 중국의 변방에서 살아가는 이민족을 뜻합니다. 이들을 전체적으로 '화인'이라 일컫고 있습니다. 화인들은 중국 본토의 경제나 정치적인 측면에서 많은 영향력을 행사하고 있습니다.

그런 세계평화화인연합이 대만, 캐나다, 말레이시아, 태국, 인도네시아 등 8개국에서 창립되었고, 이를 기반으로 세계대회를 개최하게 된 것입니다. 참으로 역사적인 날이었습니다. 개회식에는 300여 명의 화인 지도자들이 참석했습니다. 기조연설자로 나선 장뷔야 감찰원장은 "참어머님께서는 위하여 사는 삶을 몸소 실천하신 위대한 여성으로, 우리가 좀처럼 만날 수 없는 분을 만나는 귀한 기회를 가졌다"고 소개했습니다.

우리는 조국 대한민국을 중심으로 한 태평양 문명권 시대의 안착을 위한 섭리를 해나가고 있습니다. 이제 모든 문명은 태평양 문명으로 결실됩니다. 이것은 하늘의 천명입니다. 빼앗고 정복하는 이기적인 문명권이 아닙니다. 주고 또 주는 참사랑과 심정에 기반을 둔 효정문화의 태평양 문명권을 만들고 안착시켜야 합니다. 태평양 문명은 인류 역사의 대륙 문명과 해양 문명, 동양 문명과 서양 문명, 정신 문명과 물질 문명의 화합과 통일을 이루고 있습니다.

나는 2017년 한국, 일본, 미국, 태국 등 국경을 넘나들며 수십만 명이 참석한 열두 번의 희망전진대회를 통해 참사랑의 심정문화 혁명인 '태평양 문명권'을 선포했습니다. 2018년 세네갈에서 시작된 '아프리카서밋'을 '아시아·태평양서밋'으로 매듭지은 이유도 여기에 있습니다. 나아가 2019년 한국을 중심으로 '아시아·태평양유니언'의 창립을 제안한 것도 이런 연유에서였습니다.

세계평화화인연합 세계대회에 이어 대만에서 '효정 참사랑가정 축복축제(孝情文化眞愛家庭祝福祭)'가 열렸습니다. 축복을 받기 위한 화인들로 식장이 가득 찼습니다. 1만 4,400명의 예비 축복을 받은 새 식구들이 부부로 참석했습니다. 그야말로 축제의 장이었습니다.

대만에서 존경받는 류슈렌 전 부총통이 나를 소개했습니다.

"문선명 한학자 총재님의 하늘을 중심에 둔 활동으로 인종·국경·문명을 넘어 우리는 이제 모두 한가족입니다. 이런 행사에 참석하게 됨을 영광으로 생각합니다."

행사를 준비하는 과정에서 경험한 놀라운 일에 대한 아름다운 간증도 있었습니다. 어린 남매의 활동에 관한 이야기였습니다. 아홉 살 여동생은 매일 방과 후 20분씩 길거리에서 전단지를 뿌리며 전도활동을 했습니다. 참어머니가 '비전 2020'을 위해 저렇게 고령에도 전 세계를 다니며 활동하시는데, 나도 가만히 있을 수 없다며 매일 전도활동을 한 것입니다. 그런데 어느 날 우연히 길을 지나던 60세 레스토랑 사장이 매일 같은 장소, 같은 시간에 전단지를 전하는 정성을 보고 전도가 되는 놀라운 역사가 있었습니다.

오빠도 뒤질세라 열심히 활동했습니다. 그 결과 현직 리장을 포함해 27쌍을 축복식에 참석시켜 축복을 받게 했습니다. 대만에서 리장은 직접선출직으로 5천 내지 1만 명 이상의 주민을 대표합니다. 매일 전도 대상자를 찾아가 정성을 드리고 쉼 없이 전도활동을 한 결과였습니다. 그러다 보니 학교 시험을 잘 못 봐 결과가 좋지 않았습니다. 그의 부모마저 "학생의 본분인 공부를 열심히 해야 하지 않니?"라며 걱정했습니다. 하지만 아이는 "참어머님께서 대만을 다녀가시면 그 후에 공부할게요"라며 전도활동에 더욱 매진했습니다. 그래서 놀라운 결과를 하늘 앞에 봉헌했고, 이에 관한 간증을 하게 되었습니다. 참으로 장하고 눈물겨운 활동으로, 아름다운 효정의 전통이 될 것입니다.

우리 천일국의 미래는 참으로 희망적입니다. 참어머니를 향한 우리의 2세, 3세들의 '해바라기' '효바라기'가 기쁜 선물이 되고 있습니다.

"어머님, 대만 희망전진대회가 모두 끝난 오늘, 마음이 어떠셔요?"

"마음이 너무나 뿌듯하다, 참 좋다."

특별히 대만 2세들의 효정문화 공연이 참으로 감동적이었습니다. 나는 대만을 중심으로 중화권이 하늘부모님과 참부모님을 모시게 되는 날이 곧 올 것임을 알고 이를 크게 축복했습니다.

아무도 걷지 않은 길, 평화의 어머니 무슬림을 품다

"참어머님께서 니제르에 오신다니 마음이 너무 설레요."

"대통령은 물론 전 국민이 기다렸는데, 드디어 니제르를 축복하기 위해 오시네요."

내가 공항에 도착하자, 니제르 정부는 최고의 예를 갖춰 영접했습니다. 총리를 비롯해 대통령비서실장과 장관 전원 등 니제르 정부의 최고 각료들이 모두 나와 환영했습니다.

2019년 2월, 한국에서 개최된 '월드서밋 2019'에 니제르 총리와 장관 10여 명이 참석하기로 되어 있었습니다. 그런데 총리는 내부 사정으로 참석하지 못하고, 장관 방문단만 참석했습니다. 방문단은 참어머니와 우리의 평화운동에 많은 감명을 받았습니다. 그 보고를 받은 총리는 다시 9월에 개최된 상투메프린시페 희망전진대회에 참석하기로 약속했습니다. 그런데 니제르에서 테러가 발생해 또다시 참석하지 못했습니다. 총리는 특사를 보내 "참어머님을 니제르에 모시고 서밋과 축복식을 하고 싶다"는 친서를 보내왔습니다. 이런 우여곡절 끝에 이뤄진 만남이다 보니 기쁨이 더욱 각별했습니다.

공항에서 총리의 안내와 함께 니제르 국군의장단 사열과 최고의 전통춤 공연이 있었습니다. 의장대 사열을 받으면서 '어떻게 이렇게 멋지고 잘생기고 늠름한 청년들이 있을까?' 감탄했습니다. 나는 참어머니이기에 니제르의 청년들을 아들로 삼고 싶다는 마음이 들었습니다.

저녁에는 대통령의 간곡한 요청으로 예정에 없던 대통령 주관 환영 만찬에 참석했습니다. 만찬에는 전현직 정상과 국회의장, 장관 등 VIP 300여 명이 참석했습니다. 이수프 대통령은 나를 '평화의 어머니'로 증거하며, 대한민국에 대해 진심 어린 애정과 존경을 표했습니다.

나는 2018년 1월 18일 세네갈에서 개최된 첫 아프리카 대륙 단위 서밋에서 '신(神)아프리카'를 선언했습니다. 그 선언에 근거해 6월부터 아프리카에서 참가정 축복운동을 비롯한 10가지 '신아프리카 프로젝트'를 국가 단위로 협약을 맺었습니다. 한 사람의 정상을 만나기 위해 세계본부 관계자들이 짧게는 3일, 길게는 10일 이상 소요했지만, 심지어는 만나지 못하는 경우도 있었습니다. 하루 종일 식사도 거른 채 12시간 이상을 기다려야 했습니다. 그렇게 어렵사리 10여 나라와 차례로 신아프리카 프로젝트 관련 MOU를 체결했습니다. 니제르 역시 당시 협약을 맺었습니다.

하늘부모님의 꿈과 인류의 소원이 이루어지는 인류 한가족, 그 꿈을 실현하는 데 있어서 아프리카의 니제르 대통령은 현명한 정상이었습니다. 그의 적극적인 노력으로 니제르에서 '2019년 아프리카서밋'과 국가 주관 참가정 축복식이 열리게 되었습니다. 그 행사들은 아무도 가보지 않고 아무도 걷지 않았던 길을 개척하며 가야 하는 노정이었습니다. 위대한 도전이자 그야말로 신성한 노정이었습니다.

니제르 축복식은 국가 주관 축복식이자 아프리카 대륙 단위 축복식이었습니다. 무슬림 근본주의의 나라 니제르에서, 아프리카를 움직이는 파워 엘리트들이 지켜보는 가운데 하늘부모님께서 6천 년 동안 말씀하시지 못한 진실을 선포했습니다. 독생녀와 하나 될 때 하늘부모님의 축복을 받는다는 선포는 마치 천둥과도 같이 니제르뿐만 아니라 아프리카 전체에 울려 퍼졌습니다.

서밋이 진행된 후, 54개국을 대표하는 현직 정상 및 공식 정상 대행자들이 도열한 가운데 나는 이수프 대통령과 함께 참석한 2천 명 전체를 대표해 사인했습니다. 대통령은 "어머님, 저를 믿어 주셔서 감사합니다"라고 인사하며, 이번 서밋의 대승리를 하늘 앞에 봉헌했습니다.

나는 무함마드 선지자의 수고를 잘 알고 있습니다. 그래서 이슬람교 최고 지도자들을 아들로 많이 받아들였습니다. 이번 행사를 통해 무슬림에 기반한 아프리카 정상들과 지도자들은 이구동성으로 나를 참어머니이자 평화의 어머니로 깨닫게 되었습니다. 통일교회 역사에서 일찍이 경험해 보지 못한 놀라운 기적을 연출한 대회였습니다.

드디어 역사적인 '니제르 국가 주관 축복식 겸 아프리카 대륙 단위 축복식'이 진행되었습니다. 무슬림 첫 국가 단위 축복식이기에 나는 그 어느 때보다 심각한 정성을 들였습니다.

축복식 날 아침 대통령은 나에게 "집과 같은 니제르에서 잘 주무셨습니까" 인사를 했습니다. 나는 웃으며 "대통령의 편안한 환대 덕분에 잘 잤습니다"라고 화답했습니다. 전날 있었던 서밋에 대해 잠시 환담을 나누며 대통령의 안내를 받아 행사장으로 향했습니다.

흔히 외교상의 프로토콜은 '총성 없는 전쟁'이라 부릅니다. 나는 참부모를 중심으로 한 프로토콜을 '하늘의 프로토콜(Heavenly Protocol)'이라 명명했습니다. 축복식에서 원래 니제르 총리가 국가를 대표해 축사를 할 예정이었습니다. 그래서 내가 입장할 때 총리만 같이 입장하기로 프로토콜을 준비했습니다. 그런데 국회의장이 국민을 대표하는 자신이 참어머니를 따라 반드시 입장해야 한다며 강력하게 요구했습니다. 총리도 어쩔 줄 몰라 했습니다. 결국 총리와 국회의장이 국가와 국민을 대표하는 입장에서 나와 함께 입장하는 것으로 프로토콜을 조정했습니다. 참어머니를 위한 니제르 지도자들의 뜨거운 열정을 확인할 수 있었습니다.

축복식장은 이미 사전에 예비 축복을 받은 커플들로 만원이었습니다. 참가자들은 무슬림 전통복장을 입고 축복식에 참석했습니다. 우려와는 달리 무슬림 지도자들 역시 이 행사를 성스러운 축복식으로 받아들였습니다. 그리고 아프리카서밋에 참석한 전현직 정상과 국회의장, 장관, 국회의원, 종단장 등 아프리카를 움직이는 VIP들이 대거 참석했습니다.

축복식은 무슬림 국가 주관 성수의식으로 시작되었습니다. 무슬림 문화권에서는 성수를 뿌리면 기독교 세례로 오해를 받을 수 있기 때문에, 커다란 성수 그릇에 신랑신부가 맞잡은 손을 넣고 물결로 성수를 전해 주는 형태로 진행했습니다. 그런데 그 모습이 워낙 성스럽고 감동적이어서 성수의식 내내 장내에서는 감탄과 박수가 끊이지 않았습니다. 종교의 벽, 인종의 벽, 문화의 벽을 넘어서 하늘부모님을 중심으로 하는 인류 한가족의 꿈을 실현하는 축복결혼이었습니다.

니제르의 국토는 80퍼센트가 사막입니다. 이렇게 열악한 나라에 하늘은 의인들을 세워서 축복할 수 있는 환경을 만드셨습니다. 이번 대회를 위해 가장 수고한 사람 가운데 한 분이 바로 카쑴 의장입니다. 그는 내가 비행기에서 내리는 모습을 보고는 자신의 소원과 염원이 이루어졌다며 눈물을 흘렸던 니제르의 효자 중 효자입니다. 그가 무슬림 국가 최초의 축복식 승리를 축하하는 꽃다발을 올렸습니다. 축복식이 끝나자마자 세계 곳곳에서 축하와 감사의 메시지가 전달되었습니다.

"평화의 어머니, 참어머님께서 무슬림을 품으셨습니다."

니제르 국가 주관 축복식은 한 편의 감동과 기적의 드라마였습니다. 행사를 마치며 아프리카 대륙을 대표하는 '아프리카 유니언 집행위원회' 대표와 '서아프리카 경제공동체(ECOWAS)' 대표인 니제르 총리, 'G5 사헬' 대표, 그리고 '천일국'의 이름으로 세계본부 사무총장이 협약식을 가졌습니다.

이번 행사를 통해 우리는 아프리카 대륙은 물론 전 세계를 놀라게 했습니다. 통일교회 역사에 길이 남을 대회였습니다. 어려운 환경에서도 모두 사생결단, 전력투구했기에 하늘은 역사하시지 않을 수 없었습니다. 나도 이제 팔십을 바라보는 나이입니다. 인간의 지상생활에는 한계가 있습니다. 그러나 나는 독생녀, 우주의 어머니이기 때문에 나를 원하는 곳이면 어디든 찾아가려 합니다.

"하늘부모님, 오늘도 감사합니다."

아프리카를 적시는 폭우는 하늘의 기쁨의 눈물

"아프리카에서 비는 '축복'을 의미합니다."

"지금 남아공에 내리는 폭우는 하늘의 기쁨의 눈물입니다."

아프리카에서는 1년 내내 좀처럼 비가 오지 않습니다. 우기라 해도 잠시 내리다 그칠 뿐입니다. 내가 남아프리카공화국 요하네스버그에 도착한 후 내리기 시작한 비는 좀처럼 그칠 줄 몰랐습니다. 마치 물을 쏟아붓듯이 장대비가 내렸습니다. 대회를 앞두고 연일 계속되는 폭우이다 보니 모두 근심 어린 표정이었습니다. '12월 7일 축복식 날에는 그치겠지'라고 생각했지만, 그날도 어김없이 비는 내렸습니다. 역사적인 아프리카 대륙 축복식이 참으로 어려운 행사임을 직감할 수 있었습니다.

처음 계획은 남아공에서 대륙 단위 서밋과 축복식을 함께 개최하는 것이었습니다. 그러나 안타깝게도 우리 가정연합과 남아공 정부의 관계는 그렇게 친밀하지 못했습니다. 어찌 보면 남아공에서 우호적인 환경이 조성되기 시작한 것은 2018년부터였습니다. 그 전까지 남아공은 통일교회의 선교지 가운데 가장 열악한 곳 가운데 하나였습니다. 2018년 7월 넬슨 만델라 탄생 100주년 기념행사와, 11월 케이프타운에서의 서밋은 아프리카에서 유일한 G20 국가인 남아공에서 우호적인 환경을 조성하기 위한 작업이었습니다. 그런 가운데 하늘이 준비하신 의인 하데베 선지자를 통해 남아공 국가 차원의 서밋과 축복식을 거행할 수 있었습니다.

FNB주경기장에서 역사적인 '아프리카 대륙 단위 20만 명 축복식' 날이 밝아 왔습니다. 그러나 폭우로 인해 불가피하게 행사 시간이 늦춰졌습니다. 시간이 지나면서 참가 인원은 급속도로 증가했지만, 계속되는 폭우로 참석자들은 비를 맞지 않으려고 지붕이 설치된 스타디움 3층이나 계단 입구 쪽에 겹겹이 운집해 있었습니다. 경기장을 가득 채울 만큼 많은 수의 사람들이 참석했지만 쏟아지는 비 때문에 좀처럼 경기장으로 내려올 생각을 하지 않았습니다.

내가 경기장에 도착하자 54개국을 대표해 성수 축복을 받을 신랑신부들이 턱시도와 드레스를 입고 기다리고 있었습니다. 큰 함성과 박수로 "마더 문, 마더 문"을 외치는 그들을 보면서 쏟아지는 폭우가 오히려 '기쁨과 축복의 비'라고 생각했습니다. 미리 도착한 하데베 선지자가 나를 마중했습니다. 나는 그에게 "오늘 잘 해보자"고 말했습니다.

행사가 시작되자 경기장은 폭우에도 아랑곳없이 축제 분위기였습니다. 참석자들은 독생녀 참어머니에 의해 내려질 역사적인 축복에 감사하며 춤을 추고 노래를 불렀습니다. 그야말로 축제의 한마당이었습니다.

하지만 행사를 준비한 하데베 선지자와 진행자들의 속은 바짝바짝 타들어 갔습니다. 이번 축복식에는 20만 명이 직접 참석하고, 인터넷 생중계로 300만 명 이상이 참여할 예정이었습니다. 남아공 국영방송과 아프리카 전역으로 중계되는 언론매체들의 생방송으로 수천만 명의 아프리카 사람들은 물론 유럽 등 세계인들이 함께하는, 그야말로 '대륙 축복식'이었습니다. 이 축복식을 위해 10만 쌍 이상이 예비 축복을 받았고, 티켓이 이미 20만 장 이상 나간 터여서 참여 인원에는 문제가 없었습니다.

그러나 예상치 못한 폭우가 계속되고 참가자를 실어 나르기로 한 버스 2천 대가 갑자기 해약하는 사태가 벌어졌습니다. 아프리카 대륙 단위 축복식이기에 남아공은 물론 모잠비크, 잠비아, 짐바브웨 등 54개국에서 며칠 동안 버스를 타고 온 사람이 많았습니다. 축복행사가 진행된 요하네스버그에서 버스 500대가 행사 전날 해약을 했습니다. 하데베 선지자는 이 해약 사태를 수습하고 추가로 버스를 확보하기 위해 백방으로 뛰어다녔습니다.

이러한 어려움 가운데 쉬지 않고 내리는 폭우를 뚫고 목표했던 인원이 그야말로 기적처럼 참석했습니다. 더욱 놀라웠던 것은 축복식이 끝나는 오후 3시까지 20만 군중이 전혀 미동도 없이 진지하게 행사에 임하는 모습이었습니다.

식이 시작되기 전 하데베 선지자가 좀처럼 무대에 오르지 않았습니다. 나중에 안 사실이지만, 그는 참어머니에게 가득 찬 스타디움을 보여 주기 위해, 직접 핸드마이크를 들고 참석자들에게 경기장으로 내려

가라고 독려했던 것입니다. 마지막까지 최선을 다하는 그가 참으로 대견했습니다.

그런데 내가 스타디움에 입장하려는 순간 참으로 난감한 일이 벌어졌습니다. 나는 2층의 그린룸에 있었는데 갑자기 전기가 나갔습니다. 엘리베이터 역시 작동이 되지 않았습니다. 오늘의 역사적인 대륙 단위 축복식이 있기까지 하늘이 겪으신 수많은 고난과 역경을 생각하며 나는 걸어서 행사장으로 들어갔습니다.

1층 로비에 도착하자 하데베 선지자가 해맑은 웃음으로 기다리고 있었습니다. 오픈카를 타고 입장하기로 했지만, 비가 계속 내려 오픈카의 루프를 닫아야만 했습니다. 의장단 사열을 받으며 입장하자 관중석은 뜨거운 함성 그 자체였습니다. 참석자 전체가 한목소리로 "마더문!"을 연호했습니다.

내가 스타디움에 들어서자 놀라운 기적이 일어났습니다. 며칠간 연이어 내리던 장대비가 그 순간 갑자기 멎었습니다. 비가 멈추자 참석자들이 모두 내려와 경기장은 순식간에 만석이 되었습니다. 나는 배후에서 하늘부모님이 역사하신다는 사실을 다시 한번 체휼했습니다. 자동차 루프를 열자 스타디움의 함성은 더욱 커졌습니다. 참으로 놀라운 광경이었습니다.

하데베 선지자가 나를 바라보며 자랑스럽게 말했습니다.

"어머님! 스타디움을 가득 채웠습니다."

나는 역사적인 축복식을 집전하기 위해 무대에 올랐습니다. 마침내 아프리카 대륙에서 처음으로 대륙 단위 축복식이 시작되었습니다. 54개국을 대표해 미혼 54쌍, 기성 54쌍, 지도자 54쌍이 무대 위에 올랐습니다. 이들은 대부분 정치나 종교 지도자 또는 족장들이었습니다.

무대에는 현직 정상 및 공식 정상 대행자 5명을 비롯해 100여 명의 아프리카 대표가 자리했습니다. 전직 정상 6명, 국회의장 12명, 국회의원 140명, 국왕 및 족장 219명, 주요 종단장 127명, 그리고 30개국 80여 개 언론사 대표들이 참석했습니다. 특별히 남아공에서 가장 큰 줄루 부족의 왕이 참석했습니다. 남아공이 유럽 열강의 침략을 받을 때 끝까지 버텼던 유일한 민족으로, 그 부족을 중심으로 오늘날의 남아공이 세워졌습니다. 그런 기라성 같은 인물들이 무대에 도열해 있으니, 축복식 무대는 더욱 빛이 났습니다.

나는 절망과 억압의 대륙인 아프리카를 희망과 소망, 축복의 대륙인 신아프리카로 축복하기 위해 혼신을 다해 성수의식을 주관했습니다. 하데베 선지자가 무대 위로 올라와 성수 그릇을 받아 의식을 도왔습니다. 자신의 체면을 생각한다면 한 종단의 지도자로서 좀처럼 보여 줄 수 없는 모습이었습니다. 그저 어머니를 돕겠다는 마음으로 기쁘게 행하는, 참으로 효성스러운 아들이었습니다.

성혼 선포와 축도가 이어졌습니다. 나는 아프리카 대륙을 위해 진심 어린 기도를 했습니다.

"아프리카에서 많은 선지자와 각 나라 왕 그리고 족장들의 염원은 하늘부모님을 모시는 평화의 날을 맞이하는 것입니다. 이 대륙이 더 이상 비참한 대륙이 아닌, 하늘의 축복을 받는 대륙이 될 수 있기를 바랍니다."

축도를 하는 동안 다시 비가 내리기 시작했습니다.

"남아공에 폭포수와 같이 내리는 이 비는 하늘의 기쁨의 눈물입니다. 심정에 맺힌 한을 말끔히 씻어 내리는 빗물입니다."

하데베의 환영사는 그야말로 참어머니에 대한 간곡한 간증이었습니다.

"오늘은 특별히 아프리카 대륙 단위 축복식이 있는 날입니다. 세상의 오색 인종을 하나로 만드시는 독생녀 참어머니를 진심으로 환영합니다. 오늘 남아공은 물론 아프리카의 새로운 미래가 열렸다고 믿습니다. 어머님은 정말 참어머니이십니다."

'비전 2020'을 향한 위대한 피날레인 대륙 단위 축복식에서 우리는 큰 승리를 거뒀습니다. 아무도 국가 복귀를 믿지 않을 때 아무도 걷지 않은 길, 국가 복귀를 넘어 대륙 복귀를 위해 전진해 마침내 승리했습니다. 참으로 놀라운 기적의 하루였습니다.

신통일세계의 시작, 대양주에 승리의 깃발을 올리다

팔라우와 도미니카공화국의 희망전진대회에는 나를 대신해 참가정의 자녀를 특사로 보냈습니다. 승리한 국가 복귀 노정에 동참하게 하여 승리권을 상속받고, 하늘부모님과 참아버지에게 국가 복귀 7개국과 종족 복귀의 선물을 준비하는 정성에 동참시키려는 뜻이었습니다. 팔라우 대회에는 천상(靈界)을 대표해 성화한 장남 문효진(문연아)과 차남 문흥진(문훈숙) 가정이, 도미니카공화국 대회에는 지상(肉界)을 대표해 5녀인 문선진(박인섭) 가정이 특사로 참석했습니다.

팔라우는 약 340개의 아름다운 섬들로 이뤄진 나라로, 태초의 창조본연의 아름다움을 간직한 곳입니다. 우리 부부는 2005년 천주평화연합 창설을 위해 처음 방문했습니다. 2006년에는 참자녀와 함께 다시 찾아 전 국민을 대상으로 말씀을 전했습니다.

특별히 2019년 서밋을 '영부인서밋'으로 정하고 팔라우에서 개최했습니다. 팔라우는 모계사회로, 가정을 비롯해 모든 전통문화에서 어머니가 중심인 곳이기 때문입니다. 대통령과 영부인은 1992년부터 우리 운동을 적극적으로 지지했습니다. 특히 영부인은 문 총재 성화 당시에도 방문해 뜻을 기렸습니다.

태평양 문명권의 안착을 여성들이 선두에 서서 전개해야 하는 섭리적 당위성을 생각할 때, 신통일세계의 출발인 대양주의 모계사회 팔라우에서 서밋과 축복식이 개최되는 것은 참으로 의미 있는 일이었습니다. 그러나 아직 우리의 기반이 열악한 곳이어서, 참으로 놀라운 도전이었습니다.

2019년 12월 9일, 서밋이 열리기 전이었습니다. 전 세계에서 찾아온 외부 VIP들을 위한 특별 환영만찬이 있었습니다. 토미 레멩게사우 대통령과 데비 영부인 그리고 전직 영부인 8명과 통가 국회의장 부부, 부탄과 스리랑카의 국회의원 등 36개 나라에서 300여 명의 해외 귀빈이 참석했습니다.

청명한 하늘 가운데 쏟아질 것 같은 별들의 향연 속에서 진행된 환영만찬은 대통령 부부를 비롯해 모든 참석자가 참어머니를 그리워하는, 그야말로 '그리움의 만찬'이었습니다. 대통령은 "제가 비록 이 나라 대통령이지만, 오늘은 이번 서밋의 주최자인 제 아내의 초청을 받아 손님으로 왔습니다"라며 인사했습니다. 참석자 모두 가족처럼 화기애애한 시간이었습니다.

다음 날, 팔라우 아마용문화회관에서 역사적인 '2019 아시아·태평양 영부인연합서밋'이 개최되었습니다. 개회식은 데비 영부인의 개회사로 문을 열었습니다. 세계평화여성연합 문훈숙 세계회장이 창설자

특별메시지를 대독했습니다. 나는 팔라우와 태평양 문명권의 출발지인 대양주에 대한 각별한 사랑을 전달했습니다.

　과거 문선명 총재는 '환태평양 시대의 도래'를 선포하고 아시아·태평양의 섭리를 누누이 강조했습니다. 1992년에 '통일세계는 대양주로부터'라는 휘호를 내리고 대양주 복귀를 위해 많은 정성을 들였습니다. 나는 이 '환태평양 시대'를 지리적 개념이 아닌 문명권의 개념으로 확장했습니다. '천일국 안착을 위한 천주적 가나안 40일 노정' 가운데 캄보디아 희망전진대회에서 국가 단위 지지를, 대만 희망전진대회에서 중화권의 지지를, 니제르에서는 국가 단위를 넘어 아프리카 대륙 단위의 지지를, 그리고 마침내 팔라우에서의 희망전진대회를 통해 '아시아·태평양유니언'에 대한 지지를 이끌어 냈습니다.

　참석한 각 나라 영부인들은 참어머니의 심정으로 세계의 근본 문제들을 해결하는 데 다 함께 힘을 모으자고 결의했습니다. 참석자들은 이날을 인류의 독생녀 참어머니께서 만들어 주신 여성 해방의 날이라고 명명했습니다. 다른 정상대회와 달리 오늘만큼은 남성들이 여성들을 위해 대회를 준비하고 도와준 완벽한 여성의 날이었습니다.

　서밋 승리의 토대 위에 12월 11일 국가 주관의 축복식을 거행했습니다. 그러나 역사적인 행사인 만큼 시련과 시험도 뒤따랐습니다. 서밋이 평탄하게 잘 진행되었기에 이후 일도 순조로울 것이라 생각했습니다. 그런데 축복식 당일 자정에 갑자기 대통령이 축복식에 참석하지 못하게 되었다고 전해 왔습니다. 국회 예산회의가 축복 시간인 오전 10시부터 11시 30분에 있다는 것이었습니다. 참으로 청천벽력과 같은 일이었습니다. 우리 진행자들은 애만 태우고 있었습니다. 그런데 팔라우 영부인과 전직 영부인들이 축복식 행사장으로 들어올 때 뜻밖에도 사회자가 대통령이 도착했음을 알렸습니다. 그리고 정말로 대통령이 입장해 무대에 올랐습니다.

태평양 문명권 안착에 있어 대양주의 출발을 알리는 팔라우 희망전진대회 승리는 섭리적으로 매우 중요했습니다. 참자녀들과 아시아·태평양 권역의 지도자들이 '지성과 감천'의 마음으로 무사히 승리를 이뤄 냈습니다.

우리는 하나의 가족이며 하나의 식구 공동체입니다. "실패는 중단이며, 중단 없는 전진은 승리를 만든다"는 신념 아래 어떤 어려운 상황이 닥치더라도 의연하게 전진해야 합니다. 나는 이 모든 여건을 넓은 바다와 같은 어머니의 마음으로 받아 주고 허물을 덮어 주는 '사랑의 어머니'이자 '자애의 어머니'여야 합니다. 그래서 오늘도 한밤중 아들딸에게 이불을 덮어 주는 마음으로 잠을 이루지 못하고 깨어 있습니다.

11장 천일국 안착을 위한 천주적 가나안 40일 노정

신중남미의 위대한 전진,
희망의 꽃을 피우다

"중남미는 잊으려야 잊을 수 없는 곳입니다."

"우리는 젊음의 한 시절을 고스란히 그곳에 바쳤지요."

"그 소망이 물거품이 된 것 같아 더욱 가슴 아픈 곳이기도 합니다."

우리 부부가 가장 정성 들이며 땀을 흘린 곳이 바로 중남미입니다. 강렬한 뙤약볕 아래서 흙먼지를 뒤집어쓰고 소망의 땅을 일구기 위해 초인적인 정성을 들였습니다. 지금도 눈을 감으면 중남미에서 섭리를 펼쳤던 지역들이 오롯이 떠오릅니다.

그렇게 우리 부부의 땀과 눈물이 배어 있는 중남미에서 내부 사정으로 온갖 소송에 휘말려 있음을 생각하면 너무도 가슴이 저립니다. 소망을 품기보다 절망을 이야기할 수밖에 없는, 황무지와 같은 중남미에 나는 다시 희망의 꽃을 피웠습니다.

2018년 8월, 문선명 총재 천주성화 기념식을 앞두고 13년 만에 찾은 브라질 상파울루에서 중남미서밋과 희망전진대회를 통해 국가 복귀 섭리를 위한 불을 지폈습니다. 그리고 2019년 12월 14~15일에 진행된 희망전진대회를 통해 그동안 뿌린 희망의 씨앗이 마침내 성장해 꽃을 피웠습니다. 척박한 황무지와 같은 중남미에서 한 송이 꽃을 피우고 결실을 맺은 중남미 희망전진대회는 그야말로 위대한 도전이자 위대한 승리였습니다.

도미니카공화국에서 개최된 희망전진대회의 첫 번째 순서는 도미니카 제2의 도시인 산티아고의 주정부청사와 호텔파그란알미란테에서 개최된 '라틴아메리카 캐리비안 서밋'이었습니다. 브라질, 멕시코, 아르헨티나, 콜롬비아, 과테말라 등 중남미 33개국을 포함해 43개국에서 500여 명이 참석했습니다.

과테말라의 지미 모랄레스 대통령을 비롯해 트리니다드토바고, 니카라과, 에콰도르, 볼리비아, 아이티 등의 전직 정상 6명이 참석했습니다. 도미니카에서는 다닐로 메디나 대통령의 공식 대행자로 아나 마리아 도밍게즈 산티아고 주지사가 참석했고, 그 외에도 전현직 국회의장 10명과 국회의원 30여 명, 그리고 중남미 각국에서 저명한 정치·경제·종교 지도자들이 참석했습니다.

개회식 기조연설을 위해 마리아 플로레스 전 니카라과 대통령 영부인이 나를 소개하자, 문선진 세계평화여성연합 세계부회장이 대독했습니다. "세계의 난문제 해결과 항구적인 평화 안착은 오직 하늘부모님을 모실 때만이 가능하다. 이를 위해 하늘부모님과 하나 되어 함께 평화를 이루자"는 내용의 기조연설에 참석자들은 모두 기립해 큰 박수로 화답했습니다.

서밋의 대미는 세계평화정상연합을 창립하는 뜻깊은 결의의 시간이었습니다. 토마스 월시 천주평화연합 세계의장이 세계평화정상연합의 취지와 목적을 소개했으며, 앤소니 까르모나 전 트리니다드토바고 대통령, 로살리아 아르테아가 전 에콰도르 대통령, 조슬레름 프리베르트 전 아이티 대통령, 하이메 파스 사모라 전 볼리비아 대통령 등이 연이어 세계평화정상연합을 적극적으로 지지하는 연설을 했습니다. 그리고 세계평화국회의원연합 공동의장인 댄 버튼 전 미국 하원의원의 제언에 서밋에 참석한 전현직 정상들이 모두 일어나 세계평화정상연합 창립 결의문에 서명했습니다.

라틴아메리카 캐리비안서밋에 이어 2019년 12월 15일, 그란아레나 델시바오경기장에서 '하늘부모님 아래 인류 한가족'의 이상이 충만한 평화 이상세계를 실현하기 위해 '가정평화축제(Family Peace Festival)'가 개최되었습니다. 축제에 참석하기 위해 몰려든 사람들로 행사장은 입추의 여지 없이 꽉 찼습니다. 서밋에 참석한 전현직 정상 등 지도자들이 함께했으며, 도미니카 자치경찰 4천여 명, 도미니카 국립경찰 600여 명을 포함한 1만 2천 명이 참석했습니다.

문선진 부회장 내외의 주례로 6천여 쌍의 축복가정이 탄생했습니다. 특별히 이번 축복식에 참석한 경찰들을 대표해 10명에게 특별상을 수여했습니다. 이어 지미 모랄레스 과테말라 대통령이 축사를 통해 축복식을 빛내 주었습니다.

어려운 환경에서도 중단 없는 전진을 해온 중남미 지도자들과 식구들의 정성이 중남미 땅에 희망의 꽃을 피웠습니다. 앞으로 튼실한 희망의 열매로 맺히리라 확신합니다.

신국가 신대륙 신통일세계의 노정,
멈추지 않는 눈물로

2019년 11월 18일에 시작된 '천일국 안착을 위한 천주적 가나안 40일 노정'이 12월 28일 영적 대륙의 기독교국가인 미국에서 '세계기독교성직자협의회(World Clergy Leadership Conference, WCLC)'를 창립하면서 대단원의 막을 내렸습니다.

하늘을 두루마리 삼고 바다를 먹물 삼아도 다 쓸 수 없는 눈물의 노정이었습니다. 육신의 한계를 극복하며 몸이 부서져라 걷고 또 걸어 고난과 고통 가운데 희망과 소망, 축복을 피워 낸 승리의 노정이었습니다. 참아버님 천주성화 이후 7년 노정 가운데 7개국 국가 복귀가 완성되었습니다. 나아가 국가 복귀를 통한 '신국가' 창건은 물론 대륙 복귀를 통한 '신대륙' 창건의 놀라운 섭리적 도약을 가능케 했습니다. 마침내 섭리사에 전무후무한 '신국가, 신대륙 시대'를 맞이하게 되었습니다. 그 실체적 승리의 토대 위에 우리가 가야 할 마지막 노정인 '신통일세계'를 향한 전진을 결의하고 출발하는 역사적인 한 날을 맞게 되었습니다.

기독교는 서기 313년 로마에 공인되면서 이탈리아 반도를 시작으로 유럽 대륙을 거쳐 섬나라 영국에까지 전파되었습니다. 당시 영국은 '해가 지지 않는 나라'로, 세계 곳곳에 식민지가 펼쳐져 있을 정도로 매우 번창했습니다. 그들은 선교라는 명목으로 세계를 지배했습니다. 예수님은 "네 이웃을 네 몸과 같이 사랑하라"고 하셨으나, 본연의 뜻을 저버리고 자국의 이익만을 위해 결국은 빼앗아 오는 문화만을 남겼습니다. 경제적으로는 부강한 나라를 이뤘으나 영적인 면에서는 수많은 영혼을 박해하는 역사를 만들었습니다. 기독교는 더 이상 발전해 나가지 못했습니다. 그러자 신앙의 자유를 찾아 신대륙으로 이주한 청교도에 의해 오늘날 미국이 탄생했습니다.

1982년 5월, 문 총재는 미국 진보적 지도층의 견제를 받아 탈세 혐의로 옥고를 치러야 했습니다. 그 배후에는 미국에 큰 영향력을 미치고 있던 우리 부부에 대한 공산주의자들의 방해가 있었습니다. 미국의 많은 성직자들은 문 총재의 수감에 반대하는 시위를 벌였습니다. 그중 일부는 백악관 뒤뜰에 임시 감옥을 만들고 '옥고동지회'를 결성해 자발적으로 감옥에 갇혔습니다.

또한 문 총재의 억울한 옥고를 종교의 자유를 침해하는 반종교적 행위라 규정하며 언론은 물론 미국 정부에 문제 제기를 했습니다. 연인원 7천여 명의 성직자가 종교의 자유를 위한 집회에 동참하면서 신앙의 조국인 한국을 방문했습니다. 이후 미국기독교성직자협의회(America Clergy Leadership Conference, ACLC)를 결성하고 미국 50개 주를 순회

강연을 하며 종교와 흑백 갈등 해결을 위한 평화운동에 앞장섰습니다.

나는 2015년 ACLC에서 선포했습니다.

"내가 하늘부모님과 인류를 위해 온 독생녀입니다. 나와 함께 뜻을 이룹시다."

그러자 많은 성직자가 환호하며 호응했습니다.

"이런 진실을 우리는 왜 이제야 깨닫게 되었는가! 이 당연한 사실을 왜 이제껏 생각조차 못했을까!"

그들은 커다란 감회를 피력했습니다.

나는 다시 ACLC에 참석한 1천여 명의 성직자에게 물었습니다.

"21세기 참부모 시대에 있어서 선민은 누구겠습니까?"

그러고는 "여러분이 바로 21세기 참부모를 중심으로 한 선민입니다"라고 선언했습니다. 선민의 책임은 참부모를 모시는 것이라고도 말했습니다.

2019년 4월과 6월에 미국 로스앤젤레스와 라스베이거스에서 축복식과 희망전진대회가 있었습니다. 오바마 전 대통령의 멘토이기도 한 시티오브레퓨지(City of Refuge)교회 노엘 존스 주교(Bishop Noel Jones)는 나를 '평화의 어머니'로 증거했습니다.

"특별히 한학자 참어머님을 보내시어 인류가 하나 될 수 있게 하셨습니다."

그는 자신의 제단 5천여 가정의 신도들이 축복을 받도록 인도했습니다. 그 후 시티오브레퓨지교회는 우리 가정연합의 기와 간판을 내걸었습니다.

2019년 10월 31일, 서울에서는 미국에서 온 기독교성직자협의회

성직자 40여 명과 한국 기독교 성직자 400여 명 등 총 700여 명의 기독교 관련자들이 한국기독교성직자협의회(Korea Clergy Leader-ship Conference, KCLC) 창립대회를 열었습니다. 이런 기반을 바탕으로 미국에서 세계기독교성직자협의회(WCLC) 창립에 뜻을 모았습니다.

미국의 기독교 성직자 400여 명과 전 세계 70여 나라 600여 명의 기독교 성직자들이 함께했습니다. 1천여 명이 하늘부모님을 중심으로 한 '신통일세계'를 위해 논의했습니다. 한국에서는 160여 명이 참여했고 일본, 중남미, 아시아, 아프리카 등에서도 저명한 기독교 성직자들이 대거 참석했습니다. 기독교의 출발지인 유럽에서는 기독교계의 가장 큰 협의체인 세계교회협의회(World Council of Churches, WCC)의 저명한 성직자들이 참석했습니다.

도널드 트럼프 미국 대통령의 멘토이기도 한 폴라 화이트 목사가 참어머니에 대한 감사와 미국 정부의 나아갈 방향에 대해 연설을 했습니다. 이어 대륙 권역 대표 6명의 기조연설이 있었습니다. 미국을 대표해 스탈링스 대주교, 한국을 대표해 KCLC 공동의장 김수만 목사, 아프리카를 대표해 하데베 선지자의 연설이 이어졌습니다.

그리고 12월 28일, 마침내 '신통일세계를 위한 희망전진대회'가 거행되었습니다. 미국과 전 세계의 기독교 성직자와 성도 2만 5천여 명이 함께했습니다. 이를 통해 마침내 세계기독교성직자협의회가 창립되었습니다. '참아버님의 유업을 완성하겠다'는 나의 결의는 기독교를 하나 되게 하는 것이었습니다.

역사적인 WCLC 창립을 위해 두 사람이 기조연설을 했습니다. 첫 번째로 단상에 오른 사람은 하데베 선지자였습니다.

"2019년 올해만 해도 남아공에서 두 번의 축복식을 개최했습니다. 6월에 참어머님께서는 6만 쌍 이상이 참석한 국가 차원의 축복식에서 억압과 불의에 맞서 자신의 목숨을 바친 청년들을 위한 해원의 기도를 해주셨습니다. 그리고 12월 FNB주경기장에서 열린 대륙 차원의 축복식에서는 신아프리카를 선포하셨습니다. 그것은 하나님을 중심으로 한 아프리카입니다."

또 한 사람의 의인 노엘 존스 주교는 참어머니의 비전에 관해 증언했습니다.

"참어머님께서는 미국 성직자뿐만 아니라 우리 모두에게 특별한 비전을 주셨습니다. 누가 이렇게 위대한 비전을 실천할 수 있겠습니까?"

WCLC에 참석한 많은 성직자가 그동안 우리 운동에 관한 인식과 생각을 달리하기 시작했습니다.

"이번 행사를 통해 지금까지 말로만 듣던 통일교회 관련 루머들이 사실과 크게 다르다는 것을 알았다. 그동안 교단의 '사이비, 이단'이란 말에 눈과 귀를 막았다는 생각이 들었다. 가정연합의 소개를 듣고 현장을 목도하면서 문선명, 한학자 총재에게 하늘의 인도하심이 없었다면 기적과 같은 업적을 도저히 이룰 수 없다는 강렬한 영감을 받았다."

또 다른 소회도 밝혔습니다. "이번에 종교관이 달라졌다. 새로운 기독교인으로 태어난 기분이다." "왜 이단이라고 반대했을까? 알아보지도 않고 다른 사람의 말만 듣고 반대했던 것이 후회스럽다." "가슴속에 진한 감동이 밀려왔다. 통일교회가 하는 일을 하나님의 뜻으로 알고 앞으로 성의 있게 도울 것이다." "한학자 총재가 독생녀라는 깨달음과 참가정 원리로 순결한 에덴동산을 만들겠다는 말씀에 감동했다.”

나는 단상에 올라 메시지를 전달했습니다. 기독교에서는 예수의 재림뿐만 아니라 상대자인 독생녀에 대해 관심을 가져야 했습니다. 하늘은 한민족을 택하시어 1943년 독생녀를 탄생시키셨음을 밝혔습니다.

“독생녀 참어머니가 인도하는 이 축복이야말로 6천 년간 기다려 온 인류의 꿈이며 하늘부모님의 소원인 것을 알아야 합니다.”

나는 말씀을 선포하는 내내 눈물을 흘렸습니다. 그 눈물은 참석자들의 가슴에 오롯이 전달되었습니다. 문 총재와 나는 미국을 구원하기 위해 일평생 사랑했지만 오히려 댄버리 고난을 비롯해 말할 수 없는 박해와 핍박이 뒤따랐습니다. 그리고 참아버님의 천주성화 이후 겪어야 했던 고난과 고통의 노정, 국가 복귀를 믿고 걸어온 지난 7년의 노정, 마지막 천일국 안착을 위한 천주적 가나안 40일 노정에 이르기까지 많은 사연들이 마치 파노라마처럼 스쳐 지나갔습니다.

가슴에 묻은 사진 한 장, 조국 광복을 찾아서

지금도 나는 한 장의 사진을 가슴에 품고 있습니다. 눈을 감으면 더욱 또렷이 떠오릅니다. 누렇게 바랜 사진 속에는 한 여인이 여자아이를 업고 손에는 태극기를 들고 서 있습니다. 내 고향 평안도 안주의 시장 어디선가 찍었을 사진입니다. 그 여인의 표정은 무척 상기되어 있습니다. 누군가를 붙잡고 하소연하고 싶은 듯한 표정입니다. 1919년 3월 초하루, 조원모 외할머니가 어린 홍순애 어머니를 업고 만세 운동에 참가한 모습입니다.

그러나 그 사진은 안타깝게도 북한에서 삼팔선을 넘어 남으로 내려오면서 가지고 오지 못했습니다. 고향집 어딘가에 소중히 간직돼 있을 것입니다. 내가 그 사진을 더욱 또렷이 기억하는 것은 외삼촌으로부터 여러 차례 이야기를 들었기 때문입니다.

나는 비슷한 모습의 또 다른 장면을 떠올려 봅니다. 1945년 8월 15

일, 조원모 외할머니가 나를 업고 손에는 역시 태극기를 들고 서 있는 모습입니다. 얼굴은 희열에 넘쳐 누구라도 만나 얼싸안고 싶어 하는 표정입니다.

나라를 잃고 비분강개하는 모습과 나라를 되찾아 뛸 듯이 기뻐하는 표정은 지극히 대조적입니다. 나는 두 장면을 평생 기억하며 살아왔습니다. 둘 다 내 생애 가장 소중한 삶의 디딤돌이요, 이정표였습니다.

내가 겨우 말을 알아들을 때부터 "너의 아버지는 하나님이시다"라고 말씀하시던 외할머니는 나의 근본과 정체성을 일깨워 주신 신앙의 모토였습니다. 그런가 하면 나라를 잃고 비분강개하는 외할머니의 모습은 내가 찾아야 할 나라의 표상이자 해방시켜 드려야 할 또 다른 하늘부모님의 모습이었습니다. 광복을 맞아 만면에 웃음을 띤 외할머니는 내가 장차 맞이해야 할 하늘부모님의 또 다른 표상입니다.

100여 년 전 안중근 의사는 만주 하얼빈역에서 거사를 감행한 후 체포되어 뤼순형무소에 수감되었습니다. 그리고 결국 사형선고를 받았습니다. 그러자 어머니 조성녀 마리아는 아들에게 간결하면서도 단호한 편지를 보냈습니다.

"네가 늙은 어미보다 먼저 죽는 것을 불효라 생각하지 마라. 옳은 일을 하고 받은 형이니 비겁하게 삶을 구걸하지 마라. 대의에 죽는 것이 어미에 대한 효도다. 여기에 너의 수의를 지어 보내니 이 옷을 입고 가거라."

아들에게 생명을 구걸해 구차하게 항소하지 말 것을 강권하며 아들의 수의를 손수 지어 보낸다는 내용에서 나라를 생각하는 어머니의 숭고한 뜻을 헤아릴 수 있습니다. 형이 집행되기 전 하얀 수의를 입고 하늘을 우러른 그의 눈망울이 "천하를 응시하니 어느 날에 뜻을 이루고 동풍이 점점 차가우나 장사의 뜻이 뜨겁다"는 단호함을 넘어 어머니의 말씀을 되새기는 듯 처연하게 비칩니다.

안중근 의사의 거사 후 일본 헌병들이 찾아와 어머니를 추궁했으나 "국민으로 태어나 나라의 일로 죽는 것은 국민 된 의무"라며 오히려 태연하게 반박했습니다. 100여 년 전 섭리의 조국, 대한민국의 광복을 위해 싸운 한 애국지사의 어머니에게서 사생결단의 강인함을 엿볼 수 있습니다.

문선명 총재와 나는 한평생을 하나님의 조국 광복을 위해 한 점 부끄러움 없이 살았습니다. 결코 뒤돌아보지 않고 오로지 앞만 보고 걸었습니다. 처한 상황에 연연하지 않았고 좌고우면하지도 않았습니다. 낮이나 밤 어느 한순간도 하늘부모님을 가슴속에서 내려놓고 산 적이 없습니다. 소련의 크렘린궁에서는 레닌 동상을 철거하고 하나님을 받아들이라고 담대하게 말했습니다. 북한의 주석궁에서도 결코 주저하지 않았습니다. 오히려 김일성 주석과의 담판으로 남북한 통일을 위한 새로운 활로를 개척했습니다. 하나님의 조국 광복을 위해서라면 한 치도 망설이지 않았습니다. 그런 우리에게 위기가 닥칠 때마다 하늘부모님은 불기둥과 구름기둥으로 인도해 주셨습니다.

나는 참아버님 성체 앞에서 "생이 다하는 날까지 이 땅에 천일국을 정착시키겠다!"고 눈물로 다짐했습니다. 이 다짐을 기회가 주어질 때마다 유언처럼 되뇌었습니다. 성화 이후 말씀을 땅끝까지 전파하고 세상을 품기 위해 나는 미친 듯이 동분서주했습니다. 입안이 헐어 끼니를 거르고 금방 쓰러질 것 같은 상황에서도 한시도 쉬지 않았습니다.

아버님과의 약속, '기필코 내가 이루어 드리겠다'는 다짐을 눈앞에 걸어 두고 살았습니다.

참아버님 성화 당시 천상을 향해 떠나시는 길을 국가 단위에서 배웅하지 못했습니다. 그래서 나는 참아버님께 올리는 성물로 7개 국가를 복귀해 새로운 천일국을 열겠다고 언약했습니다.

이제 모든 문명의 결실은 대한민국을 중심으로 합니다. 태평양 문명권도 한국에서 결실을 맺게 됩니다. 그것은 하늘의 천명입니다. 이제는 주고 또 주는 효정문화인 태평양 문명권이 대한민국으로 귀결되고 있습니다. 남아프리카공화국 희망봉에서부터 시작된 세계평화고속도로가 한국에 당도하고, 남미 칠레의 산티아고에서 출발해 역시 한국에 도착합니다.

2019년 새해 원단을 맞이해 청평 청심평화월드센터에서 전국 식구들이 한자리에 모여 '신(神)통일한국 시대 안착 범국민 기도회'를 열었습니다. 전날 초저녁부터 새벽까지 눈물로 호소했습니다. 하늘부모님의 조국 해방과 국가 복귀를 위해 전진하자는 결의를 다지는 원단 기도회였습니다.

나는 전국을 5대 권역으로 나눠 희망전진대회를 개최했습니다. 수도권에서는 '천운 상속, 국운 융성'이란 주제로 남북통일을 기원하는 10만 희망전진대회를 열었고, 유엔 참전 16개국 보훈 관련 주제의 대회도 열었습니다. 충청도에서는 도지사가 참여한 가운데 '삼일절 100주년 기념과 한일 간 화합전진대회'를, 경상도에서는 '읍면동 지도자 대회'를 개최했습니다. 호남에서는 '참어머님을 중심으로 한 새생명 탄생과 태평양 문명권 시대 안착 희망전진대회'를 가졌습니다.

전남 강진군에는 아기 울음소리가 끊긴 지 몇 년째 되는 곳이 있었습니다. 아기 울음소리가 귀한 사정은 최근 농촌 대부분이 마찬가지입니다. 강진군 전역에서 진행된 '아기 탄생 참가정 희망전진대회'와 함께 3개 면에서 축복식이 진행되었습니다. 그런데 참여한 이들 가운데 세 쌍이 쌍둥이를 낳는 경사가 났습니다. 게다가 어미 소가 송아지를 쌍둥이로 낳아 강진군 전체가 축제 분위기였습니다. 축복식 때 대표 가정으로 단상에 올라온 나이 많은 부부에게 나는 선물로 귀하게 간직한 성의(聖衣)를 선물로 보냈는데, 이 옷을 입은 그 가정에서도 역시 쌍둥이를 낳아 고맙고 감사하다면서 소식을 전해 왔습니다.

또한 그 지역의 현직 군수가 오늘날과 같은 인구절벽 시대에 가정연합의 축복식이야말로 나라를 살리는 진정한 애국이라면서, 지자체를 책임진 입장에서 감사의 뜻을 전하기 위해 경배하는 모습을 영상에 담아 전해 왔습니다.

나는 가끔 이 시대에 '하늘부모님을 위해 조국을 찾는 일은 무엇일까?' 생각해 봅니다. 100년 전 나의 외할머니가 하얀 무명 헝겊을 풀자 모습을 드러낸 태극기처럼, '이 시대에 나라를 위해 무엇을 해야 할까?' 생각해 봅니다. 이제는 하늘부모님의 조국 광복을 위해 자신의 가슴에 간직하고 있던 각자의 태극기를 꺼내야 하겠습니다. 조원모 외할머니가 태극기를 꺼내 들고 소리 높여 "대한 독립 만세!"를 외쳤듯이, 만방에 하늘부모님의 조국 천일국 만세를 힘차게 외쳐야 하겠습니다.

새로운 역사의 여명이 서서히 밝아 오고 있습니다. 독생녀 참어머니의 현현과 구원 섭리로 말미암아 인류는 새로운 희망의 세계로 나아가고 있습니다. 하늘의 섭리는 이제 완전한 천일국 시대로 접어들고 있습니다. 지구촌 모든 인류는 독생녀, 평화의 어머니를 맞아 환호하고 있습니다. 또한 우리는 '비전 2020'을 맞아 가슴 벅찬 희망봉에 올라 있습니다. 이제 새롭게 떠오르는 밝은 태양을 가슴으로 맞이할 때입니다. 밝고 소망 찬 새로운 천일국 안착의 시대로 나아가야 하겠습니다.

● 기미년 독립 만세 운동에 뛰어들었던 조원모
　외할머니와 함께.

● 절대믿음으로 충실한 메시아 집안으로서의
　사명을 다한 홍순애 어머니와 함께.

● 1956년 성정여중(현 선정중학교) 미술반 학우들
　과 함께.

● 1959년 성요셉간호학교 시절.

● 1960년 4월 11일, 서양식으로 치른 성혼식 1차.

● 1960년 4월 11일, 전통혼례로 치른 성혼식 2차.

● 청파동 전 본부교회 시절.

● 장남 문효진 탄생.

| 국제과학통일대회: 현대 세계가 직면하고 있는 중요한 문제들을 검토하는 국제적 과학학술포럼

● 1972년 11월 23일, 제1차 대회(뉴욕). 8개국 50여 명의 학자 참석.

● 1973년 11월 18일, 제2차 대회(도쿄). 18개국 60여 명의 학자, 5명의 노벨상 수상자 참석.

● 1981년 11월 10일, 제10차 대회(서울). 100여 개국 808명의 학자 참석, '기술 평준화'를 주창.

● 2018년 2월 23일, 제24차 대회(서울). 2000년 제22차 대회 이후 중단, 2017년 제23차 대회로 재개.

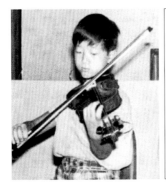

- 1972년 12월 24일, 미국에서 자녀들과 주고받은 편지. 세계순회로 함께 시간을 보내지 못하는 아이들에게 편지로 사랑과 믿음을 전함.

- 1974년 9월 18일, 뉴욕의 매디슨스퀘어 가든집회. 미국에서 열린 통일교회의 첫 번째 대강연회.

- 1975년 6월 7일, 여의도광장에 120만여 명이 운집한 구국세계대회.

● 1976년 6월 1일, 뉴욕 양키스타디움대회.

● 기적의 노래인 〈그대는 나의 태양 You are my Sunshine〉을 합창하는 통일교 식구들.

● 1976년 9월 18일, 30만 명이 운집한 워싱턴 모뉴먼트대회.

● 1984년 7월 20일 댄버리연방교도소에 수감, 1985년 8월 20일 출소한 문선명 총재. 출소 전 하프웨이하우스에서 가족과 함께.

• 1984년 9월 3일, 워싱턴에서 열린 제13차 국제과학통일회의. 수감 중이신 문선명 총재를 대신하여 한학자 총재가 환영사 낭독.

• 1985년 8월 13일, 스위스 제네바에서 열린 세계평화교수협의회 국제대회.

• 1988년 10월 30일, 우리나라 다문화가정의 시원이 된 6,500쌍 한일국제결혼.

● 1990년 4월 9일, 제11차 모
스크바 세계언론인대회.

● 1990년 4월 11일, 고르바초
프 소련 대통령과 기념촬영.

● 1990년 4월 11일, 세계 지도
자들과 크렘린궁에서 환담.

● 1990년 3월 27일, 제31회 참부모의 날 행사(뉴욕). '여성 전체 해방 권'을 선포하고 제2대 총재가 됨.

● 비행기 이동 중에도 말씀 원고를 훈독하는 한 학자 총재.

● 인터넷 중계를 통해 강연회를 함께하신 문선명 총재.

● 1991년 9월 18일, 일본신도대회.

● 1991년 12월 6일, 김일성 주석과의 회담. 11월 30일~12월 7일 8일간 북한 방문.

● 대북사업인 평양의 보통강호텔.

● 2007년 8월 5일 개관한 평양 세계평화센터.

| **세계평화여성연합:** 여성들의 협력을 통해 지속가능한 평화 문화를 실현하는 NGO 단체

● 1992년 4월 10일, 세계평화여성연합 창설. 미국 의회를 비롯하여 40개국에서 순회강연.

● 1993년 7월 28일, 미국 국회의사당 초청강연회. ● 1993년 11월 25일, 스페인 순회강연.

● 1994년 11월 20일, 16만 일본 여성지도자 교육 승 ● 1995년 9월 13일, 세계평화여성연합 창립 3주
리 축하패를 받으신 양위분. 년 기념 만찬회(도쿄).

● 1995년 11월 18일, 가나 아크라 사회센터 방문.

● 2012년 9월 3일, 93세를 일기로 성화하신 문선명 총재. 세계 각국에서 25만 명의 참배객 추모.

● 천일국을 선포하는 한학자 총재.

● 2015년 8월 28일, 제1회 선학평화상 수상자인 키리바시의 아노테 통 대통령과 인도의 굽타 박사.

● 2019년 2월 9일, 제3회 선학평화상 수상자인 와리스 디리(소말리아 여성인권운동가)와 아킨우미 아데시나(아프리카개발은행 총재).

● 경복초등학교(서울 광진구).

● 선정중고·국제관광고등학교(서울 은평구).

● 선화예술중고등학교(서울 광진구).

● 청심국제중고등학교(경기 가평군).

● 선문대학교(충남 아산시).

● 1982년 5월 17일, 〈워싱턴타임스〉 창간.

● 1989년 2월 1일, 〈세계일보〉 창간.

● (주)일화의 인삼제품 수출.

● HJ매그놀리아국제병원.

● 천원궁.

● 2016년 11월 14일, 일본 규슈 가라쓰 한일해저 터널 600미터 현장.

● 2018년 10월 28일, 신통일한국 희망전진대회(청심평화월드센터).

● 2016년 11월 30일, 세계평화국회의원연합 창립식(미국 국회의사당).

● 2019년 8월 13일, 효정국제문화재단 효정문화원 봉헌식.

● 2016년 2월 15일, 국제지도자회의(ILC) 방한 지도자들을 위한 리틀엔젤
스 특별 공연(유니버설 아트센터). 리틀엔젤스예술단은 1962년 창단 후
5대양 6대주를 순회하며 7천여 번의 공연을 했다.

● 한국 최초로 북미와 유럽에 진출한 〈백조의 호수〉의 한 장면. 유니버설
발레단은 1984년 창설 후 21개국을 순회하며 1,800여 회의 공연, 100여
편의 작품을 선보였다.

● 2018년 1월 19일, 아프리카 노예 해원을 위한 세네갈 고레섬 방문.

● 2019년 6월 7일, 아프리카서밋, 굿럭 조나단 나이지리아 전 대통령과 함께.

● 2019년 6월 8일, 남아공 사무엘 하데베 선지자에게 가정연합기와 현판 수여.

● 2019년 9월 4일, 상투메 프린시페 대통령궁 방문.

● 2019년 10월 28일, 동남유럽서밋, 알바니아 티라나 의원회관.

● 2019년 11월 19일, 아시
아·태평양서밋 개회식,
캄보디아 프놈펜 평화궁.

● 2019년 11월 29일, 니제
르 참가정 축복축제 및
평화축복식.

● 2019년 12월 7일, 남아
프리카공화국 효정패밀
리 10만 축복축제.

● 2019년 12월 28일, 세계
기독교성직자 희망전진
대회.